平家公達草紙

『平家物語』読者が創った美しき貴公子たちの物語

I 『平家公達草紙』を読む［影印・翻刻・コラム／補注／現代語訳］

三、恋のかたち

II 資料編

作品への招待
～読者の願望が生んだもう一つの『平家物語』～

Q

突然ですが、次の質問にチャレンジしてみませんか。

①『平家物語』の登場人物の名前は何人言えますか。

↓一〇人以上挙げられたら、「◎」です。

②その中に平家側の人物は何人いますか。

↓五人挙げられたら、かなり『平家物語』通ですね。

③平家の公達の中で、一番の美貌、今でいう「イケメン」は誰でしょう。

↓好みがありますから正解が一人とは言い切れませんが……。

④平家の公達の中で、宮中の女性たちに一番人気があったのは誰でしょう。

↓宮中の女性にも好みがありますから、これも正解が一人とは言い切れませんね。

それでは、右の質問を解けた人も解けなかった人も、次の質問には、「はい」と答えて下さい。

⑤鎌倉時代中後期の上流階層の女性たちの中には、『平家物語』を知っていた人はいたでしょうか。
「はい」という解答を導ける根拠が、この『平家公達草紙』にあるのです。

華やかな宮中を舞台にした公達との恋

しばらく『平家物語』から離れましょう。鎌倉時代中後期（一三世紀半ばから一四世紀半ばころ）のお嬢様たちは、どのような本を読んでいたでしょう。もちろん、『古今和歌集』から始まる勅撰和歌集、『伊勢物語』『源氏物語』をはじめとする様々な物語に十分親しんでいたでしょう。また、今は失われましたが、多くの恋愛物語が作られていましたので、それらも愛読していたでしょう。

このような物語とは別に、その時代によく読まれた作品の一つに、『建礼門院右京大夫集《けんれいもんいんうきょうのだいぶしゅう》』（以下、『右京大夫集』）という作品があります。

『平家物語』の舞台となった時代は、平安時代の末期です。『右京大夫集』は、その時代に、実際に宮中で女房として過ごした女性、右京大夫が、自分の青春時代を歌日記形式で綴った回想録とでもいったらいいでしょうか。右京大夫の主人は、平清盛の娘です。高倉天皇の后となり、安徳天皇の母となった徳子（建礼門院）です。右京大夫は清盛の孫にあたる資盛《すけもり》と恋に落ちますが、苦しいものでした。別の男性との恋もありました。しかし、突然平家一門は都から去ってしまいました。ゆっくりと別れの言葉を交わすこともなく、資盛はいなくなりました。それからたった一年半の後、一門は壇ノ浦で最期を遂げました。資盛も共に。

不意にやってきた大切な人の永遠の不在。受け入れることはなかなかできません。受け入れたくありません。悲嘆・未練・煩悶・後悔……。そして、ある日ふと訪れる静かな諦念……。『右京大夫集』にはこれらが綴られていきます。しかし、それだけではありません。二人を囲む宮中の生活が生き生きと綴られます。そこには、主人建礼門院の周辺に集《つど》った平家の公達や親しい貴族たちとの屈託のない語らいが溢れています。何気ない冗談を連発して雰囲気をなごませる重衡《しげひら》――清盛の秘蔵ッ子です――、恋人の資盛とよく似た兄維盛《これもり》――類《たぐい》まれな美貌の持ち主です――、友との語らい、資盛との秘めやかな思い出。苦しい時期もありますが、喜怒哀楽すべてを包んで、宮中の世界は右京大夫の青春を彩ってくれました。

『右京大夫集』は小さな作品ですが、自身が詠んだ和歌や贈答歌をもとに、一二三〇年より少し前にまとめられて藤原定家の手にわたり、それからまもなく世間に広まっていきました。和歌に添えられた説明（詞書）が当時の様子をよく教えてくれることもあり、読者も多かったようです。

さて、少し遠回りしましたが、話を先の質問に戻しましょう。『平家物語』のお話です。

平家の都落ち、そして訪れる別れの時

『平家物語』がいつできたのかはわかっていません。一二四〇年代ごろには原型が作られていたとも考えられていますが、私たちが知る『平家物語』とはかなり異なるものだったと思われます。しかし、一三〇〇年代初頭には既に、現代残っている『平家物語』と同じような形が出来上がっていたと思われます。

『平家物語』は源氏と平家の勇ましい合戦を描く物語と思っている方も多いでしょう。もちろん、合戦記事もありますが、それ以外の物語も多く語られています。舞台となった土地も、東北から九州まで広域にわたります。しかし、京の人々にとっては、屋島や壇ノ浦の話よりも、都で起きた事件に、より親近感を持ったでしょう。また、源氏の武士よりも、宮中で活躍した平家の貴公子たちが登場する場面の方が、より身近な共感を持って読むことができたでしょう。なんといっても、自分たちの生きるこの都で、この宮中で、かつて実際に繰り広げられた、自分たちとあるいはどこかで遠く血がつながっているかもしれない、地続きの人々が登場するのです。

その『平家物語』の中で、胸を打つ場面の一つに、都落ちがあります。

治承五年（一一八一）閏二月に清盛は突然亡くなりました。その半年前あたりから、全国のあちらこちらで反平

家の動きが表面化し、とうとう伊豆で源頼朝《よりとも》が反乱を起こしました。しかし、一足先に京都に入ったのは、北陸道を制した源（木曽）義仲です。平家は義仲を迎え撃とうとしますが、一旦都を離れて、西国で体制を建て直すことにします。寿永二年（一一八三）七月のことです。風雲急を告げる中で、平家の人々は慌ただしく都を落ちていきました。安徳天皇と三種神器と共に、西に向かいます。一夜にして、都はもぬけの殻になりました。

平家の人々は都に戻れる確信を持てませんでした。しかし、別れを惜しむ余裕はありません。主立《おもだ》った人々は妻子眷属《けんぞく》を連れて都を離れます。『平家物語』はその様を哀切に描き、また、運命を予測して永遠の別れを告げる人々の思いを綴っていきます。次に紹介しましょう。

平維盛《これもり》――父重盛が亡くなって、一門の主流からはずれ、不安定になった自分の立場を自覚し、妻子を都に置いていきます。行動を共にしたいと泣き叫び、別れを嫌がる妻子を心ならずも置いていかなくてはならない切ない思いが綴られます。

平忠度《ただのり》――一度出立したものの、和歌の師、藤原俊成の屋敷に引き返し、自作の和歌を書いた巻物を渡します。俊成が編集を進めていた新しい勅撰集に自分の歌を入れて欲しいという願いを告げて、和歌への執心を断ち切ろうとします。

平経正《つねまさ》――幼い時に仕えた仁和寺《にんなじ》の法親王を訪れて、かつて賜った琵琶の名器を返し、法親王の周りの人々とも別れを惜しみます。思い出の日々と愛器に別れを告げます。

平頼盛《よりもり》――兄清盛と仲が悪くなって以来、一門の中での立場が思わしくなくなっていたため、都落ちには同行せずに都に留まります。

束の間とは言え、実際に多くの別れが繰り広げられたことでしょう。その中で、『平家物語』がすくい上げた都落ちの場面、別れの場面は以上でした。

読者の願望が二次創作を生み出す

『右京大夫集』を読み、平家公達の姿を思い描いていた人々が、『平家物語』のこれらの場面を読んだらどう思うでしょう。おそらく、一〇〇年以上前に、同じこの京の都に起こった悲劇に涙したでしょう。同時に、物足りない思いも抱いたのではないでしょうか。妻子との別れ、和歌の師匠との別れ、法親王との別れ、とあるけれど、恋人との別れがありません。

都落ち以外の場面でも、『平家物語』には、『右京大夫集』によく出てくる維盛や資盛の華やかな生活、一家（小松家）の様子があまり描かれていないのも残念です。二人の父、重盛《しげもり》は『平家物語』では立派な人物として登場し、父清盛を諌《いさ》めようとする場面が描かれますが、宮中ではどんな活躍をして、どのような日常があったのでしょうか。その有様を知りたい人もいるでしょう。また、『右京大夫集』にあるような美貌の維盛だったら、妻の他にも、何人もの女性と恋をしたこともあったのでは？　等々、様々に知りたいことがわき上がってくるのではないでしょうか。

また、貴公子たちの日常を知りたいという思いの他に、こうあったらいいのに、という願望もあります。それらが書かれたものがないのなら、自分たちで書けばいいのです。『右京大夫集』のある場面を下敷きにして、重盛や重盛の子供たち、重衡や周辺の人々を登場させて、新しいお話を作り上げてみたらどうでしょう。

たとえば、『平家物語』の向こうを張って、都落ちの時に、知り合いの大切な女房との別れを書いてみたいと思いませんか。維盛は愛妻との別れが『平家物語』に描かれているから、重衡に白羽の矢が立ちました。女性の側から描く、永遠の別れです。すると、残された女性たちのその後にも関心が広がります。『平家物語』とは焦点が少しずれるかもしれませんが、かまわないでしょう。

また、『右京大夫集』には維盛の美貌が、維盛の舞の美しさと共に記されています。

「維盛の三位中将、熊野にて身を投げて」とて、人の言ひあはれがりし。いづれも、今の世を見聞くにも、げにすぐれたりしなど思ひ出《い》でらるるあたりなれど、際《きは》ことにありがたかりし容貌《かたち》用意、まことに昔今見る中に、例《ためし》もなかりしぞかし。されば、折々には、めでぬ人やはありし。法住寺殿《ほふぢゆうじどの》の御賀《おんが》に、青海波《せいがいは》舞ひての折などは、「光源氏の例も思ひ出でらるる」などこそ、人々言ひしか。「花のにほひもげにけおされぬべく」など、聞こえしぞかし。その面影はさることにて、見なれしあはれ、いづれもと言ひながら、なほことに覚ゆ。（二一五詞書）

これは維盛が熊野で入水したことを聞いて、維盛の思い出に浸って悲しみに沈む場面です。思い出とは、安元二年（一一七六）に後白河院の五〇歳をお祝いして法住寺殿で連日続いた盛大な儀式、安元御賀《おんが》の時のことです。維盛は青海波という美しい舞を舞いました。それが光源氏に匹敵する美しさであったというのです。

たまたまこの安元御賀の記録が残されています。もともと後白河院を讃えるための記録として書かれたものですが、後世改作されて、平家一門の登場場面が加筆されました。その改作された作品を利用して、さらに維盛の艶《あで》やかさを書き加えて、維盛にスポットを当てて、美しく舞う場面を書き上げました。

また、それとは別に、『源氏物語』などを思い出しながら、維盛を恋多きプレイボーイに仕立ててみました。

それどころか、何やらボーイズラヴ的な雰囲気まで漂わせることも。

それがこの『平家公達草紙』です。現代で言えば、夢見る歴女が戦国武将や幕末の志士に憧れてイケメン像を作り上げることと、一脈通じるかもしれません。鎌倉時代のお嬢様やその周辺の人々が、『右京大夫集』や『平家物語』の中から、特に好きな男性のキャラクターに、自分たちの願望や憧れを込めて、様々な手法を使って、平家公達の横顔を二次創作していきました。

もう一つの『平家物語』がわたしたちに伝えるもの

じつは、『平家公達草紙』は一つのまとまった作品ではありません。別々の三種類の小品をまとめて、仮に名付けただけのものです。平家の人々を主人公とすること、時に気になる脇役、藤原隆房《たかふさ》を登場させることなどでは共通しているのですが、筆致、内容などは三種三様です。三種の『公達草紙』が残されていると言ってもいいでしょう。いや、もっと数多く作られたのかもしれません。きっと作られたのでしょう。その中からたまたま現代まで残ったのがこの三種であったのかもしれません。

実際にお話を作ったのは、どのような人だったのかはわかりません。お嬢様たちに仕えた女房たちでしょうか。親しく出入りしている貴族たちも創作意欲を掻き立てられて、創作に加わっているかもしれません。彼女・彼たちは競い合って作り、披露し合って楽しみ、元ネタをどのようにアレンジできたか批評し合い、平家の人々について持っている知識を自慢し合って面白がり、楽しく遊んだことでしょう。特に女性たちは、一〇〇〇年前の貴公子たちに熱い憧れのまなざしを送ったのではないでしょうか。

現代の私たちも一緒に、味わってみませんか、平家公達の素晴らしさを。もう少し「通《つう》」の読者なら、どのように『右京大夫集』や『平家物語』や『源氏物語』を使って、新しい物語を紡いでいったのか、その様を楽しみませんか。

A

最後に、はじめの質問の③④の答えです。もうおわかりですね。
模範解答としては、③は維盛、④は重衡です。

掌編『平家公達草紙』

——『平家公達草紙』の内容を楽しく紹介しましょう。

一、華麗なる一門――思い出に耽《ふけ》る隆房《たかふさ》

こう申し上げるのも口幅《くちはば》ったいのですが、私の一族は貴族の身分としては中級クラスではありますが、昔から、なかなかに目端の利く方々が多く、宮廷でそれなりの地位を占めていきました。私も父と共に時流に乗り、当時力を延ばしてきていた清盛様ご一家の方々と親しくさせていただきました。私の妻は清盛様のお嬢様ですし。でも、損得勘定は抜きにして、青春の日々を平家の公達の皆さまと語らい、遊び、楽しくすごしたのです。

特に晴れがましく記憶にいつまでも残っている思い出は、後白河院が五〇歳を迎えられたことをお祝いした宴です。何カ月も前から入念に準備と下稽古を重ねて迎えた本番。今思い出しても胸が躍ります。そうした大々的な儀式の他にも、内裏《だいり》での遊びや何気ない集まりでの出来事も、一つ一つが心に残っています。

＊　＊　＊

これからとっておきの出来事を四つご披露しましょう。一つは、重盛《しげもり》様が非常時にとったご立派な振る舞い。二つ目ははじめにお話しました後白河院のお祝いの宴。特に重盛様のご長男の維盛《これもり》様の舞の美しかったこと。三つ目は、私まで巻き込まれて、女房の方々の顰蹙《ひんしゅく》を買った、雨夜のおふざけ。維盛様

には叔父様にあたられる重衡《しげひら》様の発案でした。どぎまぎしたけれど、なかなかスリル溢れるひとときでした。そして最後は、重盛様のお屋敷で見かけました、ご一家の方々の、絵から抜き出てきたようなお姿。

＊　＊　＊

では、一つ目のお話を始めましょう。重盛様が三九歳、右大将でいらした時のことです。大将は、内裏を警備する近衛府《このえふ》という武官のお役目の中でも、要《かなめ》となる御立場です。いざという時には物々しい装いで、真っ先に内裏に駆けつけ、帝や宮中をお護りしなくてはなりません。あの時、内裏の近くで火事が起こったのですが、重盛様はなかなかお見えになりません。どうしたことかと不安に思いはじめたころ、お供を先に立たせて現れました。そのお姿のなんと凛々しく、清々《すがすが》しいこと。しかも、物静かで威厳があり、理想の近衛大将とお見受けいたしました。

ついつい褒めちぎってしまいました。すみません。でも、次のお話は、重盛様だけでなく、平家の皆さまを褒めることになるのです。呆れず、おつきあい下さい。

＊　＊　＊

火事から二年後の三月四日から六日までの三日間にわたって、後白河院の盛大なお祝いの宴が開かれました。実は、私の父隆季《たかすえ》が儀式全体を取り仕切る役を任されておりました。私もそのお手伝いなどで関わり、後日に、三日間の一部始終を記録としてまとめたこともあります。ですから、記憶も実に鮮明です。

後白河院のお住まいの法住寺殿で様々な音楽や舞が披露され、女性の皆さまは美しい衣装を競いました。後白河院とお妃の建春門院様、また、高倉帝やお妃の徳子様、また、後白河院のお子さまたちも皆さまご見物になり、ご褒美の品も何度も下され、それはそれは晴れがましい日々でした。四日には庭の池に浮かべた舟に楽人《がくにん》や舞人《まいびと》が乗って、音楽を奏しながら漕ぎ巡ってから楽屋に入るなど、凝った演出が繰り出され、庭では舞が多く披露されました。五日には、徳子様を始めとして女性陣が乗った舟に男性陣も乗り込み、音楽を楽しみました。蹴鞠《けまり》や早歌《はやうた》という歌謡などもあり、とてもにぎにぎしく、華やいでいました。

そして最終日のことです。正式な宴は前日までで、その名残ともいうべき一日です。この日も舟から楽人と舞人が降りて楽屋に入り、その後、舞が披露されました。まず、「輪台《りんだい》」という舞、次が「青海《せいがい》波《は》」です。平家のご一門をはじめとする大勢の人々に囲まれての二人舞で、そのお一人が維盛様です。あの光源氏が舞ったという舞を、光源氏の再来かと思われる美しさ、見事さでご披露なさいました。申し訳ありませんが、維盛様の相方となったもうお一人の舞は霞んでしまいました。維盛様のお父上は、不謹慎とは思いつつ、感激の余り、つい御涙を流してしまわれました。舞が終わった時には、太鼓が鳴りました。本来は鳴らさないのですが、素晴らしかったら叩かせよという院からのご命令もありました。それなのに、太鼓の当番がつい忘れていたようでした。私が催促をして叩かせました。危ないところでした。

その後に舞われた他の舞も見事でしたが、やはり青海波には劣りますよね。このようにして、盛大なる宴も、平家一門の方々のご尽力もあってつつがなく終わり、父も私もほっとしました。何よりも、この平和な世の象徴的な行事となったことが、本当に嬉しいことでした。

＊　＊　＊

さて、この宴の一年後の、やはり三月の出来事を、三番目にお話ししたいと思います。今度は、場面もがらりと変わります。清盛様が目に入れても痛くないと思っていらっしゃった愛息の重衡様の御発案によって、宮中で起きた小さな事件です。この御方はなかなか悪戯《いたずら》好きなのですよ。ある雨の日の夜に、帝が退屈しのぎに、何かないかとおっしゃるので、重衡様が、徳子様付きの女房方を怖がらせてやろうというのです。そのお役を、重衡様が引き受けるのは当然ですが、なんと、私を共犯にしたのです。私はただもう、言われたままに動くしかありませんでした。維盛様の御衣装をお借りして冠を包み、顔を隠して、女房方が寝静まっていらっしゃる部屋に忍び込み、全員の衣をそっと盗み出したのです。大成功でした。首尾を聞いて、帝も大満足で、まもなく、知らぬ顔をして徳子様たちの反応をうかがいに行かれ、大騒ぎをしているご様子に、笑いをこらえるのに必死でいらっしゃいました。そうは言っても、いつまでも怖がらせているのも気が咎《とが》めたのでしょう、偶然発見されたように装って衣が返された後、また、真相をお話しなさったようです。女房の方々にも気軽に話しかけるような気さくな重衡様ならともかく、私まで、あとで女房方から総スカンを食いましたっけ。

＊　＊　＊

そろそろ、私の思い出話も最後になってまいりました。宮中での悪戯騒ぎから一年後の、やはり三月のお話をして締めくくりましょう。今度は、ある夕暮れ時に、重盛様のお屋敷をお訪ねした時のことです。ご一家の方々が蹴鞠に興じていらっしゃいました。その華やぎを眺める重盛様のお姿と共に、まさしく一幅の絵のような景色でした。

私の青春は、はかなく消えてしまった平家の皆さまと共にありました。世間の移り変わりは甚《はなは》だしく、この懐かしい日々が記憶の彼方《かなた》に埋もれてしまうことが耐えがたいことでございます。このような思い出語りでも、どなたかの脳裏に少しでも残ることがあればと思い、つい……。

二、平家の光と影——ある女の回想

あれからどれくらいの時がたったのでしょう。

わたしが、まだ、少女だったころの話です。わたしは徳子様のお側近くに仕えていました。徳子様と言えば、当時、天下を握っていらした平清盛様の娘。結婚した高倉帝にも、大変、大切にされていました。その御所での日々が、どんなに華やかだったか、想像できるでしょうか。

＊　＊　＊

徳子様の御所には、それはそれは美しく着飾った女たちが集まってお仕えしていました。女たちは競っておしゃれをしていましたし、徳子様も、お仕えする者たちが存分におしゃれを楽しめるよう、細やかなお心遣いをしてくださいました。徳子様の弟君の重衡《しげひら》様が、徳子様の御所にやって来た時など、大げさに褒めてくださったりしたものですから、仕えている女たちは、みな、得意な気分になったものです。

もちろん、一番美しく素敵に着飾っていらしたのは、他でもない、徳子様ご自身です。それは、確か一〇月の初めころのころのことでした。冬の訪れを告げる時雨が降ったりやんだりして、少し風が吹いていました。高倉帝は徳子様の御所にいらっしゃって、得意の笛をお吹きになり、隆房《たかふさ》様や維盛《これもり》様、雅賢《まさかた》様といった方々が、帝のお笛に合わせて流行の歌をお謡いになったりして、とても楽しくお過ごしでした。御所のお庭の紅葉は風に吹かれて舞い散り、そうして庭に散り敷いた色々な紅葉は、まるで錦のようで、帝はしばらくその場を離れられず、眺めていらっしゃいました。ようやくお立ちになって、徳子様のいる御簾《みす》のうちへお入りになったときのことです。そこには、散り乱れる紅葉の文様《もんよう》を織り出したお着物をお召しになった、目の覚めるような美しさの徳子様がいらっしゃいました。帝は、徳子様に見とれて、

「あなたのお袖の上も、庭に散り敷いた美しい紅葉と変わりありませんね」

とおっしゃいました。そうしたら、間髪入れずに、徳子様のお側にいた小侍従にお歌で突っ込まれてしまいました。

「徳子様のお袖の紅葉と庭の紅葉が同じだなんて、何をおっしゃいますの。徳子様のお袖の秋の深山《みやま》の紅葉のほうが、ずっと素晴らしいに決まってます。」

＊　＊　＊

このとき高倉帝のお笛に合わせて流行の歌を謡われていた隆房様、維盛様、雅賢様に加えて、実宗《さねむね》様や実家《さねいえ》様、泰通《やすみち》様や、維盛様の弟の資盛《すけもり》様、この方々はいつも連れだって出かけては、音楽を楽しんでいる仲間でした。

東北院という、池山や木立の風情がよいと評判の古いお寺に出かけたときのことです。桜の花が美しく咲き、苔の上や池の上にも白い花びらが舞い落ちていました。白く咲き誇る桜の木に、濃緑の古い木が立ち混じっているのも、かえって風情があります。月は春のおぼろ月。柔らかで清らかな光がすべてを包み込んでいました。

実宗様が琵琶を弾き、資盛様は箏《そう》を奏でて、泰通様と維盛様は笛、隆房様は笙《しょう》の笛を吹いて楽しんで

いるうちに、すっかり夜が更けてしまいました。それでも、さらにいろいろな歌を謡いあったりして、この素晴らしい夜が明けてしまうのを惜しんでいました。

「今夜は、特別に思い出深い夜だね」

と、口々に言い、誰かが、

「この中で誰が先に亡くなって、残された仲間に偲《しの》ばれることになるだろう」

と言いました。「亡くなる」だなんて、なぜ、そんな不吉なことを、このとき口にしたのでしょう。

そのときから六、七年くらいで、この中でも、特に若くて「花」のように見えた、平家の維盛様・資盛様のご兄弟は、動乱の世に巻き込まれて亡くなってしまったのでした。

そして、本当に、残された仲間たちは、東北院に出かけて行って、お二人を偲ぶことになったのです。

＊　＊　＊

そのころは、そのような華やかな日々が消え失せようとは、思ってもみませんでした。ですが、いま、思い返してみますと、妙な出来事は、他にもありました。徳子様のお母様の時子様の、格別おめでたい日に、平家一門の方々をはじめ、たくさんの貴族たちが並んでお祝いしているときに、誰とも知れない子供たちが「将棋倒しを見ろよ」と手をたたいて謡う声が、見物人の中からあがったのです。「将棋倒し」――それが平家一門の不幸な行く末を暗示していることは明らかでしょう。確かに、それは嵐が吹き荒れる前兆だったのです。

＊　＊　＊

不幸の始まりは、帝のお母様の建春門院様がお亡くなりになったことでした。

建春門院様は、本当に賢明な女性でしたので、帝のお父様の後白河院は、とても建春門院様を愛され、大切にして、何事もご相談なさっていました。だからこそ世の中はすべてうまくいっていたのです。

建春門院様が亡くなって半年ほどして、帝は建春門院様のお部屋をお訪ねになりました。後白河院は建春門院様の死をとても悲しんでいらっしゃいましたので、お部屋の飾り付けも、身近にお使いになっていたお道具類も、ご生前そのままにしておかれました。それをご覧になった帝はむせび泣きをされ、ご一緒していた後白河院や親しい臣下の者たちも涙を流されて、みな堪《た》えがたい悲しみを味わったのでした。その帝ご自身も、乱世にご心労が重なられたためか、若くして亡くなられてしまいました。こうして少しずつ歯車が狂い始めました。

＊　＊　＊

そして、ついに怖ろしい日々がやってまいりました。徳子様は、まだ幼いご子息の安徳帝やお母様の時子様とご一緒に、平家のご一門のみなさまに従って急に都から出て行かなくてはならなくなったのです。一門の方々がばたばたと西へ向かって旅立たれる中で、重衡様は式子内親王様の御所をお訪ねになりました。そんな火急のときに、わざわざお訪ねになったのは、重衡様には式子様のもとにお二人の恋人がいたからなのでしょう。重衡様は、慌ただしいお別れのときにも細やかなお心遣いを忘れず、武具を着けていながら優美なお姿でした。御所のみなさまは重衡様を待ち受けている過酷な運命を思って涙したそうです。恋人のお二方は、その後出家されて、重衡様を思い続けて余生を送られました。

思い返してみますと、徳子様のきらびやかな御所で過ごした日々も、音楽好きの男の方たちが連れ立って東北院にお出かけになるような日々があったということも、本当に夢のようです。その中心にいて、まぶしいほどに輝いて見えた平家一門の方々は、もうどなたもこの世にはいらっしゃらないのです。

三、恋のかたち——隆房の独白《モノローグ》

都にその名をとどろかせた平家一門だったが、あまりにも短い栄光の日々の後、皆はかなく散ってしまった。私は藤原隆房《たかふさ》。私には、平家の御曹子《おんぞうし》たちと過ごした美しい日々の記憶がある。今でも目を閉じれば、彼らの笑顔が蘇《よみがえ》る。

＊　＊　＊

私は、ある春の明け方に、偶然、維盛《これもり》の秘密の恋の現場に行き合ってしまった。その姫君は、かつて帝からのお召しの声も聞き入れずに、ひっそりと暮らしておいでだったというのに、維盛はどうやって逢瀬《おうせ》を遂げたのだろう。

私は、維盛に会って確かめずにはいられなかった。お邸《やしき》に訪ねて行くと、維盛はちょうど父上の重盛大臣に呼ばれて部屋にはいなかった。その隙に中を見て、なんと書きかけの恋文を見つけてしまった。あろうことか、昨夜が初めての逢瀬だったらしい。思わず知らず、涙がこぼれた。何よりも悔しく、受け入れ難いのは、維盛が私に内緒で女性に通っていたという事実だった。かの光源氏のように美しい維盛、誰よりも慕わしい維盛、私が憧れてやまない維盛……その維盛を、女性なんぞに奪われたのだ。私は、せつなさに胸を焦がした。

戻ってきた維盛に、私は平静をよそおって鎌を掛けてみたりしたのだが、まるでしっぽを出さないのだった……。

私とて、管絃の才能溢れる雅《みやび》な貴公子だという自負もあった。そのまま知らん顔などできはしない。若かった私は、維盛がその姫君のもとに通っているところを待ち伏せするようなこともしたのだった。お邸の門のあたりに身を潜めていて、維盛が帰ろうとして車に乗ったとき、隙をねらって乗り込んでやった。すると、驚いた維盛は、私のことを「隠れ蓑《みの》の中将のようだ」と言って、ちょっとにらんだ。その時の維盛の顔といったら、悪戯《いたずら》を見つけられた少年のようだった……。

＊　＊　＊

そうそう、私は、資盛《すけもり》たちともよく遊んだものだ。ある日、私たちは、たまたま小柴垣《こしばがき》のある家を見つけて、そこに住む女性たちの様子を垣間見《かいまみ》した。美しい女童《めのわらわ》たちが雪遊びをしていた。まるで『源氏物語』の一こまのような光景だった。簾《すだれ》を掲げた女の美しい顔が見えた。そんな時、チャンスを逃さない資盛はさっと歌を詠んで贈り、風情のある返歌を受け取った。あれは、まるで物語のような風流なやりとりだった。

あの女《ひと》は、あれからどうしただろうか……。

私は藤原隆房。私には、平家の御曹子たちと過ごした美しい日々の記憶がある。今でも目を閉じれば、維盛や資盛らの笑顔が蘇る。私の記憶の中で、永遠に若いままの彼らの……。

I 『平家公達草紙』を読む

本章の読み方〈凡例〉

現在知られる『平家公達草紙』には三つの系統がある。本章ではそれら三種の影印を紹介し、その翻刻を下段に、注を原則として左ページに付した。まずは影印・翻刻・注を平行して読むことをお薦めする。

影印について

＊一、「華麗なる一門」は第一種（福岡市美術館本松永コレクション）を底本とした。

＊二、「平家の光と影」は第二種のうち、金刀比羅宮本を底本とし、同系統の東京国立博物館本（東博本と略す）との校異を注にあげた。注にあげていないものには本文に「＊」を付して、一三七頁に合わせて掲出した。

＊三、「恋のかたち」は第三種（宮内庁書陵部本）を底本とした。

翻刻について

＊小話ごとに題を付け、段落ごとに小見出しを付けた。

＊読みやすいように、清濁、句読点等を私に施し、会話文に「 」を付した。割書は〈 〉で示した。

＊仮名遣いは底本のままとし、歴史的仮名遣いと異なる場合には、歴史的仮名遣いを右傍に（ ）で示した。

【例】 おかしく→お《を》かしく

＊仮名書きには漢字を、漢字には読みを、人名には通行の漢字を、（ ）で補った。

【例】 をり　→を《折》り
侍りし　→侍《はべ》りし
惟盛　→惟《維》盛

＊踊り字「〲」、「ゝ」、「々」は原本のままとし、必要に応じ濁点を付した。

＊明らかに誤字と思われる字も原本のままとし、右傍に（ ）で訂正した。

【例】 前ほ《お》く

＊翻刻下部のは、その部分に関するコラムがあることを示す。の番号は第一、二、三種本ごとの通し番号である。

注について

＊各小話ごとに注番号を付した。

＊注の中に、「補注」（①〜）と、「人名一覧」（01〜）の番号を記した。

コラムについて

＊作品世界への理解を広げるため、各小話の後ろにコラムを載せた。

補注について

＊注項目をさらに詳しく解説する場合、第一、二、三種各本の後ろに、補注を載せた。

現代語訳について

＊補注の次に、現代語訳を載せた。

＊読解の助けとなるように、わかりやすい訳を心がけた。

一、華麗なる一門

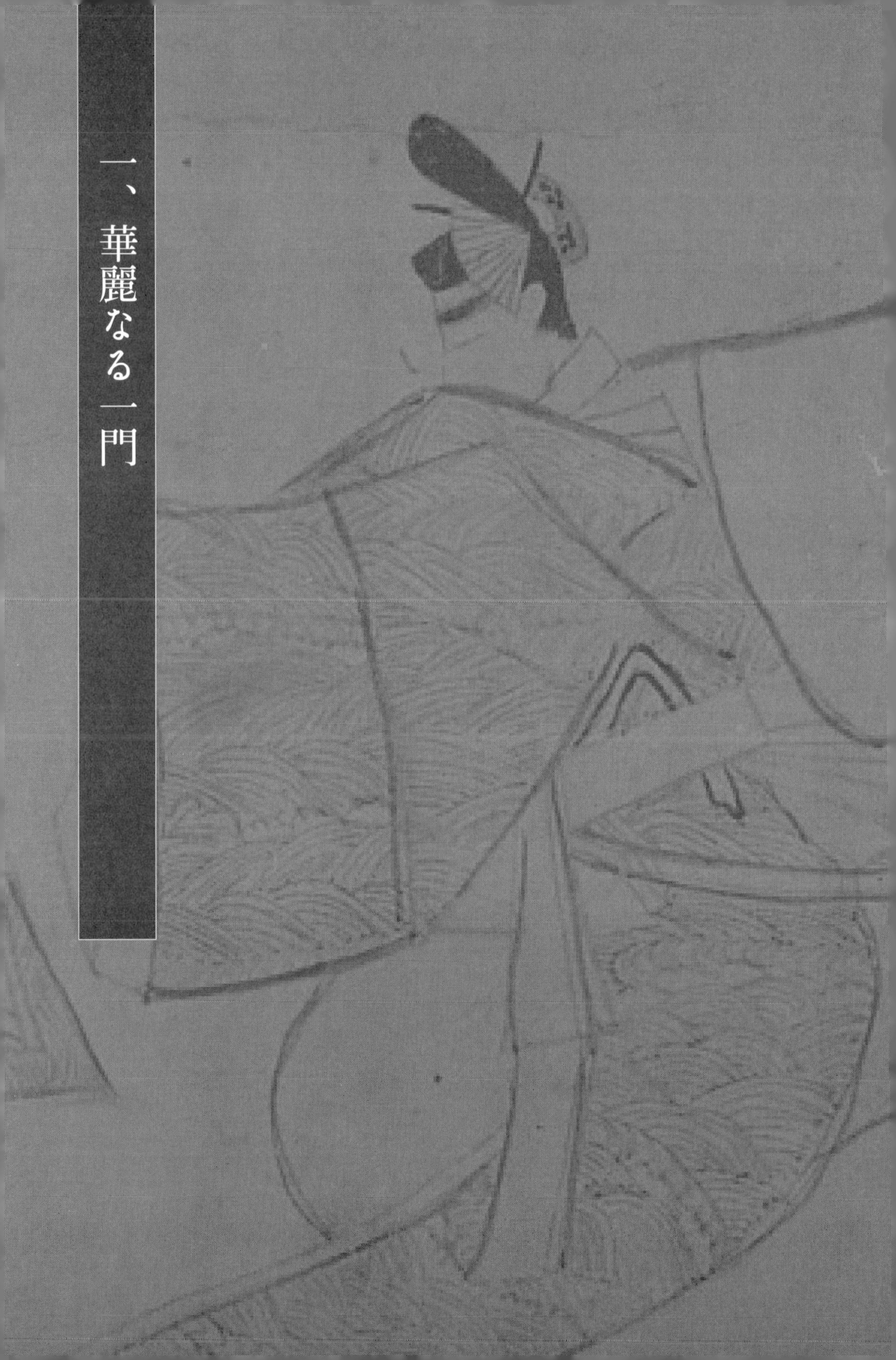

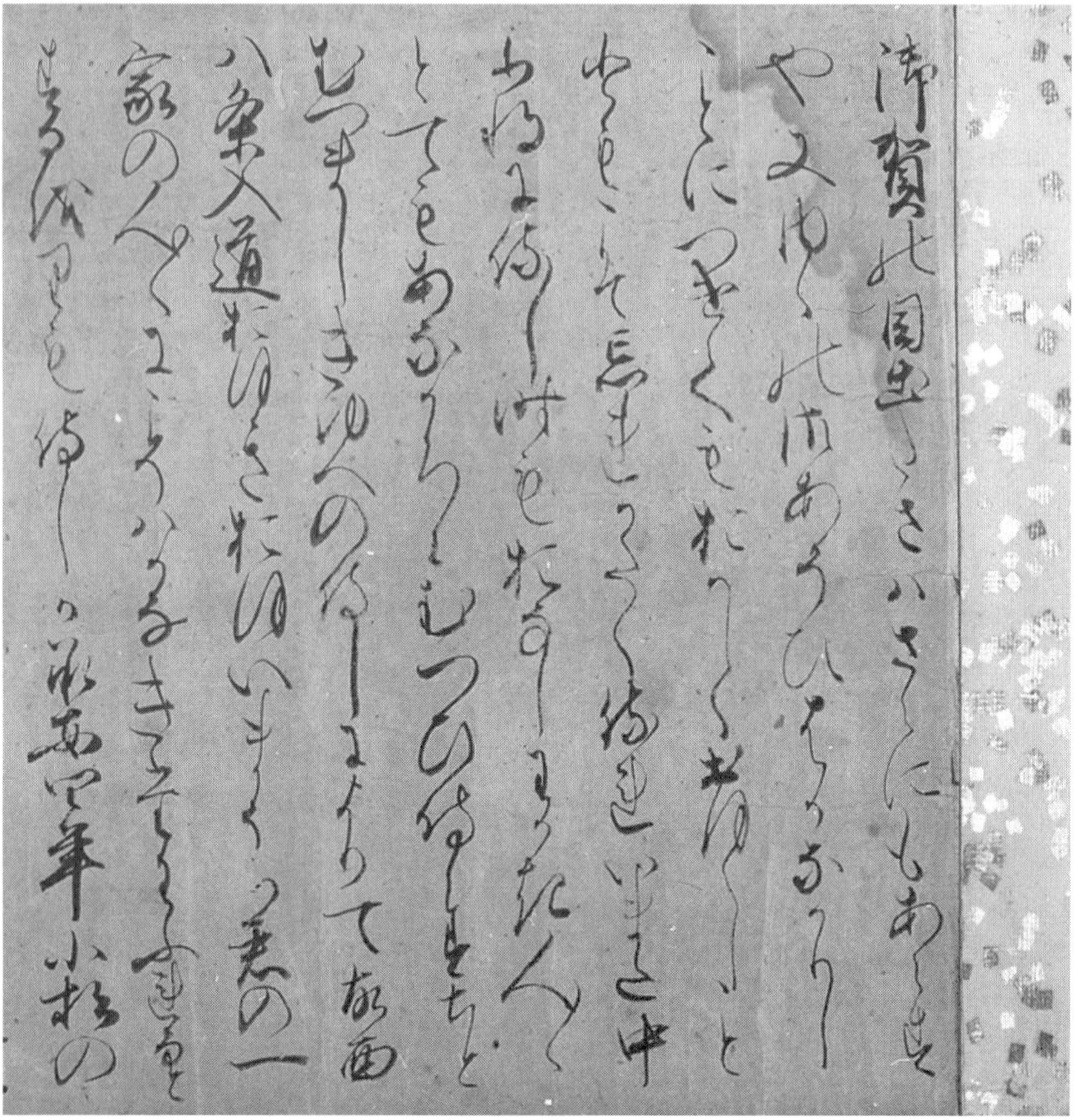

【1】平重盛―凜々しい大将

[1] 御賀[1]の目出たさは、さらにもあらずや。又、内〲[2]の御あそび、はかなかりし[3]ことにつけても、お《を》かしくおぼえしことどもこそ、忘れがたく侍れ。[2] いまだ中・[4]少将に侍し《はべり》時も、おなじわかき人〲とても、あながちに、むつび侍《はべ》らず。ちと、むつまじきゆへ《ゑ》の侍し《はべり》によりて、故西[5]八条入道おほきおほいまうち君《太政大臣》の一家の人〲にこそ、はかなきたわ《は》ぶれなどするをり《折》も侍《はべり》しか。[3] 承安四年、小松[6]の

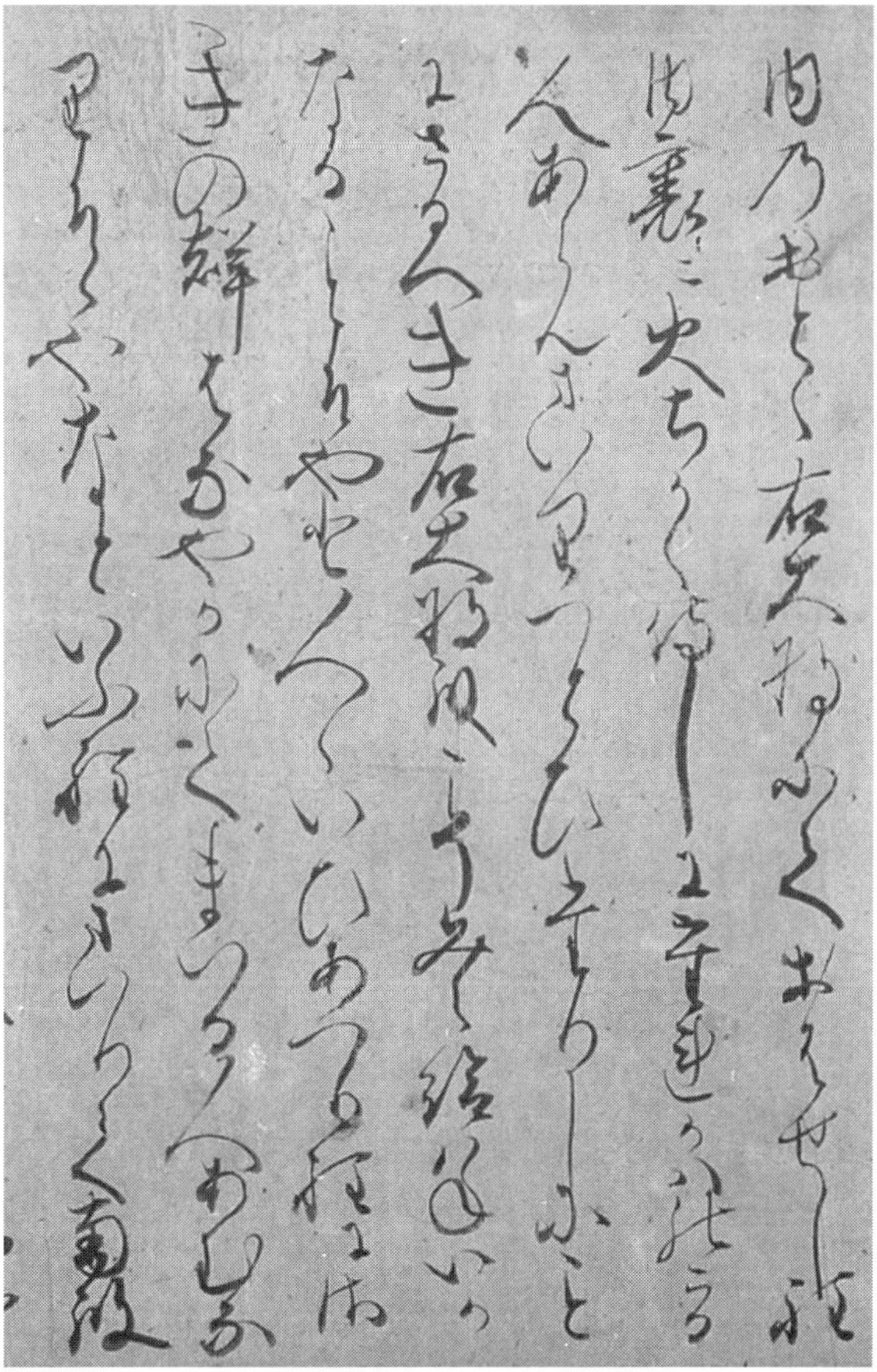

2

内のおとゞ《大臣》、右大将にておはせし程、[7]内裏に火ちかく侍《はべり》しに、たれかはのこる人あらん、まい《ゐ》りつどひたりしに、「ことに、[8]さるべき右大将殿こそ、みえ給はね。いかなることぞや」と、人〴〵、いひあへる程に、[9]さきの声、はなやかにて、まい《ゐ》る人あむなり。「[10]そゝや」などいふ程に、まい《ゐ》りて、[11]南殿

【1】平重盛―凛々しい大将

※承安四年（一一七四）、内裏付近で火事があった。

1「一、華麗なる一門」全体の総括的評言。

1 安元御賀。［2］「平維盛―華やかな舞姿」参照。

2［3］「平重衡―陽気な悪ふざけ」参照。

3［4］「美しき小松家の人々」参照。

2 平家一門の人々との親交。

4 主語は語り手。藤原隆房が想定される。隆房は、永万二年（一一六六）六月に右少将、治承三年（一一七九）一一月に右中将、寿永二年（一一八三）一月に左中将就任。↓人名一覧47

5 平清盛。↓人名一覧33

3 重盛の凛々しさ。

6 平重盛。承安四年七月に右大将就任。↓人名一覧28

7 史実としては確認できない。『右京大夫集』（五八）参照。なお、当時の内裏は閑院。閑院については、49頁注65参照。↓補注①

8 近衛大将は、火事などの非常事態には、まっ先に参上すべきであった。

9 先払いの声。先払いは、貴人の外出の際に前方

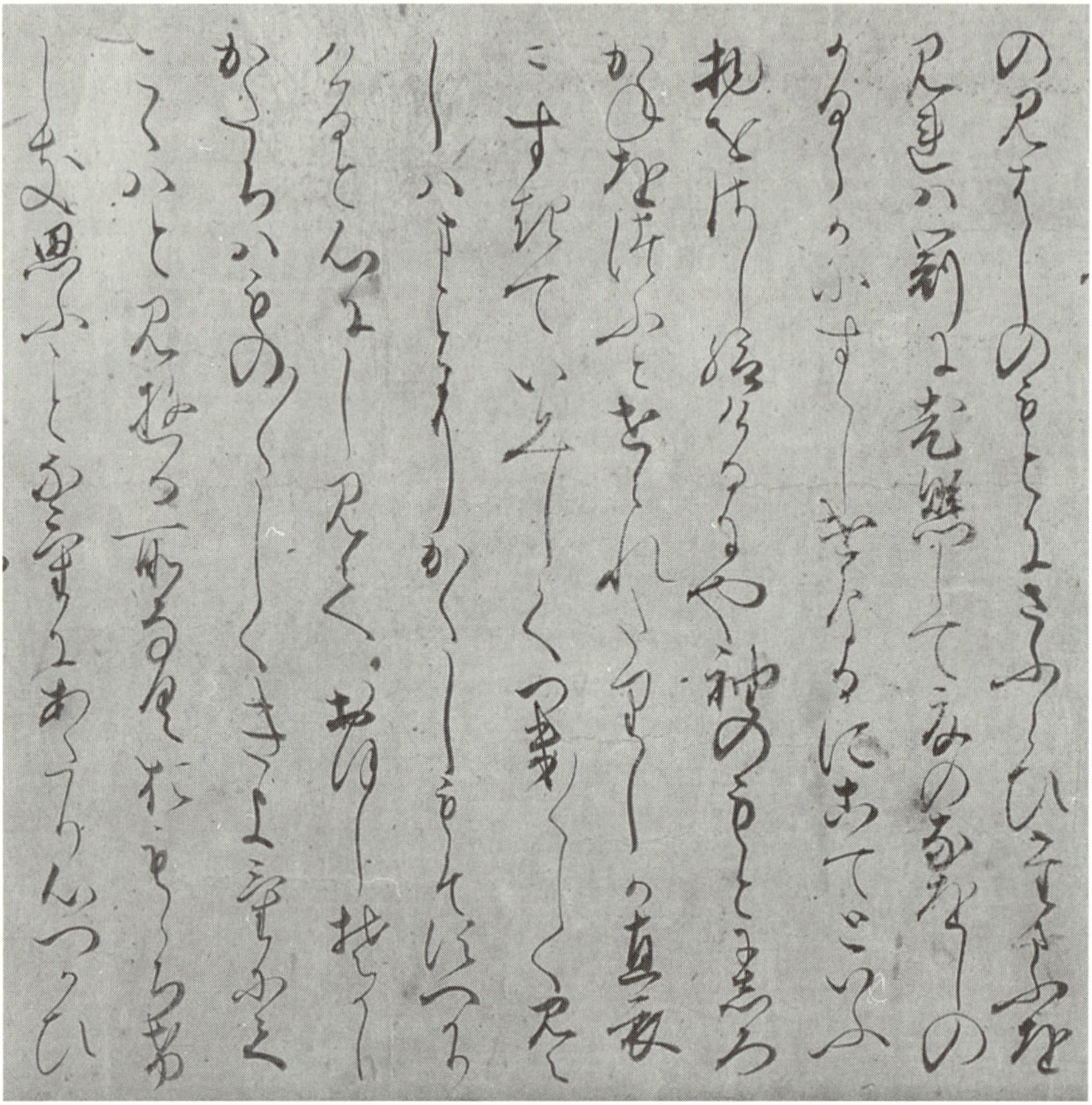

のみはし《御階》のもとに、さぶらひたまふを
見れば、冠に12老懸《おいかけ》して、13夏のなを《ほ》しの、
かる《軽》らかに、すゞしげなるに、14こて《籠手》といふ
物を、さし給《たまひ》けるにや、袖のもとに、しろ《銀》
かねを、つぶとせられたりしが、直衣《なほし》
にすき《透》て、15いみじくつき〴〵しく見え
しは、「まことに、かくしもぞ、すべかり
ける」と、心にしみて、おぼし《え》ぞかし。
かたちは、もの〳〵しく、きよげにて、
16こゝはと見ゆる所なく、おもゝち、け
しき、思ふことなげに、あたり心づかひ

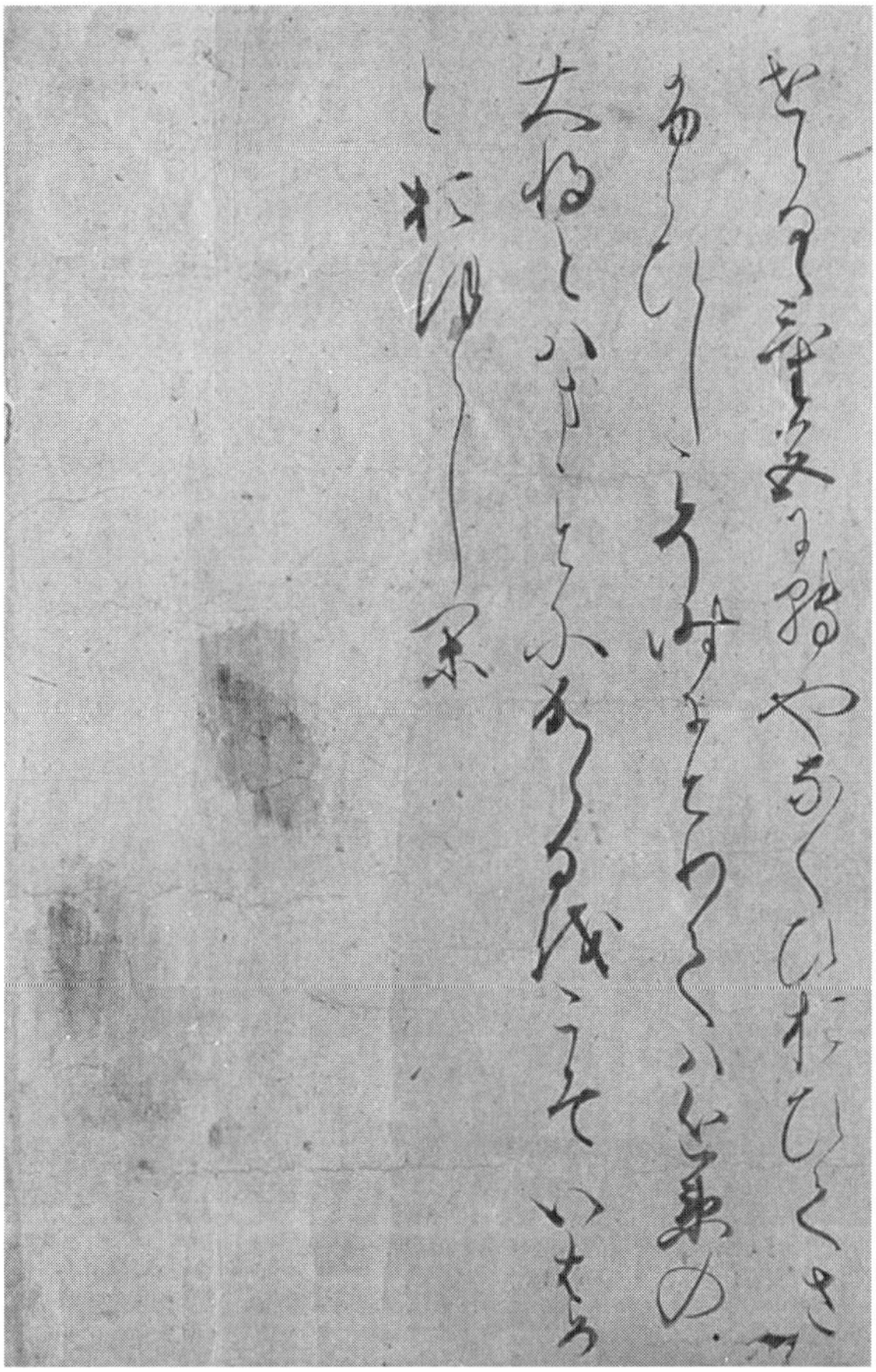

せらるゝ気色にて、[17]やなぐひ《（胡籙）》お《（負）》ひて、さ
ぶらひしこそ、「時にとりては、近衛の
大将とは、まことに、かゝるをこそいはめ」
と、おぼえしか。

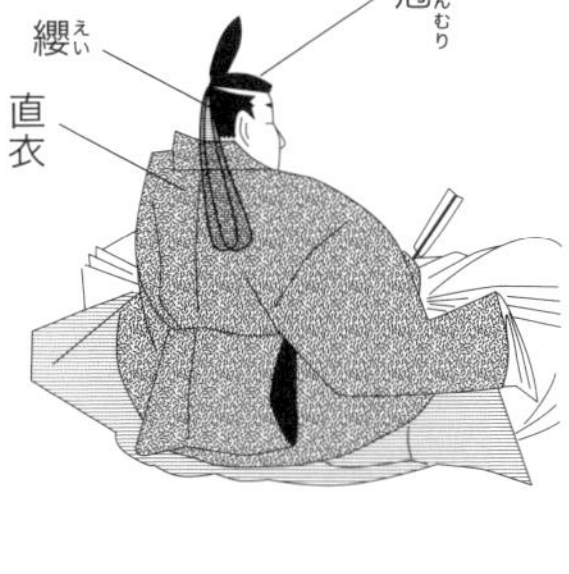

の通行人を退かせること。また、それをする人。
10 さては。それぞれ。驚いたり、注意を惹いたりする時などに発する。
11 内裏の正殿。紫宸殿。
12 武官が正装した時に冠に付ける飾り。
13 夏の直衣。直衣は皇族・貴族の平常服。
14 腕を守るために着ける武具。ここでは銀の金具が付けられている。
15 平常服の直衣の下に武具を付けて参上した姿がこの場にふさわしく見えた。
16 ここが足りないというところもなく。完璧な姿で。
17 矢を入れて背負う道具。

1

第一図1

2

〈第一図〉平重盛─凛々しい大将

画面中央、南殿の階《きざはし》の下に右向きに控えているのが、遅れて来た重盛。室内には、天皇が避難する際の乗り物として腰輿《ようよ》が用意されている。多くの男性が集まっているが、武官は弓を持ち矢を背負い、冠の纓《えい》を巻いて老懸《おいかけ》（緌）をしている。文官は纓を垂らしている。重盛は、武官の出で立ちである。

2

画面中央に立って歩む男性は、異時同図法で描かれた重盛だろうか。直衣の文様は、袖口のみ細かく描かれて、あとは省略されている。同様に、指貫《さしぬき》の文様も一部しか描かれていない。ただし、この文様は前頁の階の下に控える重盛の指貫とは異なり、階の上に控える男性の指貫と同じように見える。

第一図2は前田青邨による模写。

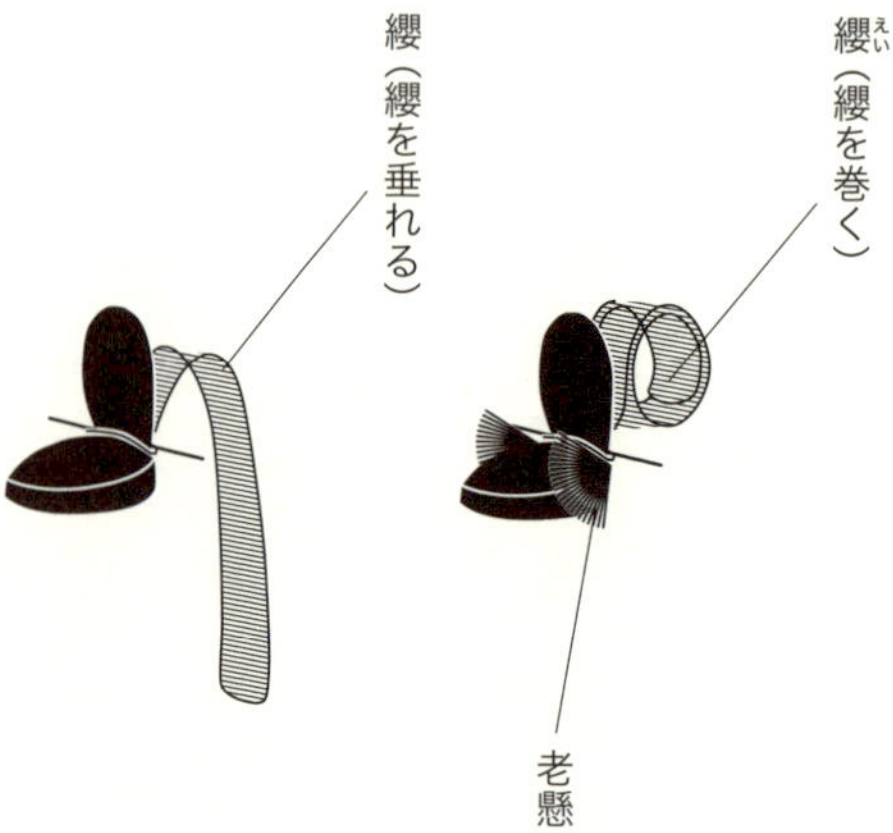

1　語りだしと隆房

語りだしは、「御賀の素晴らしさは言うまでもないこと……」。でもこれは、第二話以降を先取りしたものです。何のこと？　次には「まだ中将・少将でありました時」とあります。一体誰のこと？　では早速、左注の助けを借りましょう。「御賀」は「安元御賀」、「中将・少将」とは「隆房」。隆房って、だれ？

藤原隆房は親平家側で活躍した貴族で、妻は清盛の娘です。しかし、平家一辺倒ではなく、後白河院にもよく仕えていたので、平家が都落ちをし、滅亡した後にもますます栄えました。『公達草紙』の資料の一つとなった『安元御賀記』の作者でもあります。他にも、自身の失恋を詠んだ百首歌は『隆房集』として残されています（失恋の相手は小督局《こごうのつぼね》と言われ、『平家物語』の題材となり、『公達草紙』成立と同じような時代に絵巻が作られました）。「三、恋のかたち」でも隆房を語り手として、維盛との怪しげな関係を作り出しています。なぜ、これほどまで、隆房が陰に陽に登場するのでしょう。

その理由の一つに、『公達草紙』制作の時代の、隆房の子孫の繁栄を考えてもいいでしょう。左の系図でおわかりのように、隆房の血を引く女性たちが、皇室との結びつきを強めています。貞子は九〇歳の御賀を祝われ、『増鏡』「老の波」でも、正確さには欠けますが、「安元の御賀に青海波舞ひたりし隆房の大納言の孫なめり」と紹介されています。こうした子孫の女性たちの存在感が、隆房まで有名にしたのかもしれません。

【参照】角田文衛『平家後抄（下）』（講談社学術文庫、二〇〇〇年九月、初版は一九八一年）

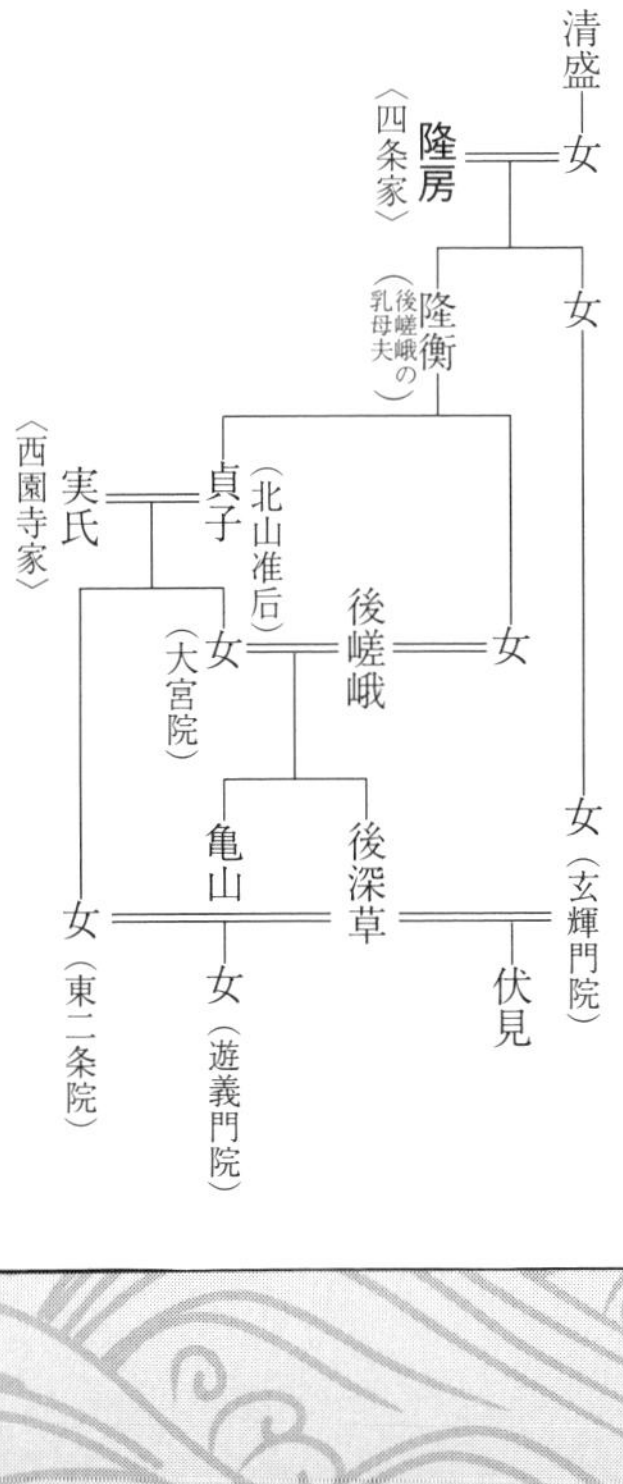

2 頻発する火事

「火事と喧嘩は江戸の華」などと言われますが、火消しの町衆が華々しく活躍した江戸時代だけでなく、古くから京都でも火事は頻発していました。日本の伝統的な建物は「木と紙でできている」ともよく言われますが、そうした家などが密集する都市で、いったん火事になると、大きな災害になることが多かったのです。時には、皇居である内裏や、その外側を囲む大内裏《だいだいり》が火事になることもありました。九世紀に実際に起こった放火事件である「応天門の変」に取材した『伴大納言絵詞《ばんだいなごんえことば》』は、黒煙と炎をあげてもうもうと燃え盛る大内裏内の応天門を迫力満点に描いています。平家の公達が活躍していた時代で言えば、本話が設定する承安四年（一一七四）の三年後、安元三年（一一七七）四月二八日の「安元の大火」が有名です。この時、夜の一〇時頃、樋口富小路《ひぐちとみのこうじ》付近で発生した火事は、折からの強風にあおられて火元から北西方向に扇状に燃え広がり、平安京の三分の一に及ぶ範囲を焼き払って、大内裏にまで達しました。

大内裏では大極殿《だいごくでん》や八省院《はっしょういん》などの建物や、応天門や朱雀門《すざくもん》などが焼失してしまい、この後、再建されることはありませんでした。焼死者は数千人に及んだと言われています。その大火に遭遇した鴨長明は、『方丈記』に、火事の現場から遠くの家は煙にむせび、近くは炎が地に吹き付けるようで、夜空は火の光に照らされて、一面、紅色に染まったと記しており、いかに激しい火事であったかが目に浮かぶようです。当時、高倉天皇は閑院と呼ばれる邸宅を皇居（「里内裏」と言います）としていましたが、そこにも危険が迫ったため、天皇と中宮徳子は正親町東洞院《おうぎまちひがしのとういん》にある藤原邦綱《くにつな》邸に急いで避難しています。それにしても、本話では、重盛は悠然と格好良く登場しますね。

3　衣の下の武具

内裏近くの火事という緊急事態に遅参した重盛でしたが、職務怠慢だと批判されるどころか、その装いと沈着冷静なふるまいを絶賛されています。通常なら、取る物も取りあえず、しどけない姿で駆けつけそうなものですが、重盛は違いました。きちんと老懸《おいかけ》を付けた冠に涼しげな夏の直衣《のうし》、その袖からは、銀の装飾のある籠手《こて》が透けて見えます。武官らしく武具を身につけていますが、なんとも優雅で、余裕すら感じさせる頼もしさです。気も動転していた人々は、このような重盛の姿を見て、落ち着きを取り戻したことでしょう。

衣の下の武具といえば、『平家物語』の有名なシーンが思い出されます。鹿谷《ししのたに》の謀議が発覚した後、怒りくるって、謀議に深く関わっていた後白河院を幽閉しようとした清盛を、重盛が思いとどまらせる場面です。清盛は、出家した身でありながら武装して自ら出陣しようとします。そこへ直衣姿の重盛が駆けつけました。さすがの清盛も、普段から一目《いちもく》置いている重盛には武装姿を見られたくありません。それで、あわてて腹巻（簡略な鎧）の上に僧衣をはおって対面するのですが、襟元から腹巻の金具が少し見えています。しきりに衣をひっぱって隠そうとしますが、うまくいきません……。なんだか、清盛が滑稽に見えます。この時、重盛は熱弁を振るい、涙まで流して、清盛が後白河院の御所に攻め込むのをあきらめさせました。おかげで、何とか混乱は避けられたのでした。沈着な息子・重盛の面目躍如といったところでしょうか。『公達草紙』の重盛像とも通じるところがあります。

因《ちな》みに、『公達草紙』での重盛の装いとよく似た描写が、『竹むきが記』に出て来ます。それは、作者のもとに来た使者の装いで、香染《こうぞめ》の美しい直垂《ひたたれ》の下から籠手の銀の金物が透けて見えるというものです。既に指摘があるように、『公達草紙』の表現が影響しているかもしれません。『竹むきが記』は、南北朝時代の動乱期を生きた日野名子が、その数奇な人生を綴った日記文学です。名子も、『公達草紙』の読者の一人だったのでしょうか。

【参照】岩佐美代子『竹むきが記　全注釈』（笠間書院）

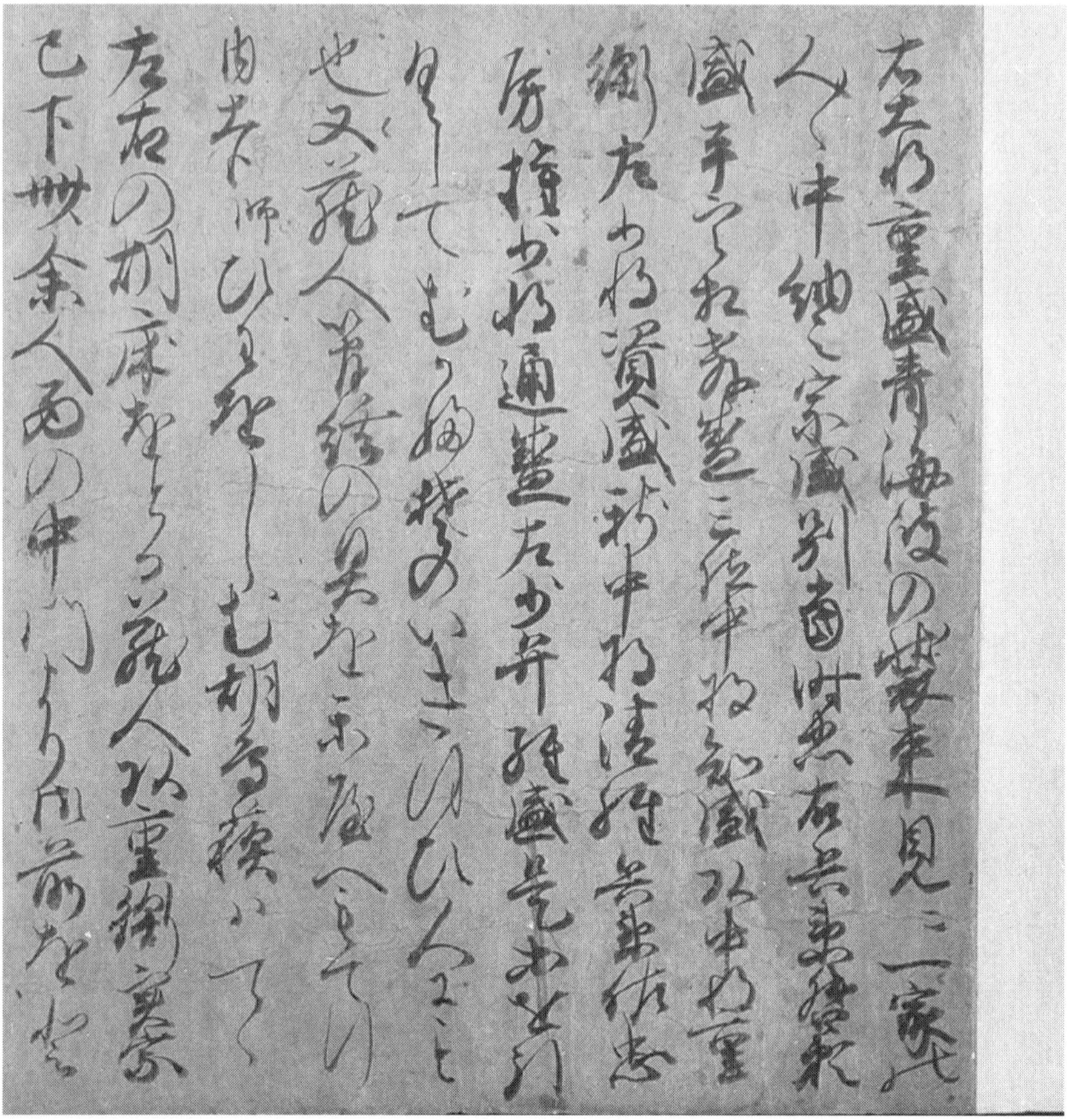

【2】平維盛―華やかな舞姿

1 右大将重盛、青海波[1]の装束見に、一家の人〴〵、中納言宗盛、別当時忠[2]、右兵衛督頼盛、平宰相教盛、三位中将知盛、頭中将重衡、左少将資盛、新中将清経、兵衛佐忠房、権少将通盛、左少弁経盛[3]、是等を引《ひき》具して、むかふ。そのいきほひ、人にこと也。又、蔵人、管絃の具を、楽屋へもて行《ゆく》。

2 内大臣[4]〈師〉、びわ《は》をしらむ。[5](古)胡鳥蘇はてゝ、左右の胡床[6]《こしやう》をとる。蔵人頭重衡、実宗[7]已下《いげ》卅《しじよ》余人、西の中門より、御前をと

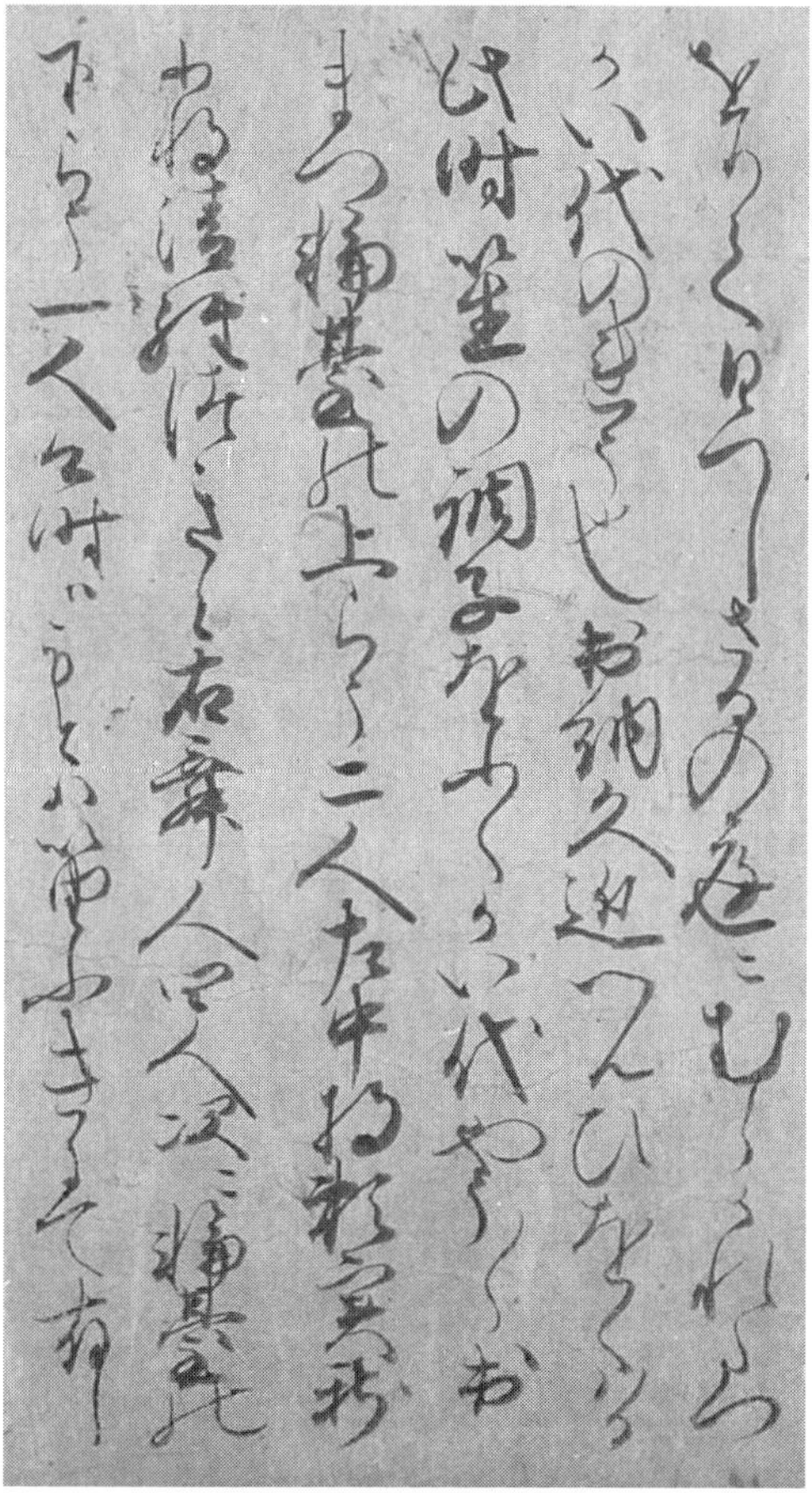

を《ほ》りて、[8]ひつじさる《未申》の庭に、むらがれ《群》たつ。[9]かい《垣》代のれう《料》也。[10]出納《しゆつなふ》久近、[11]へんび《扁皮》をくばる。此《この》時、笙の調子[12]をふく。

3 [13]かい《垣》代、やう〱出《いづ》。まづ、[14]輪台の上らう《臈》[15]二人、左中将頼実、新少将清経。つぎに、右舞人四人。次に、輪台の[16]下らう《臈》一人。[17]公時は、もとは笛ふきにて有《あり》し

【2】平維盛―華やかな舞姿

※安元二年（一一七六）三月の後白河院の五〇歳の御賀が法住寺殿で行なわれた。本話は六日の後《ご》宴《えん》。『安元御賀記』（類従本）に拠る（240～245頁参照）。

↓補注②

1 重盛、一門を率いて楽屋へ。

1 唐楽の盤渉調《ばんしきじょう》の舞楽曲。二人舞。青海波《せいがいは》の文様の衣を着て、太刀を帯び、鳥兜《とりかぶと》をかぶって舞う。輪台《りんだい》を「序」、青海波を「破」として一曲となる。「急」にあたるものはない。

2『御賀記』ナシ。↓人名一覧23・45・11

3『御賀記』ナシ。↓人名一覧12

2 青海波の準備。

4 内大臣藤原師長。琵琶の名手。↓人名一覧20

5 ことりそ。舞楽の一。六人で舞う。

6 腰掛け。

7『御賀記』定家本「蔵人頭」。類従本「蔵人頭実宗、重衡」。↓人名一覧27・26

8 南西の方角。

9 垣代のために出てきた。垣代は、舞楽を演じる時、舞人を垣のように取り囲んで演奏する人々のこと。

10 系譜等未詳。『玉葉』文治三年（一一八七）一一月二二日条に出納職を止められたことが載る。

11「輪台」「青海波」で用いる楽器。檜製で約三cmの蕨形《わらび》。垣代が左手に持った小枝で拍子をうつ。

12 舞楽や管絃の最初に奏する。拍子はなく、笙から始めて順次各楽器が加わる。音取《ねとり》よりも規模が大きい。

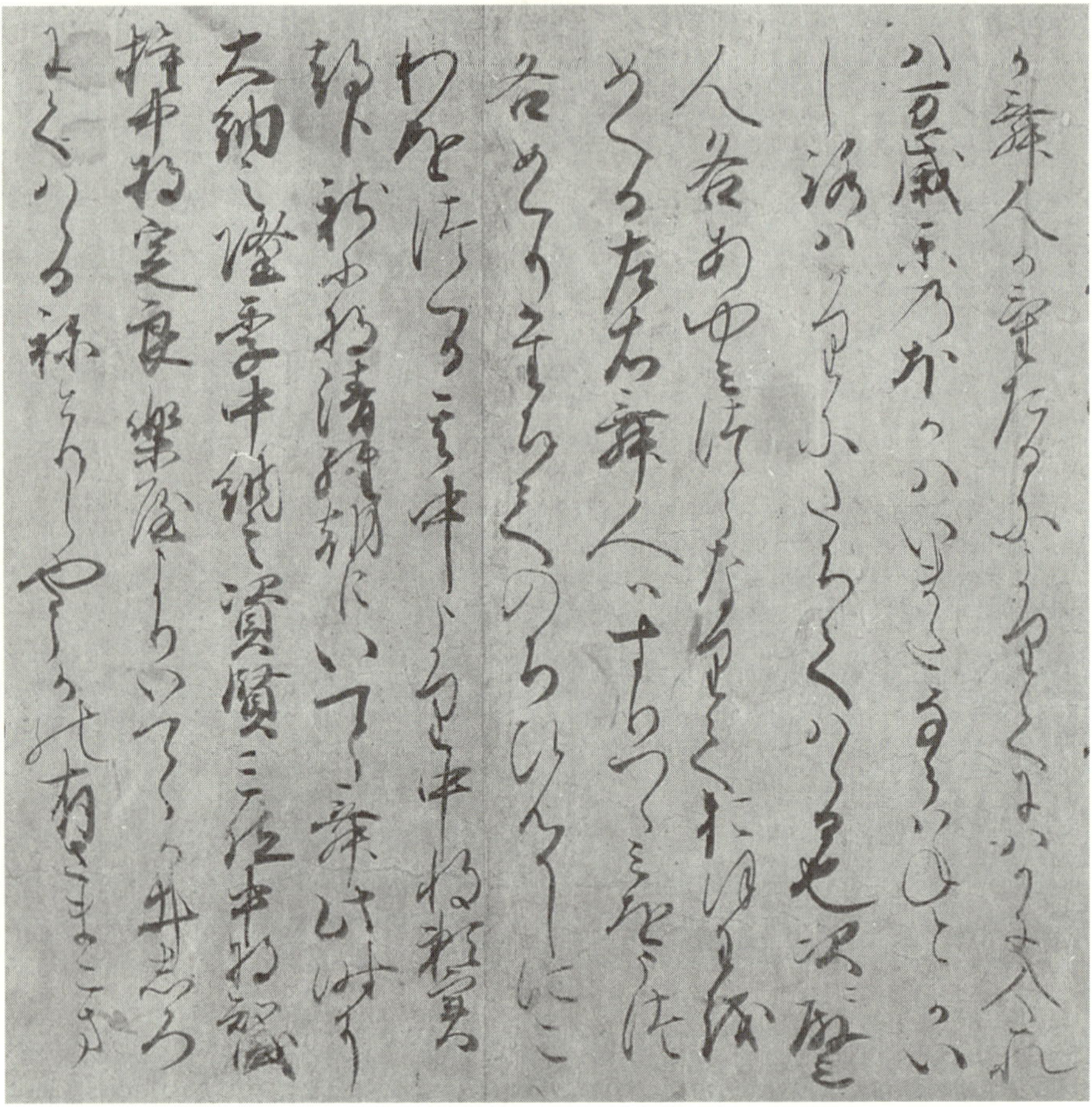

が、舞人かけたるによりて、にはかに入《いり》たれば、[18]万歳楽《まんざいらく》のほかは、いまだならはねど、かいしろ《垣代》ばかりにたちくはゝる也。次に、殿上人、各《おのおの》あゆみつらなりて、[19]おほわ《大輪》をめぐる。左右舞人は、[20]すりつゞみ《摺鼓》をうつ。各《おのおの》めぐりたちてのち、ひんがしに、[21]こわ《小輪》をつくる。 4 其《その》中より、中将頼実朝臣、新少将清経朝臣、いでゝ舞《まふ》。此《この》時に、大納言隆季、中納言資賢、三位中将知盛、[22]権中将定良《能》、楽屋よりいでゝ、かゐ《い》しろに、くはゝる。[23]ねとり《音取》、[24]しやうが《唱歌》の有《あり》さま、こま

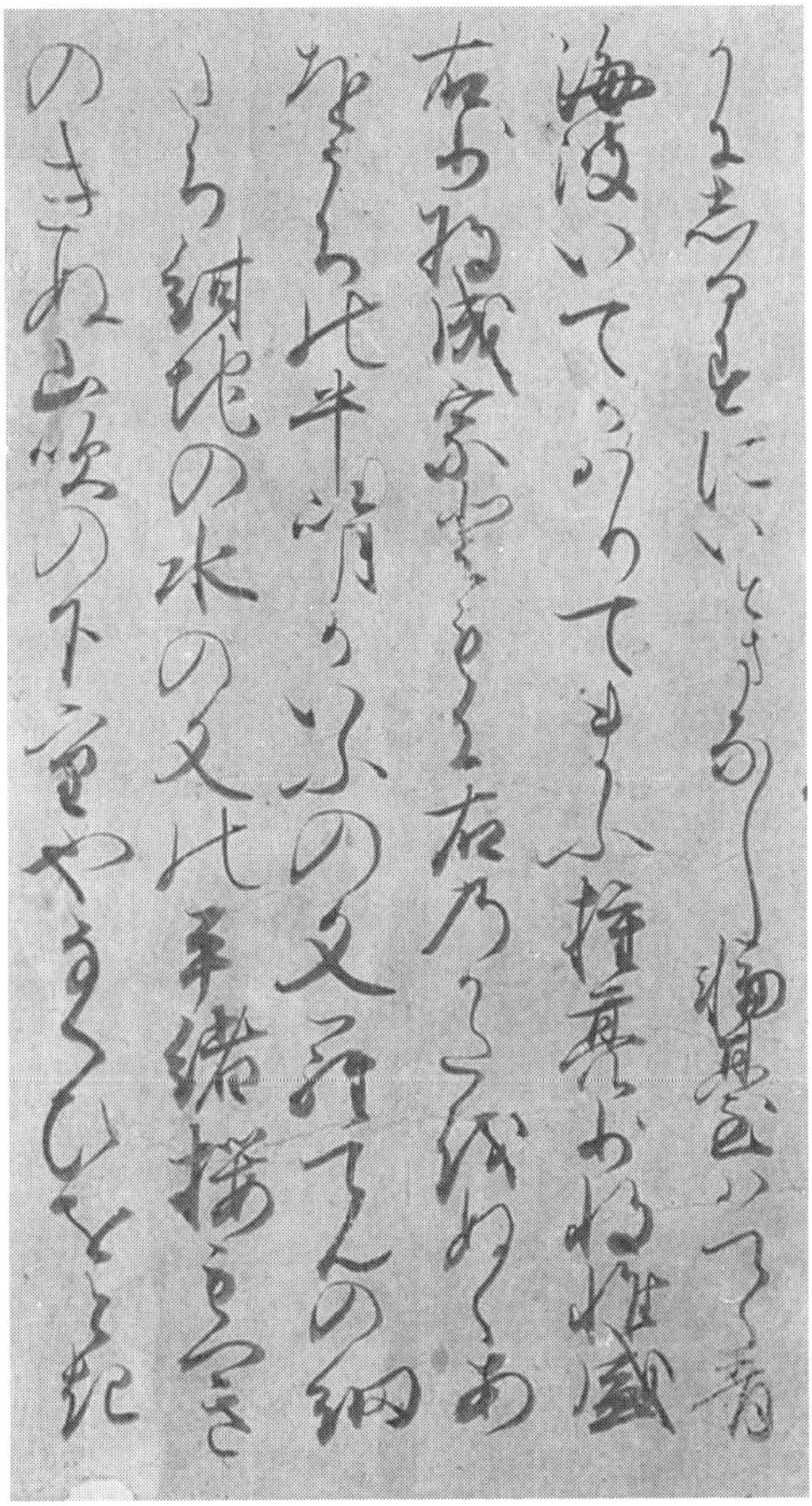

かにしるすに、いとまなし。5 輪台はて丶、青海波、いでかはりてまふ。権亮少将惟(維)盛、右少将成宗、ともに、[25]右のかたをぬぐ。[26]あをう(ら)ちの半臂(はんぴ)かいぶ(海賦)の文(もん)、[27]らでん(螺鈿)の細だち(太刀)、紺地の水の文(もん)の[28]平緒(ひらを)、[29]桜もへ(え)ぎのきぬ(衣)、[30]山吹の下重(したがさね)、[31]やなぐひ(胡籙)をとき

3 垣代の人々の行列

13 輪台をはじめ、青海波以外の舞人等が垣代の役として登場し、二つの輪を作る。

14 舞楽の一。左方唐楽の盤渉調の舞楽曲。四人舞。「青海波」の「序」として舞う。

15 上臈。身分の上位の人。

16 下臈。身分の下位の人。

17 急遽、輪台に加わった。↓補注③　↓人名一覧

16

18 唐楽の平調《ひょうじょう》の舞楽曲。四人舞。帝の即位など祝賀の宴で舞われる。

19 大きな輪を描いて回る。

20 打楽器で、左手で抱え、右手の指で鳴らした。

21 『御賀記』定家本「こわ」。類従本「是」。

4 輪台の舞。

22 藤原定能。↓人名一覧41

23 演奏の前に、楽器の音調を調整すること。笛を基準にする。

24 琴や笛などの楽器の旋律を譜で唱えること。

5 青海波の舞、維盛登場。

25 『御賀記』「右のそでをかたぬぐ」。青海波は衣の右袖を肩脱ぎして舞う。

26 「あをうち」は「青裏」。「半臂」は、上着の袍と下襲の間に着る衣。丈が短く、袖がない。「海賦」は、波や貝など海辺の景色の模様。『御賀記』「かいぶのはんぴ」。

27 漆工芸の装飾を施した、細長い儀式用の太刀。

28 平たく組んだ紐。太刀を帯びる緒、または腰に巻いて前に垂らす飾りの紐として用いた。

29 桜萌黄。襲《かさね》の色目の名。表は萌黄、裏は赤花。

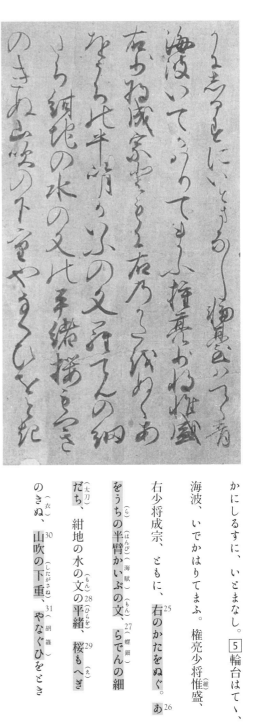

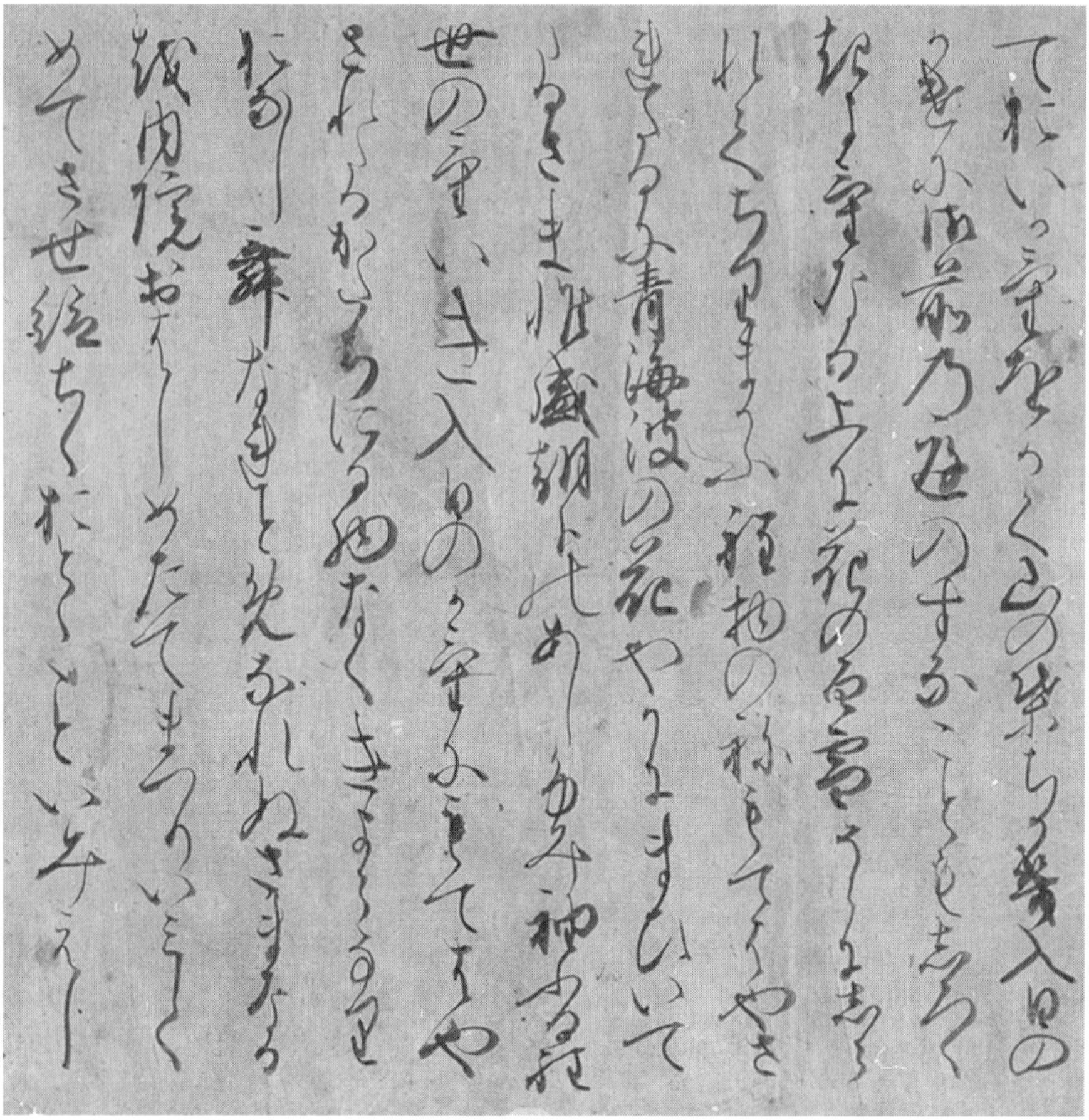

て、[32]おいかけ（老懸）をかく。6[33]山のは（端）ちかき入日の
かげに、御前の庭のすなごども、しろく
きよげなる上に、花の白雪、[34]そらにしら
れで、ちりまがふ程、物のね（音）、もてはやさ
れたるに、青海波の、花やかに、まひいで
たるさま、惟（維）盛朝臣のあしぶみ（足踏）、袖ふる程、
世のけいき、入日のかげに、もてはや
されたるかたち、にる（似）物なく、きよらなり。
おなじ舞なれど、めなれぬさまなる
を、[35]内、院お（を）はじめたてまつり、いみじく
めでさせ給（たまふ）。[36]ちゝ（父）おとゞ（大臣）、[37]こといみ（事忌）えし

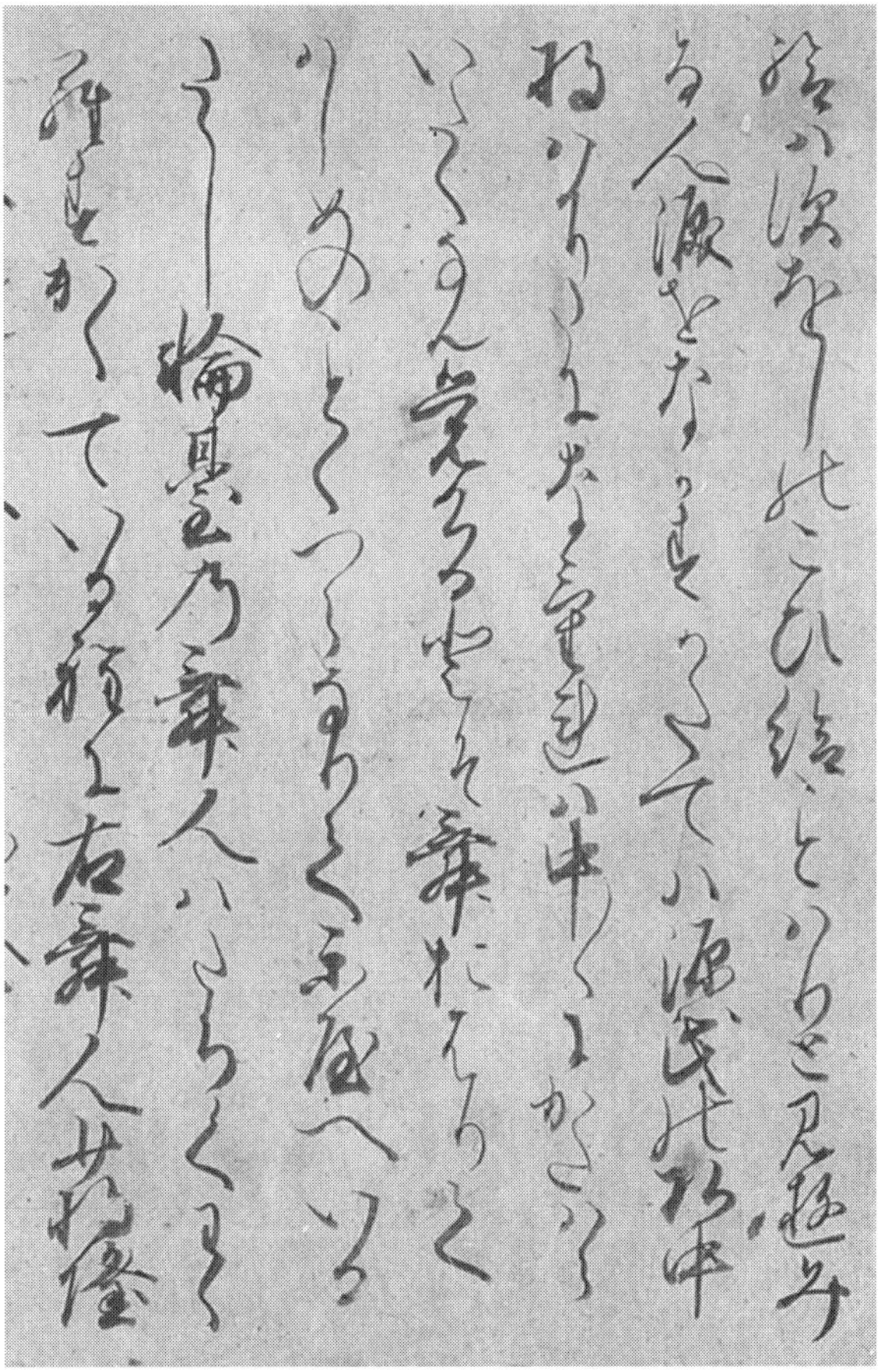

給《たま》はず、を《お》しのごひ給《たまふ》、ことは《わ》りと見ゆ。みる人、涙をながす。[38]かたて《片手》は、[39]源氏の頭中将ばかりだになければ、中〳〵に、かたはらいたくなん覚《おぼえ》けるとぞ。7 舞おはりて、楽屋へい《入》る。はじめのごとく、つらなりて、たゞし、輪台の舞人は、たちくわゝ《は》らず。8 かくてい《入》る程に、右舞人少将隆

30「山吹」は襲の色目の名。表は薄朽葉《うすくちば》、裏は黄色。「下重」は束帯を着用する時に袍の下に着る衣。前は短いが、後ろは長く裾《きょ》を引いて、袍の下に出す。
31 矢を入れて背負う道具。
32 武官が正装した時に冠に付ける飾り。
6 **維盛の舞の美しさ。**

33 6は『御賀記』定家本ナシ。↓補注④
34『御賀記』類従本は「空にしぐれて」。↓補注⑤
35 高倉天皇、後白河院。↓人名一覧18・17
36 維盛の父重盛のこと。『御賀記』類従本は「父大将」。重盛の大臣就任は安元三年三月。↓人名一覧28
37 涙を流すのは不吉なので慎むべきだが、重盛は感涙にむせんだ。
38 二人舞の相手役。史実では藤原成宗。↓人名一覧30
39『源氏物語』の登場人物。紅葉賀巻で、光源氏と二人で青海波を舞った。光源氏の美しさと比較されて「花の傍らの深山木なり」と言われた。↓補注④

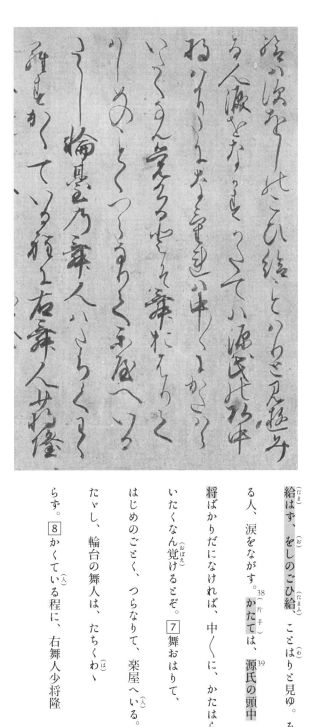

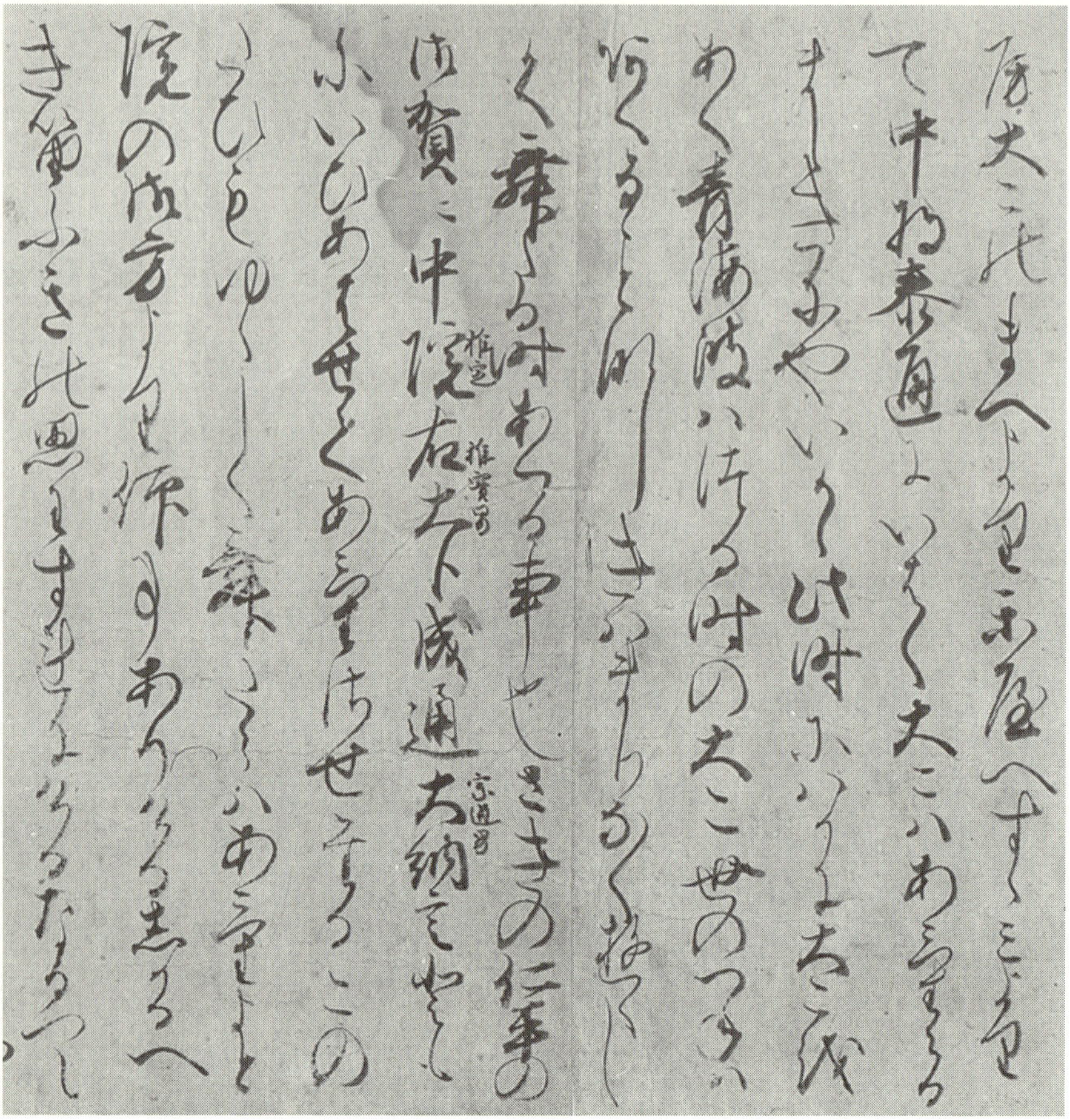

房、大こ《太鼓》のまへより、楽屋へすゝみより
て、中将泰通にいはく、「[40]大こ《太鼓》は、あげらる
まじきにや。いかゞ」。此《この》時、にはかに大こ《太鼓》を
あぐ。青海波、はつる時の大こ《太鼓》、世のつねは、
あぐることなし。きはまりなく、[41]ゆゝし
く舞《まひ》たる時、あぐる事也。さきの[42]仁平の
御賀に、中院《雅定》右大臣《雅実男》、成通大納言《宗通男》、とも
にいひあはせて、あげさせたる。この
たびも、「[43]ゆゝしく舞《まひ》たらば、あげよ」と、
院の御方より、仰事《おほせごと》ありける。[44]しかるべ
き笛ふきの、思《おもひ》わすれにけるなるべし。

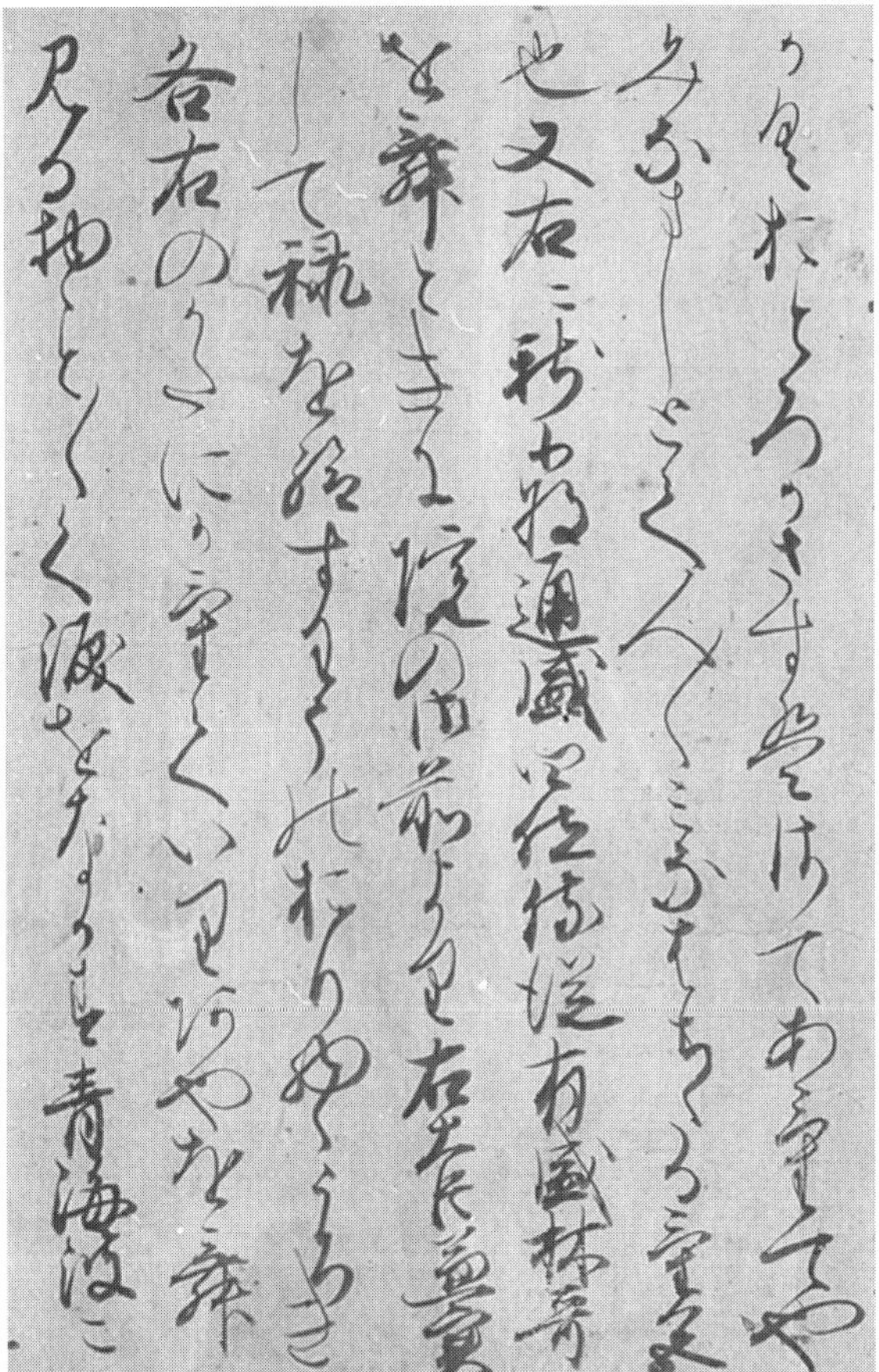

「かくおどろかさずは、さてあげで、やみなまし」とて、人〴〵、みな、はぢたる気色也。[9]45又、右に、新少将通盛、四位侍従有盛、林歌46を舞《まふ》。ときに、院の御前より、右大臣兼実して、禄を給《たまふ》。47すわう《（蘇芳）》のおり物《（織）》〻《（の）》うちき《（袿）》、各《（おのおの）》右のかた《（肩）》にかけて、48いりあや《（入綾）》を舞《まふ》。見る物、ことぐく泪をながす。青海波こ

[7] 青海波終わる。
[8] 隆房、賞賛の太鼓を打たせる。
40「太鼓を上ぐ」は、太鼓を高く鳴り響かせること。
41『御賀記』定家本ナシ。
42 仁平二年（一一五二）二月の鳥羽院の五〇歳の御賀。
43『御賀記』定家本ナシ。
44 笛吹は太鼓を上げる合図をする役だった。『御賀記』「しかるべきに、ふえふきの」。
[9] 林歌の舞。
45 [9]は『御賀記』定家本ナシ。
46 高麗楽《こまがく》の高麗平調の舞楽曲。四人舞。
47「蘇芳」は襲の色目の名。表は暗紅色《あんこうしょく》、裏は濃い暗紅色。あるいは、蘇芳に染めた糸で織った袿か。「袿」は、直衣の下に着る衣。
48 舞楽が終わって、舞人が退場する時に舞う舞。

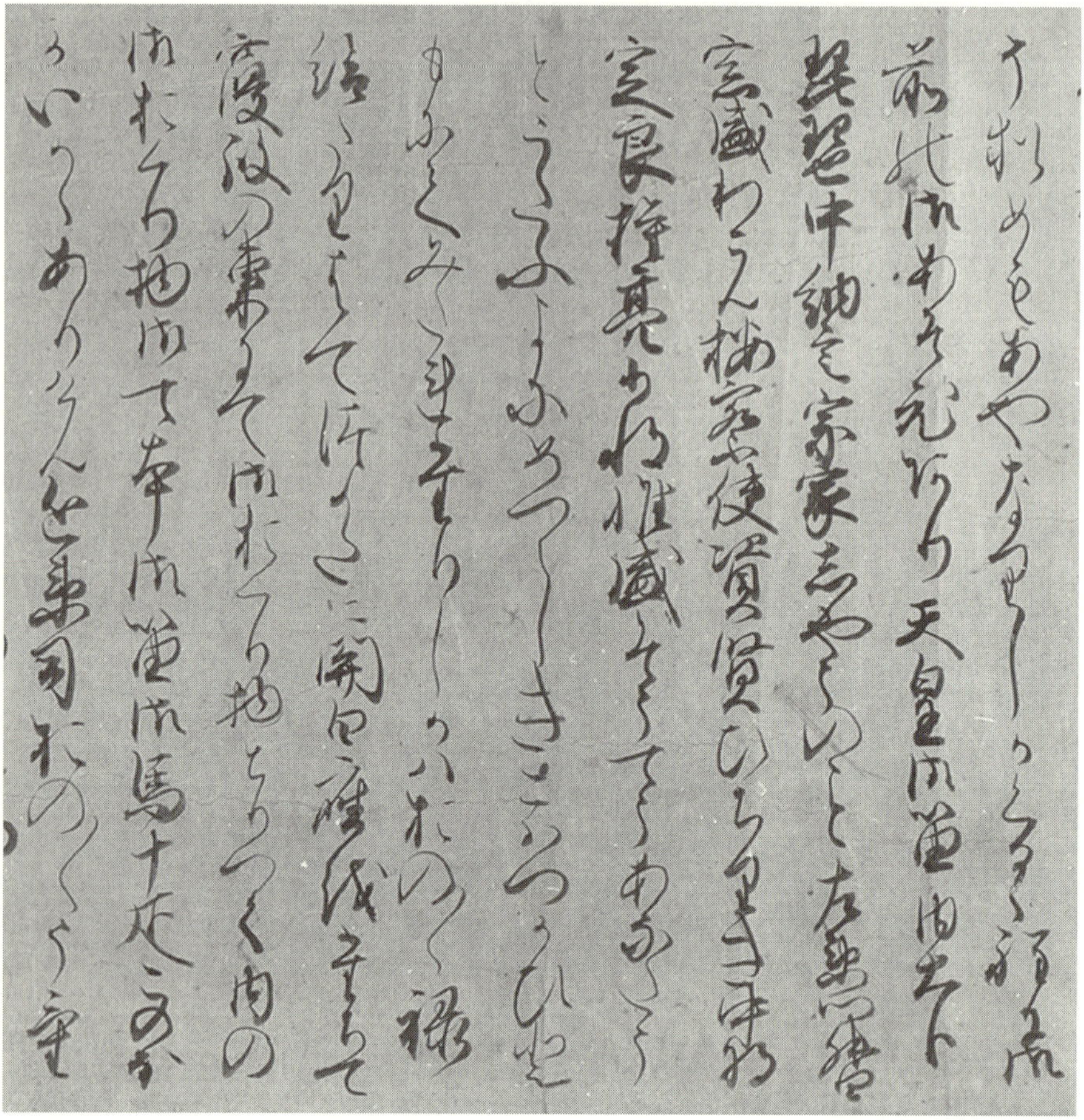

そ、猶、めもあやなりしか。10[49]くるゝ程に、御前の御あそびあり。天皇御笛、内大臣琵琶、中納言宗家しやう《（箏）》のこと《（琴）》、左衛門督宗盛わごん《（和琴）》、按察使《（あせち）》資賢ひちりき《（篳篥）》。中将定良《（能）》、権亮少将惟《（維）》盛、[50]そ《（さ）》うでう、[51]あなたうと《（安名尊）》、うたふ。[52]よにめづらしきこは《（わ）》づかひどもにて、みだれたり[53]しかば、おの〳〵禄給《（たまひ）》たり。はてつかたに、[54]関白、座をたちて、寝殿の東にて、御おくり《（贈）》物とりつぐ。[55]内の御おくり《（贈）》物、御て《（手）》本、御笛、御馬十疋、[56]このほか、いかゞありけん、近衛司、おの〳〵うけ

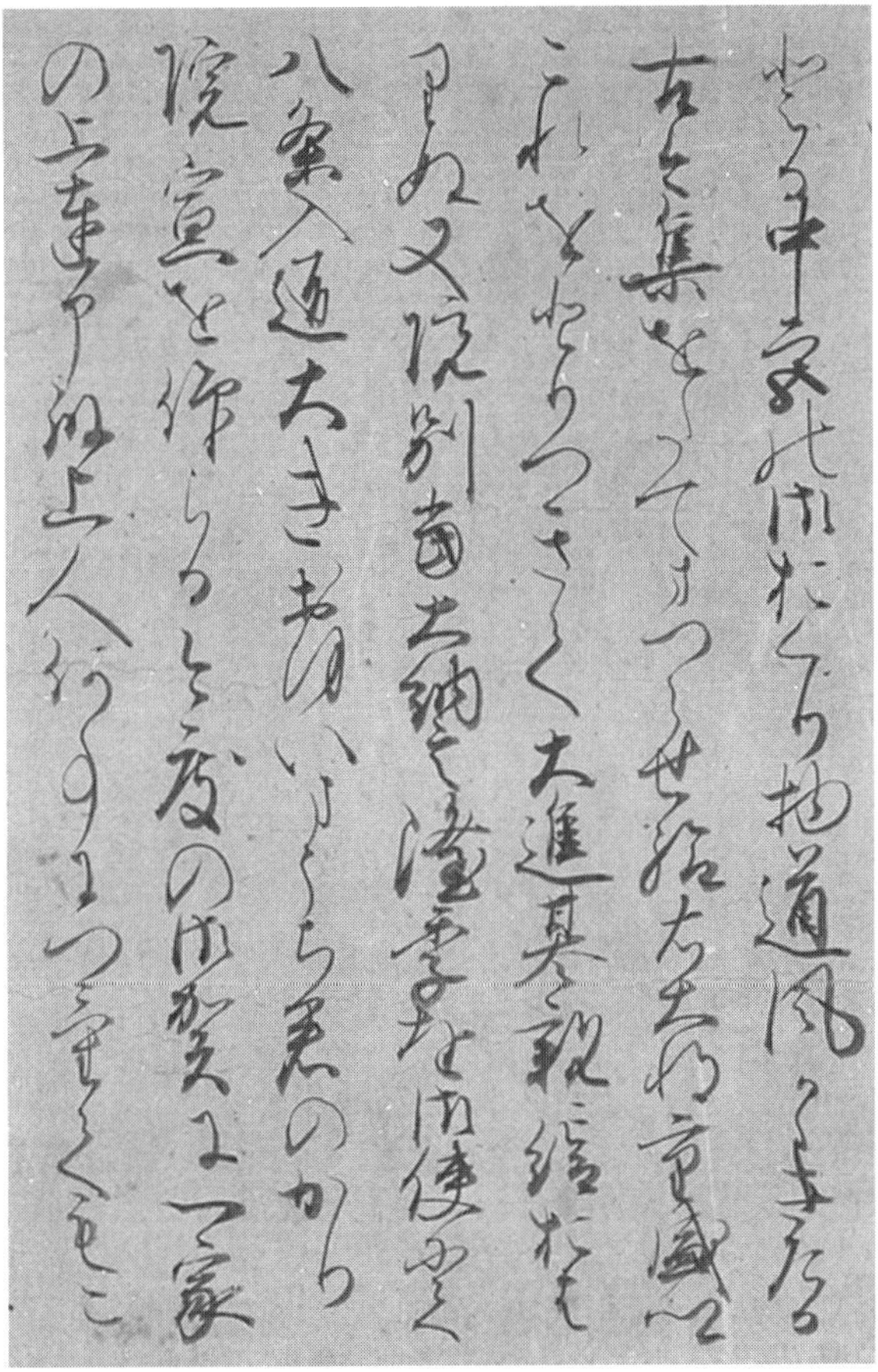

とる。[57]中宮の御おくり（贈）物、[58]道風がゝき（書）たる
古今集を、たてまつらせ給（たまふ）。右大将重盛卿、
これをとりつぎて、大進基親に給（たまひ）おは
りぬ。[59]11又、院別当大納言隆季を、御使にて、
[60]八条入道大きおほいまうち君（太政大臣）のがり、
院宣を仰（おほせ）らる。「今度（このたび）の御賀に、一家
の上達部、殿上人、何事につけても、こ

10 御前での音楽の遊び。
49 9と10の間に『御賀記』は他の舞の記述あり。10は『御賀記』に比べて省略が多い。
50 双調。雅楽の六調子の一つ。
51 催馬楽《さいばら》の曲名。宮廷を賛美する歌。
52 『御賀記』定家本ナシ。
53 『御賀記』ナシ。

54 藤原基房。『御賀記』「左大臣」（藤原経宗）。→人名一覧10
55 『御賀記』ナシ。
56 『御賀記』ナシ。
57 高倉天皇中宮平徳子。→人名一覧62
58 「道風」は小野道風。平安中期に能書家として知られた。→補注⑥

11 後白河院、清盛に謝辞。
59 11は『御賀記』定家本ナシ。
60 平清盛。→人名一覧33

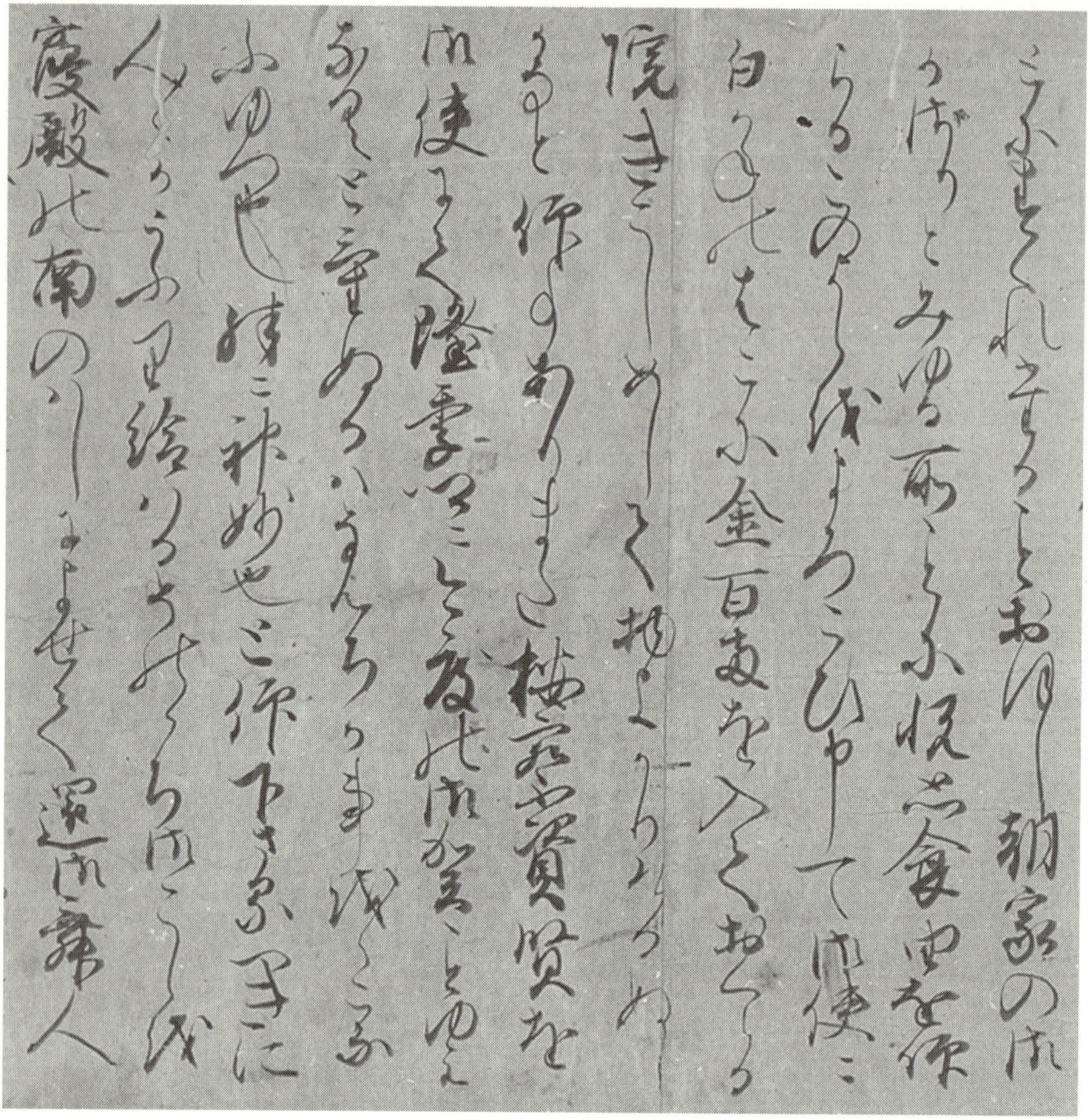

とにすぐれたることおほし、[61]朝家の御
かざりとみゆるぞ、ことに悦思食《よろこびおぼしめす》」由を仰《おほせ》
らる。このよしを、よろこび申《まうし》て、御使に、
白かね《銀》のはこに、金百両を入《いれ》ておくら《贈》る。
院、きこしめして、「[62]物よかりけるぬし
かな」と仰事《おほせごと》あり。12 また、按察資賢を
御使にて、隆季卿に、「今度の御賀、ことゆえ《故》
なくとげ《遂》ぬるは、[63]なんぢ《汝》が、事をゝこ《お》な
ふゆへ《故》也。殊に神妙也」と仰下《おほせくだ》さる。つぎに、
人〴〵、[64]かうぶり給《たま》はる。13 そのゝち《後》、御こし《輿》を、
寝殿の南のはし《階》によせて、還御。舞人、

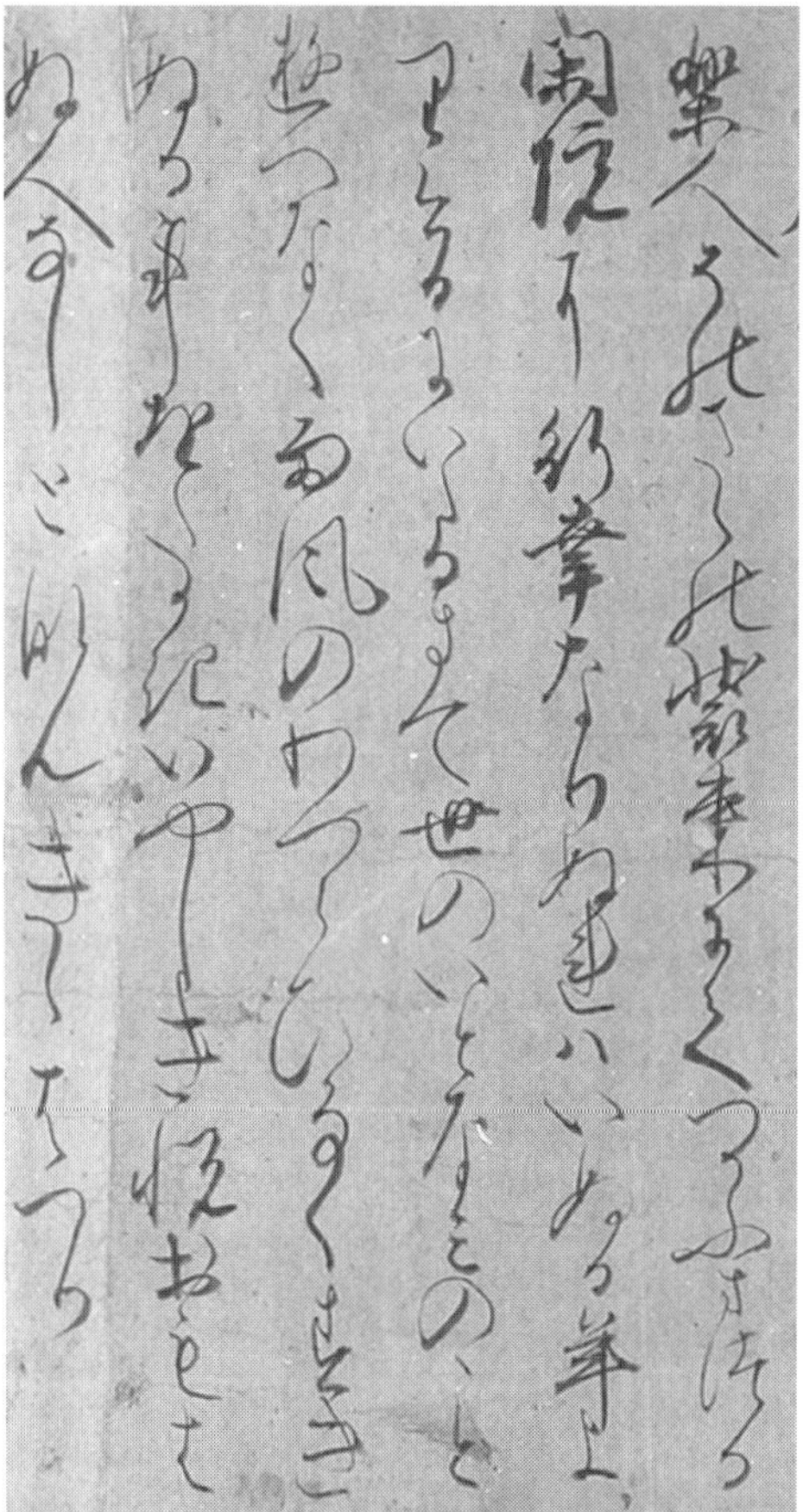

楽人、そのまゝの装束にて、つかふまつる。
14 閑院[65]に行幸なりぬれば、[66]いぬる《(去)》年よ
り、今日にいたるまで、世のいとなみの、こと
ゆへ《(ゑ)》なく、雨風のわづらひなく、すぎ
ぬる事を、たかきいやしき、悦《(よろこび)》おもは
ぬ人なしとなん、きゝはべる。

61「朝家」は天皇家のこと。→補注⑦
62「物よし」は裕福であること。「ぬし」は清盛を指す。

12 **後白河院、隆季をねぎらう。**
63 安元の御賀の奉行は隆季が命じられていた。
64『御賀記』「勧賞をこなはる」。

13 **天皇、還御。**

14 **天皇礼賛。**
65 閑院は当時の天皇の内裏。現在の京都市中京区。二条大路南・押小路北・油小路東・西洞院大路西に所在。御賀の行なわれた法住寺殿（鴨川の東、六波羅の南）から閑院に還御した。
66 高倉天皇が即位した仁安三年（一一六八）。以下、高倉天皇の治世を称える。

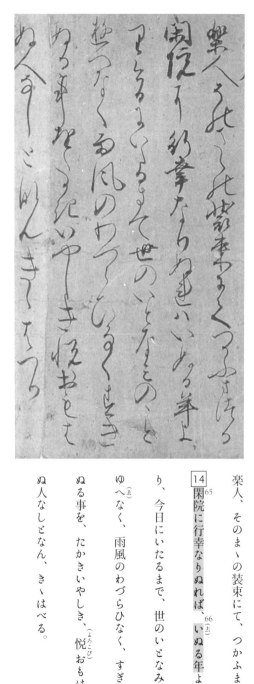

第二図

〈第二図〉平維盛―華やかな舞姿
画面右の建物の室内や縁の上、そして庭にも多くの女性が衣を頭から被って見物している。左下には臨時に設けられた楽屋の屋根が見える。

画面中央には、青海波を舞う維盛と成宗が描かれる。

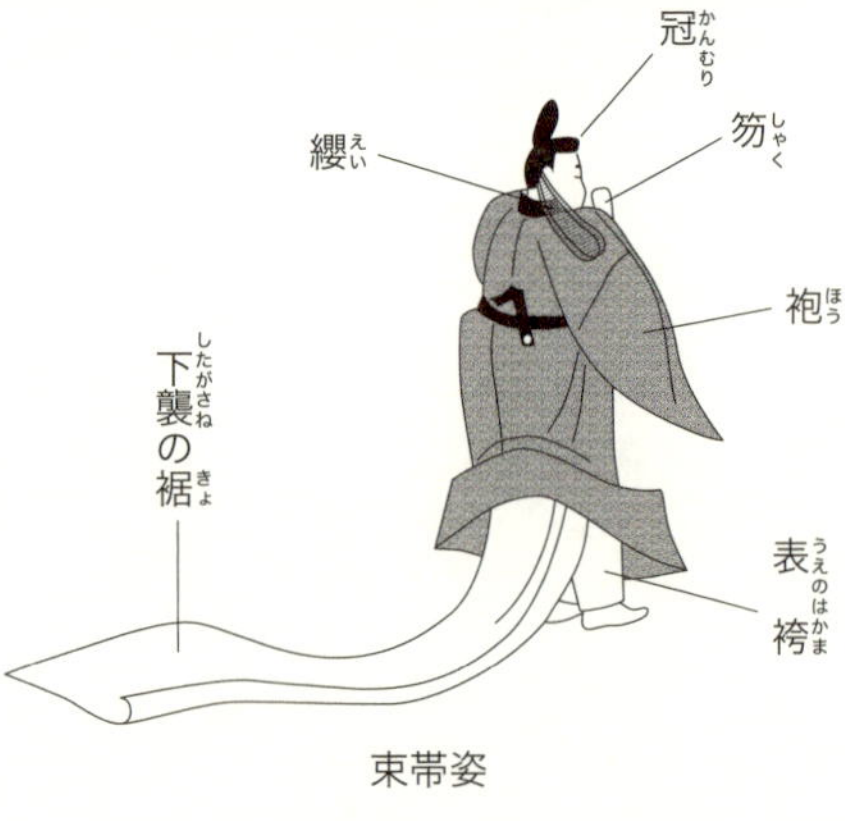

束帯姿

階《きざはし》の上には、縁の高欄《こうらん》に裾《きょ》を掛けて座る公卿たち。寝殿の中に座るのは、高倉天皇。画面右上には、御簾《みす》の下に多くの女房の打出《うちいで》の衣が見えている。

4 御賀とは

「御賀《おんが》」とは、長寿のお祝いです。「算賀」とも言います。現代では六〇歳の還暦から始めて、七〇歳の古希、七七歳の喜寿、八八歳の米寿などをお祝いします。でも、これらは室町時代頃からの風習のようです。昔は四〇歳が「老人」の仲間入りだったので、四十御賀から始めて、一〇年毎に祝われました。

天平一二年（七四〇）には既に、聖武天皇の四十御賀が行なわれたとの記録があります。平安時代では、たとえば、宇多院の六十御賀で作られた屏風には、紀貫之らが和歌を献上しています。饗宴が行なわれ、詩歌を披露し、池に何艘もの舟を浮かべて、船上で音楽を奏でたり、庭で舞を舞ったり。予行演習にも力を籠めて、何日にもわたって祝宴が繰り広げられました。天皇・上皇ばかりではありません。天皇の后や母も御賀を受けます。

藤原兼家の六十賀の記録もあります。永延二年（九八八）三月一六日にまず法性寺で行なわれ、二五日には内裏で孫の一条天皇が祝い、二八日には東三条邸で後宴《ごえん》が開かれ、そして一一月七日には二条邸で息子の道隆が祝って、と何度も盛大に開かれました。権勢のほどがしのばれます。

後白河院の祖父白河院は康和四年（一一〇二）に、それに倣《なら》って父鳥羽院は仁平二年（一一五二）に、それぞれ盛大な五十御賀を行ないました。後白河院もこの二人のめでたい例を踏襲して、安元二年（一一七六）に御所である法住寺殿で華やかに行なったのです。

5 青海波と維盛

御賀に舞は必須です。大人も舞いますが、特に関心をひくのは、子供が舞う童舞《わらわまい》です。陵王《りょうおう》・胡飲酒《こんじゅ》・納《な》曽《そ》利《り》など、本来は大人が舞う曲を、その時々の有力貴族の幼い子弟が舞います。観衆はその一挙手一投足を見つめ、「よくぞ立派に……」と感涙にむせぶのです。

一方、『源氏物語』紅葉賀巻では、光源氏が朱雀院の御賀で青海波を美しく舞います。一八、九歳に設定されている光源氏に童舞を舞わせるわけにはいきません。新たに、青海波が選ばれました。青海波は面をつけない舞なので、光源氏の美しさがますます引き立ちます。紅葉賀巻に続く花宴巻でも、桜のもとで光源氏は美しい舞姿を見せています。

康和四年（一一〇二）の白河院の五十御賀に青海波の舞が加わったのは、あるいは『源氏物語』の影響があるのかもしれません。その時の青海波は「珍重の舞」（珍しい舞）であったために、観衆を驚かせました（『中右記』三月二〇日条）。一〇年後に行われた六十御賀に青海波の舞はありません。以後、康和四年の御賀は「五十御賀」の先例として踏襲されていきました。安元御賀でも当然、青海波が舞われました。そして、建礼門院右京大夫は、舞手となった維盛を光源氏と二重写しにして、うっとりと眺め、後に『右京大夫集』で、維盛の回想場面に印象深く再現しました（九頁参照）。

『公達草紙』の安元御賀の資料は、隆房が書いた『安元御賀記』を改作した本です。そこで維盛が舞う場面は、『源氏物語』や『右京大夫集』を下敷きにして書き直されています。右京大夫が綴った維盛の舞姿が、維盛イメージの源泉の一つとなって拡がっていきます。

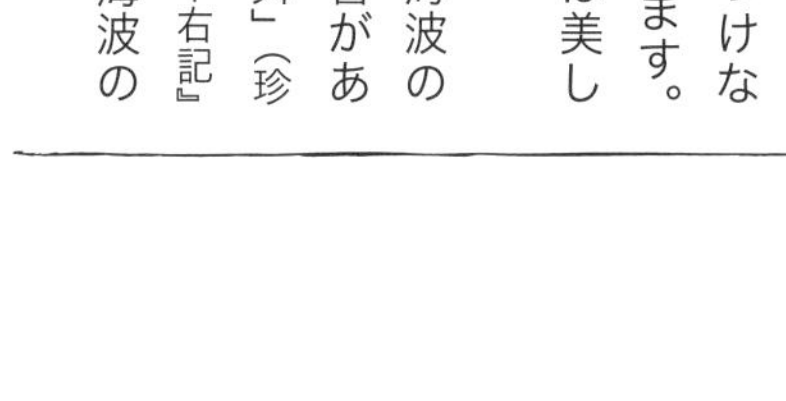

青海波（二人舞）

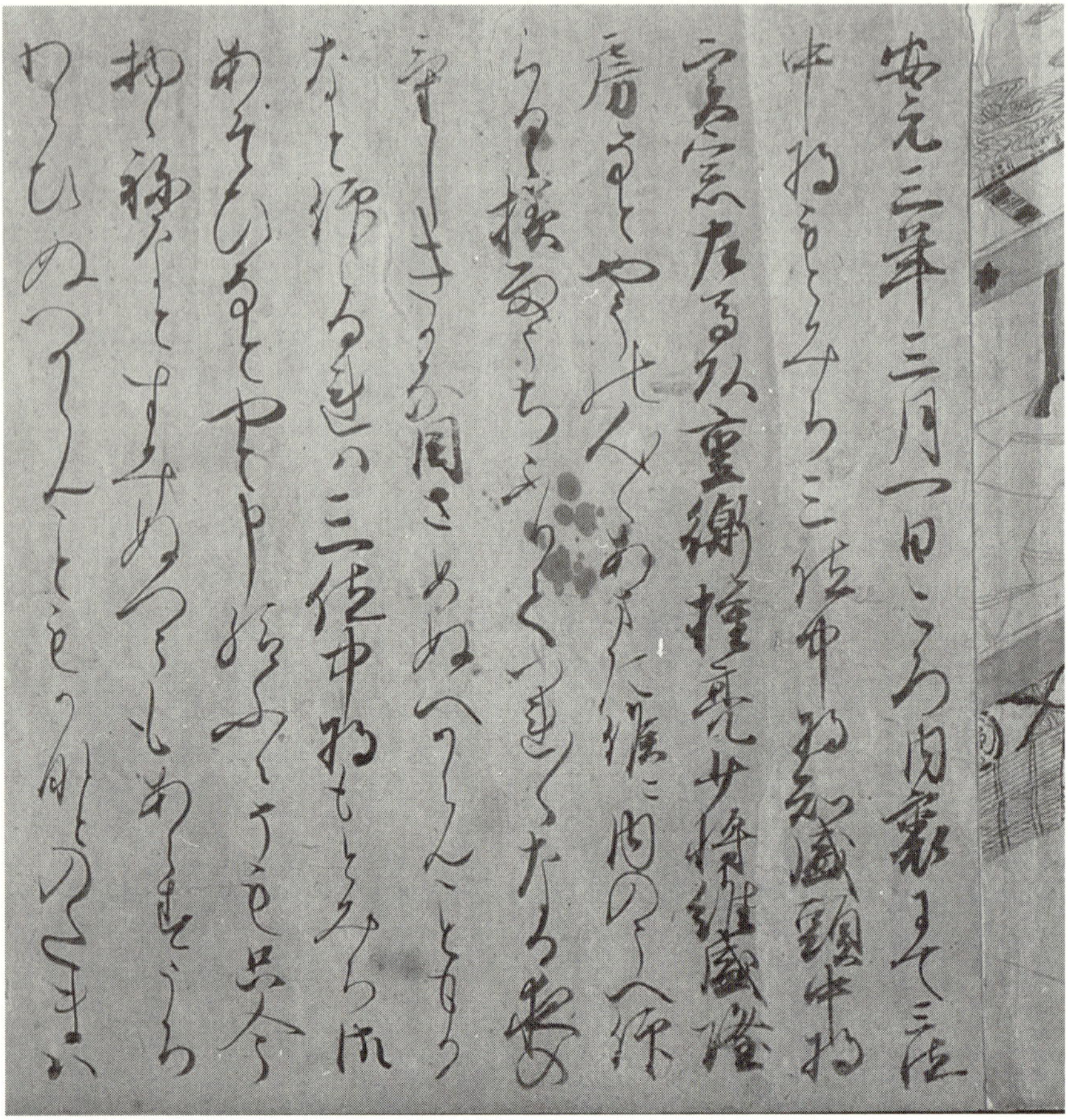

【3】平重衡―陽気な悪ふざけ

1安元三年三月一日ごろ、内裏にて、三位中将もとみち《基通》、三位中将知盛、頭中将実宗、左馬頭重衡、権亮少将維盛、隆房などやうの人〴〵、あまた候《さうらふ》に、[1]内のうへ《上》、仰《おほせ》らるゝ様《やう》、「雨うちふりて、つれ〴〵なる夜のけしきかな。目さめぬべからんこともがな」と仰《おほせ》らるれば、三位中将もとみち《基通》、「御あそびなどや」と申《まうし》給《たま》ふに、「そも、只今、[2]物ゝ《の》ね《音》など、すみぬべうもあらず。うちわらひぬべからんこともがな」とのたまは

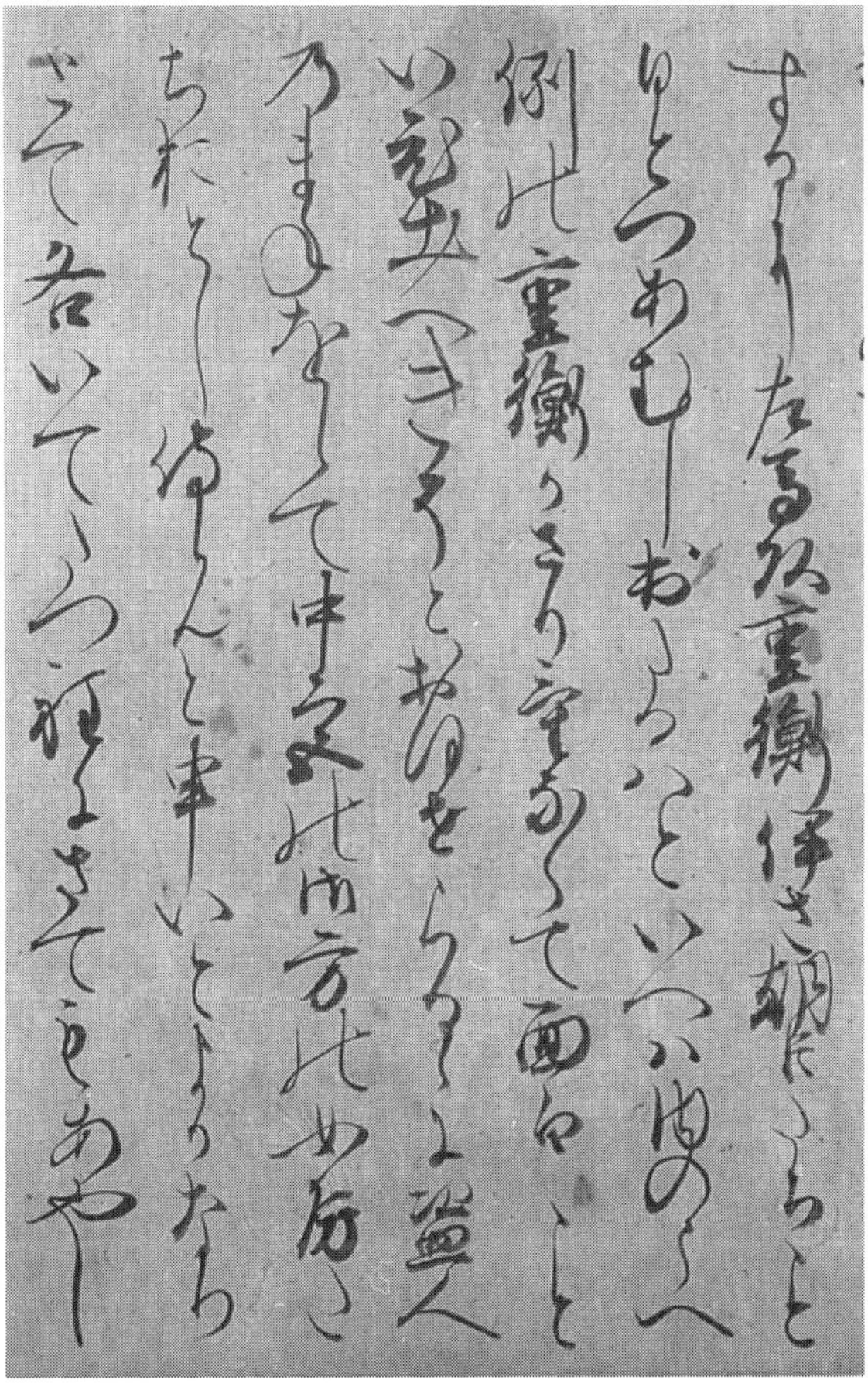

するに、左馬頭重衡、「いざ、朝臣たち、こと
ひとつ、あむじ《（案）》出《（いで）》たるは」といへば、内のうへ《（上）》、
[3]「例の重衡が、さりげなくて、面白《（おもしろき）》こと、
いひ出《（いづ）》べきぞ」とおほせ《（仰）》らるゝに、[4]「盗人
のまねをして、[5]中宮の御方の女房た
ち、おどし侍《（はべ）》らん」と申《（まうす）》。「いとよかなり」
とて、各《（おのおの）》いでたつ程に、「さても、あやし

6

【3】平重衡―陽気な悪ふざけ

※安元三年（一一七七）三月の雨の夜、高倉天皇の公認で、重衡たちが悪ふざけをした。

[1] 雨夜のつれづれに女房を脅かそうと思い立つ。

1 高倉天皇。↓人名一覧18

2 雨が降っているので、楽器の音色がくもりがちになる。↓補注⑧

3『右京大夫集』（一九五）参照。↓補注⑨

4 ↓補注⑩

5 高倉天皇中宮平徳子。↓人名一覧62

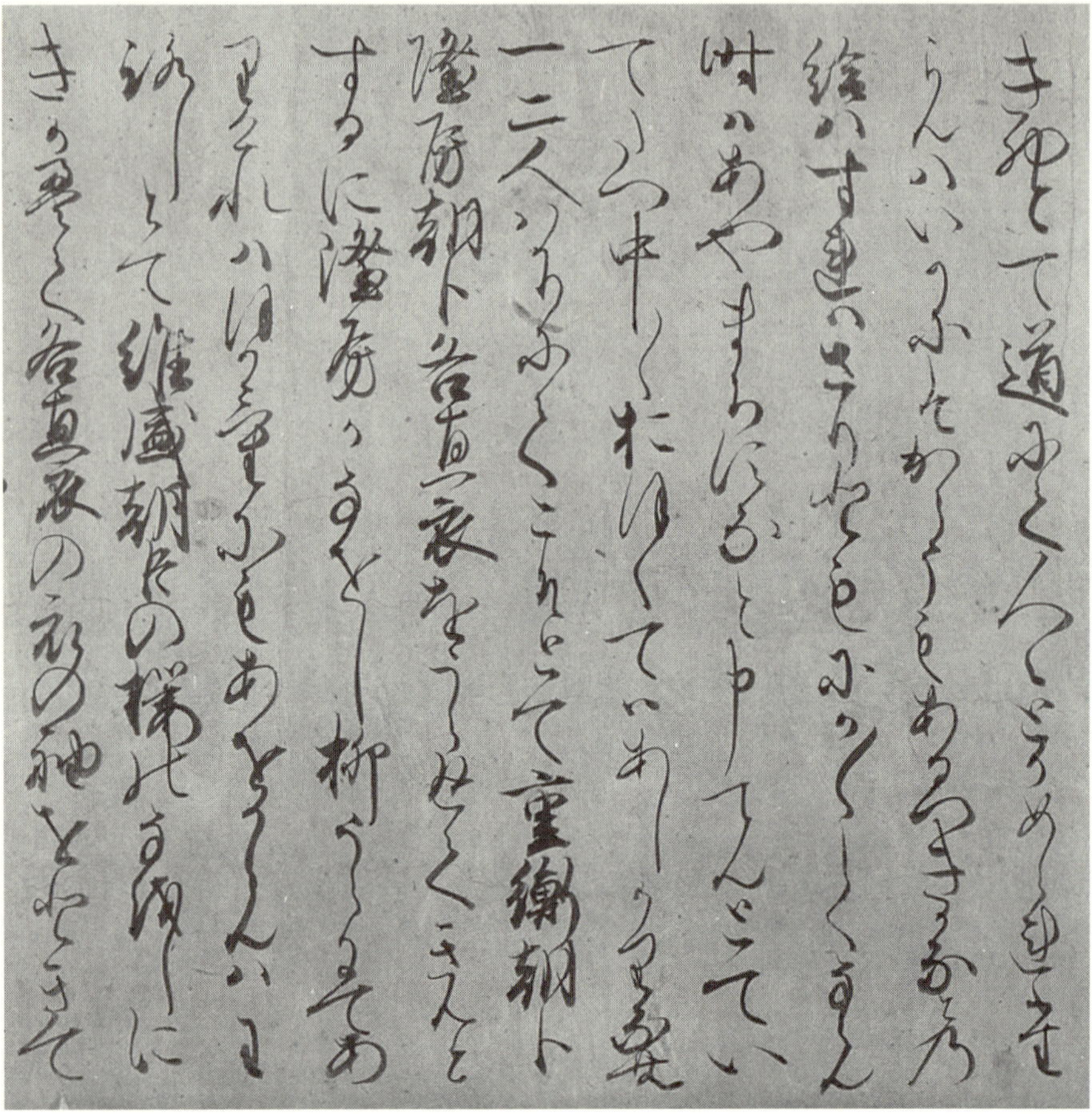

き物とて、[6]道にて、人にとがめられたらんは、いかにぞ。[7]からう《辛》もあるべきかな」との給《たま》はすれば、「さりとも、[8]にが〱《苦々》しくならん時は、[9]『あやまちすな』と申《まうし》てん」とて、いでたつ。

2 「中〱おほくては、あしかりなむ。一、二人ばかりにてこそ」とて、重衡朝臣、隆房朝臣、各《おのおの》直衣《なほし》をうら返《がへし》てきん《着》とするに、隆房がなを《ほ》し、[10]柳うら《裏》にてありければ、「ほかげ《火影》にも、あを《青》からんは、わろし」とて、維盛朝臣の[11]桜のなを《ほ》しにきがえ《へ》て、各《おのおの》[12]直衣《なほし》の衣の袖をときて、

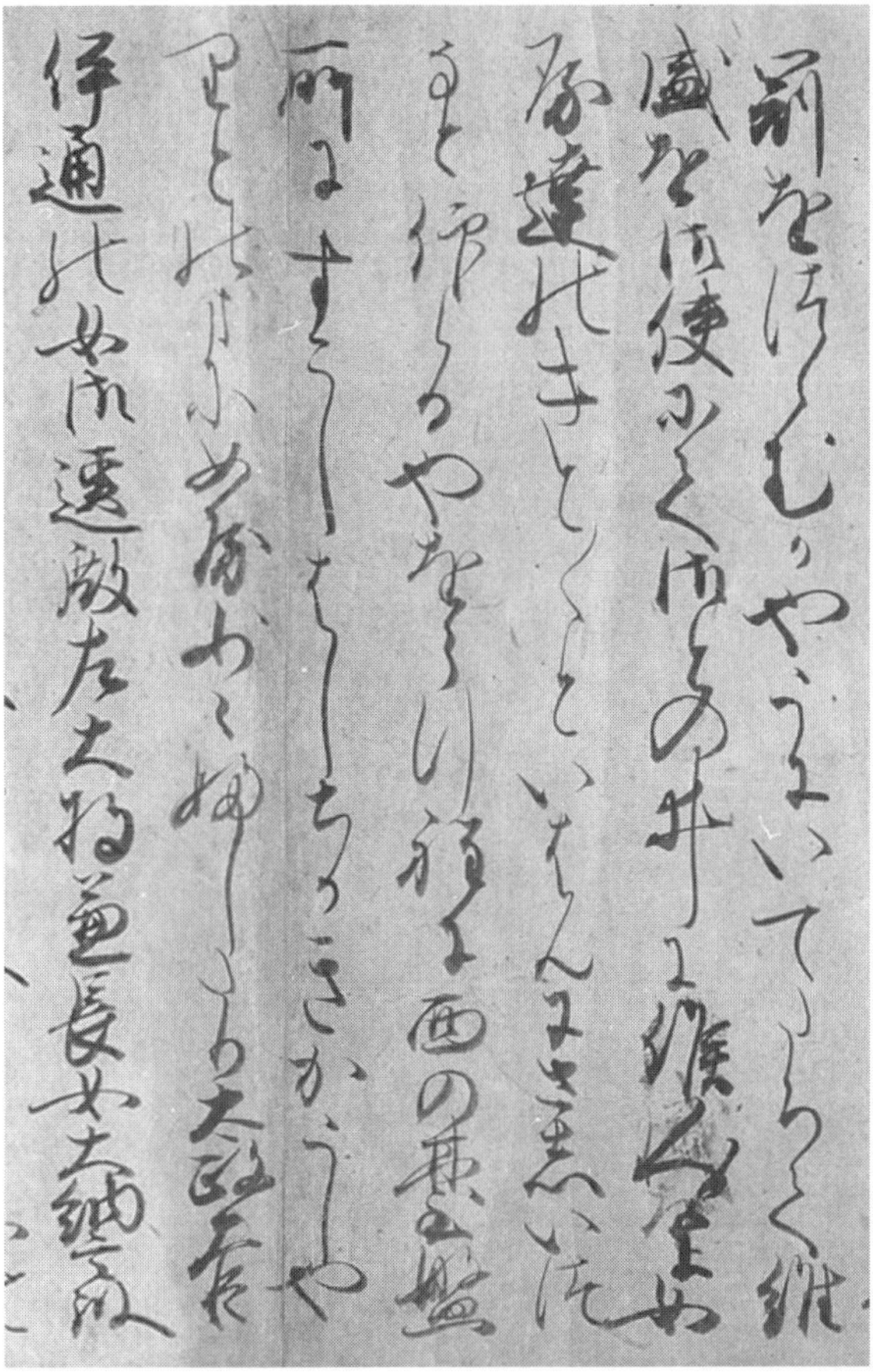

冠をつゝむ。かやうにいでたちて、維盛を御使にて、御とのゐ《宿直》に候《さうらふ》人〴〵に、「女房達の、13きと〴〵といはんに、14さしいづ《差出》な」と仰《おほせ》らる。3やをら行《ゆく》程に、西の台盤15所に、すこしはしち《端》かき16かうし《格子》、やりど《遣戸》のま《間》に、女房少々ふ《臥》したり。太政大臣伊通の女《むすめ》御匣殿《みくしげどの》、17左大将兼長女《むすめ》大納言殿、

6 中宮女房の局に行く途中で。

7 つらく思う。

8 不都合に。「苦々しくならん時」は、盗人のまねをして女房たちを脅かそうという計画が失敗しそうになった時。

9 「間違えるな」と申しましょう。怪しい者ではないと注意を促す。

2 重衡と隆房が奇妙な恰好で出発。

10 「柳」は襲《かさね》の色目の名。表白、裏青。柳襲の直衣の裏は青色。

11 桜襲の直衣。桜襲は、表白、裏は二藍《ふたあい》・紫・赤・萌葱《もえぎ》など。隆房は柳の直衣を着ていたが、維盛が着ていた桜の直衣に、わざわざ取り替えた。

12 直衣の袖の縫い目を解いて。冠を包んで変装するために、袖を取り外した。

13 副詞「きと」を重ねて強調した語。すぐに。ここは、女房たちが「早く来て」と、助けを呼ぶ声。

14 顔を出すな。高倉天皇の発言。宿直《とのい》の者たちに、女房たちが騒いでも、駆けつけないようにと、前もって命じた。

3 女房たちを怖がらせ、まんまと衣を奪う。

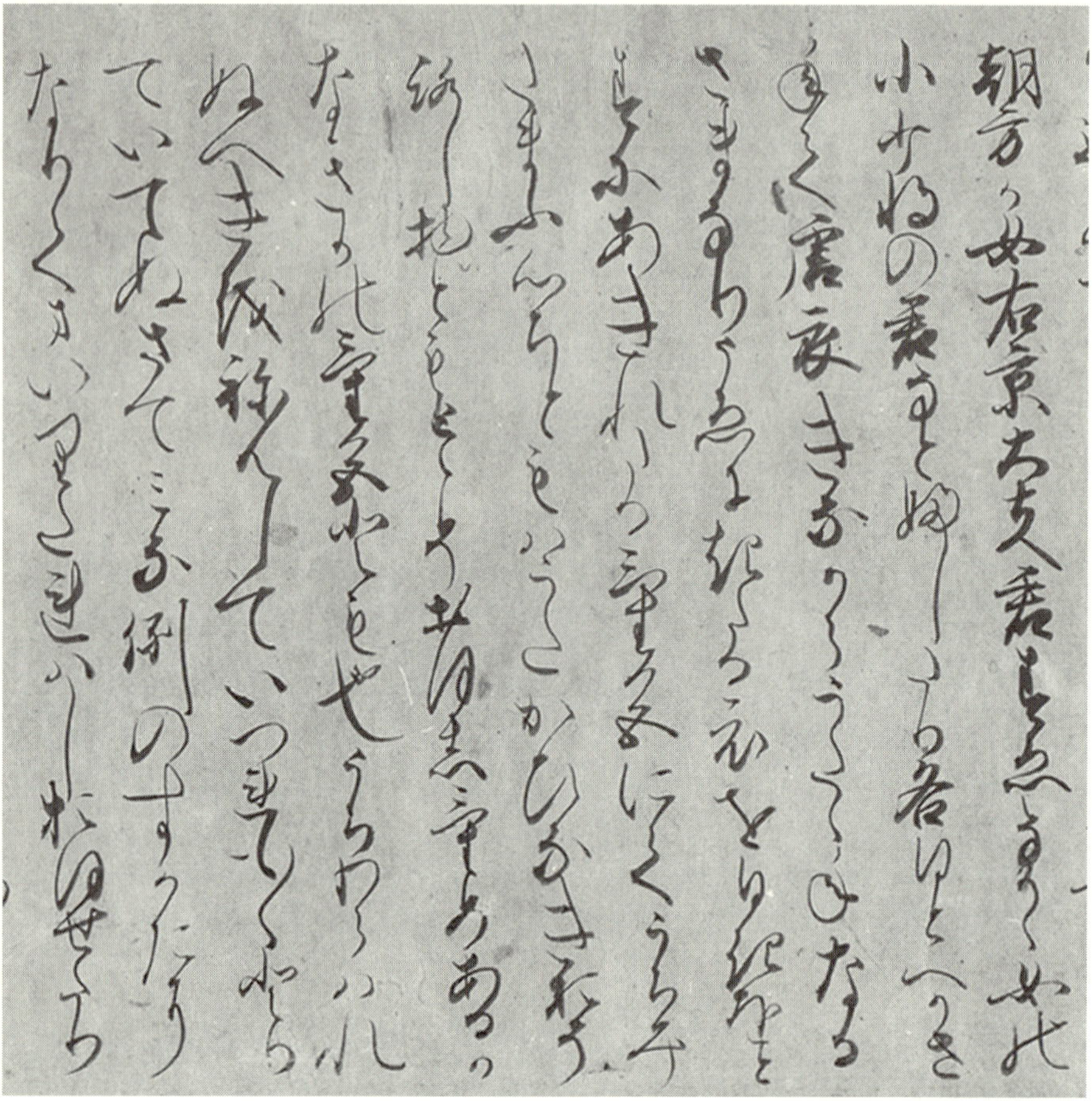

朝方が女《むすめ》右京大夫君、[18]すゑなかゞ《が》女《むすめ》の小少将の君など、ふし《臥》たり。各《おのおの》[19]ひとへ《単衣》かさねて、[20]唐衣《からぎぬ》きながら、うたゝねなるさまなり。うゑ《へ》にきたる衣を、ひきを《お》とすに、あきれたる気色にて、うちみ《見》たまふ心ち《地》どもは、うたがひなき、おそろし物どもこそ、おぼしけめ。あるかなきかの気色ども也。うちわらはれぬべきを、ねんじて、[21]いづれも〳〵とりて、いでぬ。4 さて、みな[22]例のすがたになりて、まいり《ゐ》たれば、「しおほせたり

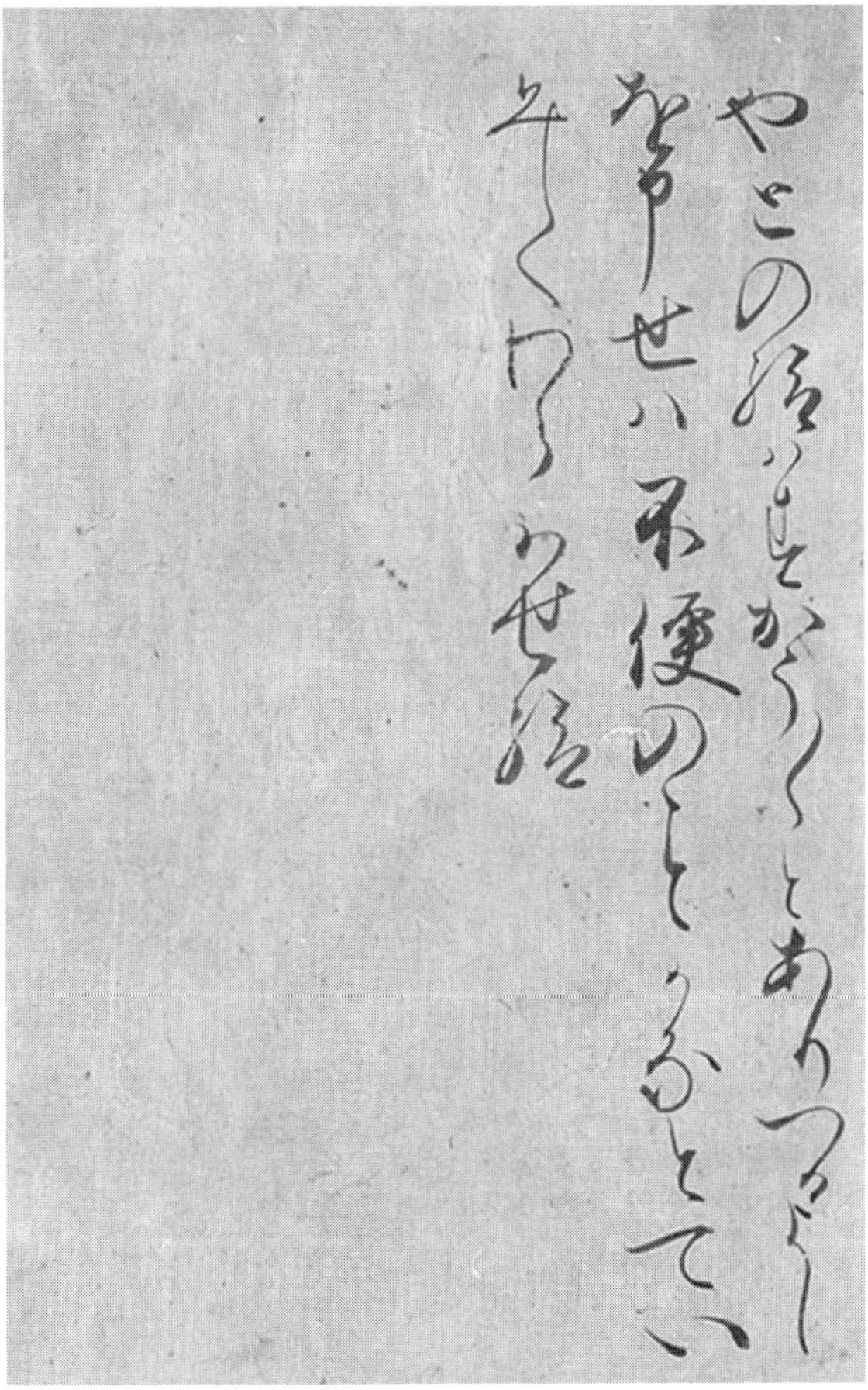

「や」と、の給《たま》はす。「かう〳〵」と、ありつるよしを申せば、「不便のことかな[23]」とて、いみじくわらはせ給《たまふ》。

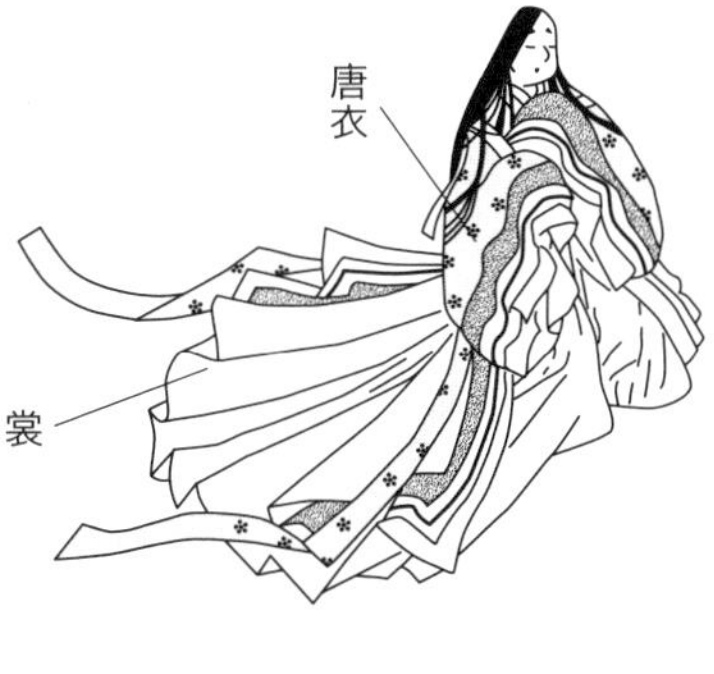

15 清涼殿の西廂《にしびさし》にあった、女房の詰所。台盤（四脚の台）が置かれていた。

16 「格子」は、寝殿造りの廂の間《ま》と簀子《すのこ》の間《あいだ》に設けられた建具で、細い角材を縦横に組んだもの。柱と柱の間に、上下二枚をはめる。「遣戸」は、左右に開閉する引き戸。ここは、女房たちが廂の間《ま》に寝ていたことを言う。

17 藤原兼長。→人名一覧14。兼長は右大将で左大将にはなっていない。

18 季仲か。あるいは「するなり（季成）」の誤りか。→人名一覧07

19 裏地のついていない衣。

20 女子が正装する時に、裳《も》とともに着用する丈の短い衣。衣の一番上に着る。

21 重衡たちは、寝ている女房たちそれぞれの、一番上に着ていた衣を奪い取って。

［4］高倉天皇に首尾を報告する。

22 通常の直衣姿。重衡たちは、変装を解いてもとの姿になった。

23 気の毒なことだなあ。高倉天皇の発言。

第三図

第四図

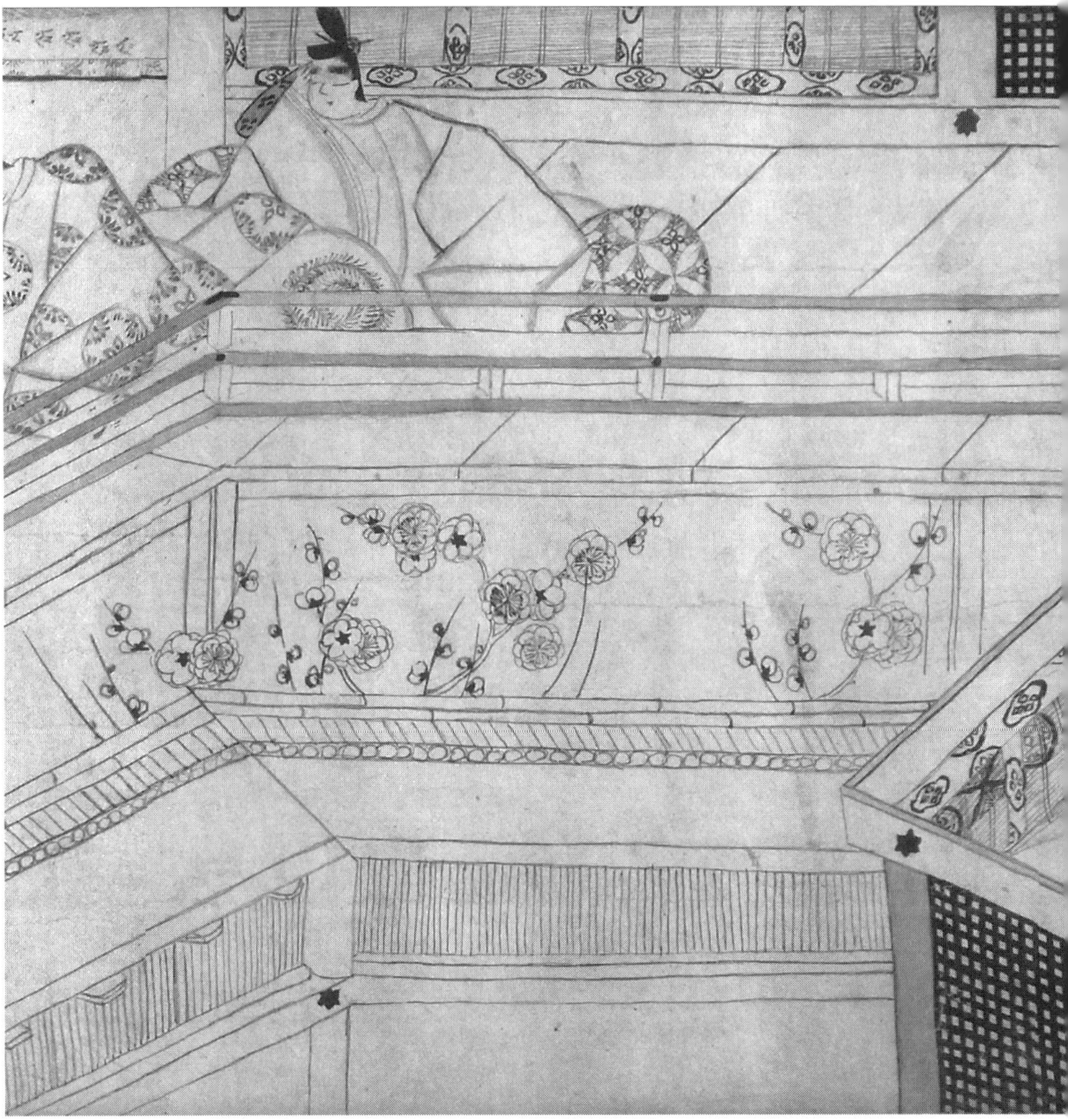

〈第三図〉平重衡―陽気な悪ふざけ
画面右端の室内には、台盤の周りに女房たちが四人臥している。そこに押し入った重衡と隆房。直衣の袖を解いて、冠を包んでいる。

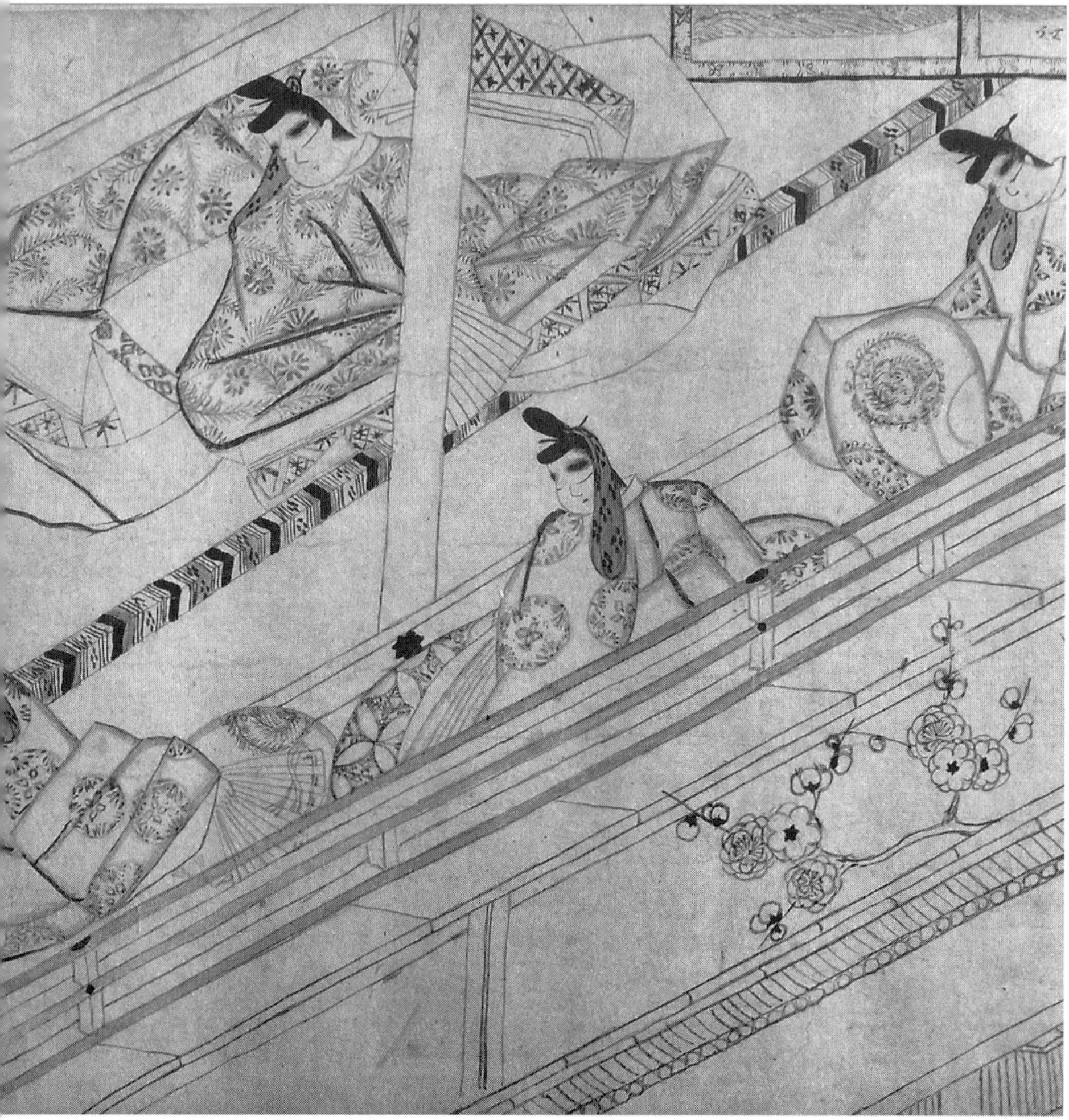

右の画面奥に座っているのは高倉天皇。前頁から続いて、知盛・実宗・維盛・基通の四人が談笑している。

〈第四図〉5の場面。悪ふざけの後に高倉天皇が中宮徳子のもとを訪れたところ。この図は、本来、5～7の本文の後に継がれていたか。前田青邨による模写。

室内では、女房たちが口々に怖ろしい思いをしたと重衡と維盛に訴えている。

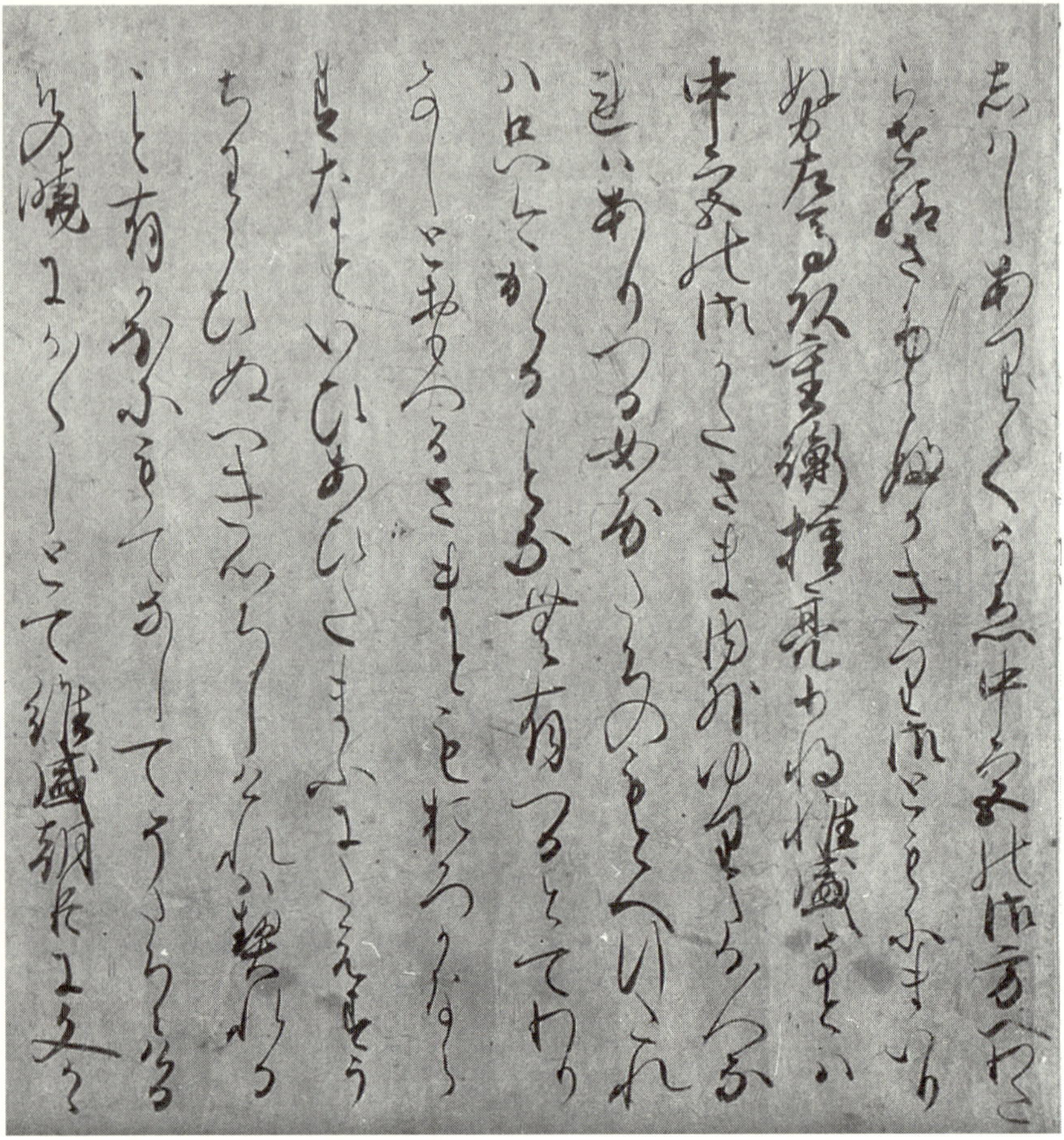

5 しばしありて、うゑ《へ》、中宮の御方へ、わたらせ給《たまふ》。さぶらふかぎり、御とも《供》にまい《ゐ》りぬ。左馬頭重衡、権亮少将惟《維》盛などは、中宮の御かた《方》ざま、[24]内外ゆり《許》たる人なれば、ありつる女房たちのもとへ行《ゆき》たれば、「只今、かゝることなむ有《あり》つる」とて、「わりなしとおもへるさまども、おろかならず」など、いひあひたまふに、たえず、うちわらひぬべき心ち《地》しければ、契れること有《あり》がほにもてなしてぞ、たちにける。

6 その暁、にが〱《苦々》しとて、維盛朝臣に、[25]文かゝ

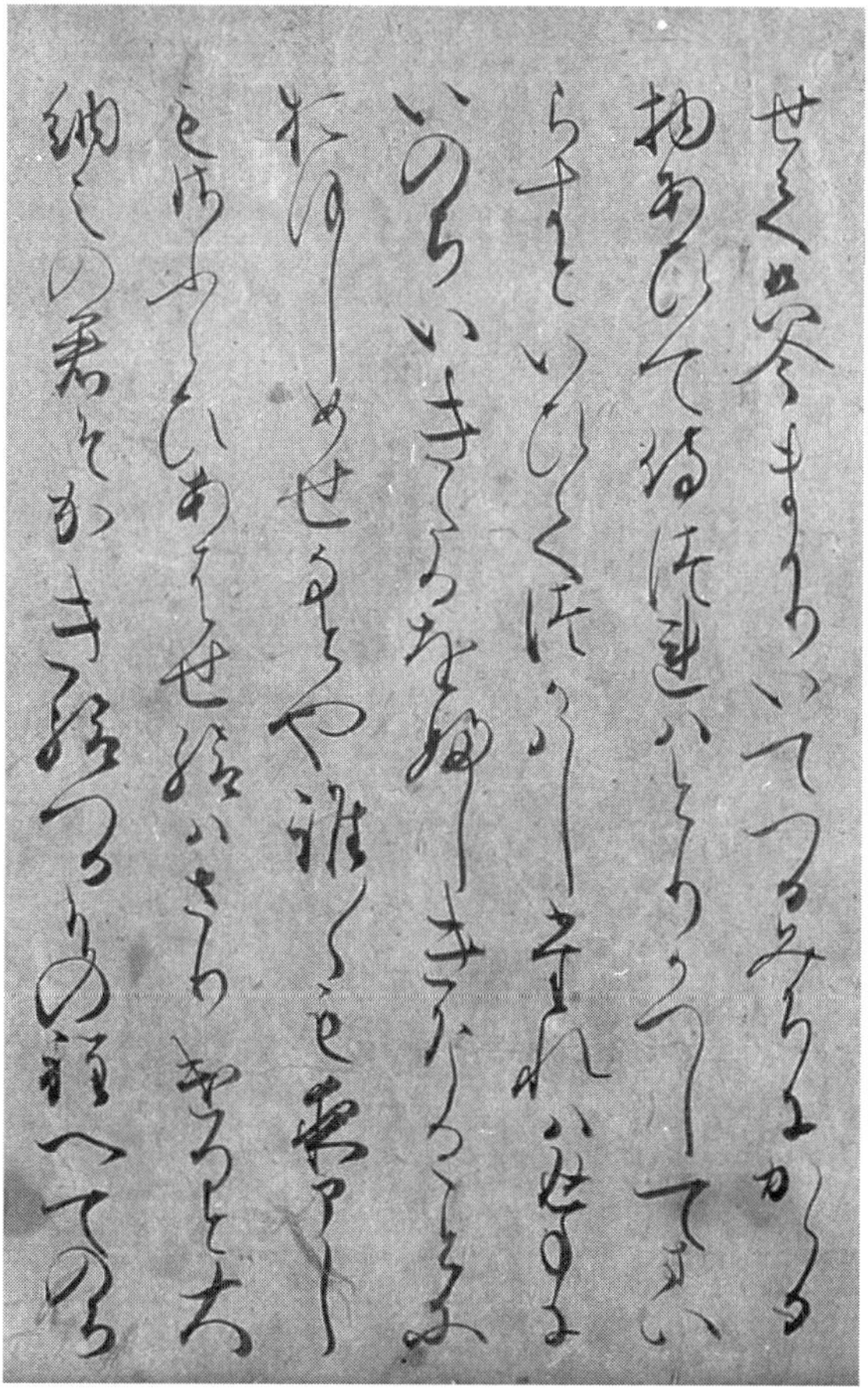

せて、「只今、まかりいでつるみちに、か丶る物、あひて侍《はべり》つれば、とりかへして、まい《ゐ》らす」といひて、つか《遣》はしたれば、返事に、「いのちいきたるを、ふしぎなることにおぼしめせ。などや、誰《たれ》〳〵も、夜部《よべ》しも、さぶらひあはせ給《たま》はざりける」と、大納言の君ぞ、かき給《たま》へる。7その程へてのち、

5 天皇と公達、中宮のもとを訪れる。

24 後宮に出入りが自由な人。「許る」は、禁止・制限から解かれていること。重衡は徳子の弟、維盛は甥。

6 翌朝、女房の衣を返す。

25 維盛に手紙を書かせたのは重衡か。宮中から退出する途中で、盗人から衣を取り返した、とする。

7 後日、天皇が女房たちに真相を明かす。

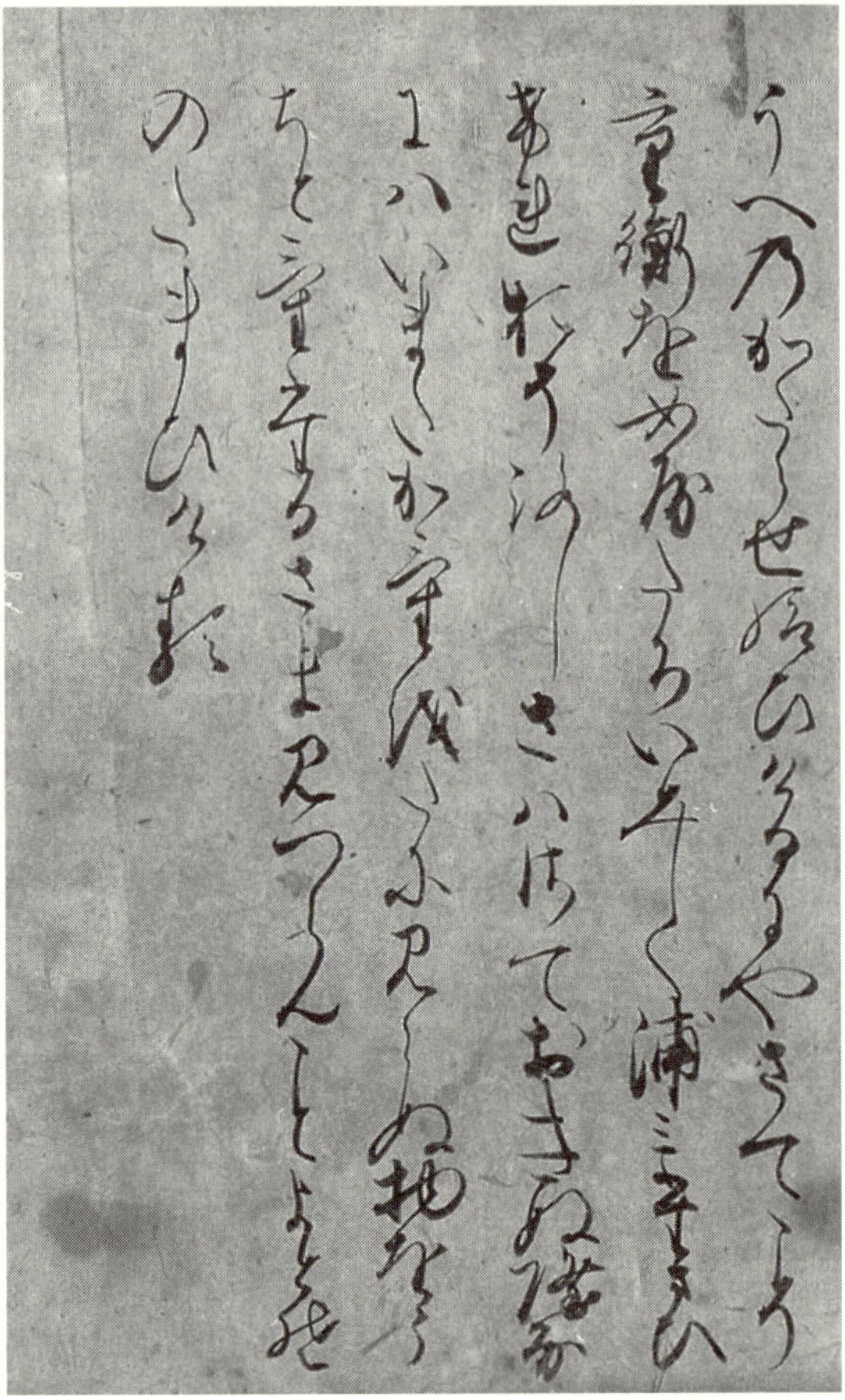

うへ《上》のかたらせ給《たま》ひけるにや、さてこそ、重衡を、女房たち、いみじく浦《恨》みたまひけれ。「おそろしさは、さておきぬ。隆房[26]には、いまだかげをだに見えぬ物を。うちとけたるさま、見つらんことよ」とぞ、のたまひける。

26 隆房は重衡ほど女房たちと近しい関係になかった。→補注⑪

6 横行する盗人

平安京を跋扈《ばっこ》していた盗人の話はたくさん伝わっています。その中でも『今昔物語集』の盗人の話は、芥川龍之介の『羅生門』や『藪の中』、『偸盗《ちゅうとう》』などのもとになった話としてよく知られています。盗人が現れる場所は、国ざかいの峠道や郊外の寺など、人気《ひとけ》のない場所から、街中《まちなか》の貴族の邸宅までさまざまです。

ところで、ここで、悪戯《いたずら》を仕掛ける中心人物となっている隆房には、自身の屋敷に仕えている女房が、実は盗賊の頭領だった、という話が、『古今著聞集』に残されています。しかも、当時、隆房は検非違使庁《けびいしちょう》（警察と裁判所を併せたような役所）の長官だったと言います。

ある貴族の家に、夜中、盗賊団が入りました。その家の者たちは刃向かうこともかなわず、散々荒らされます。盗賊たちが戦利品を持って散り散りになった後、その家の者が、盗賊たちに指図をしていた頭領らしき者の後をこっそり付けると、隆房の家の前でふっと消えてしまいます。翌朝、確かめると、その盗賊は傷を負っていたらしく、道に血痕が点々と残っていて、間違いなく隆房の家の中に入ったことがわかりました。話を聞いた隆房が、屋敷の者を集めて問いただすと、一人の女房が手傷を負っていて、なんと、その女が仮面をかぶり、変装して盗賊を働いていたことが明らかになったのです。女は、年の頃は二七、八。美しく、身分の高い女房でした。

『公達草紙』が成立した時代は、自分の身近にいる、まったく思いも掛けない人物が実は盗賊だった、という話が、リアリティをもって語られる時代でもあったのです。本話の作者が、『古今著聞集』を読んでいたかどうかは定かではありませんが、自分に仕える女房が実は盗賊団の頭領であったと語られる隆房が、盗人の真似をして中宮女房を脅かす、という筋立ては、おもしろいですね。

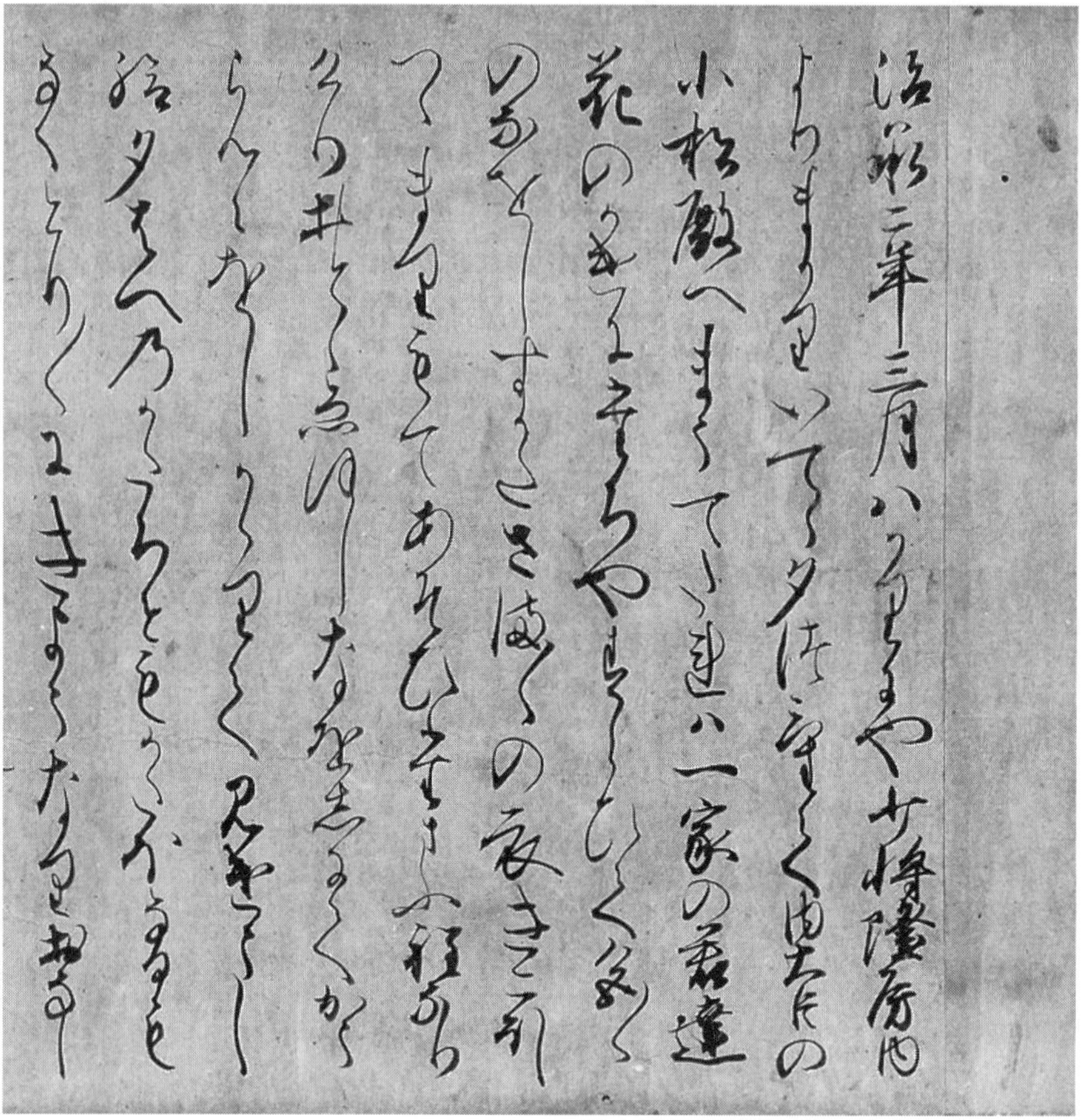

【4】美しき小松家の人々

治承二年三月ばかりにや、少将隆房、内[1]よりまかりいで《出》ゝ、夕つけて、内大臣[2]の小松殿[3]へまうでたれば、一家の君達、花のかげに、たちやすらひて、色〳〵のなを《ほ》しすがた、さま〲の衣、きこぼしつゝ、[4]まり《鞠》もてあそびたまふ程なりけり。おとゞ《大臣》、ゑ《え》ぼし、なを《ほ》しにて、[5]かう《高》らん《欄》に、を《お》しかゝりて、[6]見けう《きよ》じ給《たまふ》。[7]夕ばへ《え》のかたちども、かたほ《偏》なるもなく、とり〲に、きよらなり。おなじ

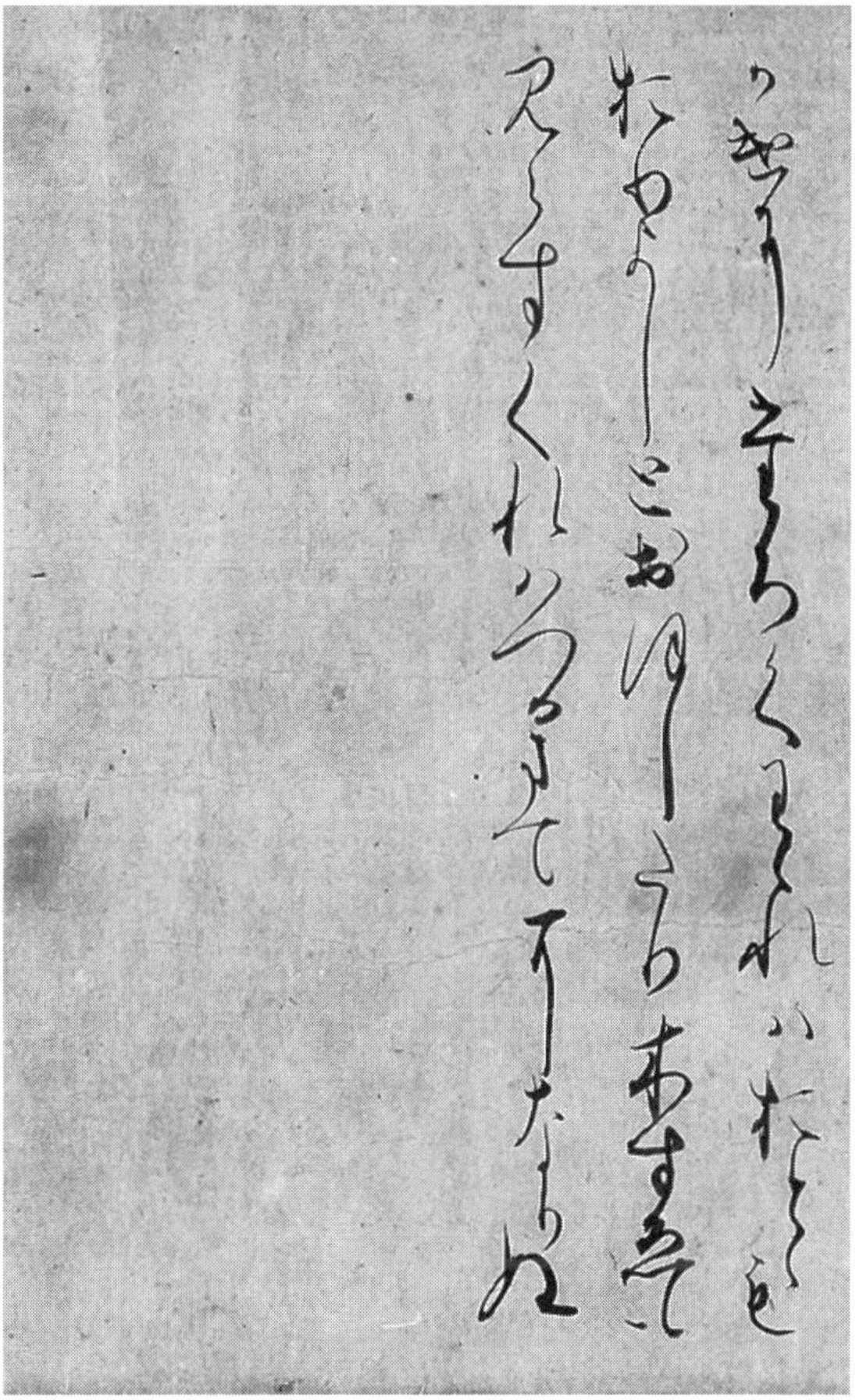

かげに、たちくわゝ《（は）》れば、おとゞ《（大臣）》も、
「おりよし」《（を）》とおぼしたり。木ずゑ《（末）》も
見えず、くれはつるまでになりぬ。

【4】美しき小松家の人々

※治承二年（一一七八）三月、重盛邸で鞠遊びが行なわれた。

1 高倉天皇の内裏。
2 平重盛。→人名一覧28
3 重盛が六波羅の小松谷に構える邸宅。
4 ちょうど、蹴鞠《けまり》の遊びをなさっているところだった。→補注⑫
5 建物などの回りに設けた欄干。
6 見興ず。見て面白がる。
7 あたりが薄暗くなる夕方頃、かえってくっきりと美しく見えること。

7 蹴鞠の流行

京都にある白峯《しらみね》神宮に、日本代表のサッカー選手たちが、大事な試合前やお正月などに祈願に訪れているのをご存知でしょうか。なぜ、白峯神宮かと言えば、そこが蹴鞠《けまり》の宗家《そうけ》である飛鳥井《あすかい》家の邸宅の跡地にあたり、蹴鞠の守護神「精大明神《せいだいみょうじん》」を祀《まつ》る摂社《せっしゃ》があるからです。

蹴鞠は平安末期以降、とても流行《はや》ったスポーツで、鹿皮でできた鞠を高く蹴り上げて、リフティングの数とアシストのうまさを競います。プレーヤーは「鞠足《まりあし》」と呼ばれ、その中でもスター選手のような人が何人か生まれました。平家の公達と同じ時代に活躍した人としては、藤原頼輔《よりすけ》と藤原成通《なりみち》が有名です。頼輔は後白河院の五十御賀の鞠会に出場するために昇殿を許されました。蹴鞠の飛鳥井家は頼輔の子孫にあたります。一方、成通は「鞠聖《きくせい》」と称されて、鞠をめぐるエピソードが『古今著聞集』に載っています。成通は、病気の時は寝ながら鞠を足に当て、二千日間、つまり六年ほど毎日欠かさず鞠を蹴り続けたと言います。その千日目の日、成通の前に、顔は人で体は猿、三、四歳の子供ほどの大きさの「鞠精《きくせい》」三人が現れます。鞠精は、成通が、今後、ますます鞠に打ち込めば守護神となることを約束しました。また、清水寺に参詣した折に、清水の舞台の高欄の上を、沓《くつ》を履《は》き、鞠を蹴りながら往復して見せたというような成通のスーパープレイの数々も伝えられています。

鞠場《まりば》には、時には女性を含めて見物する人が多く集まりましたから、恋の話と結びつくこともあります。本話は物語のさわりだけといった感じで、何も起こらないまま書き差したような形で終わってしまっていますが、これから何か起こりそうな予感を感じさせる一篇となっています。

補注

【1】平重盛―凛々しい大将

①「内裏に火ちかく侍し」

『右京大夫集』（五八）には、

いづれの年やらむ、五節のほど内裏近き火の事ありて、すでにあぶなかりしかば、南殿に腰輿《えうよ》設けて、大将をはじめて衛府《ゑふ》の司《つかさ》のけしきども、心々におもしろく見えしに、大方の世の騒ぎも他にはかかる事あらじと覚えしも、忘れがたし。宮は御手車にて、行啓あるべしとぞ聞こえし。小松の大臣、大将にて、直衣《なほし》に矢負ひて、中宮の御方へ参りたまへりしことがらなど、いみじう覚えき。

という詞書が見え、内裏近くで起こった火災の際に、右近衛大将として任務に携わった重盛（小松の大臣）の姿が讃美を込めて書き留められ、『公達草紙』の当該記事との関連が早くから注目されている。『右京大夫集』は、この火災について「五節のほど」とだけ記して、年次を明確にしないが、『清獬眼抄《せいかいがんしょう》』の記事などにより、安元元年（一一七五）一一月二〇日のことと推測されている。同様に内裏近辺での火災の折の重盛を描く『公達草紙』は、年時を前年の承安四年の夏のこととする。承安四年に火災が確認できないことや、重盛の右大将就任が同年七月八日であることなどから、従来、『公達草紙』が年時を誤ったとされるなど、さまざまな解釈が行なわれてきた。

　こうした考え方は、いずれも『公達草紙』の記事が史実に基づくものであることを前提としているが、近時、『公達草紙』は『右京大夫集』の影響下に書かれたものであることが明らかにされた。

　両者を比較すると、同じく火災という緊急事態における重盛を描きつつも、さまざまな違いが見られる。『右京大夫集』は、重盛以外の「衛府の司のけしきども」についても「心々におもしろく」と記しているが、『公達草紙』は、初めから重盛に関心を集中させている。その重盛は、登場を待ち望む人々をじりじりさせた上で参上し、素晴らしい立ち居振る舞いで賞讃を浴びることになるが、『右京大夫集』に遅参のことは見えない。『公達草紙』は、話を重盛に焦点化させた上で、劇的な登場という要素を付加したと考えてよいだろう。

　また、『右京大夫集』では、重盛は「直衣」に「矢」を負った姿と記されているに過ぎないが、『公達草紙』は、重盛の装束を描くことに腐心し、「冠に老懸《おいかけ》」「夏の直衣」「籠手《て》」などの有様を微細にわたって描き、さらに「面持ち」や「気色」の素晴らしさについて記す。「一、華麗なる一門」の他の三話が三月という時節を取り上げるのに対して、本話には「夏の直衣」と見える。装束の規定から「夏の直衣」は夏だけに限定されるものではないとも指摘されるが、「軽らかに、涼しげなるに」という叙述と相まって、本話では、やはり「夏」という季節設定がなされていると見るのが自然だろう。

　そうした設定は、軽やかで涼しげな直衣の袖の下から籠手の銀の細工が透けて見えるさまを描くためであった可能性もある。

【2】平維盛―華やかな舞姿

②青海波登場人物の官職一覧表

（傍線は誤った官職表記。［　］は記述はないが、明らかにそれと比定できるもの）

公達草紙	御賀記（類従本）	御賀記（定家本）	実際の官職
1 重盛 右大将	［重盛］右大将	［重盛］右大将	正二位大納言右大将
宗盛 中納言	宗盛 左衛門督	×	従二位権中納言左衛門督
時忠 別当	×	×	従二位権中納言
頼盛 右兵衛督	×	×	正三位権中納言右兵衛督
教盛 宰相	×	×	正三位参議（宰相）
知盛 三位中将	知盛 左中将	×	正四位下左中将
重衡 頭中将	重衡 中宮亮	×	正四位下中宮亮左馬頭
	維盛 権亮少将	×	従四位下中宮権亮右少将
資盛 左少将	資盛 左少将	×	正五位下侍従
清経 新中将	清経 新少将	×	正五位下左少将
忠房 兵衛佐	忠房 兵衛佐	×	能登守（元暦元年丹後侍従）
通盛 権少将	通盛 越前守	×	正四位下越前守
経盛 左少弁	×	×	従三位非参議
2 師長 内大臣	［師長］内大臣	［師長］内大臣	正二位内大臣左大将
	実宗 蔵人頭	［実宗］蔵人頭	正四位下右中将蔵人頭
重衡 蔵人頭	重衡 ［蔵人頭］	×	正四位下中宮亮左馬頭
実宗 ［蔵人頭］			正四位下右中将蔵人頭
3 頼実 左中将	頼実	頼実	正四位下右中将
清経 新少将	清経 新少将	清経	正五位下左少将
公時	公時	公時	左（右カ）少将
4 頼実 中将	頼実 朝臣	頼実	正四位下右中将
清経 新少将	清経 新少将	清経	正五位下左少将
隆季 大納言	隆季 大納言	隆季 大納言	正二位権大納言中宮大夫
×	実国 ［大納言］	実国 ［大納言］	正二位権大納言
資賢 中納言	資賢 中納言	資賢 中納言	従二位中納言按察使

知盛 三位中将	知盛 権中将	×	正四位下左中将
定能 権中将	定能 [権中将]	定能 中将	正四位下蔵人頭中将
[5] 維盛 権亮少将	維盛 権亮少将	維盛	従四位下中宮権亮右少将
成宗 右少将	成宗	成宗	左少将侍従
[6] 維盛 朝臣	維盛 朝臣	×	従四位下中宮権亮右少将
[重盛] 大臣	[重盛] 大将	×	正二位大納言右大将
[8] 隆房 少将	隆房 少将	隆房 少将	正四位下右少将
泰通 中将	泰通 中将	泰通 中将	正四位下左中将
(雅定 右大臣)	(雅定 右大臣)	([雅定] 右大臣)	
(成通 大納言)	(成通 大納言)	(成通 大納言)	
[9] 通盛 新少将	通盛 越前守	×	正四位下越前守
有盛 四位侍従	有盛 四位侍従	×	(養和元年侍従)
兼実 右大臣	[兼実] 右大臣	×	従一位右大臣
[10] ×	[兼実] 右大臣	×	従一位右大臣
[師長] 内大臣	[師長] 内大臣	[師長]	正二位内大臣左大将
宗家 中納言	宗家 中納言	宗家 中納言	従二位中納言
宗盛 左衛門督	×	×	従二位権中納言左衛門督
資賢 按察使	資賢 按察使	資賢 按察使	従二位中納言按察使
×	家通 宰相	家通 宰相	正三位参議 (宰相)
定能 中将	定能 中将	定能 中将	正四位下蔵人頭中将
×	雅賢	雅賢	右少将
維盛 権亮少将	維盛	維盛	従四位下中宮権亮右少将
[基房] 関白			関白基房
	[経宗] 左大臣	[経宗] 左大臣	左大臣経宗
重盛 右大将	重盛 右大将		正二位大納言右大将
		宗盛 左衛門督	従二位権中納言左衛門督

基親 大進	[基親] 蔵人大進	基親 大進	蔵人中宮大進
[11] 隆季 院別当大納言	隆季 院別当中宮大夫	×	権大納言中宮大夫
[清盛] 入道太政大臣	[清盛] 入道大臣	×	
[12] 資賢 按察	[資賢] 按察中納言	[資賢] 按察中納言	従二位中納言按察使
隆季 卿	隆季 卿	隆季 卿	正二位

③「公時」

輪台は四人舞で、当初、上臈二人（頼実・清経）、下臈二人（実教・成経）が予定されていた。しかし、実教は母が亡くなり、公時に交替することが事前に決まった。その後、成経も病気のために参加できなくなった。ただし、成経の不参加は直前になって判明したので、交替すべき舞人が手配できず、下臈は公時一人となった。もっとも、三人舞は前例がないため、公時は垣代には加わったが、輪台は舞わず、後ろに立っただけだった。

④「山のはちかき入日の……覚けるとぞ」⑥

『源氏物語』紅葉賀巻に、桐壺帝の朱雀院行幸の際の催しとして、光源氏が頭中将と二人で青海波を舞ったことが描かれている。そこでは、光源氏の舞姿の美しさが、清涼殿の前庭で行なわれた試楽《しがく》（予行演習）と、朱雀院行幸での本番の二場面で描かれている。維盛の青海波の舞の表現は、それを踏まえたものである。

まず、試楽の場面では、「入り方の日影さやかにさしたるに、楽の声まさり、もののおもしろきほどに、同じ舞の足踏み、面持《おも》ち、世に見えぬさまなり」とあり、さらに、その麗姿に、「帝、涙を拭《のご》ひ給《たま》ひ、上達部、親王《みこ》たちも、皆泣き給ひぬ」と、父帝をはじめ見る人はみな感涙を流したとある。本番では、「色々に散り交《か》ふ木《こ》の葉の中より、青海波の輝《かかや》き出《い》でたるさま、いと恐ろしきまで見ゆ」と、光源氏が青海波を花やかに舞い出でた様子が記されている。また、試楽の場面で、「片手には大殿の頭中将、容貌《かたち》、用意、人には異なるを、立ち並びては、なほ、花の傍らの深山木《みやまぎ》なり」と、青海波の舞の相手役だった頭中将が光源氏の引き立て役でしかなかったことが記されている。「かたては、源氏の頭中将ばかりだになければ」は、これを踏まえている。当時一八歳の光源氏の青海波の舞は、華麗な人生史に刻まれる象徴的な出来事として人々の記憶に刻まれ、『源氏物語』の中で、後にたびたび思い返されている。光源氏にとっても、周囲の人々にとっても輝かしい記憶となった。そのような光源氏の青海波に、維盛の青海波を重ねたことは、単に維盛を讃美するのみならず、同じ記憶を共有する者の一人としての語り手の、深い追慕の情が込められている。

⑤「そらにしられで」

「桜散るこの下風は寒からで空に知られぬ雪ぞ降りける」（拾遺集・春・六四・貫之）を踏まえる表現。貫之歌が「花」を「雪」に見立てて、「空に知られぬ」雪が「降る」と詠むのと同様に、ここでも「花」が「白雪」に見立てられ、「空に知られで、散りまがふ」とされる。

⑥「道風がゝきたる古今集」

平安時代後期写の伝小野道風筆『古今集』として、本《ほん》阿弥切《あみぎれ》が知られ、断簡の他、一部が巻子本《かんすぼん》の形で伝存する。

⑦「朝家の御かざり」

朝家すなわち天皇家を飾るのにふさわしい立派な存在。平家一門の活躍によって、御賀がいっそうはなやかになったことに対して、後白河院から送られた謝辞である。ただ、廷臣を「御かざり」と表現することは馴染みが薄い。いっぽうで、「朝家の御かため」、あるいはそれに類する表現は目にする。

たとえば、『大鏡』（清和天皇）には清和源氏に触れて、「今の世に源氏の武者《むさ》の族《ぞう》は。それもおほやけの御かためとこそはなるめれ」とあり、朝廷の守護役として、清和源氏の満仲やその子孫を「御かため」と評している。『今鏡』

（すべらぎの下）では、一つの平氏から分かれた二系統、即ち滋子を出した文官の家柄と、忠盛・清盛を頂点とする武官の家柄が共に朝廷を支え、活躍しているさまを、「日記の家と世の固めにおはする筋」と記し、武門平家を「世の固め」としている。

『平家物語』では、生け捕りとなって鎌倉で頼朝に対面した重衡の言葉の中に、「昔は源平左右を争ひて、朝家の御固めたりしかども」（巻一〇「千手前」）とある。源氏没落以前は源平共に「朝家の御固め」であった。が、平家全盛時代については、「平家日ごろは朝家の御かためにて、天下を守護せしかども」（巻五「物怪之沙汰」）と記される。「固め」を「守り」とする伝本もあるが、「固め」も「守り」も同様に、武力、軍事力によって警備・守護をするという意味である。

「朝家の御かざり」の前後は、『御賀記』定家本にはなく、群書類従本で加えられた部分である。平家一門は「朝家の御固め」と意識されていただろう。しかし、後白河院の御賀に舞や音楽などで奉仕した平家の人々を称賛するには、武力を意味する「御固め」はふさわしくない。そこで、「御かざり」というあまり見慣れない表現を用いたのだろうか。

【3】平重衡―陽気な悪ふざけ

⑧「物ゝねなど、すみぬべうもあらず」

琴や笛など楽器の音色は、湿度の影響を受けやすい。例えば、『源氏物語』末摘花巻では、光源氏が、末摘花の琴の演奏を聞きに訪れたとき、侍女が「物の音澄むべき夜のさまにもはべらざめるに」と発言した。それは、末摘花の琴の技量がそれほど優れてはいないことをほのめかしてもいるが、実際にその夜は春の朧月夜で、湿気が多いため琴の音色が澄み渡る夜ではなかった。また、空気が乾燥している秋や冬の月夜に楽器の音色が澄みまさるとする例には、次のようなものがある。『為忠家《ためただけ》初度百首』では「月前神楽」という題が設定され、「月夜よみ庭火の前の笛の音を雲のよそにも聞きわたるかな」（五二四・俊成）という歌が見え、また、時代は下るが、『貞敦《さだあつ》親王御詠』には「なべてすむ月も外とや物の音のすめる雲井の秋の夜ごとは」（五九二）の歌がある。

⑨「例の重衡」

『右京大夫集』（一九五）詞書には、

宮の亮（重衡）の、「内の御方の番に候ひける」とて入り来て、例のあだことも、まことしきことも、さまざまをかしきやうに言ひて、我も人もなのめならず笑ひつつ、はては、恐ろしき物語どもをしておどされしかば、まめやかにみな、汗になりつつ、「今は聞かじ。後に」と言ひしかど、なほなほ言はれしかば、はては衣《きぬ》を引きかづきて、「聞かじ」とて寝て

とあり、重衡が建礼門院の女房たちのもとをよく訪れて、団欒《だんらん》の輪に入り、豊富な話題と話術で女房たちを惹きつけていたことがわかる。ここで、「例によって重衡が、何食わぬ顔で、きっとおもしろいことを言い出すぞ」というのは、『右京大夫集』に活写された重衡の人物像が前提となっていると考えられる。

⑩「盗人のまねをして」

平安時代の宮中で強盗など物騒な事件が発生したことは、記録類にも見られる。盗人はしばしば放火もしたらしい。例えば、藤原実資《さねすけ》の日記『小右記《しょうゆうき》』によると、治安三年（一〇二三）一一月七日早朝、後涼殿で、女房の曹《ぞう》司《し》の巻き上げた簾から火が出た。すぐに消し止められたが、それは、その部屋にいた女房二人が、火事騒ぎに乗じて衣を盗もうと計画して放火したのだった（同月七日、一〇日条）。これは未遂に終ったが、『紫式部日記』には、実際に大晦日の宮中で、紫式部の同僚の女房二人が身ぐるみ剥《は》がれる事件が記されている。紫式部は、被害者の様子を目撃し、とても恐ろしい思いをしたという。

時代が降って、藤原定家の日記『明月記《めいげつき》』建暦元年（一二一一）一一月二七日条には、前夜、定家の姉健御前《けんごぜん》（出家して「みあみ」）の八条院の局に、盗人が入って、衣桁《いこう》に掛かっていた衣や夜具を剥ぎ取られたという記事が見える。また、『花園院宸記《はなぞのいんしんき》』によると、元応元年（一三一九）八月二日夜に持明院殿《じみょういんどの》の女房の局に盗賊が入って、袴を剥ぎ取られ、翌日夜に放火されたという。

このように、当時宮中や院御所などに盗人が乱入することは、あり得ないことではなかったので、脅された女房たちが、悪戯だとは全く気付かずに、本当の盗人だと信じ込んで恐ろしい思いをしたのも無理はない。

⑪「隆房には、いまだかげをだに見えぬ物を」

当時の貴族女性は、親族など特に親しい関係以外の男性には自分の顔を見られないようにするのが嗜《たしな》みだった。けれども、宮仕えしている女性の場合は、立場上、男性官人たちの前に直接顔を出すこともあった。特に、帝や妃などに仕えている場合は、帝をはじめ、上達部、殿上人など政治の中心にいるような男性たちと顔を合わせることは避けられなかった。むろん、そうしたことに対す

る批判もあったし、女性たち自身も好んで人前に顔をさらしていたわけではなくて、複雑な思いも懐いていたらしい。『枕草子』「生《お》ひ先なく、まめやかに」の段には、宮仕えする女性たちが人に顔を見せてしまうことを非難する男性の言葉を記しているし、『紫式部日記』でも、宮仕えしていれば人前に顔を出さずにはいられないこと、また、そうしたことに馴れきってしまう自分への嫌悪などが記されている。清少納言自身の体験として、『枕草子』「職《しき》の御曹司《みざうし》の西おもての」の段には、藤原行成との交友をめぐるエピソードが描かれているが、その中で、清少納言は、行成に不意に顔を見られてしまった際に、「見えたてまつらじとしつるものを、といとくちをし」と記している。

【4】美しき小松家の人々

⑫「まりもてあそびたまふ程なりけり」

重盛の邸の庭で、公達が蹴鞠をして遊び興じた場面は、『源氏物語』若菜上巻に描かれた六条院での蹴鞠の場面の表現を踏まえている。

まず、三月のうららかな一日、「大将の君（夕霧）は、丑《うし》寅《とら》の町に人々あまたして鞠もてあそばして見給ふと（光源氏は）聞こしめして」というように、夕霧が六条院の丑寅の町（夏の町）で、若い公達に蹴鞠をさせていると聞いた光源氏は、春の町に呼び寄せて蹴鞠をさせた。そこで、「大将も督《かん》の君（柏木）も、皆下《お》り給ひて、えならぬ花の陰にさまよひ給ふ夕映え、いと清げなり」と、夕霧や柏木も庭の桜の花陰で鞠を蹴るが、その姿が夕日に映えて美しく見える。その様子を、「御階《みはし》の間《ま》に当たれる桜の陰に寄りて、人々、花の上も忘れて心に入れたるを、おとど（光源氏）も宮（蛍の宮）も、隅の高欄《かうらん》に出《い》でて御覧ず」と光源氏も高欄に出て見物した。

『源氏物語』の絵巻などにもよく描かれる名場面の一つである。明るく美しい花の下の蹴鞠の風景だが、柏木は、この時ふとしたことで光源氏の正妻女三の宮の姿を垣間見てしまい、恋慕を強めて密通へと至る。二人の密通により、光源氏も深い苦悩を味わうことになる。

本話に、右のような若菜上巻の蹴鞠のシーンを重ね合わせた読者は、この明るく花やかな一こまにも、暗い不吉な影が胚胎しているように感じとることだろう。

現代語訳

【1】平重盛―凛々しい大将

[1]後白河院が五〇歳におなりになった時のお祝いの宴が、どんなに素晴らしかったかなどということは、いまさら言うまでもないでしょう。そういう盛儀のほかにも、内裏での私的なお遊びや、ちょっとした出来事につけても、おもしろいと思ったことがいろいろあって、そうした些細なことこそ、忘れられないのです。

[2]私、隆房が、まだ少将や中将だった時も、同じ年頃の若者といっても、平家の公達とむやみに親しくしていたのではありません。ただ、私の妻が、亡くなられた西八条の入道太政大臣清盛様の娘というご縁がありまして、清盛様の一家の人々に、たわいないおふざけなどをすることもあったのですよ。

[3]承安四年、小松の内大臣重盛様が、右大将でいらっしゃった頃、内裏近くに火事が起こりました。そんな時に駆けつけない人などいるはずがありません。みな内裏に参上して集まっておりましたが、右大将殿のお姿がありません。人々は、口々に「何と言っても、こういう場合には一番に駆けつけなければならない右大将殿が、お見えにならないではないか。いったいどうしたことか」と言っていました。するとそこへ、先払いの声を華々しくさせて、どなたか参上したようです。「さては」などと言っているうちに、右大将殿が参上して、南殿の階《きざはし》のもとにお控えになりました。その出で立ちはというと、冠を被って老懸《おいかけ》を着けて、軽やかで涼しそうな夏の直衣《のうし》をお召しになり、腕には籠手《こて》という物をつけていらっしゃるのでしょうか、銀のつぶつぶとしている金具が直衣の袖口あたりに透けていて、とてもその場にふさわしく見えました。「本当に、このたびの火事のような緊急事態には、右大将殿のように振る舞うべきなのだ」と、心にしみて思われたことでしたよ。右大将殿のお姿は、威厳があって美しく、難点だと思われるところがまったくなく、表情や態度は何もこだわりがなさそうでいながら、周りに気をお配りになる様子で、胡籙《やなぐい》を背負って、控えていらっしゃいました。そのお姿を見ると、「このような時には、近衛の大将とは、本当にこの重盛様のような方を言うのだ」と思われたのでした。

【2】平維盛―華やかな舞姿

1 右大将重盛は、後白河院の五十御賀の宴で、小松家の維盛が舞う「青海波」の装いを見るために、平家の人々、すなわち中納言宗盛、別当時忠、右兵衛督頼盛、平宰相教盛、三位中将知盛、頭中将重衡、左少将資盛、新中将清経、兵衛佐忠房、権少将通盛、左少弁経盛、こうした人たちを引き連れて楽屋へと向かった。その重盛の勢威ある様子といったら、他の人とは違って本当に見事であった。さて、蔵人は、楽器を楽屋へ持って行く。

2 内大臣師長が琵琶を奏でる。「古鳥蘇《ことりそ》」の舞が終わると、舞人たちは左右に分かれて腰掛に座る。蔵人頭重衡、実宗をはじめ四〇人あまりが、西の中門から入って、後白河院の御前を通って、南西の庭に集まって立つ。垣代の役を務めるのである。出納久近が人々に扁皮《へんぴ》を配る。この時、笙が調子を演奏する。

3 それを合図に、垣代が次々と出て来る。まず、左舞の「輪台《りんだい》」を舞う上臈四人のうち二人、すなわち左中将頼実と新少将清経。次に、右の舞人の四人が続く。次に、「輪台」の舞の下臈二人が出て来るはずなのだが一人。その舞人の公時は、もともとは笛の役で参加していたのだが、舞人が欠けたので、急に舞うことになった。公時は「万《まん》歳楽《ざいらく》」の舞のほかは、まだ習っていないのだが、垣代としてだけ参加した。次に、殿上人たちが、それぞれ連なって歩きながら大きな輪を作る。左右の舞人は、摺り鼓を打つ。そして、一人一人がぐるりと廻った後で、大きな輪の東側に立って小さな輪を作る。

4 その輪の中から、中将頼実朝臣と新少将清経朝臣が出てきて舞を舞う。この時、大納言隆季、中納言資賢、三位中将知盛、権中将定能が、楽屋から出てきて垣代に加わる。音取《ねとり》や唱歌の様子は、細かく記す暇がないので省略する。

5 「輪台」が終わり、代わって「青海波」の舞人が登場して舞う。権亮少将維盛と右少将成宗は、二人とも右袖の肩脱ぎをしている。海辺の模様が描かれた青裏の半臂《はんぴ》を着て、紺地の水の模様の平緒を腰に結んで、螺鈿《らでん》の施された細太刀を帯び、桜萌葱の衣の下には、山吹の下襲を合わせて、付けていた胡籙ははずして、冠には老懸を着けている。

6 山の端の近くにまで傾いた夕陽に照らされて、御前の庭の砂が白く清らかに見える上に、白雪かと見まがう花が「空に知られぬ」という和歌のように散り乱れている。ちょうどその時に音楽が奏でられて、維盛朝臣が「青海波」を舞いながら華やかに登場する。その様子ときたら、足踏みのさま、袖を振る具合、その雰囲気の素晴らしいこと……。夕陽に照らされて輝いた顔立ちは、たとえようがないほど美しい。同じ「青海波」の舞でも、これまで見たことがないほどに素晴らしく思われたので、高倉天皇、後白河院を初めとしてみな、じつにみごとだと賞賛なさった。父の重盛大臣は、涙は不吉だからと我慢なさっていたが抑えきれず、感極まって流した涙をぬぐっていらっしゃる。無理もないことだ。この維盛の舞を見る人は、みな感激のあまり涙を流した。維盛と組んで「青海波」を舞った相手は、『源氏物語』で光源氏と組んで「青海波」を舞った頭中将ほどですらないので、かえって舞わなかったほうがよかったぐらいで、気の毒がられたということだ。

7 「青海波」を舞い終わって、維盛たちは初めのように列に連なって楽屋へ入る。ただし、「輪台」の舞人は、これに加わらない。

8 こうして楽屋に入る時に、右方の舞人の少将隆房が太鼓の前から、楽屋へ進み寄って、中将泰通に向かって言うことには、「太鼓は高く音を鳴り響かせなくてよいでしょうか。どうでしょう」。こう言われて、泰通ははっとして、すぐに太鼓の音を高く鳴り響かせた。「青海波」の終わりにあたって、太鼓は、普通は音を高く鳴り響かせることはない。これ以上ないほど素晴らしく舞った時に、太鼓の音を鳴り響かせるのだ。以前の仁平《にんぺい》の御賀の折に、中院右大臣雅定と成通大納言が共に示し合わせて、太鼓の音を高く鳴り響かせたことがあった。今回も、「素晴らしく舞ったならば、太鼓の音を鳴り響かせよ」と、後白河院の方《かた》から事前にご指示があったのだった。ところが、合図をするはずの笛吹が忘れてしまったのだろう。「こんなふうに隆房が教えてくれなかったならば、そのまま太鼓の音を高く鳴り響かせないで終わってしまっただろう」と、人々はみな恥じ入っている様子だった。

9 さらにまた、右方は、新少将通盛と四位侍従有盛が「林歌《りんが》」の舞を舞う。その時に、後白河院の御前から、右大臣兼実を使いとして、禄をお与えになった。禄の蘇芳《すおう》の織物の袿を、通盛と有盛はおのおの右の肩に掛けて、入綾の舞を舞う。これを見る者はみな感激のあまり涙を流す。そうはいうものの、何と言ってもやはり、先の維盛の「青海波」こそが、まばゆいほどに素晴らしい見物《みもの》であった。

10 日が暮れる頃に、御前では管絃の演奏がある。高倉天皇は御笛、内大臣師長は琵琶、中納言宗家は箏、左衛門督宗盛は和琴、按察使資賢は篳篥《ひちりき》を奏でる。中将定能と権亮少将維盛が、双調の「安名尊《あなとうと》」の曲を謡う。二人とも類いないほど素晴らしい声遣《こわづか》いで変化に富んで謡うので、それぞれに禄が与えられた。最後には、関白基房が座を立って、寝殿の東で、高倉天皇や中宮（徳子）への返礼の贈り物を取り次ぐ。天皇への贈り物は、お手本になる書、御笛、御馬一〇頭、この他には、どんな物があったのだろうか、近衛司が、それぞれ受け取った。中宮への贈り物は、小野道風が書写した『古今集』を差し上げなさった。右大将重盛卿が、これを取り次いで、大進基親にお与えになった。

11 また、後白河院は院庁別当の大納言隆季をお使いとして、八条入道太政大臣（清盛）のもとへ院宣をお伝えになった。「今回の御賀に、平家一門の上達部、殿上人たちは、何事につけても、格別に優れていることが多い。そのような一門が天皇家を引き立てる者としてあることを、特に嬉しくお思いである」ということをおっしゃった。清盛はこのようなお言葉をいただいたことに感謝して、お使いの隆季に、銀の箱に金一〇〇両を入れてお贈りになった。このことを院はお聞きになって、「（清盛は）大富豪だったのだな」とおっしゃった。

12 また、按察使資賢をお使いとして、隆季卿に、「今回の御賀を、滞りなく終えられたのは、そなたが、この行事を取り仕切ったからである。まことに感心なことである」とお言葉を下された。そして、お褒めに与《あず》かった人々は位をいただいた。

13 その後で、天皇は御輿を寝殿の南の階《きざはし》に寄せてお乗りになり、お帰りになった。舞人と楽人は、そのままの装束でお供をした。

14 天皇が閑院にお入りになって、すべての行事が無事に終わった。天皇がこの世を治めるようになられた先年から今日にいたるまで、世の営みが滞りなく行なわれ、雨風に悩まされることもなく日々過ごせることを、身分の高い者から低い者まで、誰もが喜ばしいことと思っていると聞いております。

【3】平重衡―陽気な悪ふざけ

1 安元三年三月一日頃のことだ。内裏に、三位中将基通、三位中将知盛、頭中将実宗、左馬頭重衡、権亮少将維盛などといった人々に隆房も加わり、大勢参上していたところ、高倉天皇が、「雨が降って、つまらない夜であるな。目が覚めるようなことがあったらよいなあ」とおっしゃったので、三位中将基通が、「管絃の演奏などいかがでしょうか」と申し上げなさるけれど、「それも、今は雨で、楽器の音色が澄みとおるはずもない。ちょっと笑えるようなことがあればよいのだが」とおっしゃる。すると、左馬頭重衡が、「そうだ。殿上人のみなさん、よいことをひとつ、思い付きましたよ」と言うので、天皇は、「例によって重衡が、何食わぬ顔で、きっとおもしろいことを言い出すぞ」とおっしゃった。重衡は「盗人のまねをして、中宮（徳子）様付きの女房たちを脅かしてやりましょう」と申しあげる。みなは「それはとてもいい」と言って、めいめい出かけようとしたので、天皇が、「それにしても、不審な者ということで、行く途中で人に咎められたら、どうでしょう。困ったことになるに違いないですよ」とおっしゃるので、「そうなっても、計画がうまく運びそうもない時は、『私だ、間違えるな』と申しましょう」と言って、出かける。

2「あまり人数が多くては、かえってよくないだろう。一人、二人だけで参りましょう」と言って、重衡朝臣と隆房朝臣が、自分たちが着ている直衣を裏返して着ようとするが、隆房の直衣は柳襲《やなぎがさね》の裏だったので、「火影に照らされても、青いのはよくない」と言って、隆房は維盛朝臣が着ていた桜襲の直衣に着替えた。重衡と隆房はそれぞれ直衣の衣の袖の縫い目をほどいて、冠を包み込む。二人がこんなふうに装うと、天皇は維盛をお使いとして、宿直《とのい》として控えている人々に、「女房たちが、早く、早く来て、と言っても、顔を出すな」とお言葉を伝えさせておおきになった。

3重衡と隆房がそっと出かけて行くと、西の台盤所の、少し端近な格子と遣戸のある部屋に、女房が少人数で臥している。太政大臣伊通の娘の御匣殿、左大将兼長の娘の大納言殿、朝方の娘の右京大夫君、季仲の娘の小少将の君などが臥していたのだ。それぞれ単衣を何枚か重ねて、唐衣を着たままうたたねしている様子だ。重衡たちは、女房たちが一番上に着ている衣を、引っ張り落とした。すると、女房たちは、びっくりした様子で、突然の侵入者をご覧になる。きっと、怖ろしい者どもよ、とお思いになったことだろう。気を失わんばかりの様子である。二人はおかしくて笑ってしまいそうなのをこらえて、そこにいた女房全員の衣を洩れなく取って部屋から出てきた。

4そうして、重衡も隆房もいつもの姿に着替えて、天皇のもとへ参上した。すると、天皇は「うまくやりおおせたか」とお聞きになる。二人が、「こうして、こうなって」と、どのような首尾だったかを申し上げると、「気の毒なことよ」と、大笑いなさる。

5しばらくして、天皇は、中宮の御所へお渡りになった。天皇のもとに参っていた者たちはみな、お供をして参上した。左馬頭重衡、権亮少将維盛などは、中宮の御所の出入りが自由に許されていた人だったので、居合わせた女房たちの許へ行ったところ、「たった今しがた、こんなことがあったのです」、「衣を取られた女房たちがとてもつらそうにしていました」などと口々におっしゃっているのを聞いて、吹き出してしまいそうな気持ちをずっとこらえていたが、とてもこらえそうにないので、いかにも約束があるように取り繕って、その場を立ち去ったのだった。

6 その夜明け方に、さすがに不都合だということで、維盛朝臣に手紙を書かせて、「たった今、宮中から退出する途中で、このような物を持っている者に会いましたので、衣を取り返してお送りします」と言って、奪った衣をお送りになった。すると、その返事には、女房の大納言の君が「私たちが無事に生きていられることを、不思議なこととお思い下さいませ。それにしても、どうして、誰もみな、あのような怖いめにあった昨晩に限って、宿直していてはくださらなかったのでしょうか」とお書きになっていた。

7 それからしばらくたってから、天皇がいきさつをお話しになったのだろうか、そんなわけで、他の誰でもなく重衡のことを、女房たちはひどくお恨みになった。女房たちは、「怖ろしかったことは、まあ、おいておきましょう。隆房には、まだ姿をちらっとでも見せていなかったのに。隆房は、私たちのくつろいでいる様子をきっと見てしまったのでしょう。恨めしいわ」とおっしゃった。

[4] 美しき小松家の人々

治承二年三月の頃であったか、少将隆房が内裏を退出して、夕方になる時分、内大臣重盛様の小松殿へ参上したところ、一家の人々は、桜の花の陰につどっていた。みな思い思いの色合いの直衣を着て、さまざまな色の衣を直衣の下からのぞかせて、蹴鞠に遊び興じていらっしゃるのだった。内大臣は、烏帽子に直衣という姿で、高欄に寄りかかって、その様子を見物して楽しんでいらっしゃった。夕暮れにくっきり見える顔立ちは、どなたも整っていて、それぞれに美しい。同じ花の陰に、隆房が加わると、内大臣も「ちょうどよい時に来てくれた」とお思いになっている。鞠に興ずるあまり、梢も見えなくなり、すっかり暮れてしまうまで遊んだのだった。

二、平家の光と影

第一図

第二図

第三図

〈第二・第一図〉
第一～三図は、金刀比羅宮本では「［1］おしゃれ合戦」の次に継がれているが、東京国立博物館本に従って移動した。また、第一・第二図は東京国立博物館本・金刀比羅宮本では共に右に示した全図のように、一・二の順に描かれているが、第一図の男性の舞う向き、第二図の女性の視線の方向から、本来は二・一の順であったと推測し、上の図版では二・一の順で紹介した。

前頁第二図の右、室内の御簾の内側には、多くの女房たちがいる。中には几帳の帷子《かたびら》を少し開けて、そっと庭の様子を覗《のぞ》いている女房もいる。画面左下の庭には、楽器を奏でる三人の男性が見える。
本頁第一図中央には、舞を舞う男性貴族が描かれている。

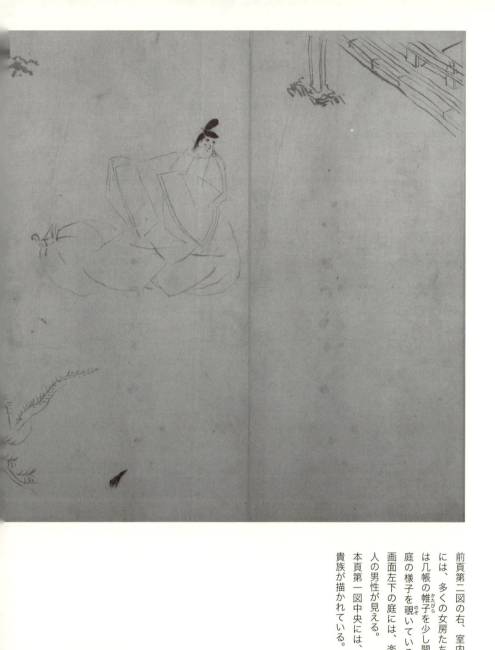

〈第三図〉
局《つぼね》で思い思いに過ごす女房たち。画面右上の経机の前に座っている女房は、読経しているのだろうか。左上の女房は、扇で顔を隠している。あるいは「[5]重衡と恋人たち」の続きで、重衡との別れを悲しんでいる図だろうか。

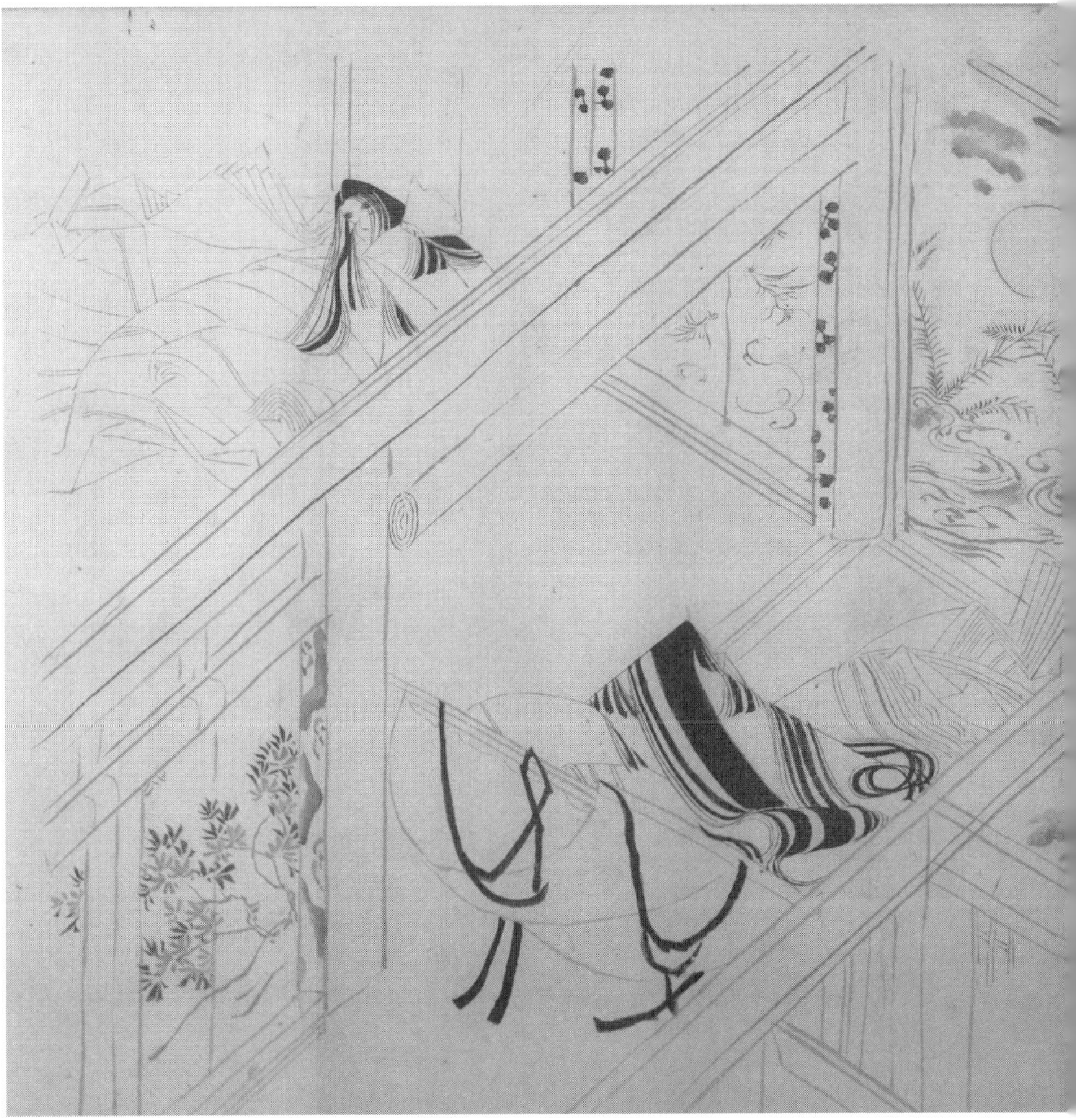

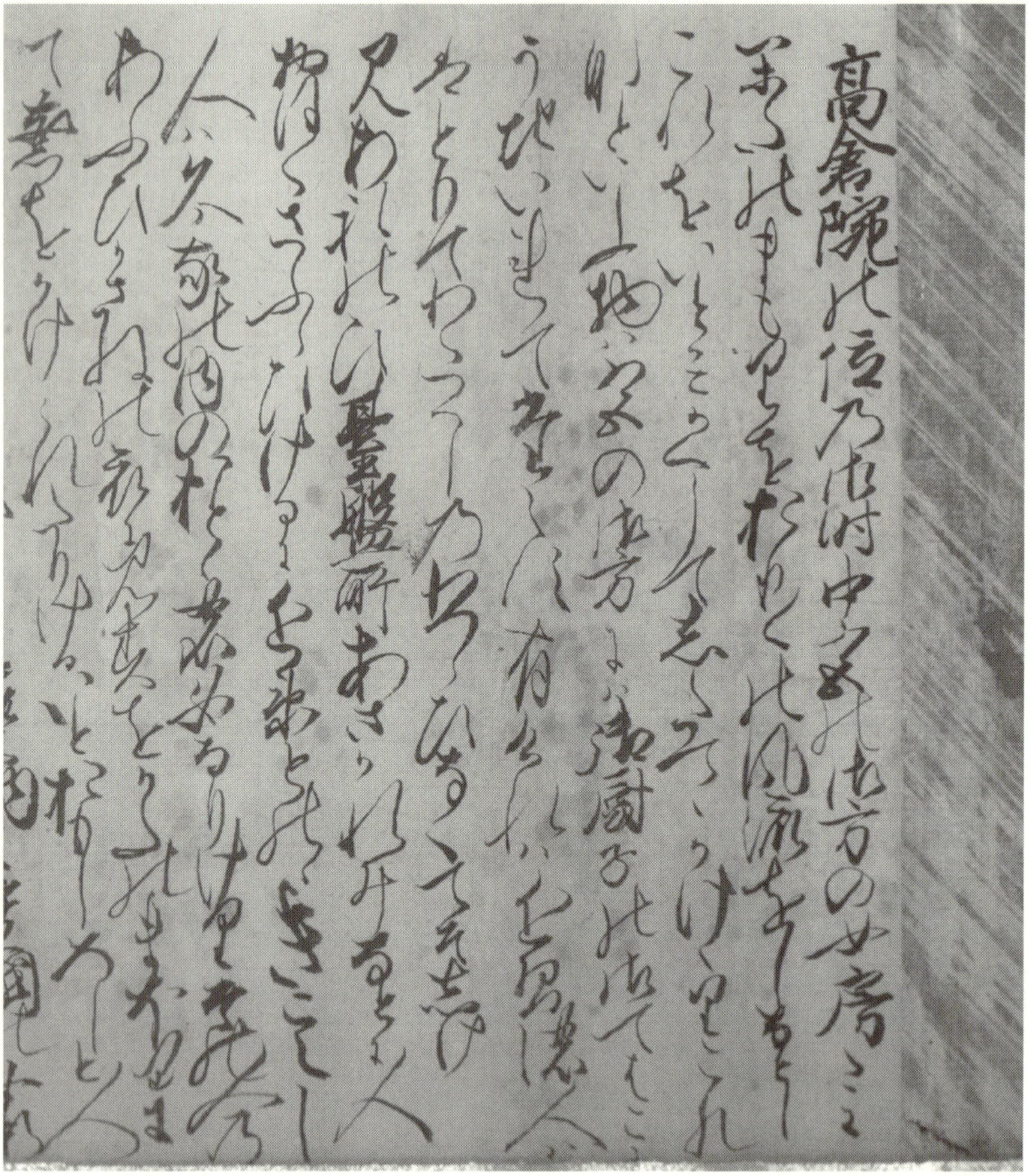

【1】おしゃれ合戦

1 高倉院の位の御時[1]、中宮[2]の御方の女房だに[3]、かたのまもり[4]を、おり《(を)》〳〵の風流をし[5]などし、これをいどみかへして[6]、したて《(仕立)》ゝかけ《(懸)》ゝり。これ[7]などいふ物は、宮の御方には、御厨子[8]《(みづし)》の御てばこ《(手箱)》にうちいれ《(入)》て、たえず有《(あり)》ければ、近習の人は[9]*はとり《(取)》て、わたくし《(私)》のわづらひ《(煩)》*なくてぞしけ[10]。

2 みあれ[11]《(御阿礼)》のひ《(日)》、台盤所[12]、あさがれゐ[13]《(ひ)》などに、人おほく《(多)》さぶらひけるに、近衛どのゝ[14]《(殿)》きこえし人は、久我の内のおとゞ[15]《(大臣)》の女《(むすめ)》なりけり。その人の、あふひがさね[16]《(葵襲)》の衣に、みす《(御簾)》をかたのまぼりにて、葵*をかけられたりける、「いとおもしろし」と、人

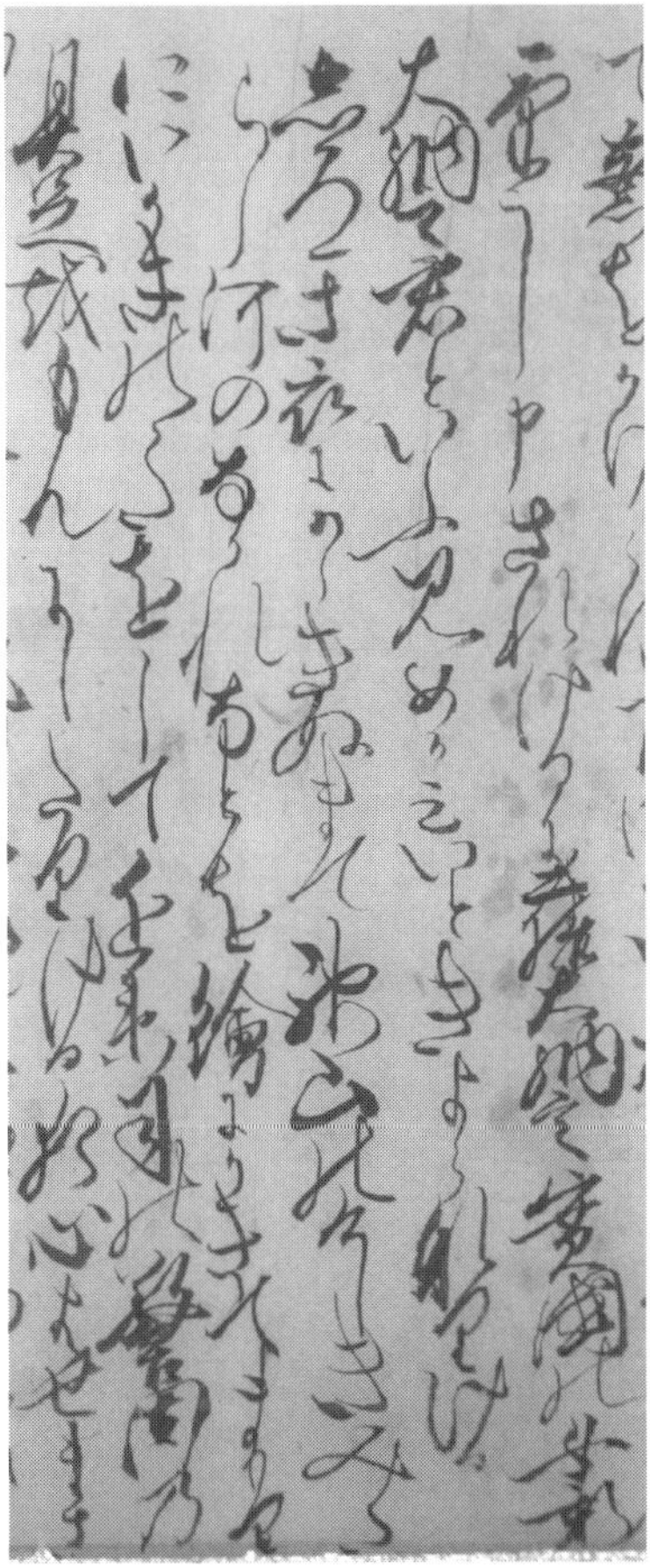

[17]*けう（きょう）じ申されけるに、藤[18]大納言実国の女（むすめ）、新[19]
大納言君といふ、みめ（見目）、かみ（髪）、いときよらなりける、
しろき（白）衣に[20]*からぎぬ（唐衣）まで、[21]*神山のけしき、[22]みた（御手
洗）*らし河のながれ（流）などを、絵にかき（描）て、まもり
に、[23]いがき（斎垣）のかた（型）をし（押）て、近衛司の警固[24]の
[25]具足を、もん（文）にしたりける、猶、心ばせまさ

【1】おしゃれ合戦

※女房たちの間で「かたのまもり」が流行した。

1「かたのまもり」の風流に熱狂する女房たち。

1 高倉天皇在位期間中、徳子が入内して中宮になった承安二年（一一七二）から治承三年（一一七九）までの間。

2 高倉天皇中宮平徳子。→人名一覧62

3「女房たち」か。東博本「に」に「ち歟」と傍書。

4「懸守」と同様の物か。「懸守」は、首から下げた守り袋。神仏の護符を錦などで包んで両端を括《くく》り、紐を付けて首から下げた。護符を筒や箱などの容器に入れた物もあった。多く女性が用いた。

5 風流を施し。「風流」は、趣向をこらして作ること。また、そのもの。

6「いどみかはして」か。お互いに競い合って。東博本は「へ」に「く歟」と傍書。その場合は、「いどみ隠して」か。競って秘密にして。

7「これぞといふ物は」の意か。「れ」に東博本「本ノママ」と傍書。

8「厨子」は、書画や道具などを収納する、両開き扉がついた戸棚。室内装飾でもあった。

9 徳子と特別に近しい女房。次行の「は」は衍字。

10「しける」か。東博本は「け」の下に「落字る歟」と傍書。

2 賀茂祭に贅を尽くす女房たち。

11 上賀茂神社で、葵祭の三日前（四月の中の午の日）の夜に行なわれる神事。神霊を、「御阿礼木《みあれぎ》」という榊の枝に移して、社に迎える。

12 清涼殿の西廂《にしびさし》にあった、女房の詰所。台盤（四脚の台）が置かれていた。

13 ここは、「朝餉《あさがれい》の間《ま》」の略。清涼殿の夜の御殿の西にある。「朝餉」は、天皇が朝餉の間《ま》でとる略式の食事。

14「近衛どのと」か。東博本「近衛どのと」。「近衛殿」は、中宮の女房。→人名一覧49

15 内大臣源雅通。→人名一覧05。仁安三年（一一六八）から安元元年（一一七五）没まで内大臣。

16 襲《かさね》の色目の名。表は薄青、裏は薄紫。夏の装い

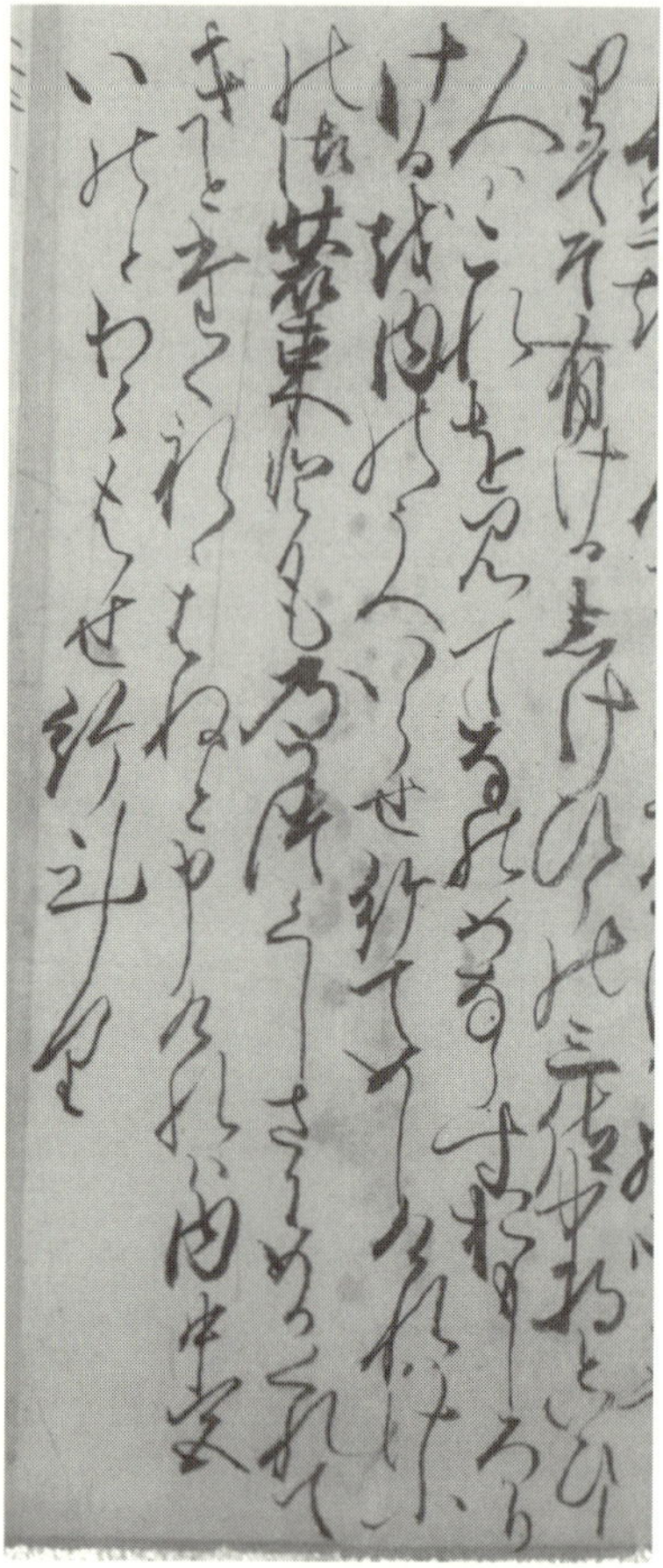

りてぞ有《あり》ける。[3] しげひら《重衡》[26]の三位中将といひし
人は、これを見て、なのめならず、おもしろがり
けるを、[27]内のうへ《上》、いら《入》せ給《たまひ》てめし《召》ければ、「けふ《今日》
の御装束どものうつくし《美》さに、め《目》がくれ《眩》て、
きとたゝ《立》れ候《さうら》はね」と申《まうし》ければ、内、中宮、
[28]いのさ わら《笑》はせ給《たまひ》けり。

に用いる。葵祭ではフタバアオイの葉を社前《しゃぜん》や桟《さ》敷《じき》、牛車の簾《すだれ》などに懸け、諸役の衣冠にも着けた。ここでは、それにちなんだ装束のこと。

17 興じ。おもしろがって。興味を持って。

18 嘉応二年（一一七〇）から寿永二年（一一八三）に没するまで権大納言。→人名一覧25

19 東博本「新」に「○権」と傍書。→人名一覧56

20 女子が正装する時に、裳《も》とともに着用する丈の短い衣。衣の一番上に着る。

21 上賀茂神社の後方にある山。

22 上賀茂神社の傍らを流れる川。参拝する者が、手を洗い、口をすすいで身を清める。

23 神社の周囲に巡らされた垣根。

24 非常の事態に備えて天子の身辺の警備を厳しくすること。毎年四月の賀茂祭にあたって、祭の前日、諸衛に対して警固を命じることが、『内裏式』などに規定されている。

25 弓矢などの武具。

[3] 重衡は女房たちの装束の美しさを大袈裟にほめる。

26 重衡が三位中将だったのは、養和元年（一一八一）から寿永二年（一一八三）までで、高倉天皇の御代には、まだ「三位中将」と呼ばれていない。→人名一覧27

27 高倉天皇。→人名一覧18

28 「いの」は、「いで」もしくは「いさ」か。ともに感動詞で、「いや、どうかしら」と、重衡の発言を疑う意。東博本「の」に「本ノマヽて歟さ歟可考」と傍書。

1

「かたの守り」の流行

『公達草紙』には、高倉天皇の時の宮中の女性たちの間で、「かたの守り」が流行した様子が描かれています。じつは、この「かたの守り」とは、具体的にどのようなものなのか、よくわからないのです。おそらく、平安時代に貴族の間で広まった「懸守《かけまもり》」（首に懸ける守り袋）と同じようなものだろうと思われます。

大阪の四天王寺には、現存最古の「懸守」七点が、国宝として所蔵されていますが、それらは、木でこしらえた筒形や箱形をしたものに錦や金属で装飾を施してあり、紐が付いています。必ずしも織物の袋とは限らなかったようです。中世の絵巻には、旅装束の女性が、「懸守」を胸元に下げている姿を見つけることができます。旅路の安全を祈って、身に付けたのでしょう。

『公達草紙』に描かれている「かたの守り」は、工夫を凝らした細工物だったらしく、時節に相応《ふさわ》しいデザインで、独創性を競った様子がわかります（一〇八頁右下の女性の胸元参照）。一点物のネックレスを身につけるような感覚で、装身具として用いたのでしょうか。

また、建春門院に長く仕えた健御前の日記『たまきはる』には、「守《まぼ》りの袋、扇などはまた、折りにつけてよきほどに賜はる」という記事があります。守り袋が、扇などと同じように、女院から女房への賜《たまわ》り物としても使われたことがわかります。きっと、高価な美しい細工物なのでしょう。

懸守

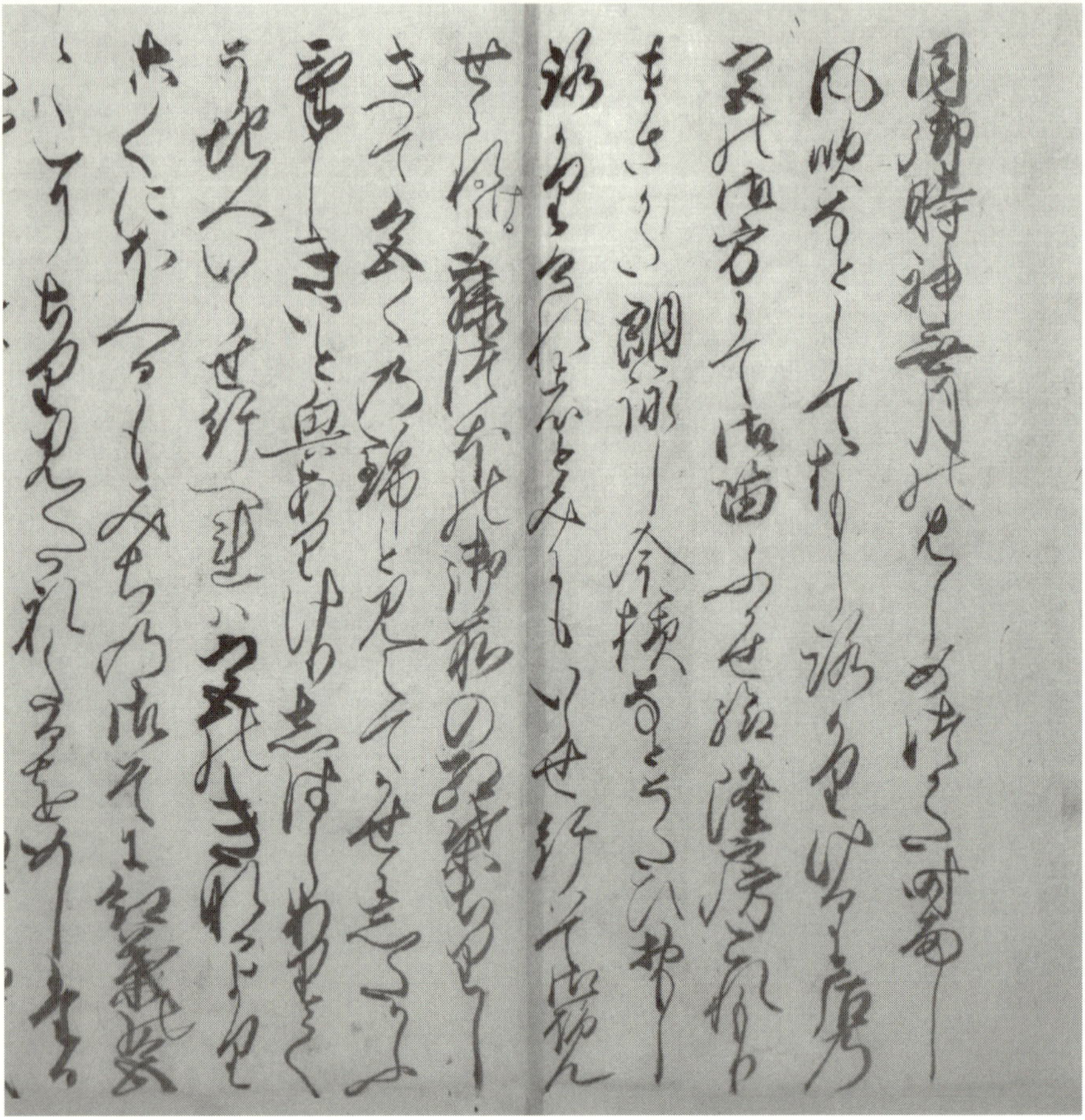

【2】紅葉に遊ぶ

1 [1]同《おなじき》 御時、神無月のはじめつかた、時雨し、風吹《ふき》などして、おもしろかりけるに、[2]后の宮の御方にて、[3]御笛ふかせ給《たまふ》。[4]隆房、これもり《維盛》、まさかた《雅賢》、朗詠し、今様などうたひ、おもしろかりければ、とみにもいらせ給《たま》はで、御覧ぜられ*○《ける》に、[5]藤つぼ《壺》の御前の紅葉、ちり《散》し《敷》きて、色〳〵の錦と見えて、かぜ《風》にしたがふけしき《景色》、いと興《きょう》ありけり。**2** [6]しばしありて、うちへいらせ給《たま》へれば、宮の、[7]き《黄》*なるよりこ《濃》くにほ《匂》へるもみぢ《紅葉》の御ぞ《衣》に、[8]紅葉の色〳〵《いろ》にちり《散》みだれ《乱》たるをめし《召》たる、

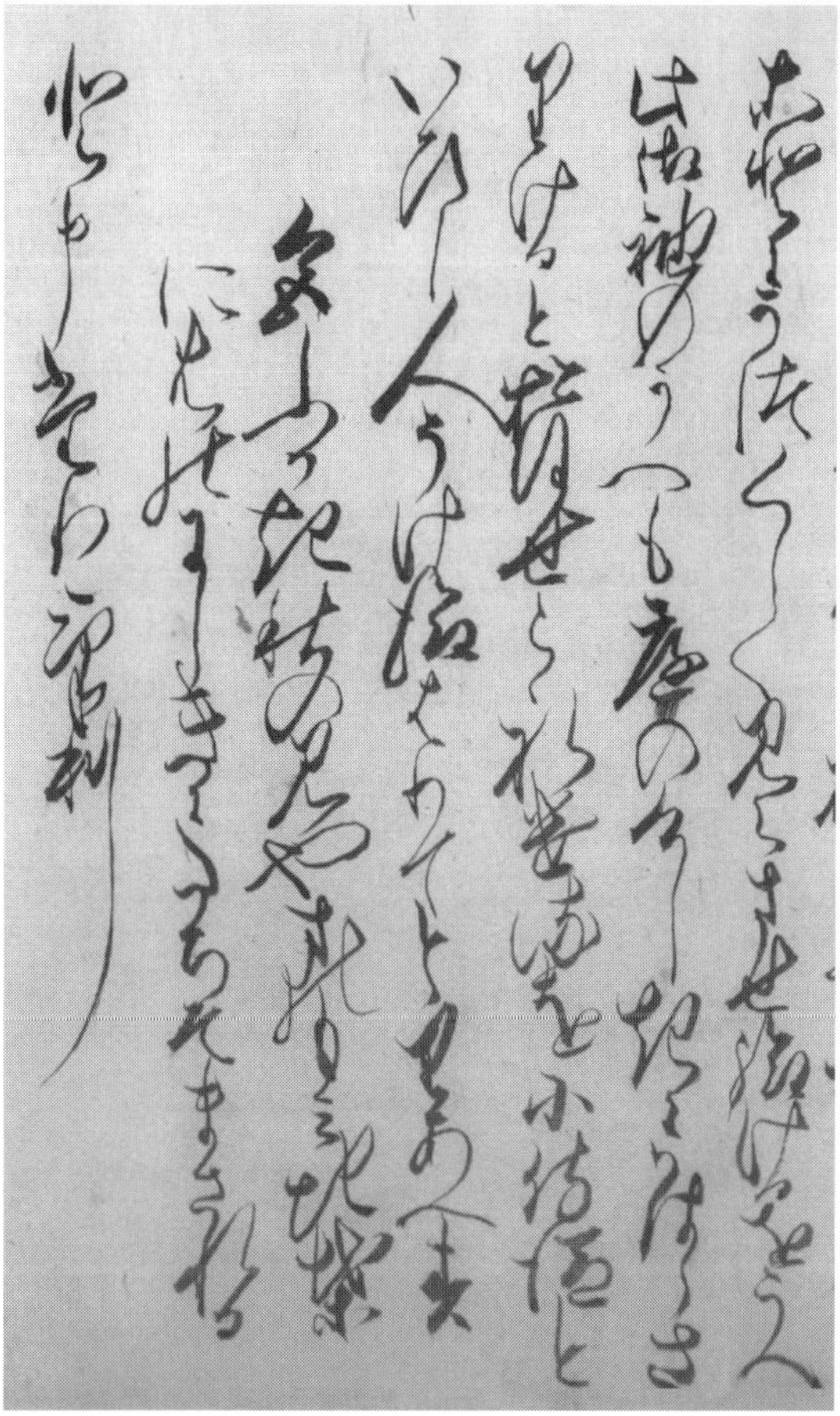

ことに＊うつくしく《（美）》見えさせ給《たまひ》けるを、9うへ《（上）》、「此《この》御袖のうへ《（上）》も、庭のけしきにかはらざりける」とおほせ《（仰）》られけるを、10小侍従といひし人、うけ給は《（承）》りて、11とりあへず、

12色ふかき《（深）》秋のみやまのもみち葉
には《（庭）》のにしき《（錦）》にたちぞまされる

と申《まうし》たりけり。

【2】紅葉に遊ぶ

※高倉天皇・中宮、廷臣・女房たちとなごやかな時間をすごす。

[1] 中宮のもとで音楽と紅葉を楽しむ帝。

1 小侍従が高倉天皇に出仕した承安四年（一一七四）頃以降、治承三年（一一七九）まで。
2 中宮平徳子。↓人名一覧62
3 主語は高倉天皇。↓補注①↓人名一覧18
4 ↓補注②
5 「藤つぼ」は、後宮五舎の一つで、飛香舎《ひぎょうしゃ》の異称。↓補注③

[2] 中宮の衣をほめる帝。

6 東博本「しはらく」。
7 「にほふ」は、染色や襲《かさね》の色目で、色が次第に変化するようにしてあること。「もみぢ」は、襲の色目の名。ここは、黄色に山吹色、紅色と重ねて袿を着ていることを言う。
8 散り乱れた紅葉の文様を織り出した表着《うわぎ》。
9 高倉天皇。
10 当代を代表する歌人。↓人名一覧54
11 すぐに、の意。こうした場合、何よりも素早く状況に応じた歌を詠むことが求められた。
12 第三句、東博本（「もみち葉《八敷》」）のように「もみぢ葉は」とありたいところ。↓補注④

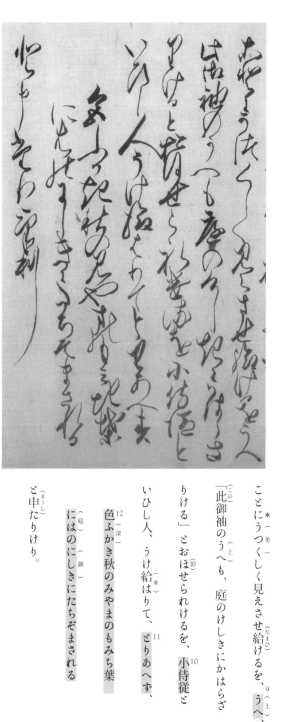

第五図

第四図

〈第四図〉［2］紅葉に遊ぶ
庭に大きな紅葉の葉が散っている。縁に座って紅葉を楽しむ男性貴族は、隆房、維盛、雅賢のうちの二人であろう。

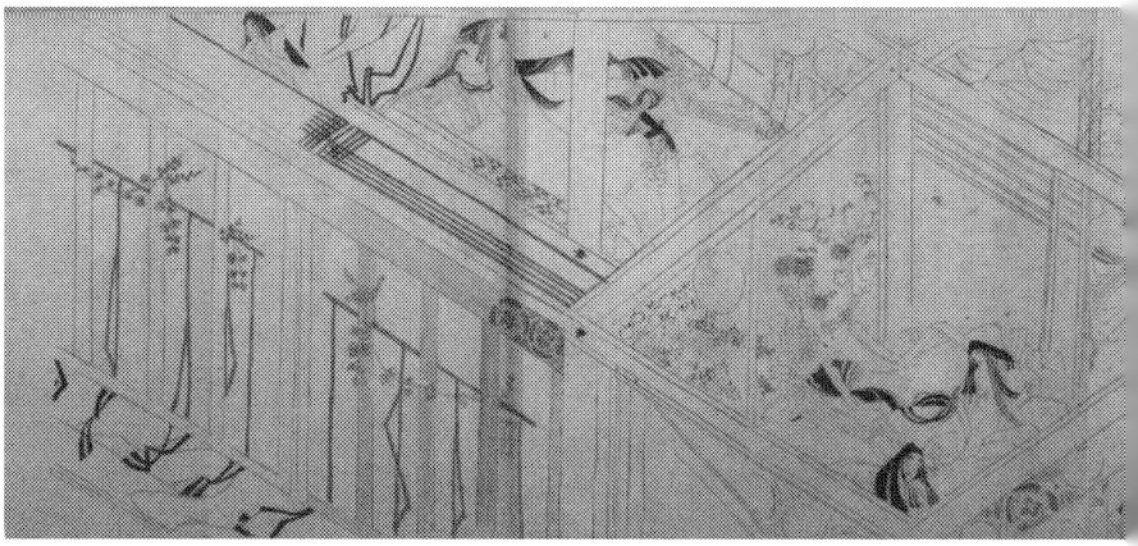

室内右上の御引直衣《おひきのうし》姿の男性は高倉天皇。前に居る女性は中宮徳子か。天皇に歌を詠みかけた女房の小侍従は、手前に見える二人の女性のどちらかだろう。

〈第五図〉［1］おしゃれ合戦
御簾には四月の賀茂祭の折の諸葛《もろかずら》（フタバアオイとカツラを組み合わせたもの）が飾られている。室内の女房は、首から懸守を掛けている。「かたの守り」であろう。

前頁に続く場面。奥に座って袖で口を覆っているのは、中宮徳子だろうか。そうであれば、男性は重衡であろう。

2 早さが勝負の歌

「和歌」と言うと、ことばを磨き上げた芸術作品としての歌や、恋人に思いを伝えるために、念入りに作られた恋歌を思い浮かべるかもしれません。しかし、歌の中には「早さが勝負」のものもあります。文化的なサロンとなっていた中宮や女院のもとに仕える女房たちは、サロンの代表として社交の歌を詠まなければならないことがありました。そうした場合、その場にふさわしい歌を、とにかく素早く詠まなければなりません。さらに、聞いているみなが感心して、落語の高座であれば、思わず「座布団、一枚!」と叫びたくなるような歌であれば、大評判をよぶことができます。

たとえば、『百人一首』に入っている伊勢大輔の「いにしへの奈良の都の八重桜今日九重に匂ひぬるかな」という歌は、奈良から一条天皇のもとに桜が贈られてきた際に、受け取り役として即座に詠んだ歌です。伊勢大輔の歌は喝采を浴び、後々の時代までこうして語り継がれる名声を得ることができました。

また、『枕草子』には、「御返事とく」(お返事を早く!)、「とくとく」(早く早く!)と返歌をせかされる場面がよく出てきます。他にも、同僚女房が大きな行事で注目される中、緊張してうまく男性貴族に返歌できない際に、側に座っていた作者が代作して助け舟を出そうとしたという話があって、こうした場合には、「特に素晴らしい歌でなくてもよいから、とにかく即座に詠むべきだ」と記しています。時には主人の定子に相談して返歌をすることもありますが、それは、このようなやり取りが個人の評判を左右するだけでなく、そのサロンの文化的レベルの高さをはかる判断材料とされたからでしょう。

本話では、小侍従という女房が、高倉天皇に歌を詠んで応えていますが、ここでも「すぐに」歌を詠んだというところがひとつのポイントです。さらに、高倉天皇の「ことば」に対して「歌」で反応し、天皇に反論しつつ、天皇の愛する徳子を褒め讃えるという離れ業をやってのけている、というところが、この話の見所と言えます。(補注④参照)

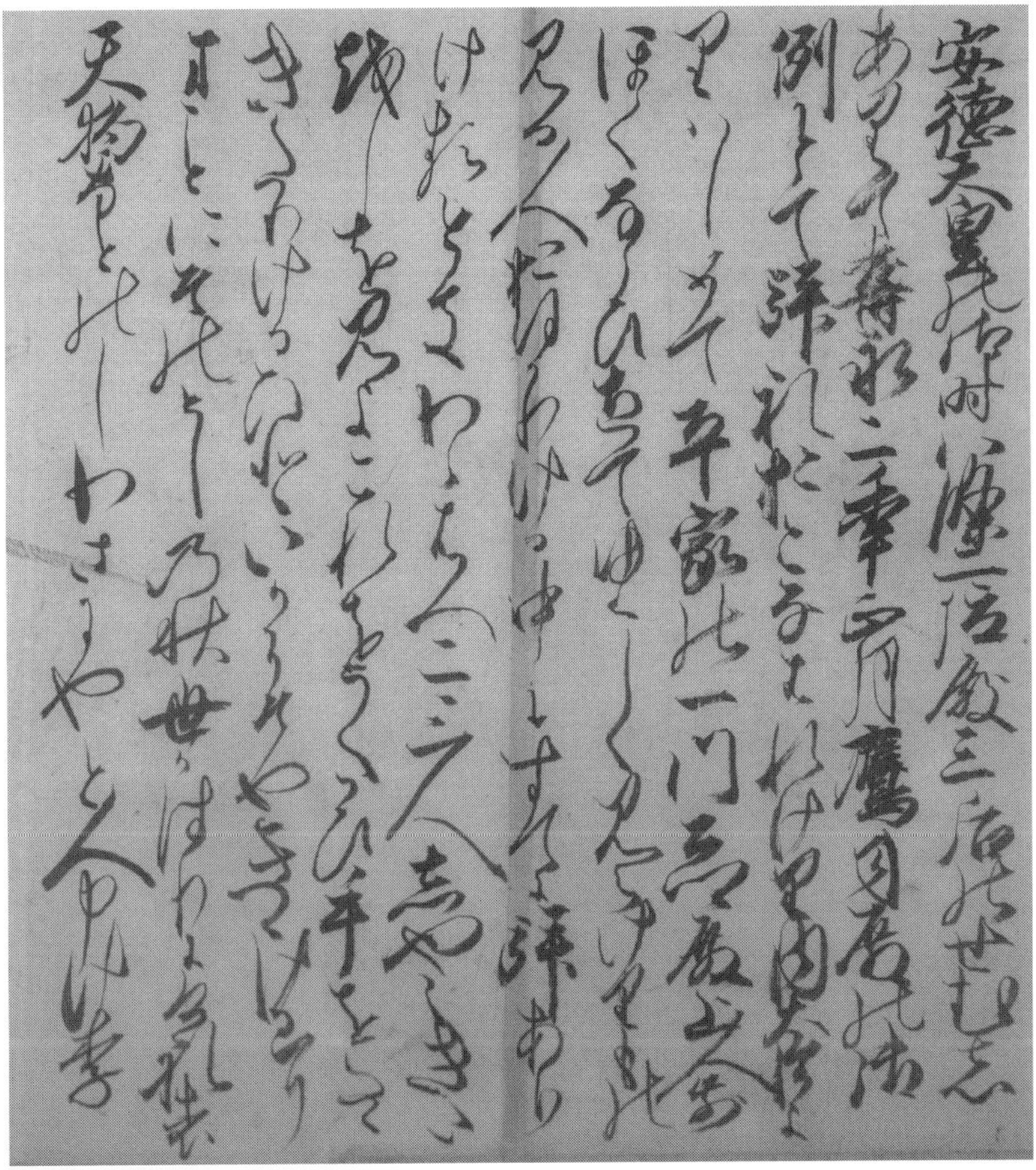

［3］不吉なわざうた

1安徳天皇の御時、2八条二位殿、3三后のせむじ《宣旨》ありて、寿永二年正月、4鷹司殿《たかつかさどの》の御例とて、5拝礼おこなはれけり。6内大臣よりはじめて、平家の一門、公卿、殿上人、7前《お》ほくならび《並》立《たち》て、8ゆゝしく見えけり。もの見る人、おほ《多》かりける中に、*すでに拝ありけるとき《時》*、わらはべ《童部》二、三人、「9しやうぎだ《将棋》をし《ふ》を見よ」、これをうたひ《謡》、手をたゝ《叩》きたりける。ひと《人》、いかにぞや、きゝ《聞》けるに、まことに、10そのとし《年》の秋、世かはり《変》にければ、*「11天狗などのしわざにや」と、人申《まうし》けり。

第六図

【3】不吉なわざうた

※時子、准三后宣旨を賜る。拝礼の時に不吉な歌が聞こえる。

1 安徳天皇の在位期間は、治承四年（一一八〇）～寿永二年（一一八三）。→人名一覧01

2 平時子。→人名一覧51

3 准三后の宣旨。治承四年六月一〇日に清盛と共に賜る（『百練抄』）。准三后は、天皇の近親者などを優遇するために授けた称号。

4「鷹司殿」は源倫子。藤原道長の正室。長和五年（一〇一六）、道長と共に准三后となる。

5 ここは、年始の拝賀の儀式のこと。この時の拝礼については、読み本系『平家物語』（延慶本では巻七―五）に類似の記事あり。→補注⑤

6 平宗盛。→人名一覧35

7「お」の誤字。東博本「前《お歟》」。

8 並ひととおりではなく。格別にすばらしく。

9 将棋倒し。立てて並べた将棋の駒を、端の一つを倒して次々に全部倒していく遊戯。→補注⑥

10 寿永二年七月、平家一門は安徳天皇と共に都落ちして源氏が入京した。以後、八月には後鳥羽天皇が践祚《せんそ》。平家は、元暦二年（一一八五）に壇ノ浦で滅亡した。

11 仏法や王法に敵対する天魔や怨霊に近い存在。→補注⑦

〈第六図〉［3］不吉なわざうた
階《きざはし》の前に、裾《きょ》を引いて束帯姿で並んで拝礼をする宗盛以下の平家一門の男性たち。次頁の室内には時子がいると考えられる。その厳かな雰囲気とは裏腹に、手をたたいて囃《はや》すような童三人が画面右下に描かれている。その上には見物の人々が見える。

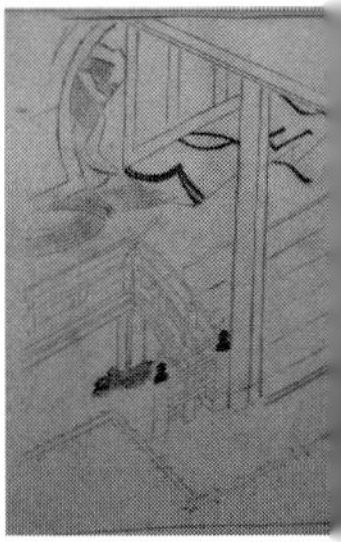

御簾の下は、女房の打出《うちいで》の衣が見えている。

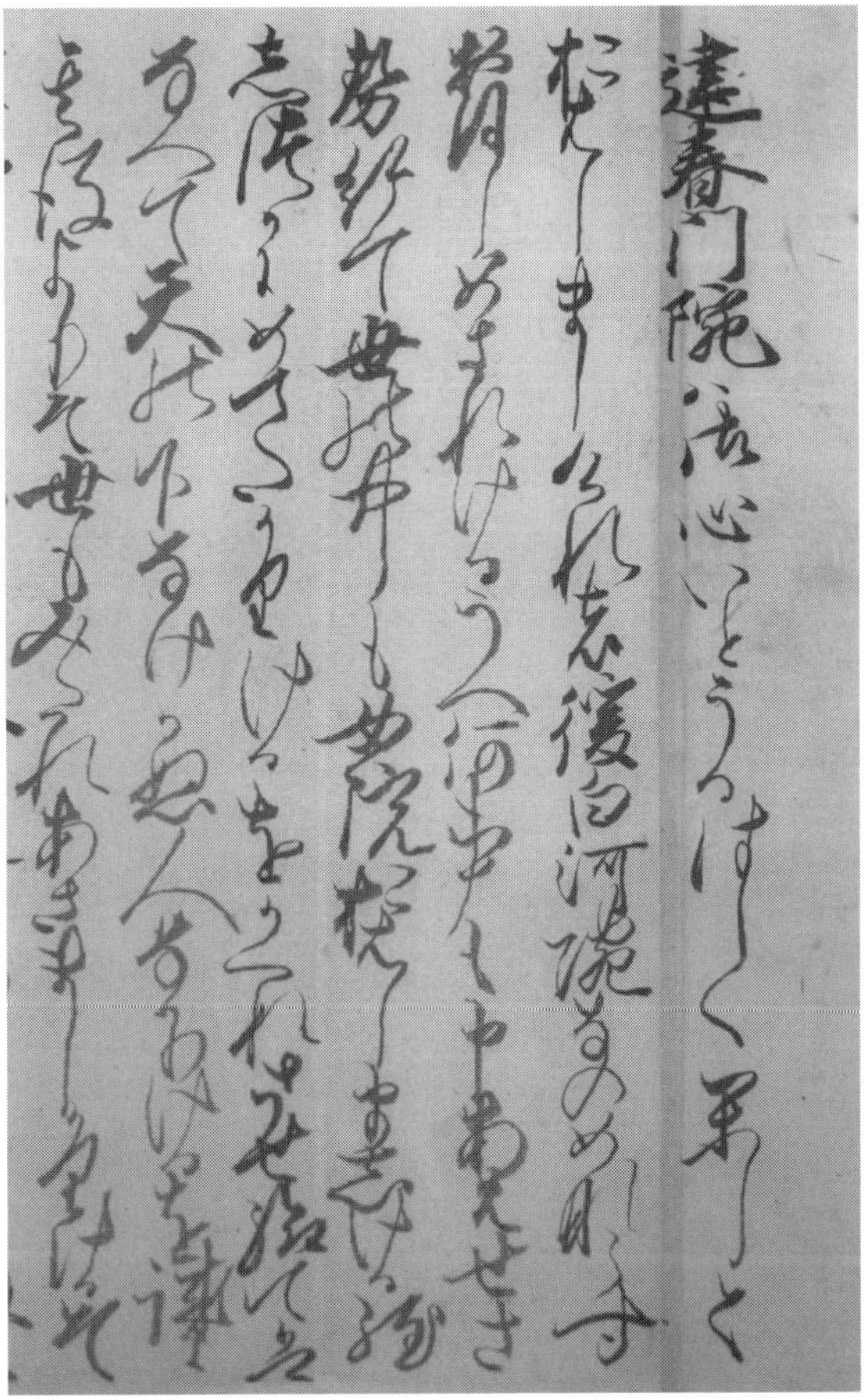

【4】追憶の建春門院

1 建春門院[1]は、御心いとうるはしく、かしこく《（賢）》おはしましければ、後白河院、なのめならずおぼしめされけるうへ、何事も申《（まうし）》あはせさせ給《（たまひ）》て、世の中も、女院おはしましける程、しづか《（静）》に、めでたかりけるを、かくれさせ給《（たまひ）》ては、なべて、天の下、なげか《（嘆）》ぬ人なかりけるを、誠に其《（その）》[2]後よりぞ世もみだれ《（乱）》、あさましかりける。そ

【4】追憶の建春門院

※建春門院の死を嘆く人々。

1 平和の要であった建春門院。

1 平滋子。→補注⑧、人名一覧52

2 建春門院の死の翌年の安元三年（一一七七）には鹿谷《ししのたに》事件が起きる。治承三年（一一七九）には後白河院が鳥羽殿に幽閉され、清盛の独裁が始まり、高倉天皇は治承四年に譲位。→補注⑨

3 めったにいない賢明な君主。

4 仏教で、釈迦入滅後、遠く時代がへだたって、仏法が衰え、修行もすたれた世のこと。

5「けり」は東博本「ける」。高倉院は治承五年正月没。→人名一覧18

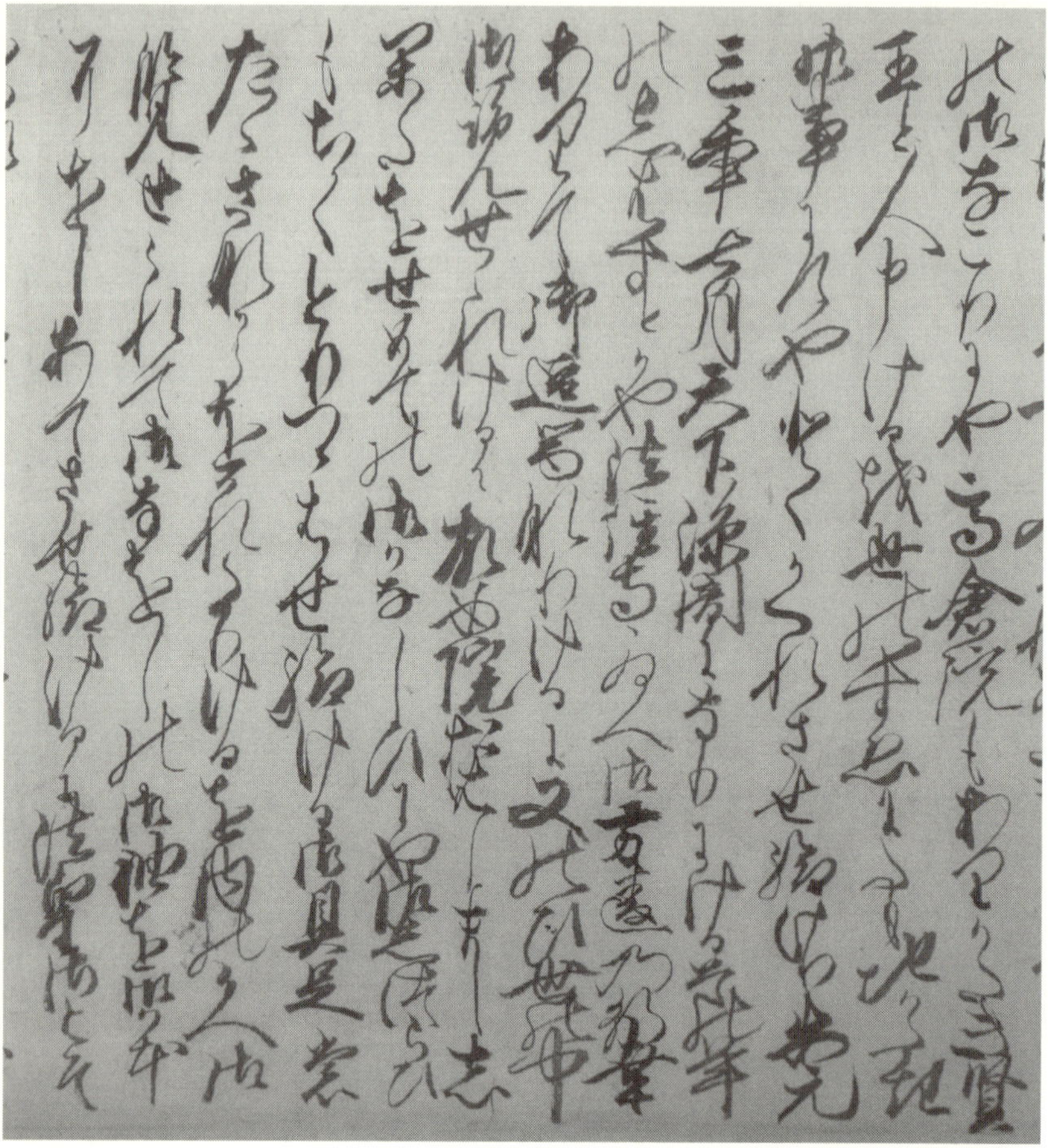

の御なごりにや、高倉院も、「[3]ありがたき賢王」と、人申《まうし》けるを、[4]世のすゑ《末》にたもちがたき御事にてや、[5]とくかくれさせ給《たまひ》けり。

[2] [6]安元三年七月、天下[7]諒闇《りやうあん》になりにける。その年のしはす《師走》とかや、[8]法住寺殿*へ、[9]御方違《かたたがへ》の行幸ありて、御逗留なりけるに、又のひ《日》、[10]世の中御覧ぜられけるに、故女院おはしまししかたを、せめての御かなしびにや、御しつらひも、*ちかく《近》とりつか*はせ給《たまひ》ける御[11]具足も、たゞさながら、を《お》かれたりけるを、[12]内のうへ《上》、御覧ぜられて、御なを《ほ》しの御袖を、御かほ《顔》に、を《お》しあてさせ給《たまひ》けるに、[13]法皇、さこそ

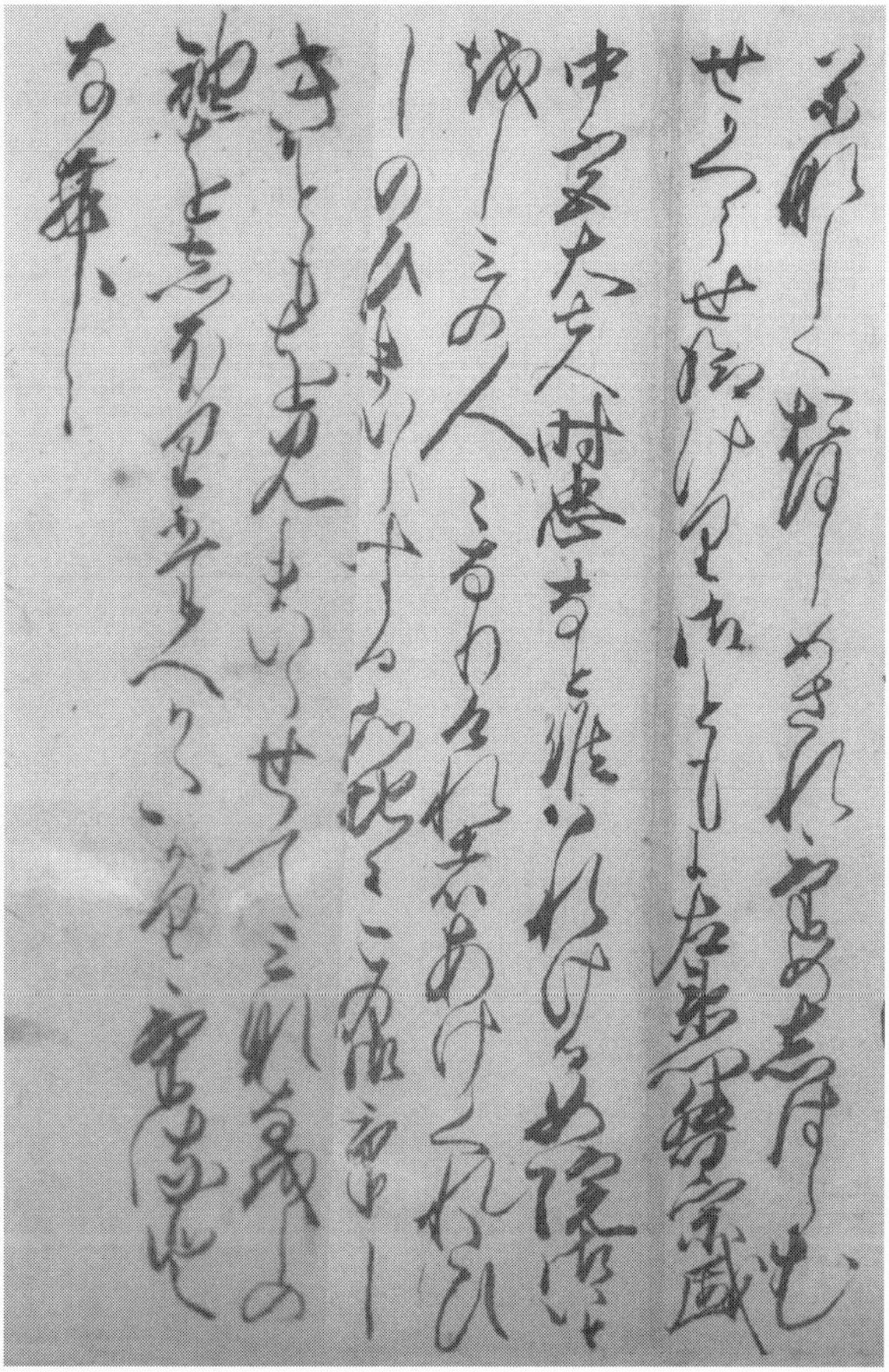

かなしくおぼし《（思）》めされけめ、しばしむせかへらせ給《（たまひ）》けり。御ともに、左衛門督宗盛、中宮大夫時忠など候《（さうら）》はれける、女院、御いと[14]を《（ほ）》しみの人々なりければ、あけ《（明）》くれ《（暮）》、こひ《（恋）》し《（偲）》のびまい《（ゐ）》らする心地に、この御けしきどもを、見まい《（ゐ）》らせて、みな《（皆）》を《（ほ）》しの[15]袖をしぼり、たへ《（堪）》がた《（難）》かりけるとなむ。

2 建春門院を偲んで落涙する高倉天皇たち。

6 建春門院は安元二年（一一七六）七月没。
7 天皇が、父母の喪に服すること。高倉天皇は、母建春門院の死により、一年間、喪に服した。
8 後白河院の御所。49頁注65参照。
9 「方違」は、外出の際に、ある方角を避けること。陰陽道で、目的地が「天一神《てんいちじん》（中神《なかがみ》）」の巡行する所に当ると災いを受けるという考えから、前夜にいったん別の方角（吉方）の家に泊まり、翌日に方角を違えて目的地へ向かうようにした。高倉天皇が安元二年一二月に法住寺殿に行幸した記録は残っていない。翌年一二月一七日には、蓮華王院供養のために行幸している（『百錬抄』）。
10 ここでは、法住寺殿の御所の様子のことか。
11 道具。所持していた品。
12 高倉天皇。
13 後白河院。→人名一覧17
14 宗盛は建春門院の姉時子の長男、時忠は建春門院の兄。
15 涙で泣き濡れた袖を絞るという誇張表現。「しほる」（濡らす）の意にも解せる。

〈第七図〉［4］追憶の建春門院

画面右下に大きな衣箱が置かれている。本文中に衣箱のことは見えないが、ここに入っているのは、亡くなった建春門院の装束なのだろう。画面右上、袖を顔に押し当てて泣いているのが高倉天皇。その左側の縁に座っているのが宗盛と時忠だろう。本文中に見える後白河院の姿は描かれていない。

3 憧れの建春門院

仁安三年（一一六八）、一二歳の少女（健御前）が、建春門院の御所に初めて上がりました。訳もなく緊張するばかりでしたが、几帳《きちょう》の隙間から見た女主人を、「あなうつくし、世には、さは、かかる人のをはしましけるか（なんと美しいこと。この世に、本当に、これほどの美しい方がいらっしゃるものなのですね）」と驚き、心臓が止まる思いがしました。その日から始まった女房としての人生は、少女が初めて体験した社会でした。すべてが新鮮です。建春門院の亡くなる安元二年（一一七六）までの八年間の、建春門院への憧れ、思慕、尊敬を、生き生きと『たまきはる』に綴りました。

たとえば、ある夏の暑い日の一こまです。女院が小袖の胸を開けて、扇で風を送ります。人によってはだらしなく見えるでしょう。しかし、ご主人様に限っては、「愛敬こぼるばかりとかや、物語などに書きつけたるは、かやうなるにや（魅力があふれるばかりなどと、物語などに書いているのはこうしたことなのでしょう）」と、まるで『源氏物語』や『狭衣物語』に出てくる魅力あふれる女君のようだと、手放しの褒めようです。

この数年間がいかに貴重な体験であったか、健御前は寿永二年（一一八三）から仕えた八条院での生活によって、それを痛感しました。八条院は皇女であり、小さなことにこだわる方ではありません。その性格が御所全体にも漂っています。よく言えばおおらかでのんびりと、悪く言えば弛緩《しかん》した雰囲気が、お仕えしている男性女性からも醸《かも》しだされています。そこで初めて、建春門院の周囲にいつも漂っていたきりりとした緊張感と清潔感が、建春門院の人柄から生まれたものであることを知りました。時には建春門院自身の指示のもとできちんと整理され、服装にも気を配る折り目正しい生活の中に、活気が漲《みなぎ》っていたのです。

後白河院が建春門院を愛し続けたのも、その聡明さと奥ゆかしさゆえでしょう。（補注⑧参照）

4 賢王高倉天皇

高倉天皇は、安徳天皇に皇位を譲ってまもなく病に臥し、治承五年(一一八一)に二一歳の若さで崩御しました。その早すぎる死が人々から惜しまれたことは、『明月記』その他に記述があります(補注⑨参照)。本話には、「賢王」として称えられたことが記されていますが、そのような高倉天皇の横顔がしのばれるエピソードを一つ、『たまきはる』から紹介しましょう。

方違えの行幸で、父後白河院と母建春門院が住む法住寺殿を訪れた高倉天皇が、内裏へ還御する日のことです。なんと、蔵人が、還御《かんぎょ》に供奉《ぐぶ》することになっている内侍に、迎えの車を手配するのを忘れてしまい、その日は、還御できなくなってしまいました。後白河院と建春門院は立腹して、蔵人を辞めさせようとまで口にしました。確かに、そうなってもおかしくない大失態なのですが、そんな時、高倉天皇は、「私は、いまだかつて父上のお言葉に背いたことはないのだけれど」と言いつつも、「『このたびの行幸を、もう一日延ばしてくれたことには、礼を言おうと思う』と、その蔵人に伝えよ」と仰《おお》せ言をしたというのです。

いくら父母を大切に思っていても、天皇の立場では、自由に会うことはできません。今回は、蔵人の失態のおかげで、思いがけずに、もう一日父母の傍にいられることになってよかったというのです。なんという優しさ、なんという機転のよさでしょう。それを聞いたお側の人は、嬉しい心持ちになりました。もちろん、さしもの後白河院も、高倉天皇のことを「限りなくうつくし(この上なくかわいい)」と思って、怒りを静め、蔵人は救われたのでした。承安四年(一一七四)三月、高倉天皇一四歳のことでした。このように、高倉天皇は、若くして慈悲の心と機知とを備えた天皇だったようです。

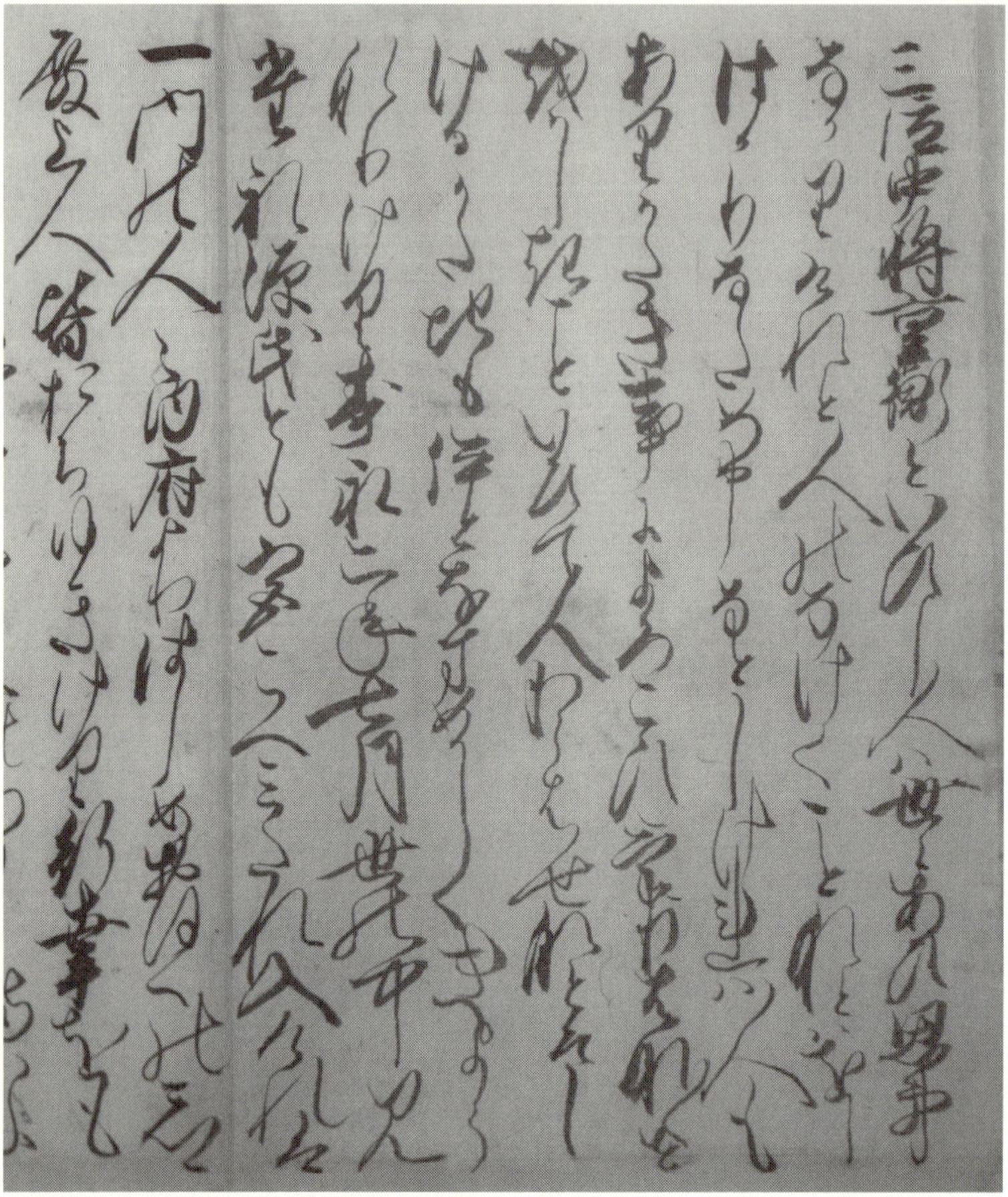

【5】重衡と恋人たち

1 三位中将重衡[1]といひし人は、世にあひ[2]、思《おもふ》事なかりけれど、人のなげ《嘆》くことなどは、*を《お》しはかり、なだめ申《まうし》などしければ、人もありがたき事によろこ《喜》びけり。はな〴〵を[3]、をかしきことい《言》ひて、人わら《笑》はせなどぞしける。かたちも、いとなまめかしく、きよらなりけり。2 寿永二年七月[4]、世の中み《乱》だれ、源氏ども、宮こ《都》へ、みだれ《乱》入《いり》ければ、一門の人々、内府[5]よりはじめ、おほく《多》の公卿、殿上人、皆おち《落》ゆき《行》けり。行幸[6]をも

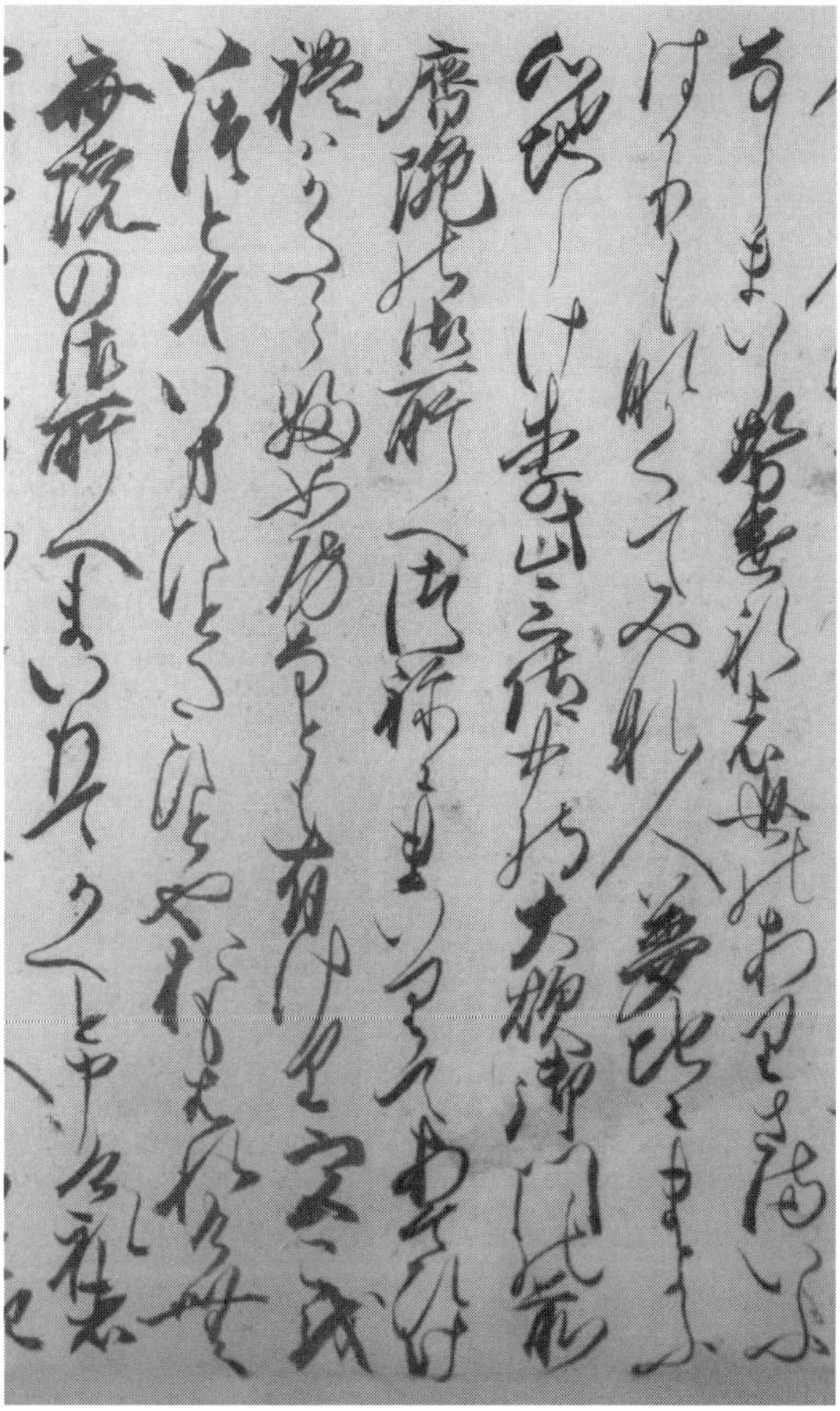

なしまい《（ゐ）》らせければ、世のありさま、いふ《（言）》はかりもなくて、みな《（皆）》人、夢ぢ《（路）》にまよふ《（迷）》心地しけり。3 此《（この）》三位中将、7 大炊御門《（おほひのみかど）》の前《（さきの）》斎院《（さいゐん）》8 の御所へ、つね《（常）》にまい《（ゐ）》りてあそび《（遊）》ければ、かたらふ《（語）》女房なども有《（あり）》けり。9 宮こ《（都）》をいづ《（出）》とて、いま《（今）》ひとたび《（一度）》とやおもは《（思）》れけむ、斎院《（さいゐん）》の御所へまい《（ゐ）》りて、「かく」と申《（まうし）》ければ、

【5】 重衡と恋人たち

※平家都落ちの後、重衡を愛した女性たちの行く末。

1 平重衡の人柄。

1 →補注⑩、人名一覧27

2 時めいて。

3 「はな〴〵と」か。陽気で活発に。重衡の造型については81頁補注⑨参照。

2 平家一門の都落ちに歎き悲しむ人々。

4 一一八三年七月二五日、源義仲の入京を前に、平家一門は都を逃れ、その直後に源氏軍は京都に攻め入った。

5 内大臣平宗盛。清盛没後の平家総帥。→人名一覧35

6 天皇が宮中の外へでかけること。安徳天皇も平家一門とともに都落ちした。

3 重衡は甲冑姿で前斎院御所に別れの挨拶に行く。

7 式子内親王。→人名一覧53

8 式子は嘉応元年（一一六九）に病により斎院を退下《たいげ》し、治承五年（一一八一）九月二七日には法住寺殿にあった萱御所《かやのごしょ》にいた（『明月記』）。大炊《おほ》

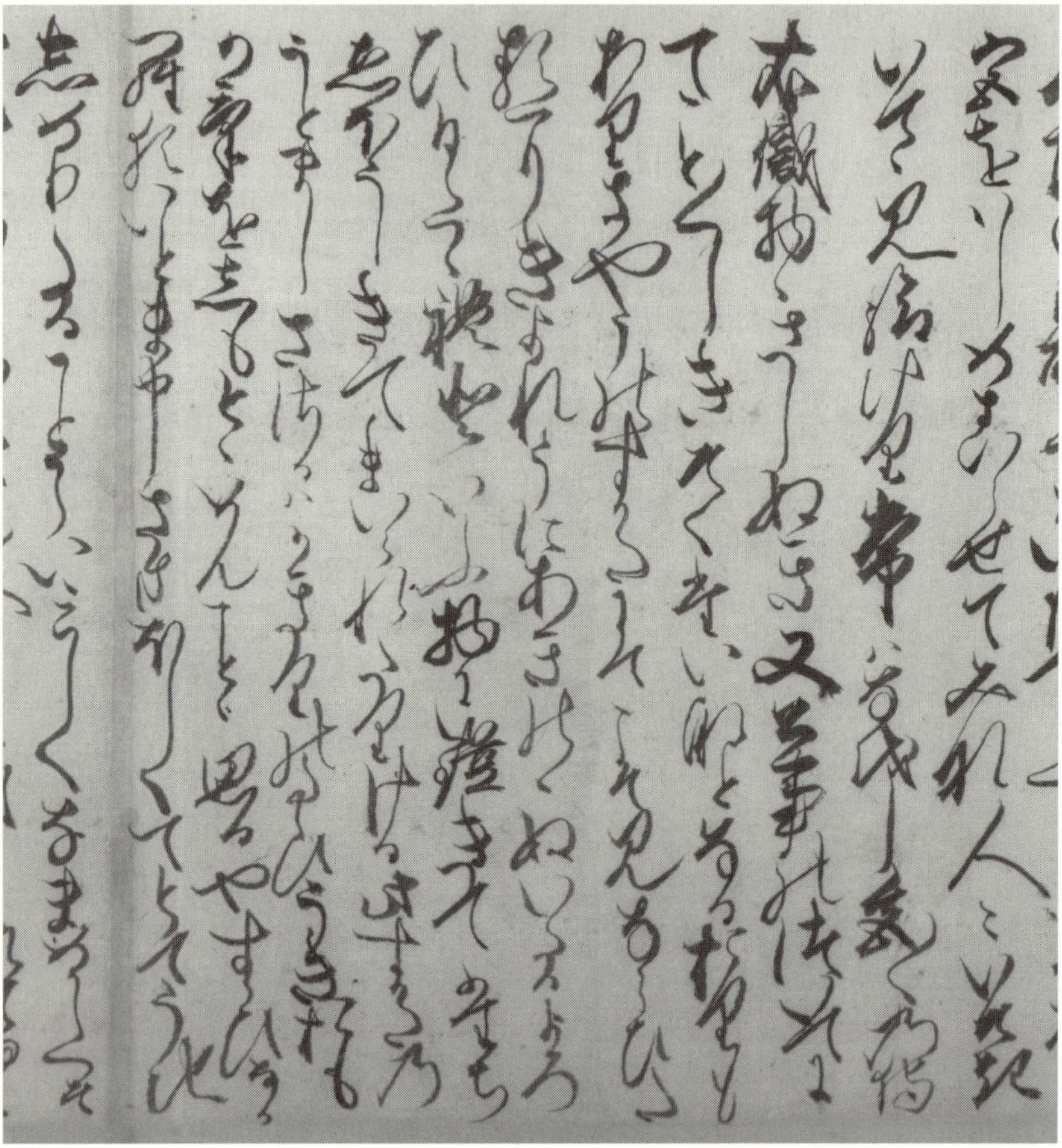

宮[10]をはじめまいらせ《ゐ》て、みな人々《皆》、いそぎ《急》
いで《出》ゝ、見給《たまひ》けり。常は、[11]なを《ほ》し、色〳〵の狩
衣、織物ゝ*《の》さしぬき《指貫》、又、公事《くじ》のついでに
て、[12]ことゝしきそくたい《束帯》などなるおり《を》も
あり。さやうのすがた《姿》にてこそ、見なら《慣》ひた
るに、[13]ぎよ《りよ》れうにあき《秋》の《野》ゝぬい《縫ひ》たる[14]よろ《鎧》
ひびたゝれ《直垂》といふ物に、鎧き《着》て、[15]たち
ゑ《え》ぼうし*き《着》て、まい《ゐ》られたりける。[16]「此《この》すがた《姿》の
うとましさ、さるはかぎり《限》のたび《旅》、うき《憂》おも《面》
かげ《影》をしもとゞ《留》めんことゝ、思ひやすらひなが*
ら、猶《なほ》、いとま《隙》申さまほしくて」とて、うち
しめりたる[17]ことがら、いみじくなまめかしくぞ

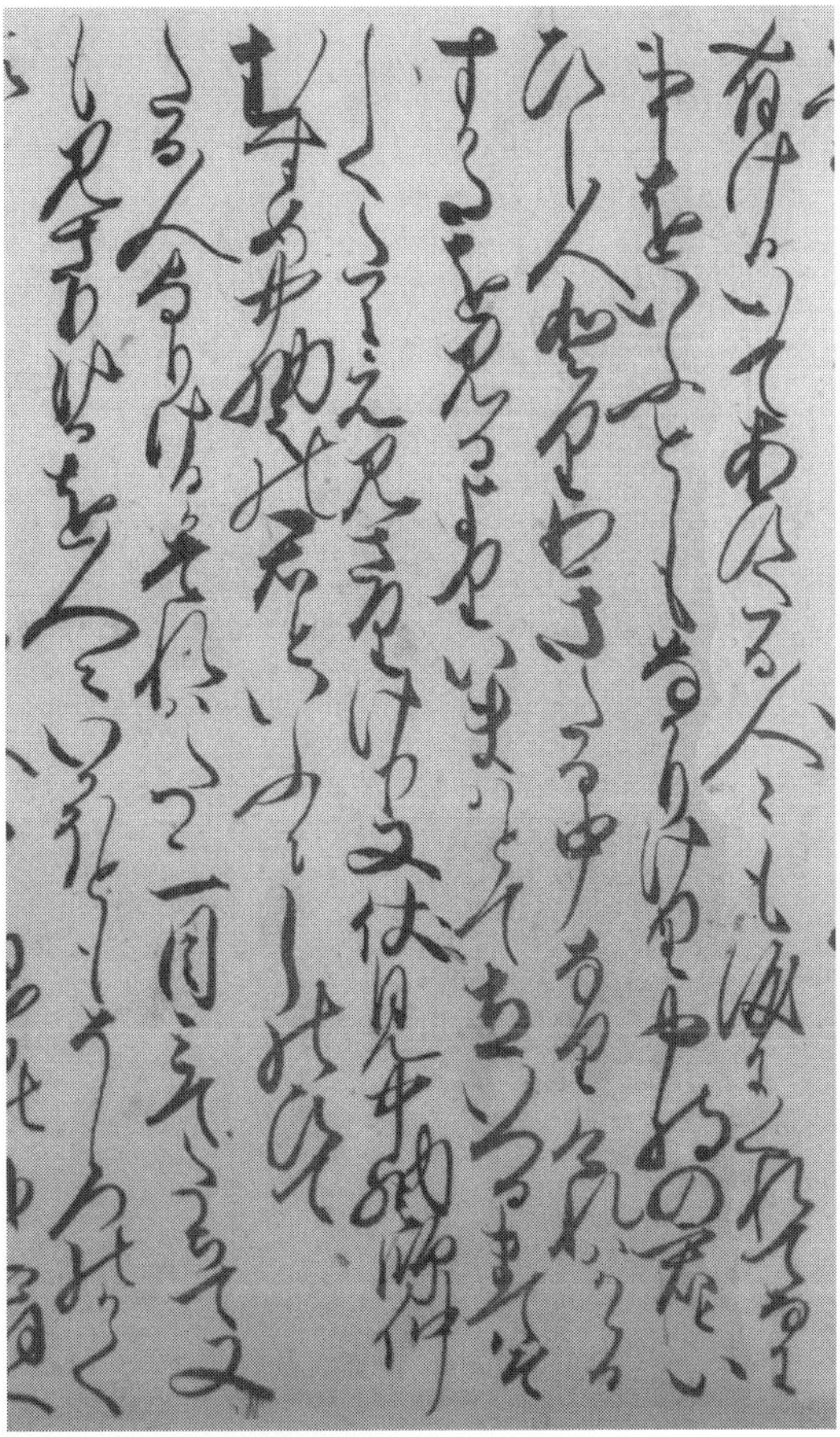

有(あり)ける。いで(出)あひ(会)たる人々も、涙にくれて、なに(何)
事をいふ(言)ともなかりけり。4 中将の君[18]とい(言)
ひし人、とりわきたる中(仲)なりければ、かゝる
すがた(姿)を見るより、いま(今)はとて立(たち)いづる(出)までは[19]そ
しくたに、え見(み)ざりけり。又、伏見(ふしみの)中納言[20]師仲(もろなかの)*
むすめ(女)、中納言の君といふ(言)に、*[21]しのびて(忍)
たる人なりけるが、それは、たゞ[22]一目み(見)て、たち(立)て、又
も見ざりけるを、人々、いかほども、[23]うしろ(後)のかく(隠)

御門殿《みかどとの》に居住するのは、建久七年（一一九六）一二月以降のこと。

9 ↓補注⑪

10 皇女である式子のこと。

11 直衣。皇族・貴族の平常服。

12 仰々しい束帯。参内して公事を勤める時には正式な服装である束帯を着用した。ここでは、公事の後、服装を改めずに斎院御所に向かったこと。

13 魚綾。上質の唐綾。

14 鎧の下に着用する直垂《ひたたれ》。

15 立烏帽子。

16 武装した姿の不気味さ。貴人に甲冑姿で面会を願うことは憚るべき行為であった。↓補注⑫

17 態度。東博本は「ことく」で、物思いに沈んだように、の意となる。

4 重衡と親しかった女房二人のそれぞれの別れ。

18 ↓補注⑬、人名一覧59

19 意味不通。「そ」に東博本「今は歟」と傍書。「たしくたに」は東博本「たゝ」。

20 源師仲。↓人名一覧19

21 下二字分ほど空白。「しのびて通ひたる」か。

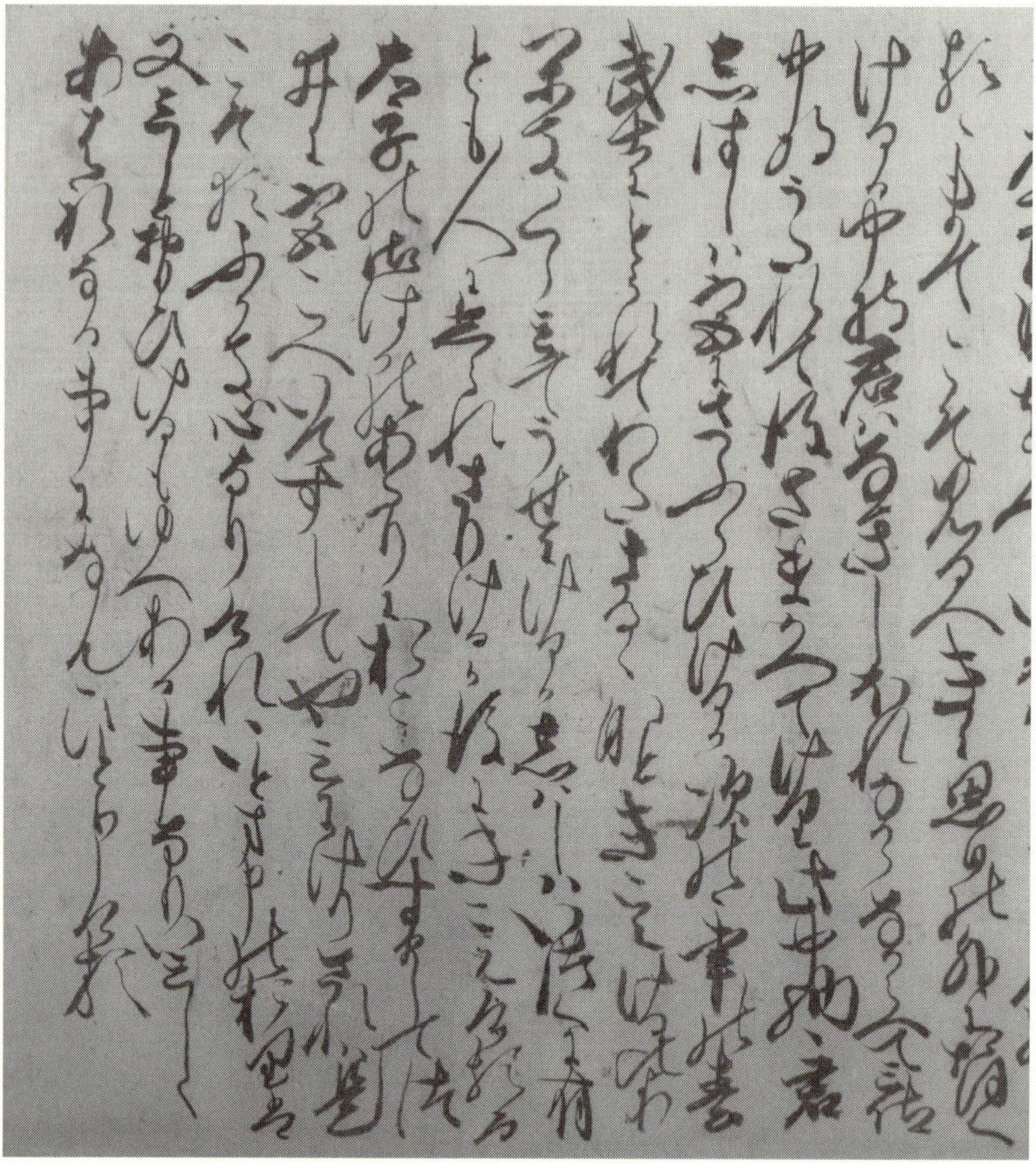

る丶までこそ見るべき*に、思ひの外におぼえ《覚》けるが、[5]中将君は、なき《泣》しほれながら、なが《長》らへて、三位[24]中将うた《討》れて後、さま《様》かへてけり。此《この》中納言君、しばしは、宮にさぶらひけるが、次の年の春、[25]武士にとら《捕》れて、わたさ《渡》る丶など、きこ《聞》えける比《ころ》より、かきくらみて、うせ《失》にけるが、しばしは、いづくに有《あり》とも、人にしら《知》れざりけるが、後にきこ《聞》えけるは、[26]太子の御はか《墓》のあたり《辺》に、おこな《行》ひすまして、つゐ《ひ》に[27]宮こ《都》へいで《出》ずして、やみにけり。されば、「是[28]こそ、猶《なほ》、ふか《深》き心なりけれ。いとま申《まうし》のおり《を》は、又み《見》じとおも《思》ひけるも、ゆへ《ゑ》ある事なり。いみじくあはれなる事」になん、ひと《人》申《まうし》ける。

7

5 重衡を囲む女性たち

本話には、愛した男性を失った女性の愛の深さが描かれますが、重衡は同じ女院に仕える二人の女性から愛されたのですね。本当にこんなにモテたのでしょうか。

『平家物語』でも、重衡は平家一門の中でも別格と言ってよいほど、女性に囲まれています。一ノ谷合戦後、捕虜となって京都に戻った重衡と束の間の面会を許される内裏の女房。鎌倉に連行された重衡の世話係となった千手前《せんじゅのまえ》。千手前は琴を奏で、今様を歌い、凍りついた重衡の心を慰めます。たった一晩のことなのに、千手は重衡のことを忘れられなくなります。北の方とは、鎌倉から奈良に連行されて処刑される直前に、最後の別れを交わします。そして、『公達草紙』では、『平家物語』の都落ちでは描かれることのなかった愛人（恋人）に別れを告げる男性として選ばれました。なぜ重衡ばかりが？

どうも、実際の重衡の性格が色濃く反映しているようです。重衡は清盛・時子夫妻の末っ子で、大切に可愛がられて育ちました。快活で誰にも隔てなく話しかける優しさを持ち、人をそらさない巧みな話術の持ち主であったようです。『右京大夫集』には、女子トークで盛り上がっている女房の中に自然に入り込み、す

22 重衡の姿を一瞥してその場を立ち去り、二度と会わなかった。

23 重衡が出立して、後ろ姿が見えなくなるまで。

5 二人の女房のその後。

24 重衡は文治元年（一一八五）六月に木津川のほとりで処刑された。

25 元暦元年（一一八四）二月、一ノ谷合戦で捕虜となった重衡は都に連行され、大路を引き回された。『右京大夫集』（二一三）（補注⑩）、『平家物語』巻一〇「首渡」にも描かれている。

26 聖徳太子の墓の近辺。太子信仰の中心地。↓補注⑭

27 京へは行かず。東博本「宮こへいらず」

28 ↓補注⑮

ぐに会話の中心に収まる場面があります。そして、怖い話を語り始めて女性たちを怖がらせて面白がる、悪戯っ子のような一面が描かれています。まさしく「一、［3］平重衡―陽気な悪ふざけ」で、盗人のまねをして女房を怖がらせようと提案する重衡そのものです。また、右京大夫に、「私はあなたの恋人の叔父なのだから、同じように扱ってくださいな」と馴《な》れ馴《な》れしく声をかけたこともあります。しかし、三枚目的な軽さ、気安さばかりではありません。同時に、周囲への心遣いも細やかだったようです。『右京大夫集』からうかがえる重衡の暖かさと親しみやすさが、後々、重衡を慕う女性を増やしていったのでしょう。

6 公達の装いの美学

当時、戦装束《いくさしょうぞく》のまま、貴人の前に出ることは憚られたようです（補注⑫参照）。式子内親王のもとに別れの挨拶をするために参上した重衡は、自らの戦装束を「この姿のうとましさ」と言い、そんな姿の自分が女性たちの記憶に残ることを懸念しています。

もっとも、戦装束そのものが地味で質素でさえないものだったというわけではありません。『平家物語』では、赤地や紺地の錦の直垂《ひたたれ》、唐綾威《からあやおどし》や紫裾濃威《むらさきすそごのおどし》、黒糸威《くろいとおどし》の鎧など、戦う男たちの美麗な装束描写が出て来ます。実際に、厳島神社には、平重盛が寄進したものと言われる紺糸威鎧《こんいとおどしのよろい》が伝えられています。みごとな細工の施された立派なもので、国宝になっています。

この場面での重衡の鎧直垂も、「魚綾《ぎょりょう》」（上質な唐綾）に秋の野が刺繍されたものだったと記されています。平家一門の都落ちは七月のことでしたから、重衡は、季節にふさわしい秋の意匠を施した戦装束を身にまとっていたのでした。

ところで、清盛が日宋貿易を積極的に推進し、平家一門が莫大な富を築いたことはよく知られています。その際に輸入された唐物《からもの》の中には、高価な綾や錦の織物も含まれていました。重衡の「魚綾」にも、そうした唐物のイメージが込められているのかもしれません。

『公達草紙』では、戦装束はこの重衡の例しか出て来ません。はなやかな色あいの直衣や指貫《さしぬき》、狩衣《かりぎぬ》などの優美な装いこそが、公達の好ましい日常の姿です。武家でありながら、天皇家や摂関家にも比肩するような貴族的な文化の担い手となった平家一族の雅《みやび》な装いの美学が窺えるようです。

7 聖徳太子信仰の高まり

重衡の「想ひ人」のひとりで、重衡への思いが一層深かったと語られる「中納言の君」が姿をくらましてから、仏道修行に励んでいた場として、「太子の御墓のあたり」、つまり聖徳太子の墓（御廟《ごびょう》）が突然出てきます。他にいくらでもお寺や神社があったはずなのに、なぜ、聖徳太子の墓がここで出てくるのだろう、と不思議ではありませんか。これには、『公達草紙』が成立した一三世紀末頃の時代背景が関係しています。

聖徳太子に対する信仰は、平安時代を通して人々の間に浸透していきました（補注⑭参照）。そのような中で、河内国磯長《しなが》の太子の墓は、四天王寺を中心として一三世紀に入って本格的に寺院化されます。中世には、聖徳太子は未来を見通せる力を持ち、未来記（予言書）を残したと考えられるようになりますが、そのことと墓の寺院化は深い関係を持っています。

聖徳太子の未来記が、初めて「発見」されたのは、一説では、ある僧侶が御廟のあたりに石塔を建てようとした時のこととされています。土中から箱のような石が掘り出され、そこに、自身の没後にこの未来記が発見され、寺塔が建設されるという予言が記されていたと言います（『古事談』）。また、やはり太子の墓のあたりに堂を建てようとしたところ、瑪瑙《めのう》の石に刻まれた未来記が掘り出され、天王寺の聖霊堂に納められました。その石を見たと藤原定家が日記『明月記』（安貞元年〔一二二七〕四月一二日条）に記しています。定家は「末代には、土を掘るごとに太子の未来記が出てくる」と冷《さ》めた眼で見ていますが、一方では、未来記が披露されると聞くと出掛けていって確かめずにはいられません。人々の関心を呼んだ未来記との関係もあって、「太子の御墓のあたり」は整備され、ちょうど『公達草紙』成立のころには、太子信仰のメッカとして賑わっていたのだと思われます。このころの太子墓周辺の光景は『一遍上人絵伝』にも描かれています。

第九図

第八図

〈第八図〉［5］重衡と恋人たち
中門の内には武者姿の男性が庭に控えており、外にも出発を待っている従者と武者姿の男性が見える。

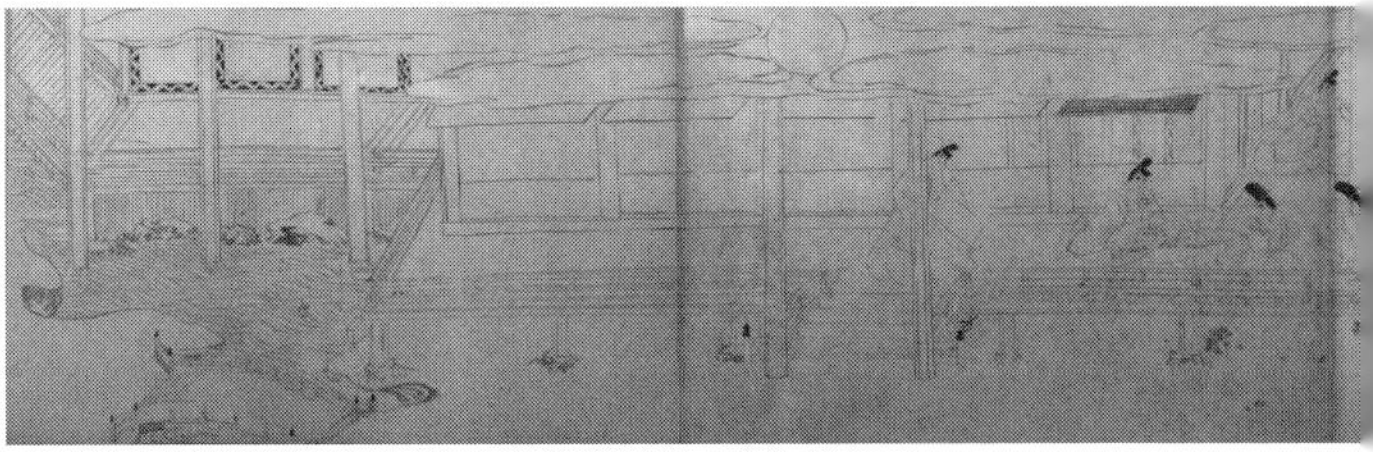

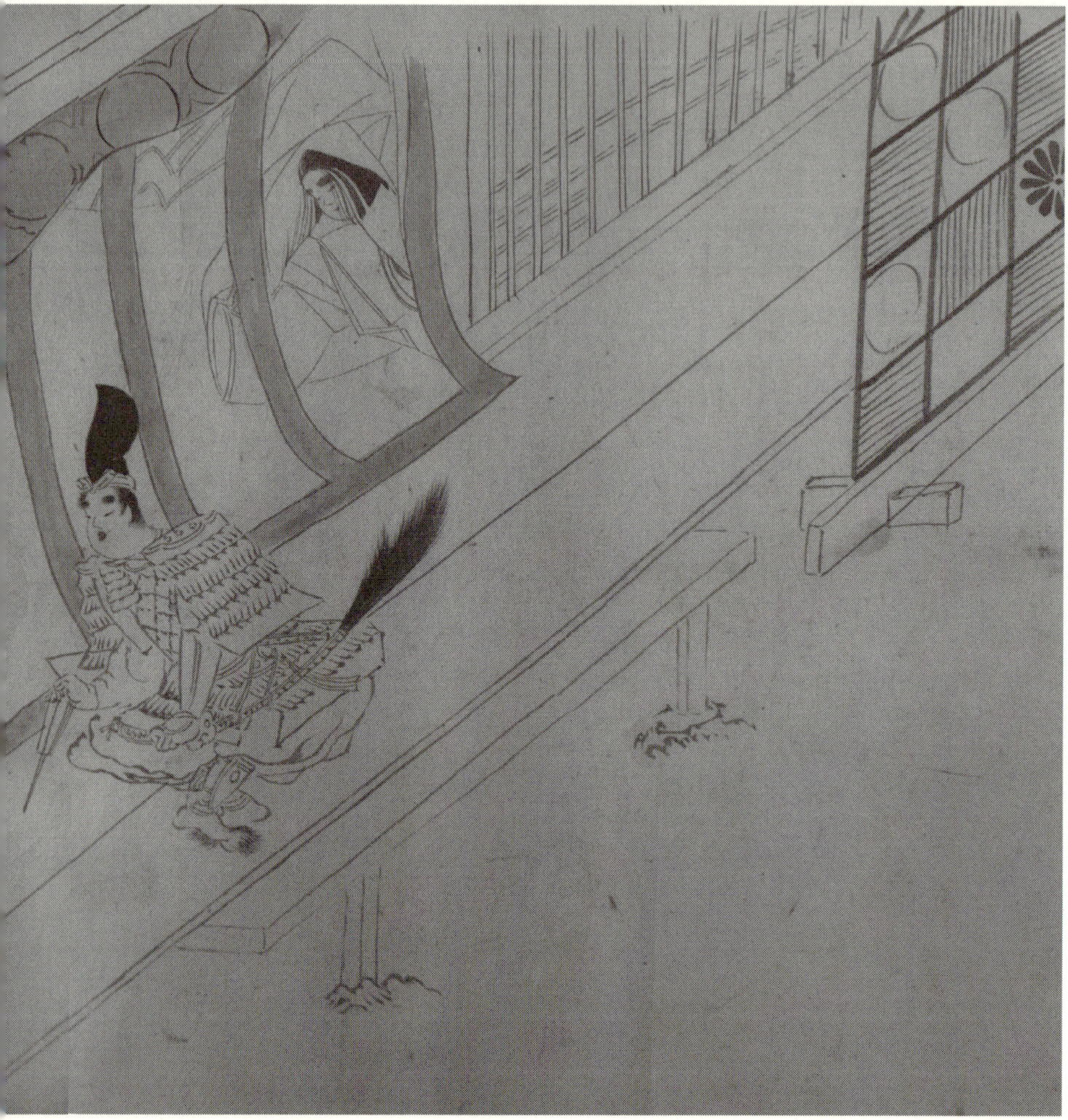

御簾《みす》の前にひざまづいて、女性たちに別れを告げる重衡。室内には嘆き悲しむ女性たち。重衡と前頁の庭に控える武者二人の唇だけが、赤く塗られている。

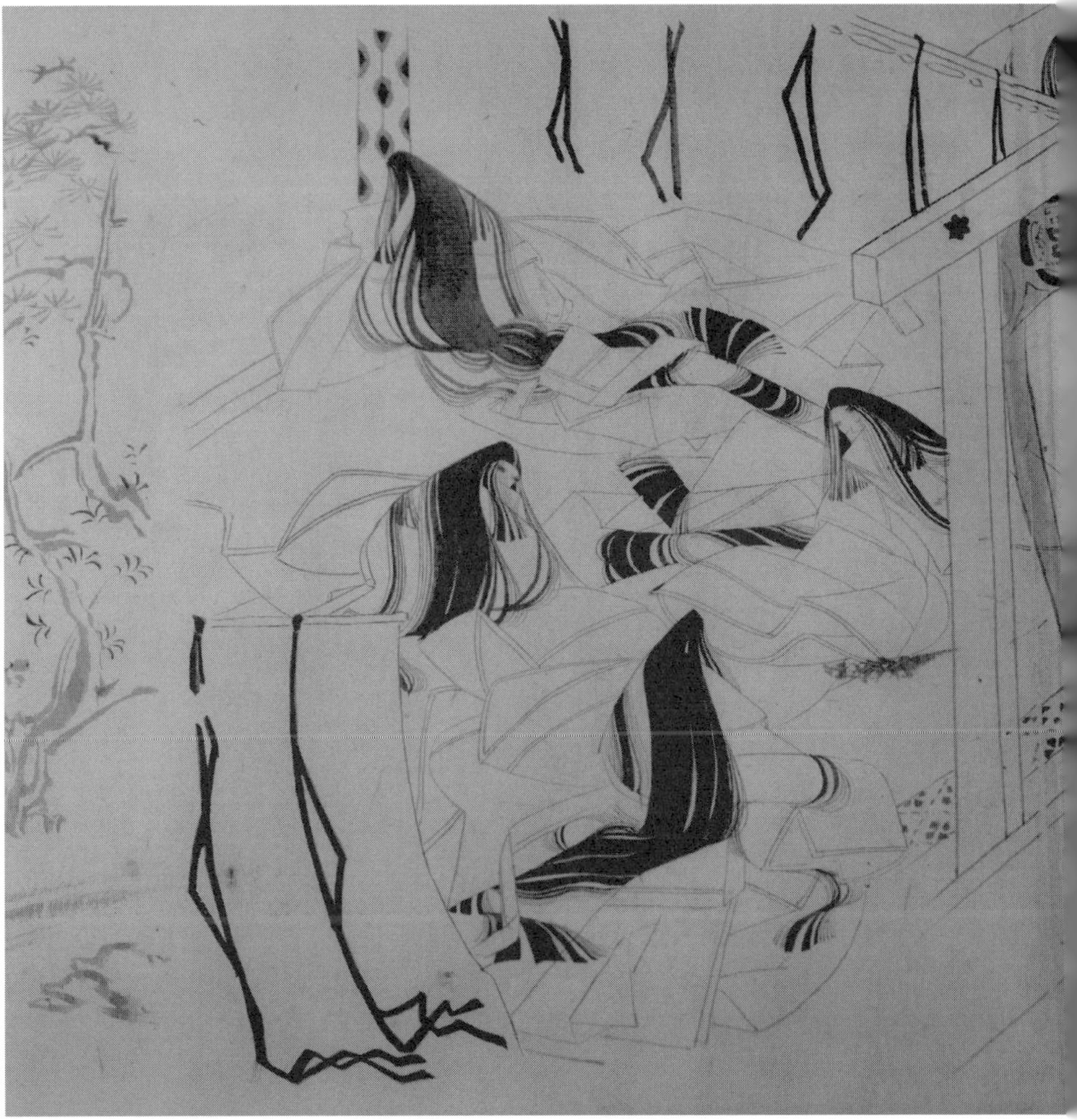

第九図

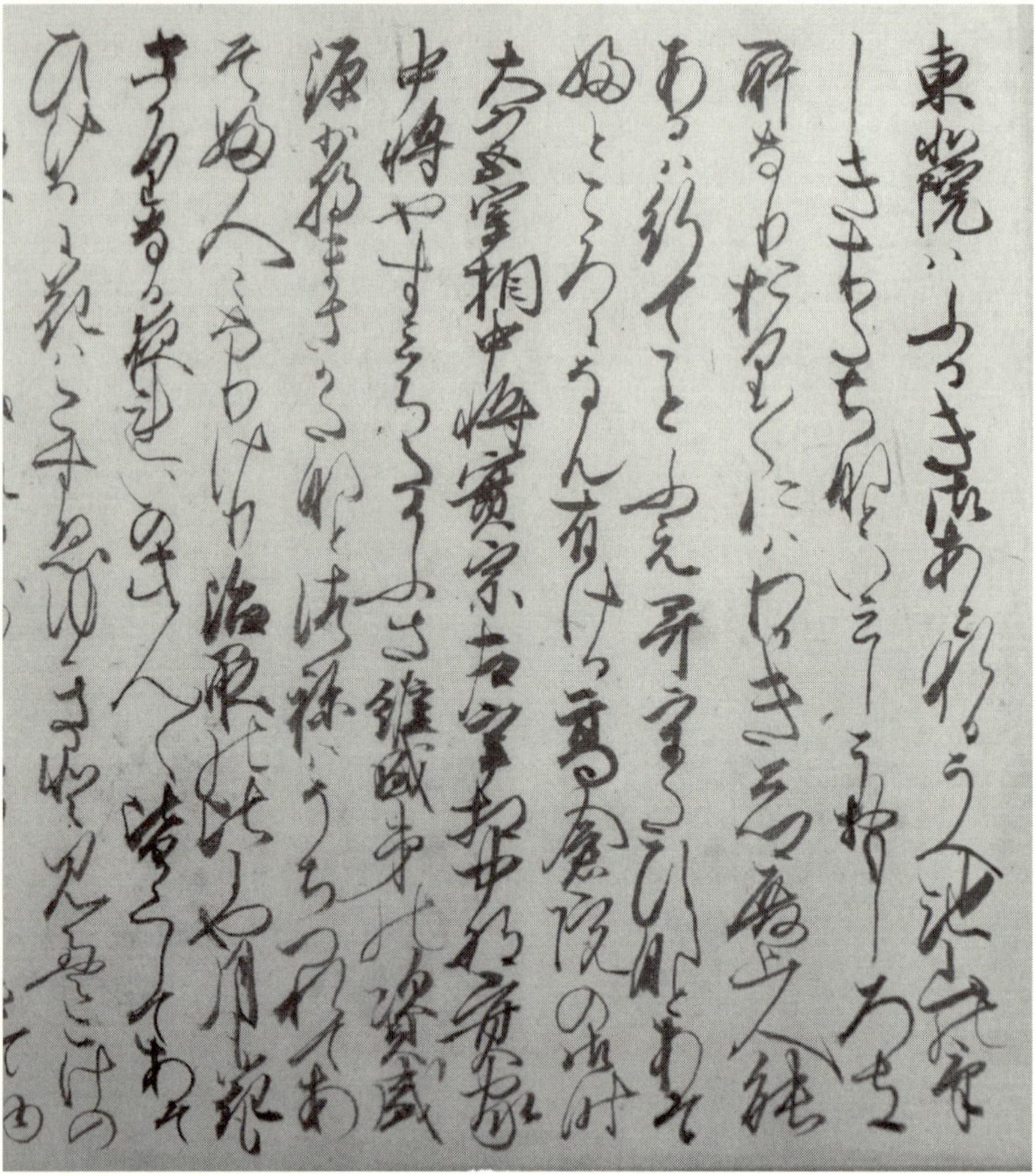

【6】東北院の思い出

1 [1]東北院は、ふる《古》き御あと《跡》なるうへ《上》、池山のけ《気》しき《色》、木だち《立》など、いみじうおもしろき所なり。おり《を》〳〵には、わかき《若》公卿、殿上人の、ある《或》は行《ゆき》て、こと《琴》、ふえ《笛》、歌うたひなど、あそ《遊》ぶところ《所》になん有《あり》ける。2 [2]高倉院の御時、大宮《の》宰相中将実宗、左宰相中将実家、中将やすみち《泰通》、たかふさ《隆房》、維盛、弟の資盛、源少将まさかた《雅賢》など、[3]つね《常》はうちつれ《連》て、あ《遊》そぶ人々なりけり。3 [4]治承の比《ころ》にや、[5]月も花もさかりなる夜、れい《例》の此《この》人〳〵*、皆ぐ《具》して、あそ《遊》びけるに、花はこずゑ《梢》、ゆき《雪》と見え、こけ《苔》の

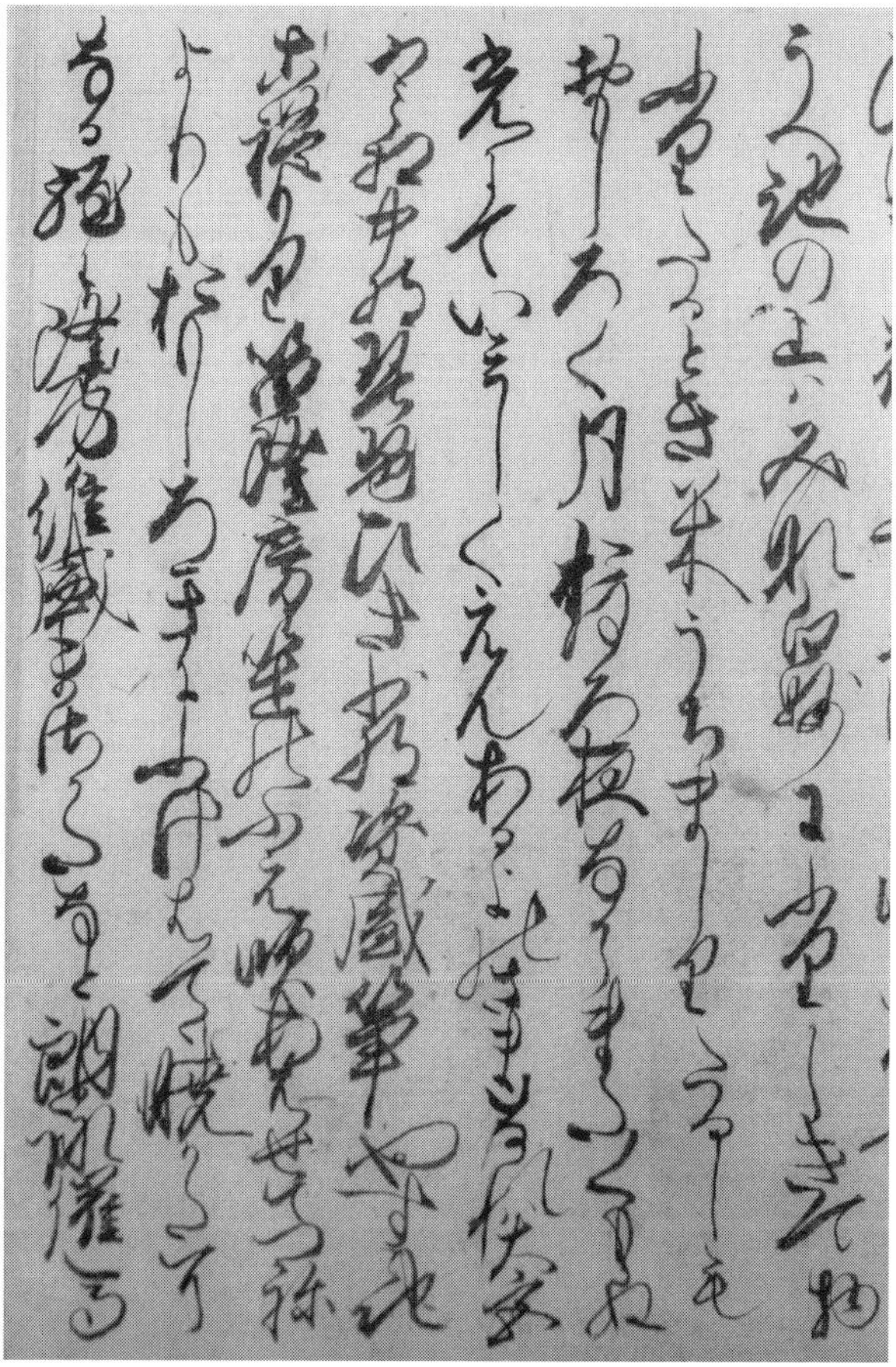

うへ《上》、池の上は*、みな白妙にふり《降》しき《敷》て、物
ふりたる《古》ときは《常磐》木、うちまじり《交》たるしも、
おもしろく、6*月おぼろ《朧》夜ながら、また、くもらぬ《曇》
光にて、いみじくえん《艶》あるよ《夜》のさま《様》なれば、大宮《の》
宰相中将琵琶ひき、少将資盛箏《しやう》、やすみち《泰通》、
これもり《維盛》笛、隆房笙《しやう》のふえ《笛》、吹《ふき》あはせ《合》て、つね《常》
よりも、おもしろきに、ふけ《更》はてゝ、暁がたに
なる程に、隆房、維盛、まさかた《雅賢》など、朗詠、催馬《さいば》

【6】東北院の思い出

※東北院で過ごした優雅な時間。

1 風流を楽しむ東北院。

1 もとは、藤原道長が建てた法成寺の東北の一角に、道長没後、娘の上東門院（彰子）によって建てられた寺院。その後、焼失して、一条南、京極東に移転。承安元年（一一七一）に再び焼失したが、直ちに再建されている。↓補注⑯

2 東北院で遊ぶ若公達たち。

2 高倉天皇の在位は仁安三年（一一六八）～治承四年（一一八〇）。

3 東博本「つねに」。

3 共に遊んだ維盛兄弟の不在。

4 一一七七～一一八一年。↓補注⑰

5 以下については補注⑱参照。

6 大江千里の「照りもせずくもりもはてぬ春の夜のおぼろ月夜にしくものぞなき」（『新古今集』春上・五五など）による。

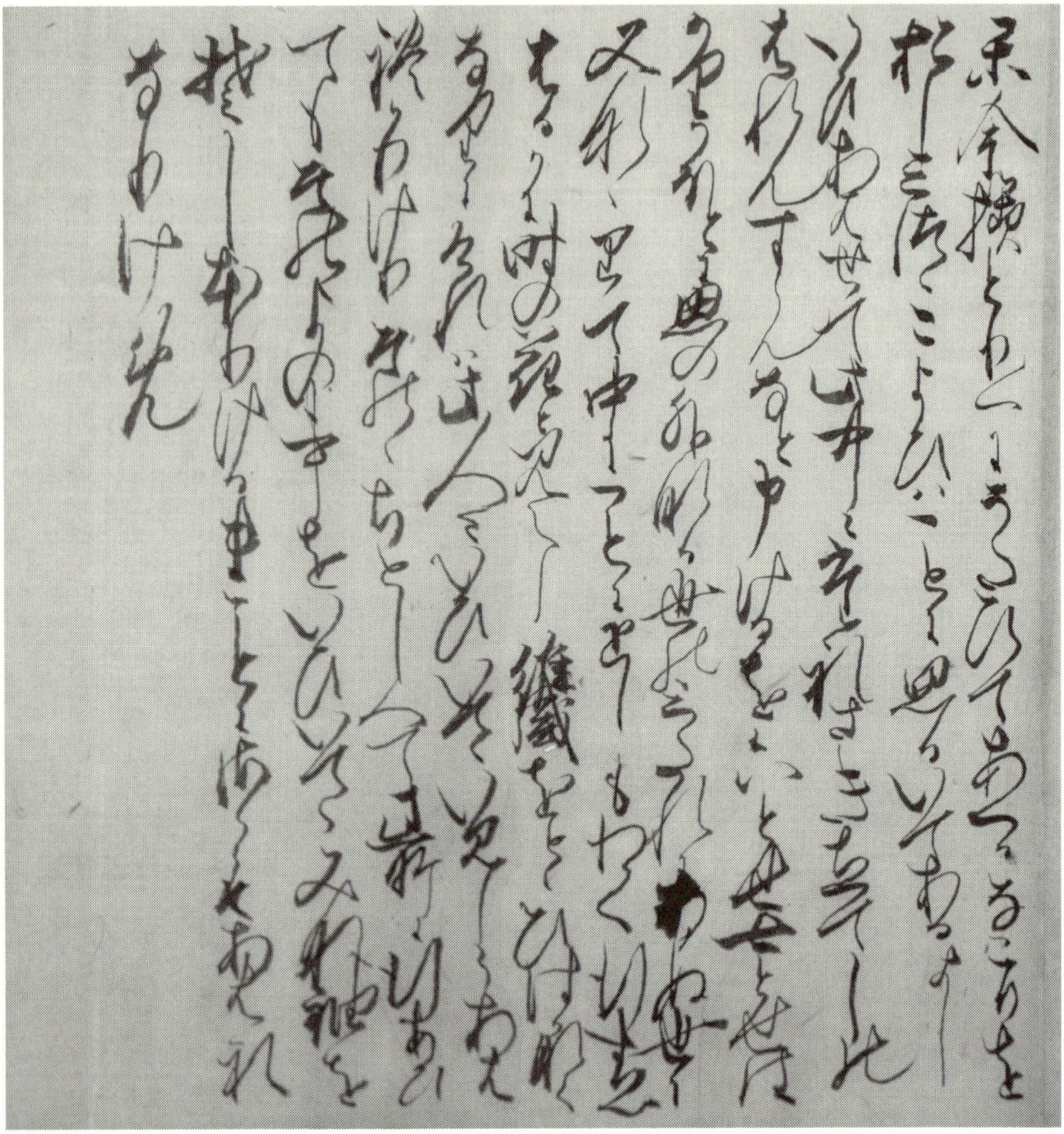

楽《ら》、今様、とりぐ〵にうたひ《謡》て、あくる《明》なごり《名残》を、おしみ《を》つゝ、*「こよひ《今宵》はことに《殊》思ひいで《出》あるまじ」*、いひ《言》あはせ《合》て、「此《この》中に、7 たれ《誰》さき《先》立《だち》て、しの《偲》ばれんずらん」など申《まうし》けるを、8 六《む》とせ七《なな》とせばかりがほどに、*思《おもひ》の外なる世のみだれ《乱》に、*あらぬ世にみな《皆》ゝ《な》りて、中に、ことに《殊》、とし《歳》もわかく《若》、行する《末》はるか《遙》に、9 時の花と見えし、*10 維盛をとゝひ《お》《い》、はかなくなりにければ、此《この》人々、いひ《言》いで《出》ゝ、いみじうあは*れがりけり。4 そのゝち《後》、とし《年》へ《経》て、此所《この》に行《ゆき》あひ《合》ても、そのよ《夜》の事を、*いひ《言》いで《出》ゝ、みな《皆》袖をぞしぼり《紋》ける。まことに、さこそあはれなりけめ。

7 早世して皆から追悼されるのは誰だろう。
8 平家一門は寿永二年（一一八三）に都落ち、元暦二年（一一八五）に壇ノ浦で滅亡した。
9 その季節にふさわしく咲いた花のように、時勢に合って栄えること。
10 維盛は元暦元年（一一八四）に熊野の沖で入水、弟資盛は翌年、壇ノ浦で入水。

4 追憶の涙を流す人々

校異（東博本の傍書は朱書）

頁	行	金刀比羅宮本	東京国立博物館本
[1] おしゃれ合戦			
98	1	女房だに	女房だに《ち歟》
	3	いどみかへして	いどみかへ《く歟》して
	3	これ	これ《本ノマヽ》
	5	人は	人《人々歟》は
	6	わづらひ	わづら《ら歟》ひ
	6	しけ	しけ《落字る歟》
	8	近衛どのゝ	近衛どのと
	11	葵	葵《葵》〈傍書抹消〉
99	1	けうじ	けこ《う歟》じ
	1	新大納言君	新《◦権》大納言君
	3	からぎぬ	かゝ《ら歟》ぎぬ
	3	神山	秋《神歟》山
	4	みたらし河	みたらふ河
100	6	いのとわらはせ	い《本ノマヽて歟さ歟可考》のとわらはせ
[2] 紅葉に遊ぶ			
102	6	れ○《ける》に	れける
	8	しはし	しはらく
	9		貼紙「宮のきなるより云々不解」（墨）
103	1	ことに	こと《二歟》ゝ
	5	葉	葉《八歟》
[3] 不吉なわざうた			
111	4	前	前《お歟》
	6	中に	中々《ニ》
	7	とき	とて《キ歟》
	10	かはりにければ	かはりければ
[4] 追憶の建春門院			
116	3	けり	ける
	5	法住寺殿	法住寺ゐ《殿歟》
	9	ちかく	ち《○なく歟 本ノマヽ（墨）》ゝく
	9	つかはせ	つ《本ノマヽ ○つた歟（墨）》ゝはせ
[5] 重衡と恋人たち			
122	2	なとは	なと
124	3	織物ゝ	織物の
	8	ゑほうし	ゑほし
	10	なか	なゝ《か歟》
	12	ことから	ことく
125	4	はそ	はそ《今は歟》
	5	たに	たゝ
	5	師仲	師仲《の歟》
	6	いふに	いふゝ《ニ》
126	1	へきに思ひ	人きゝ《思歟》ぬる
	9	いてす	いらす
[6] 東北院の思い出			
134	8	つねは	つねに
	10	人〳〵	人々
135	1	池の上は	池の上
	3	月	月は
136	2	つゝよひ	つ々よひ《つゝこよひ》
	2	あるまし	あるまし《う歟》
	5	かほとに	かな《ほ歟》と
	5	あらぬ	あ《○あらぬ歟》ぬ
	7	見えし	見へし
	8	いみしう	いみしく
	10	事を	事と《を歟》

〈第九図〉［6］東北院の思い出
金刀比羅宮本では「東北院の思い出」の本文の前に継がれているが、東博本により、本文の後に移動した。庭には桜が散り乱れている。箏を弾いているのは資盛。琵琶を弾いているのは実宗で、横笛を吹いているのは維盛か泰通のどちらか。画面上にはたなびく雲が描かれており、左上には丸い月が雲間から見える。

補注

【2】紅葉に遊ぶ

①「御笛」

高倉天皇は藤原実国を笛の師とし（『尊卑分脈《そんぴぶんみゃく》』など）、順徳院の『禁秘抄《きんぴしょう》』（「諸芸能事」）には、「笛、堀河、鳥羽、高倉、法皇、代々不絶事也」とある。また、『右京大夫集』（一二）には、「いつの年にか、月明《あか》かりし夜、上の、御笛吹かせおはしましが、ことにおもしろく聞こえしを、めでまゐらすれば」という詞書が見え、高倉の笛をめぐっての思い出が綴られている。

②「隆房、これもり、まさかた、朗詠し」

『右京大夫集』（九五）詞書には、

春ごろ、宮の、西八条に出でさせ給へりしほど、大方に参る人はさる事にて、御はらから、御甥たちなど、みな番に下《お》りて、二、三人はたえず候はれしに、花の盛りに、月明《あか》かりし夜、「あたら夜を、ただにや明かさむ」とて、権亮朗詠し、笛吹き、経正琵琶弾き、御簾の内にも琴掻き合はせなど、おもしろく遊びしほどに、内より隆房の少将の、御文持ちて参りたりしを、やがて呼びて、さまざまのことども尽くして、

とあり、中宮のもとで近親の者たちが管絃の遊びなどを行なって楽しんでいたことがわかる。本話には、この詞書からの影響を見てよいだろう。

③「藤つぼの御前の紅葉」

『右京大夫集』（一一二）詞書に、「里なりし女房の、藤壺の御前の紅葉ゆかしきよし申したりしを」とある。この場合、里下がりした女房の「藤壺の御前の紅葉」に対する愛着を言うもので、補注②に記した影響ほど直接的ではないが、やはり本話との関連が想定される。

また『平家物語』巻六「紅葉」には、幼い高倉帝が紅葉を愛し、風の吹いた翌朝、紅葉が庭に散り敷かれた様を見ることを楽しみにしていたという挿話がある。

④「色ふかき……」

「秋の深山の紅葉葉」と「庭の錦（紅葉）」を比較して、「秋の深山」の紅葉のほうが優れていると詠む。ただし、前文から「秋の深山の紅葉葉」は現実のそれではなく、中

宮徳子の装束に描かれたものであることが知られる。結句「たちぞまされる」の接頭語「たち」には「裁ち」が掛かり、「錦」の縁語。天皇が中宮の装束を「庭の錦」に変わらない、と褒めたのを承けて、小侍従は、「庭の錦」よりも中宮の装束のほうが優っていると褒め讃えた。「庭の錦」が和歌に用いられた早い例としては、『源氏物語』藤裏葉巻で、神無月の二〇日あまりに行なわれた冷泉帝の六条院行幸の際に、冷泉帝が詠んだ「世の常の紅葉とや見るいにしへのためしに引ける庭の錦を」がある。なお、この小侍従歌は諸集に見えない。

［3］不吉なわざうた

⑤「拝礼」

寿永二年（一一八三）に時子に対する平家一門の人々の拝礼が行なわれたと記すのは、延慶本など読み本系『平家物語』で、その期日を正月三日とする。ただし他の史料にこの記事は見当たらない。毎年元日には、古くは天皇が大極殿で群臣の拝賀を受ける儀式が行なわれた。平安中期以降は簡略化した小朝拝《こちょうはい》という儀式が行なわれている。また、二日には親王・公卿以下諸臣が中宮・東宮に拝謁して饗宴を賜る二宮大饗《にぐうのだいきょう》が催された。時子に対する拝礼が事実とすれば、平家一門という限られた人々によるものであっても、同様の儀式が催されたことになり、『平家物語』はそれを過分と非難している。『平家物語』、『公達草紙』では、その拝礼は道長妻の倫子（鷹司殿）を例として行なわれたのだと記す。倫子は長和五年（一〇一六）六月一〇日に准三后となった。その翌年正月一日に道長家拝礼が行なわれているが、倫子の准三后との関係は不明。『御堂関白記《みどうかんぱくき》』には、寛弘元年（一〇〇四）以降、正月一日から三日のいずれかの日に、道長邸での家子《いえのこ》や公卿・殿上人等の拝礼の記事が見えるが、倫子の動向については特に記されていない。

⑥「将棋倒し」

貴族層が将棋を愛好した資料は平安末期から見出せ、八条院女房や修明門院《しゅめいもんいん》御所に出入りする人々の間にも好まれていたことが報告されている。しかし、「将棋倒し」の用例は、『公達草紙』がかなり早い例となる。延慶本『平家物語』、『太平記』他にも見出せるが、それらは多く、「将棋倒しをする」と使われている。

古代の将棋の駒は、下部が厚くて安定して立つ現在の形状とは異なっていたようで、『公達草紙』の想定する将棋の駒がどのような形態であったのかは不明である。また、延慶本巻九－二七「越前三位通盛被討給事《うたれたまふこと》」では、一ノ谷の合戦で繰り広げられる平通盛と佐々木盛綱の郎等との死闘で、「佐々木ガ郎等落重《おちかさな》リタリケレドモ、凡《およ》ソ輪宝ナムドノ如《ごとく》ニテ、将碁倒チスル様ニマロビケレバ、アタリ近ク人ヨラズ」とあり、激しく回転する輪宝に近づく者が弾き飛ばされる様子を連想させる。

一方、以下の『太平記』の用例は、現代の用法が通用しそうである。（1）千剣破《ちはや》城に籠もる楠木正成が、城に登ろうとする鎌倉方の武士に大木を落としたので、敵は「将碁倒チスル如ク、寄手四五百人、圧《おし》ニ被討《うたれ》テ死ニケリ」（巻七「千剣破城軍事《ちはやのじやういくさのこと》」）、（2）石清水八幡を守る松山九郎が大石を投げつけ、敵は「此《この》大石ニ打《うた》レテ、将碁倒チスルガ如《ゴトク》、一同ニ谷底ヘコロビ落ケレバ」（巻二〇「八幡炎上事」）、（3）四条河原での田楽を見学するための桟敷《さじき》が倒壊した惨事を、「将碁倒チスルガ如ク、一度ニ同トゾ倒ケル。」（巻二七「田楽事付長講見物事」）、（4）桟敷倒壊時に、貴顕も見物に来ていたことを詠んだ落首「田楽ノ将碁倒ノ桟敷ニハ王許《わうばかり》コソ登《あが》ラザリケレ」（同）。しかし、『公達草紙』の将棋倒しの様については検討の余地が残る。

なお、「将棋倒しを見よ」と謡う童の姿には、神や天の意志が子供の歌や流行歌《はやりうた》などに託されて表現されるという「わざうた」（童謡）の趣向が籠められている。童謡（謡歌）の記載は日本では『日本書紀』に集中するが、『漢書』などが先行する。『平家物語』には読み本系の巻一に、禿童《かむろ》の由来譚《たん》として、「わざうた」とは記されていないものの、子供に作為的に予知歌を歌わせるという王莽《おうもう》説話を載せる。王莽が天下を取るために、亀の甲に「勝」と書かせて海に放ち、竹の中に銅製の人馬を入れる。三〇〇人の妊婦を集めて薬を飲ませ、赤い顔の子供を産ませて、成長した彼らに亀や人馬の出現を予知させる歌を歌わせるというものである。『論衡《ろんこう》』や書陵部本系『朗詠注』などに類似した話がある。

【参考文献】佐伯真一「後鳥羽院と将棋―鎌倉初期の駒落ち将棋のことなど―」（『遊戯史研究』一四、二〇〇二年一一月）、同「鎌倉時代の将棋倒し」（『遊戯史研究』二六、二〇一四年一〇月）

⑦「天狗などのしわざ」

天狗は、中世においては、事件や怪異な現象をもたらしたり、人に憑依《ひょうい》して世を乱そうとする天魔や怨霊に近い存在で、反仏法的存在であることが最も基本的な性格であるとされる。その姿は、現代のイメージとは異なり、一〇歳ぐらいの身長で、頭と体は人のようだが、足は鳥に似て、羽があり、尾が短く、鵄《とび》を乗り物とするとされたり（『比良山古人霊託《ひらさんこじんれいたく》』）、頭は狗《いぬ》、身は人で、左右の手に羽が生えており、前後一〇〇年のことを悟る神通力を持つと描かれたりする（延慶本『平家物語』巻三－二「法皇御灌頂事」）。

この姿からもうかがえるように、天狗は人間にとって身近で、滑稽味を帯びた一面を持ち、引き起こす害悪も天魔や怨霊より軽く、悪戯の類も含まれると指摘される。『平家物語』巻五「物怪之沙汰《もっけのさた》」には、福原遷都後、夜中に大木の倒れる音がして、二、三〇人くらいの笑い声が聞こえた際に、「天狗の所為」と言われたと記される。

【参考文献】佐伯真一『軍記物語と合戦の心性』（文学通信、二〇二一年）

【4】追憶の建春門院

⑧「建春門院」

建春門院（平滋子）と清盛とは同じ桓武平氏の出身であるが、何代も前に系統が分かれ、同じ「平」姓とは言いながら、大きな隔たりができていた。滋子の系統は、朝廷で文官としてその地位を築き、弁官クラスの実務官僚を多く輩出し、「日記の家」として重んじられている。一方の清盛の先祖は早くに地方に下り、財力・武力を以て地盤を固めた。祖父正盛の世代から中央に進出し、主に武官として地位を上昇させていった。同じ桓武平氏とは言っても、全く異なる歴史を紡いでいた。

滋子と、清盛の妻となった姉時子とは一七歳も離れ、母も異なる。滋子の成長期に、時子は清盛の妻として重きをなしていた。時子所生の長子宗盛は滋子の五歳年長である。清盛は朝廷で次第に発言力を増していた。やがて滋子は、女房小弁《こべん》として出仕した。主人は後白河院の同母姉である上西門院である。後白河院の目にとまり、応保元年（一一六一）に二〇歳で男児を生む。五歳で親王宣下《せんげ》を受け、翌年立太子、仁安三年（一一六八）には即位する（高倉天皇）。息子の立太子に伴い滋子も従三位、翌年には女御、そして即位に伴い皇太后となり、翌年、院号宣下される。瞬く間の出世である。

今まで、国母《こくも》には藤原氏出身の女性がなってきた。例外として、堀河天皇の母（賢子）がいる。賢子は源氏出身であったが、関白藤原師実の養女となって、女御として参内した。滋子が平氏出身で、しかも藤原氏の養女にもならずに国母となったことは、時代の大きな変わり目を実感させる出来事であった。また、文官と武官とで活躍する二つの平氏を統合しての栄華の象徴とも映った（『今鏡』すべらぎの下）。

滋子の日常は健御前《けんごぜん》の日記（『たまきはる』）に詳しい。健御前は、滋子の立后の時、一二歳で初出仕した。見るものの聞くものすべてが新しく、滋子の存在そのものが、女房としての健御前の価値基準となった。しかし、近寄りがたい高貴なる立場にもかかわらず、時に無邪気で明るく、気さくな笑顔がこぼれる。幼い健御前に慈愛に満ちた眼差しを注いでもくれる。

建春門院が亡くなったのは、盛大に催された後白河院の五〇歳の御賀の、ほんの四カ月後であった。以後、清盛と後白河院との協調は綻び始める。建春門院は、「大方の世の政事《まつりごと》を始め、はかなきほどの事まで、御心にまかせぬ事なしと、人も思ひ、言ふめりき」（『たまきはる』）とあるように、確かに後白河院を支え、発言力も強かったと思われる。しかし、翌年から次々と起こった動乱と世の転変から振り返ると、建春門院の在世時は実に平穏であった。建春門院はむしろ、平和の象徴的な存在として、皇室と清盛をつなぐ要として思い返されるようになる。

⑨「ありがたき賢王」

高倉天皇は、病弱に加えて、父後白河院と、中宮徳子の父清盛の確執に苦しみつつ、二一歳の若さで病没した。その死を惜しんで、藤原定家は「文王すでに没す、ああ悲しきかな」（『明月記』治承五年〔一一八一〕正月一四日条）と慨嘆し、また、近臣であった源通親は『高倉院升遐記《しょうかき》』『擬香山摸草堂記《ぎこうざんもそうどうき》』を残した。また、『右京大夫集』は、高倉天皇のありさまは、「何事もげに末の世に余りたる御事にや」と人々が言っていたと記して、「雲の上に行く末遠く見し月の光消えぬと聞くぞ悲しき」（二〇三）と、その死を月の光が消えることにたとえる歌を載せ、さらに「照る日の光」が消えることにたとえる歌（二〇四）を並べている。『公達草紙』と同じく高倉を「賢王」とするのは『平家物語』（巻六「新院崩御」）で、その死について、一方系は前掲した右京大夫の「雲の上に」の歌一首を「ある女房」の歌として引用しつつ、「末代の賢王にてましましければ、世の惜しみ奉る事、月日の光をうしなへるがごとし」と描いている。

【5】重衡と恋人たち

⑩「三位中将重衡といひし人」

周囲に気配りを怠らないという重衡の造型には、『右京大夫集』（二一三）の、

> 重衡の三位中将の、憂き身になりて、都にしばしと聞こえしころ、ことにことに、昔近かりし人々の中にも、朝夕なれて、をかしきことを言ひ、

またはかなきことにも、人のためは、便宜に心しらひありなどして、ありがたかりしを、いかなりける報ひぞ」と心憂し。見たる人の、「御顔は変はらで、目もあてられぬ」など言ふが心憂く、悲しさ言ふ方なし。

朝夕に見なれ過ぐししその昔かかるべしとは思ひてもみず

からの影響が窺える。

⑪「宮こをいづとて、いまひとたびとやおもはれけむ」

平家の公達が都落ちに際して慌ただしく別れを告げていった話は『平家物語』巻七に載っている。忠度は歌道の師、俊成に、経正は幼い時に師事した法親王に別れを告げる。維盛の妻子との別離も描かれる。しかし、重衡については格別には語られていない。また、式子内親王は以仁王の同母姉だが、『平家物語』には式子自身やその周辺は登場しない。重衡は『平家物語』巻一〇・巻一一で、内裏女房や千手前《せんじゆのまえ》、また、北の方等との哀話が描かれる。これらは重衡が捕虜となってからのことである。本話は重衡の性格からして違和感はないものの、『平家物語』とは重ならない話である。

⑫「此すがたのうとましさ」

『平家物語』（巻七「経正都落」）では、経正は法親王に最後の面会を求める時に、武装姿であることを憚《はばか》り、「今一度御前にまいつて、君をもみまいらせたう候へ共、既に甲冑《かつちう》をよろい、弓箭《きゆうせん》を帯し、あらぬさまなるよそほひに罷成《まかりなり》て候へば、憚存候《はばかりぞんじさうらふ》」とためらうが、「御室哀《おむろあはれ》におぼしめし、たゞ其《その》すがたを改めずして参れとこそ仰《おほせ》けれ」との答えを得て面会を許される。重衡の態度との共通性が窺える。

⑬「中将の君」

『右京大夫集』（七三）の詞書には、「大炊《おほひ》の御門《みかど》の斎院、いまだ本院におはしましころ、かの宮の中将の君のもとより」とある。これは応保元年（一一六一）から嘉応元年（一一六九）までのことで、「本院」とは斎院御所を指す。本話の設定する寿永二年（一一八三）より遡るが、同名の女房が登場している。また、同集（七五）詞書には、「この中将の君に、清経の中将の物言ふと聞きしを、ほどなく、同じ宮の内なる人に思ひ移りぬと聞きしかば」ともあり、中将の君は一時、清経（維盛・資盛の弟）と交渉のあったことがわかる。ただし、重衡については触れられていない。本話の「中将の君」がこの中将の君を指すかどうかは不明だが、「前斎院御所」及び同名の「中将の君」を登場させる点には『右京大夫集』からの影響が窺える。また、同時代には「土御門前斎院中将」という女房がいたことが、『千載集』（九三七）の作者名から知られる。

⑭「太子の御はかのあたり」

古代に活躍した聖徳太子は深く仏法に帰依し、日本仏法興隆の祖と位置づけられている。その太子に対する信仰は、没後、間もなく記された『日本書紀』に早くも見えているが、その後、平安時代になって『聖徳太子伝略』が作られて、以後の太子信仰の礎《いしずえ》になった。『聖徳太子伝略』に基づいて、伝説化・神格化した太子の一生が『聖徳太子絵伝』として絵巻や壁画に描かれて、僧侶によって絵解きされ、太子信仰は大きく広まることになる。

現在、聖徳太子の墓とされる古墳は大阪府南河内郡太子町の叡福寺《えいふくじ》境内にある。『日本書紀』によれば、聖徳太子は推古天皇三〇年（六二二）に斑鳩宮《いかるがのみや》で亡くなり、「磯《し》長陵《ながりょう》」に葬られたとされる。その後、一時期、太子の墓は所在さえわからなくなったが、一一世紀に入って、太子信仰を核として発展した四天王寺などにより、太子の墓の開拓と寺院化が試みられた。『後拾遺往生伝』には、天仁元年（一一〇八）に四天王寺西門で念仏を修していた永暹《えいぜん》という僧が、太子の墓前で往生を遂げたという話が見え、建久二年（一一九一）には四天王寺別当の慈円が「太子の御はか」に参詣したことが確認できる（『拾玉集』五二八七詞書）。

こうした太子信仰の高まりの背景にあるのは、浄土信仰と聖徳太子信仰の結びつきである。太子廟《たいしびょう》は、中世には聖徳太子とその母穴穂部間人皇后《あなほべのはしひとのひめみこ》、妻の膳部菩岐々美郎女《かしわでのほききみのいらつめ》の三人が合葬された「三骨一廟」の霊地とされ、それが阿弥陀三尊になぞらえられて多くの信仰者を集め、聖徳太子は西方極楽浄土の観音菩薩の垂迹であり、彼岸への案内人であると考えられた。墳墓の守護と祭祀を目的として、一三世紀前半には塔の建立や伽藍の造営が行なわれて「御廟《ごびょう》寺」と称されている。

その寺院化に当たっては、聖徳太子の未来記が大きく関わったものと考えられる。一三世紀初めに法隆寺の僧顕真《けんしん》が著した聖徳太子の秘伝の集成書『聖徳太子伝私記』を初め、中世太子伝の諸書に、太子の記した「御記文《ごきもん》」（未来記に当たる）発見の経緯が語られており、同じ頃成立した説話集『古事談《こじだん》』にも発見の経緯と記文本文が掲載されている。『古事談』によると、「天喜二年九月二十日」に、聖徳太子御廟の近くに石塔を建てようとして整地していたときに、土中から石の箱が掘り出され、天王寺に報告された。その石に記された御記文に、「河内国石川郡磯長の里に一勝地有り。尤《もっと》も称美するに足る。故に墓所を点ず」とあって、磯長が太子自身によって選ばれた特別な地であったことや、「吾が入滅以後四百三十余歳に及び、此の記文出現するや、爾《そ》の時の国王・大臣、寺塔を発起し、仏法を願求《ぐわんぐ》すらくのみ」と、そこに寺塔が建設されることを予言する内容であった。御記文が発見されたとされる天喜二年（一〇五四）は、太子没後四三六年に当たるということも記されている。

　太子の未来記としては、『明月記』（安貞元年（一二二七）四月二日条）に記された別内容のものが著名だが、定家は、「末代、土を掘るごとに、御記文出現す」、「時代を逐《お》ひて頻りに出現するに、その事、毎時、実有るや」（同日条）、「近日、天王寺また新御記文を掘り出すの披露有り、今月の内に参詣有るべきの由、首を挙げて群集《くんじゅ》すと云々〈新記文毎年の事か〉」（天福元年（一二三三）一一月二二日条）と記しており、未来記出現が多くの人々を惹きつけていたが、当時から既に天王寺による何らかの作為が疑われることもあったことが窺われる。

【参考文献】林幹彌『太子信仰』（評論社、一九八一年）、小野一之「聖徳太子墓の展開と叡福寺の成立」（『日本史研究』三四二、一九九一年二月）、佐藤弘夫「親鸞の聖徳太子観」（『中世文化と浄土真宗』思文閣出版、二〇一二年）

⑮「是こそ、猶、ふかき心なりけれ」

中将の君と中納言の君という、重衡と交流のあった二人の女性の対照的な振る舞いが取り上げられているが、そこには、いわゆる「二人妻」の話型に通じるものがあろう。

　話型としての「二人妻」は、夫が新しい妻を迎えたのに、恨み言も言わずに堪えているもとの妻の様子を見て、心を動かした夫がもとに戻るというもの。いろいろなパターンがあるが、多くの場合、もとに戻るまでの過程で、新しい妻の欠点が見えたり、もとの妻の美質が明らかになったりして、夫がもとの妻を再評価するという要素が見られる。『伊勢物語』二三段や『大和物語』一四九段、一五七段、一五八段、また『堤中納言物語』の「はいずみ」などが代表的なものである。

　ここは、狭義では「二人妻」説話の型からははずれるのだが、重衡の想い人であった二人の女性、中将の君（古妻にあたる）と中納言の君（今妻にあたる）が比較されているところに、「二人妻」の話型の影響が感じられる。二人の女性を比べて、その生き方において夫への愛情が深いと判断した方を高く評価するところに、どのような女性像が理想的なものとされていたかが窺える。この話では、別れを惜しんで深く嘆き悲しむ様子だった「古妻」中将の君よりも、たった一日重衡の姿を見るや、すぐに立ち去って二度と見ようとしなかったために、人々から薄情だと批判された「今妻」中納言の君の方が、早くに尼になっていたことが判明する。それで、人々は、中納言の君こそが重衡への思いの深さはまさっていたのだと称賛した。

　このように、「古妻」中将の君よりも、「今妻」中納言の君の方が愛情深かった点や、重衡ではなく、人々が女性たちに評価を下している点などは、いわゆる「二人妻」の話型そのままとはいえない。が、やはり根底には妻比べに通じる発想があると言えよう。後になって、評価に逆転が生じるという展開も、「二人妻」の話型に通じるものがあるように思われる。

【6】東北院の思い出

⑯「東北院」

　上東門院の建立した東北院について、『今鏡』（すべらぎの上）は「山のかたち、池のすがたもなべてならず、松のかげ、花の梢もほかにすぐれてなむ見え侍る」と描いている。康平元年（一〇五八）に焼失して一条南、京極東に移転した後も、一二世紀初めに成立した源俊頼の『散木《さんぼく》奇歌集《きかしゅう》』（五一）の詞書に「東北院の花、盛りなりと聞きて、人々あまた具して見にまかりたりけるに」と見え、風情があり人を惹きつける場所だったことがわかる。その後、承安元年（一一七一）に焼失して再建されると、同四年九月に念仏会《ねんぶつえ》が始められ、鎌倉時代以降はこの念仏会で有名になる。『公達草紙』と成立時期が重なる一三世紀後半成立の『東北院職人歌合』は、建保二年（一二一四）九月十三夜に行なわれた東北院の念仏会を舞台として設定しており、その序文には、「東北院の念仏に、九重の人々、男女たかきもいやしきもこぞりて侍りしに、道々の者ども、人なみなみに参りて聴聞し侍りけるに、時しも九月十三夜の月くまなかりけるに、心ある人は歌をよみ連歌などして、心をすましつつ遊びけるを羨ましとや思ひけむ、道々の者ども心をすましてあそびけるに」とある。人々を惹きつけるという点ではそれ以前と共通するが、中世初期には念仏会を中心として、貴族以外にも多くの下層の人々を集める場へと性格が変化していたものと思われる。なお、現在は左京区浄土寺真如町に所在。

⑰「治承の比」

　登場人物名及びその官職表記が正しいとすれば、源雅賢は治承三年（一一七九）秋に解官《げかん》されているのでそれ以前の出来事であり、藤原実家は治承二年一月に権中納言になっているのでそれ以前、即ち治承元年の出来事となる。それから六、七年後とは寿永二年（一一八三）を指すことになる。

⑱「月も花もさかりなる夜……」

この部分は、次の『右京大夫集』（九五～九八）との類似が指摘されている。

春ごろ、宮の、西八条に出でさせたまへりしほど、大方に参る人はさることにて、御はらから、御甥たちなど、みな番に下りて、二、三人はたえず候はれしに、花の盛りに、月明かりし夜、「あたら夜を、ただにや明かさむ」とて、権亮朗詠し、笛吹き、経正琵琶弾き、御簾の内にも琴掻き合はせなど、おもしろく遊びしほどに、内より隆房の少将の御文持ちて参りたりしを、やがて呼びて、さまざまの事ども尽くして、のちには、昔今の物語などして、明け方までながめしに、花は散り散らず同じにほひに、月もひとつに霞みあひつつ、やうやう白む山際、いつと言ひながら、言ふ方なくおもしろかりしを、御返し給はりて、隆房出でしに、「ただにやは」とて、扇の端を折りて、書きて取らす。

かくまでのなさけ尽くさでおほかたに花と月とをただ見ましだに

少将かたはらいたきまで詠じ誦《ずん》じて、硯乞ひて、「この座なる人々何ともみな書け」とて、わが扇にかく。

かたがたに忘らるまじき今宵をば誰も心にとどめてを思へ

権亮は、「歌もえ詠まぬ者はいかに」と言はれしを、なほ責められて、

心とむな思ひ出でそといはんだに今宵はいかがやすく忘れむ

経正の朝臣

うれしくも今宵の友の数に入りて偲《しの》ばれ偲ぶつまとなるべき

と申ししを、「我しも、分きて偲ばるべきことと心やりたる」など、この人々の笑はれしかば、「いつかはさは申したる」と陳ぜしも、をかしかりき。

『公達草紙』の「此中に、たれさき立て、しのばれんずらん」という発言は、結果的に近未来を予言してしまった不吉な言であるが、『右京大夫集』の「偲ぶ」を亡き人

をしのぶ意に拡大させたものと見ることができる。

【参考文献】渡辺真理子「「建礼門院右京大夫集」と「平家公達草紙」」（『国語国文学会誌（福岡教育大学）』一六、一九七三年一二月）

現代語訳

【1】おしゃれ合戦

1　高倉院が帝でいらっしゃった時、帝付きの女房はもちろん、中宮（徳子）付きの女房に至るまで、「かたのまもり」を首に懸けることが流行した。女房たちは、「かたのまもり」に、その時節に合わせた飾りを付けるなどして、競い合って美しく仕立てたのだった。中宮の御所では、これはと目にとまる素晴らしい「かたのまもり」が、いつも御厨子《みずし》の御手箱の中に入れてあった。中宮に親しく仕える女房たちは、御手箱の中から好きなものを自由に取ることができたので、自分で用意しなくても済んでいた。

2　賀茂の御阿礼《みあれ》の日に、台盤所や朝餉《あさがれい》の間《ま》などに、女房がたくさん集まっていた。その中にいた、近衛殿とお呼びもうし上げた女房は、久我内大臣雅通の娘であった。その人が、葵襲《あおいがさね》の衣を着て、御簾《みす》をかたどった「かたのまもり」に葵を添えて、首から下げていらっしゃった。それを、人々は「とても風情があるわ」と、おもしろがりもうしあげた。それに対して、藤大納言実国の娘で、新大納言の君と呼ばれた女房は、顔だちや髪がとても美しい人だったが、白い衣や唐衣にまで、賀茂の神山の風景や御手洗川《みたらしがわ》の流れなどを絵に描き、「かたのまもり」には斎垣《いがき》の型を押して、近衛司の警備の武具を文様としていた。こちらのほうが、御阿礼の日の装いとして、近衛殿よりもさらに心遣いが優れていた。

3　重衡の三位中将と呼ばれた人が、こうした様子を見て、とてもおもしろがっていたところ、高倉天皇が中宮の御所にいらっしゃって、重衡をお召しになった。重衡は、「今日の皆様の装束の美しさに眼がくらんで、すっと立ち上がることができません」と申し上げたので、天皇と中宮は、「さあどうかしら」とお笑いになった。

【2】紅葉に遊ぶ

1　同じく高倉院が帝でいらっしゃった時のことだ。一〇月の初め頃、時雨がさっと降ったり、風が吹いたりなどして、風情があったので、后の宮（徳子）のもとで、天皇は笛をお吹きになる。隆房、維盛、雅賢が朗詠をし、今様などを謡って、とても楽しかったので、天皇はすぐには奥にお入りにならないで、庭をご覧になっている。藤壺の御前の紅葉が庭一面に散り、さまざまな色の錦のように見え、また、紅葉が風に吹かれて舞い散る様子は、とても風情があった。

[2]しばらくして、天皇は御簾の内へお入りになった。その時、后の宮は、何枚もの袿を、黄色から紅葉の色までだんだん色を濃くして重ねてお召しになり、その上に、色とりどりの紅葉が散り乱れる模様が織り出された表着をお召しになっていた。それが格別に美しく見えたので、天皇は、「この后の宮のお袖の上も、庭の景色と同じように美しいですね。」とおっしゃった。すると、小侍従と呼ばれた女房が承って、すぐに、

　后の宮様のお袖の紅葉とお庭の紅葉が同じだなんて、
　そんなことはありませんわ。后の宮様のお袖の紅葉
　は、秋の深山の色深い紅葉なのですから、こちらの
　ほうがお庭の紅葉より優っています。

と申し上げたのだった。

【3】不吉なわざうた

安徳天皇の御代のことである。八条の二位殿（時子）に、准三后の宣旨が下って、寿永二年正月に、鷹司殿《たかつかさどの》（源倫子）をめでたい先例として、拝礼が行なわれた。内大臣宗盛を初めとして、平家の一門の公卿や殿上人が大勢並び立って、たいそう立派に見えた。見物する人がたくさんいる中で、まさに拝礼が行なわれた、その時に、童部《わらわべ》が二、三人、「将棋倒しを見ろよ」と謡って、手を叩いた。見物の人々は、いったいどういうことなのだろう、と不審に思いながら聞いていた。ところが、本当にその年の秋、世情がすっかり変わってしまったので、その時見物していた人は、「あの歌は、天狗などの仕業だったのではないか」と申したのだった。

【4】追憶の建春門院

[1]建春門院（滋子）は、本当におすこやかなご気性で、賢明でいらっしゃったので、後白河院は、並一通りではなく愛《いと》おしくお思いになり、しかも、何事につけてもご相談もうし上げていらっしゃったので、女院がご健在だった間は、世の中も平穏で泰平だった。ところが、女院がお亡くなりになると、この世で歎かない人などいなかったが、本当に、それから後は世の中も乱れて、あきれるほどひどい有様になってしまった。そのようなお悲しみの末に、「めったにない賢王」と人々から称えられていた高倉院も、末世には世を治め続けることが難しくていらっ

しゃったということなのか、若くしてお亡くなりになってしまった。

2 安元三年七月に、建春門院がお亡くなりになって、天下は喪に服したのだった。その年の一二月だったか、高倉天皇は法住寺殿に方違えの行幸をなさってご滞在になり、翌日、御所の様子をご覧になった。後白河院は、悲しみの深さゆえか、亡くなられた女院がお住まいだったお部屋を、お飾りつけも、身近にお使いになっていたお道具類も、ただ女院がいらっしゃった時のままにしておかれた。それを、天皇はご覧になって、直衣の袖をお顔に押し当ててお泣きになった。すると、後白河院も、とても悲しくお思いになったのだろう、しばらくむせび泣きをしていらっしゃった。お供に、左衛門督宗盛や中宮大夫時忠などが控えていたが、女院が特に大切になさっていた人々だったので、明けても暮れても、女院を恋しく偲びもうし上げる気持ちでいたところに、このような天皇と院のご様子を拝見して、みな直衣の袖を涙でぐっしょりと濡らし、耐えがたかったとか。

【5】重衡と恋人たち

1 三位中将重衡と呼ばれた人は、時勢に恵まれて、自分自身は思い悩むことも無かったけれど、人が歎いていると、思い遣って慰めもうし上げたりするので、そのような心優しい人はめったにいないと、人もうれしく思っていた。また、陽気でおもしろいことを言って、人を笑わせなどしていた。顔だちも、とても優美で美しかった。

2 寿永二年七月、世の中が乱れ、源氏の軍勢が都へ乱入してきたので、平家一門の人々は、内大臣宗盛を初めとして、大勢の公卿や殿上人が、みな都を逃れて行った。安徳天皇をお連れもうし上げたので、この世の混乱した有様は、何とも言いようがなくて、人々は悪い夢を見ているようだと思った。

3 この三位中将重衡は、大炊御門《おおいのみかど》の前斎院《さきのさいいん》（式子）の御所へ常に参上して楽しく過ごしていたので、親しく付き合う女房などもあった。都を出て行くにあたって、最後にもう一度会いたいとお思いになったのだろうか、斎院の御所へ参上して、「これこれ」と事情を申し上げると、宮様（式子）を初めとして、お仕えする人々が、みな急いで出てきてお会いになった。重衡は、いつもは、直衣やさまざまな色合いの狩衣に、織物の指貫を穿《は》き、また、朝廷の仕事があった時に参上する場合には、仰々《ぎょうぎょう》しい束帯姿の時もあった。そのような姿を見慣れていたのに、今日は、魚綾《ぎょりょう》に秋の野の模様を刺繍した鎧直垂《よろいびたたれ》という物に、鎧を着て、立烏帽子を被って参上なさった。重衡は、「こんな戦姿《いくさ》をお見せするのは嫌でたまりません。そうは言っても、これ限りでお会いすることもないという旅立ちです。この恰好でお目にかかると、見苦しい姿を皆様の記憶に留めてしまうだろうと思って、こちらに伺うこともためらわれましたが、それでもやはりお別れのご挨拶を申し上げたくて」と言って、しんみりしている様子は、たいそう優美だった。出てきて対面した人々も、涙にくれて言葉を何も口にすることができずにいた。

4 中将の君と呼ばれた女房は、重衡とは特別に深い仲だったので、このような姿を見るなり、重衡が、それではこれで、と出立《しゅったつ》なさるまで、重衡から目を離すことができなかった。一方、伏見中納言師仲の娘で、中納言の君と呼ばれた女房は、ひそかに重衡と情を交わしていた人だった。その人は、ただ一目だけ重衡を見て、その場を立ち去ってしまい、二度とは見ようとしなかった。その様子を見た人々は、重衡の後ろ姿が見えなくなるまで、できる限り見送るべきなのに、意外なことと思った。

5 その後、中将の君は、涙に泣き濡れながら生きながらえて、三位中将重衡が処刑された後に出家をした。一方の中納言の君は、しばらくは、宮様の御所に仕えていたが、平家が都落ちした翌年の春に、重衡が源氏の武士に生け捕りにされて、都大路を引き回されるなどと耳にした頃から、すっかり姿をくらまして、行方知れずになってしまった。しばらくは、どこにいるとも人に知られていなかったが、後でわかったことには、聖徳太子の御陵のあたりで、一心に仏道修行をして、とうとう都には戻ってこずに一生を終えたのだった。そのようなわけで、「この中納言の君のほうこそ、重衡への思いは中将の君よりいっそう深かったのだ。重衡がお別れのご挨拶に来た折には、ちらと見ただけで二度と見ようとしなかったのも、理由があってのことだったのだ。じつに心打たれること」と、人は申したのだった。

【6】東北院の思い出

1 東北院は、古くに創建された寺院である上に、池や築山《つきやま》の景色、木立などが、とても風情のある所である。折々には、若い公卿や殿上人のうちの何人かは赴いて、箏や笛を奏で、歌を謡うなどして、楽しむ所なのだった。

2 高倉院が帝でいらっしゃった時、大宮の宰相中将実宗、左宰相中将実家、中将泰通、隆房、維盛、その弟の資盛、源少将雅賢などは、いつも連れ立って出掛けて、皆で音楽を奏でたりして遊ぶのだった。

3 治承の頃だったろうか、月も花も美しい夜に、いつものこの人たちが、みな揃って東北院で合奏を楽しんでいた。梢の花は雪のように見え、苔の上や池の上にもみな花びらが白く美しく降り敷いて、そこに常磐木《ときわぎ》の古木が交じっているのも趣がある。月は朧ろな夜ではあるけれど、また、曇りはてずに清らかな光を投げかけていて、とても風情のある夜なのだった。大宮の宰相中将実宗は琵琶を弾き、少将資盛は箏を奏で、泰通と維盛は笛、隆房は笙の笛を吹いて合奏して、いつもにまして興にのって楽しんでいるうちに、夜もすっかり更けた。明け方近くなる頃に、隆房や維盛、雅賢などが、朗詠、催馬楽、今様を、思い思いに謡って、夜が明けてゆく名残を惜しみながら、「今夜は特に思い残すこともあるまい」と語り合っては、「この中で、いったい誰が先立って、残された者から偲ばれることになるのだろうか」などと申したのだった。それから、六、七年くらいのうちに、思いもよらず世情が乱れてしまい、まったく別の世の中になりはててしまった。この人々の中で、特に年が若く、将来有望で、今を盛りと咲き誇っている花のように見えた維盛と資盛の兄弟が、はかなく亡くなってしまったので、この人々はその時のことを口にしては、本当に不憫に思ったものだった。

4 その後、年月を経て、この人々が東北院に行って会うことがあっても、その夜のことを話題にして、みな涙で袖をぐっしょりと濡らしたのだった。本当に、それはもうさぞかし心に滲《し》みたことだろう。

三、恋のかたち

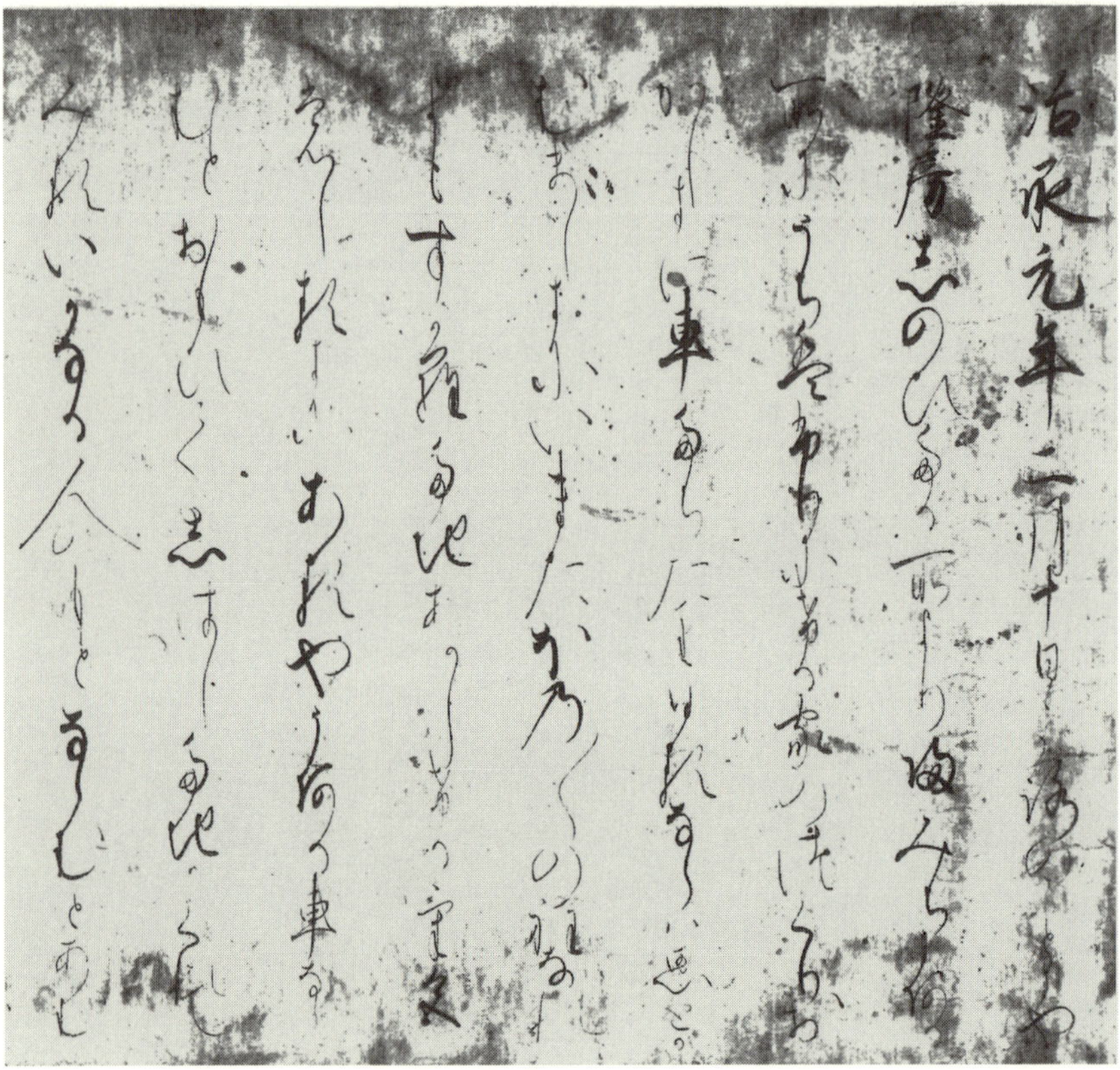

【1】恋のさやあて—維盛と隆房

[1] 治承元年[1]二月十日ころのことにや、隆房[2]、しのびたる所[3]より帰《かへる》みち《道》に、ある所に、うちはふり《放》にける家[4]の、つくりお《を》かしきに、車たち《立》たり。ひる《昼》ならば、思《おもひ》とがむまじきに、いまだ、ほの〴〵の程[5]なれば、よ《夜》もすがら、[6]たち《立》あかし《明》ける気色もしるき《著》に、「[7]あるやう《様》ある車ならむ」とおもひ《思》て、しばし、たち《立》かくれ《隠》てみる《見》。[2]「いかなる人のもとならむ」とあむ《案》[8]

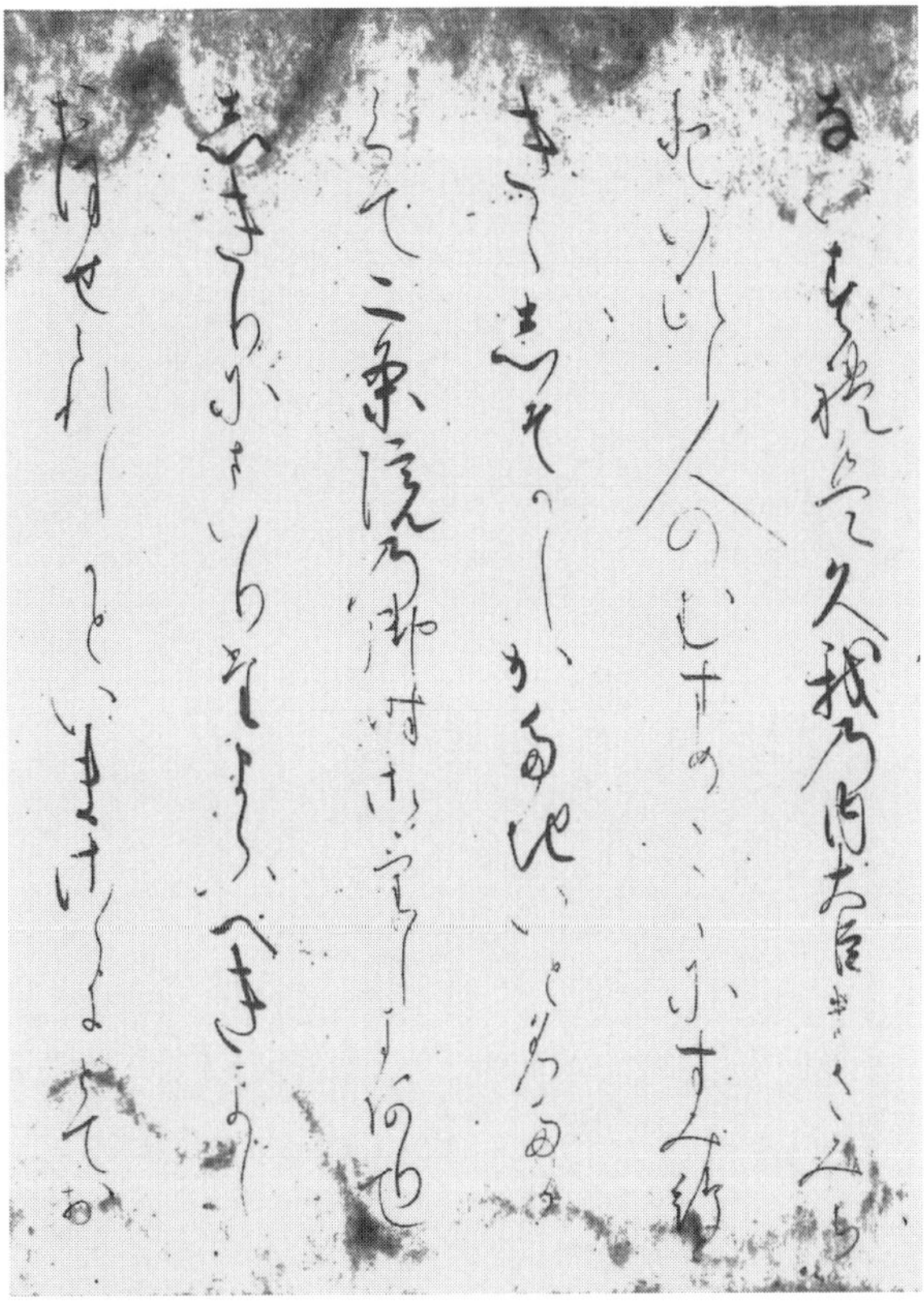

ない《内》すれば、「[9]久我の内大臣まさみち《雅通》といひし人のむすめ《女》、こゝにすみ《住》給《たまふ》」ときゝ《聞き》しぞかし。「かたち、いと名だか《高》くて、[10]二条院の御時、御けしき《気色》ありて、しきりに、まい《ゐ》りたまふべきよし、おほせ《仰》られしかど、いまさらにとて、お

【1】恋のさやあて――維盛と隆房

※隆房は維盛の密会を知り、動揺して詰問する。

[1] 隆房、見なれぬ車に興味を抱く。

1 一一七七年。安元三年八月、治承に改元。

2 当時三〇歳、正四位下少将。→人名一覧47

3 人目を避けて通っている所。恋人の所。

4 人が住んでいるという気配がない家。「うちはふる」は、捨てて顧みないの意。人気《ひとけ》のない古い邸に美女がひっそりと住んでいるというのは、物語によくあるパターン。

5 夜が明け始めるころ。

6 車がその場に留まったままで、世を明かした様子。

7 何か事情があって留まっている車。隆房は、一晩中、停車していたような様子を見て不審に思った。

[2] 隆房、女性の素性を知るにつけ、通う男が気になる。

8 事情を問い尋ねたところ。従者に探らせたのであろう。

9 源雅通女。→補注①、人名一覧48

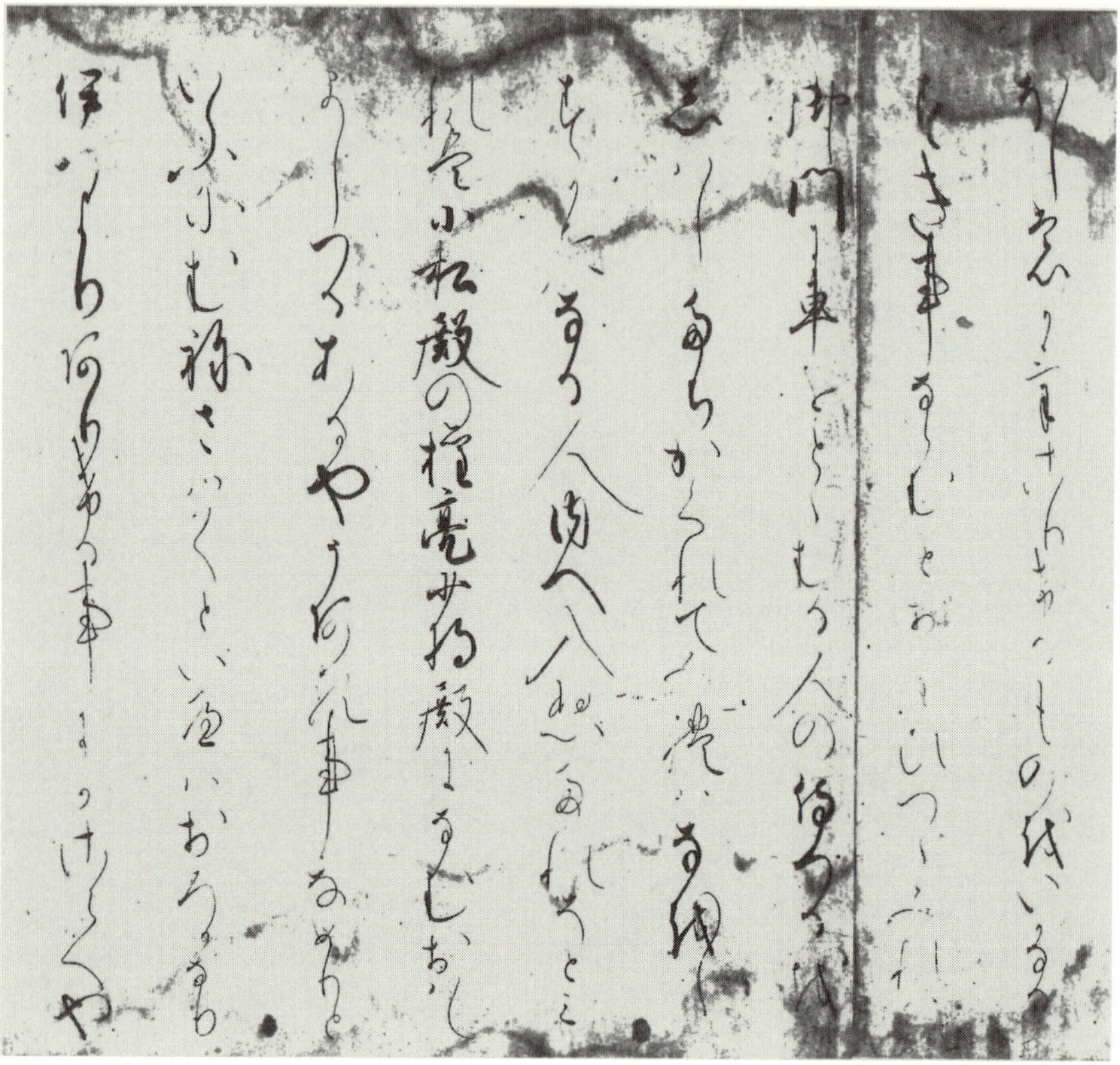

ぼしもかけざりけるものを。いかなる[11]すき事《好》ならむ」と、おも《思》ひつゝみ《見》れば、御門に、車をとゞ《留》むる人の侍《はべり》つるを、しばし、た《立》ちかく《隠》れてみ《見》れば、[12]なを《ほ》しすがた《姿》なる人、内へ入《いり》ぬ。3「たれ《誰》ぞ」とみ《見》れば、[13]小松殿の[14]権亮《ごんのすけ》少将殿になむ、おはしましつる。「あるやうある事なめり」といふ《言》に、むね《胸》さは《わ》ぐといへば、おろかなり。

4「いつよりありける事にか。[15]さてや、

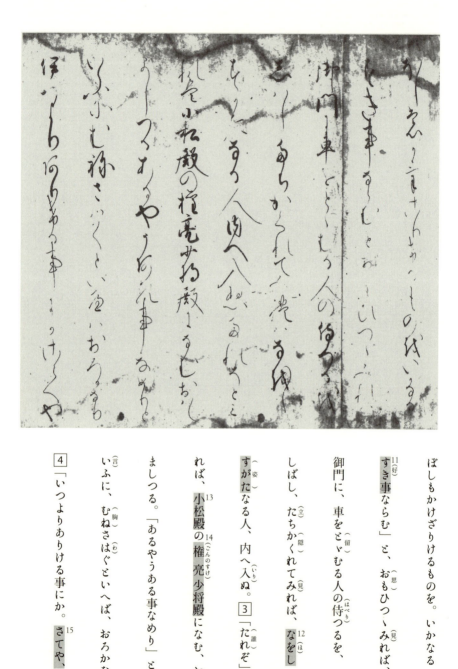

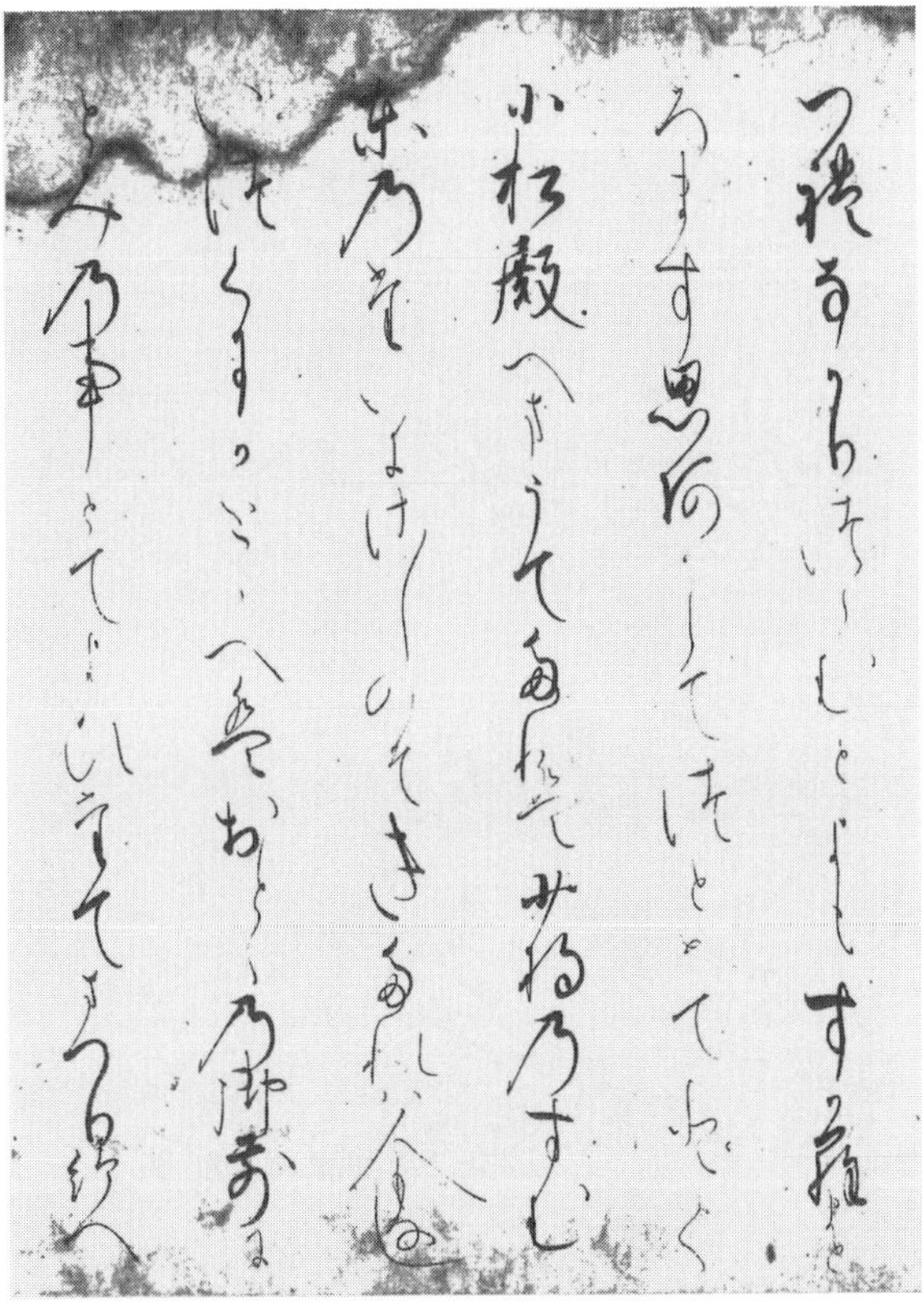

つれなかりつらむ」と、よ《夜》もすがら、まど
ろまず、思《おもひ》あか《明》して、つとめて《翌朝》、とく
小松殿へまうで《参》たれば、少将のすむ《住》
東のたい《対》に、さしのぞき《覗》たれば、人もなし。
「いづくにか」とゝ《と》へば、「16おとゞ《大臣》の御前に、
17とみの事とて、よびたてまつり給へ

10 二条天皇の御代（在位は保元三年（一一五八）〜永万二年（一一六五））に、お召しがあった。
11 色恋沙汰。
↓補注②
12 直衣姿。直衣は皇族・貴族の平常服。

3 **隆房、維盛の逢引きと知り、当惑する。**

13 平重盛が六波羅の小松谷に構える邸宅。

14 平維盛。当時一九歳、従四位少将。重盛の嫡男。重盛の邸宅に住んでいた。↓人名一覧03

4 **隆房、朝、維盛の屋敷に押しかけ、秘かに書きさしの手紙を発見し、動揺する。**

15 維盛は女性とのことに気を取られていたので自分に冷たかったのだ。そう納得しても、隆房の気持ちは収まらない。

16 重盛。当時は大納言。左大将には一月二四日就任。内大臣には三月五日就任。↓人名一覧28
17 急な用事。

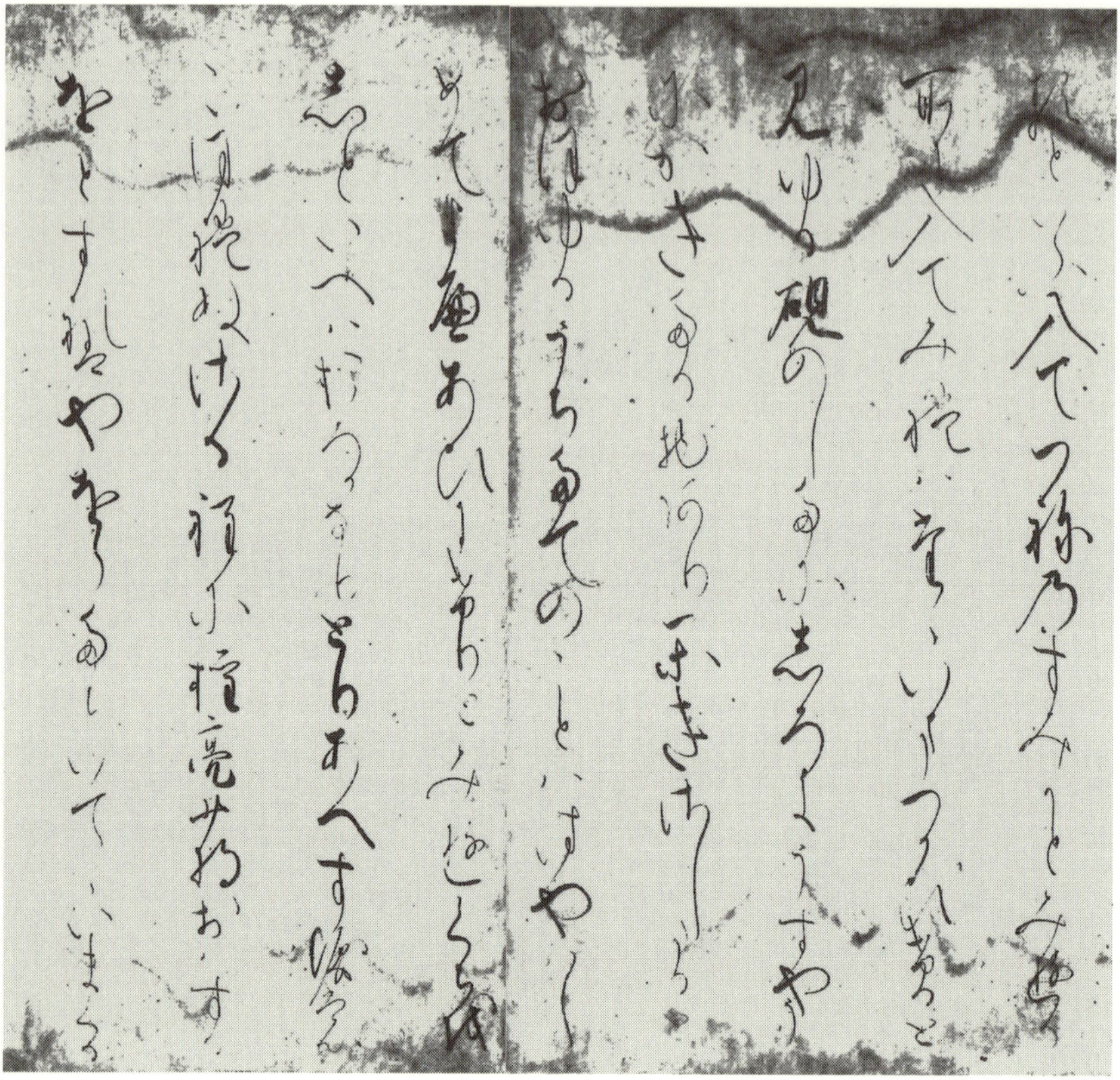

る」といふ。入《いり》て、つね《常》のすみか《住処》とみ《見》ゆる所に入《いり》てみ《見》れば、たゞいま《今》つかひ《使》けると見ゆる硯のした《下》に、[18]しろき《白》うすやう《薄様》に、かき《書》たる物あり。かき《書》さしたるとおぼゆる、[19]うちたてのことば、[20]はや、はじめて、よべ《昨夜》あひ《逢》にけりとみゆ。くちを《口惜》しといへば、おろかなり。とりあへず、涙もこぼれぬ。**5**さる程に、権亮少将、おはするを《お》とすれば、やをら、たち《立》いで《出》ゝ、いま《今》くる《来》

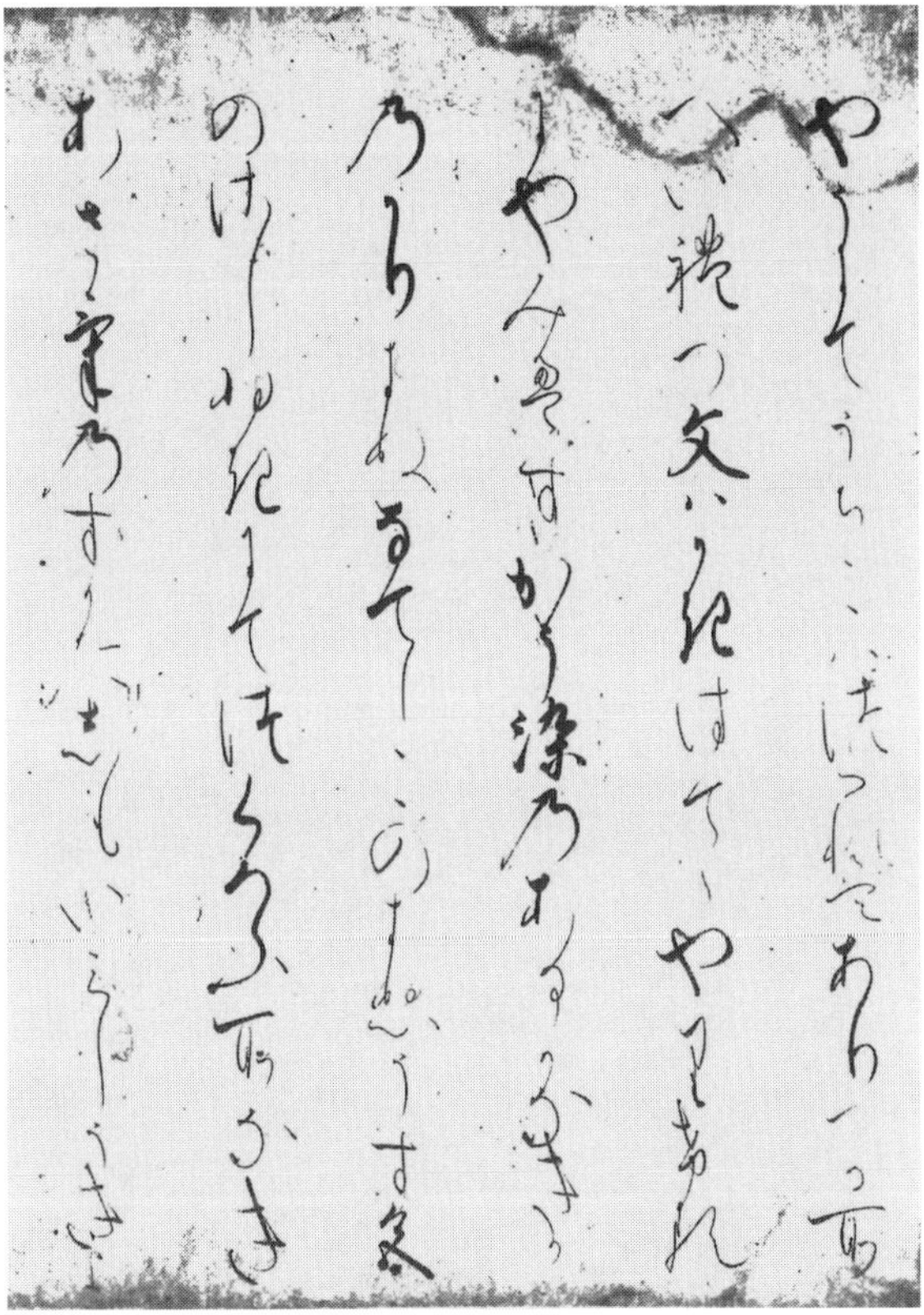

やう《（様）》にて、[21]うちこは《（わ）》づくれば、[22]ありつる所
へい《（入）》れつ。[23]文は、か《（書）》きは《（果）》てゝ、や《（遣）》りける
にや、み《（見）》えず。6 [24]かう《（香）》染《（ぞめ）》の、あるかなきか
のかりぎぬ《（狩衣）》、[25]なでしこ《（撫子）》のきぬ《（衣）》、[26]うす《（薄）》色
のさしぬき《（指貫）》にて、つくろふ所なき、
[27]あさけ《（朝明）》のすがた《（姿）》しも、いみじうきよ

18 白く染めた上質の薄手の和紙。
19 書き始めの言葉。
20 既にもう。
5 隆房、知らぬふりをして維盛に会う。
21 うち声作れば。自分の来訪を知らせるために咳払いをすると。
22 先に隆房が無断で入った部屋に、維盛は隆房を通した。
23 手紙は書き終えて、女性のもとに送ったのか。
6 隆房、維盛の美しさに複雑な思いを抱く。
24 丁子染《ちょうじぞめ》。黄地に赤みを帯びている。
25 撫子襲《なでしこがさね》の衣。撫子襲は、諸説あるが、表は紅梅、裏は青または赤。本来、夏に着用するもの。
26 色の名としては、薄紫色または薄赤色。ここは、織り色か。それならば、縦糸は紫、横糸は白。
27 明け方の寝起きの姿。

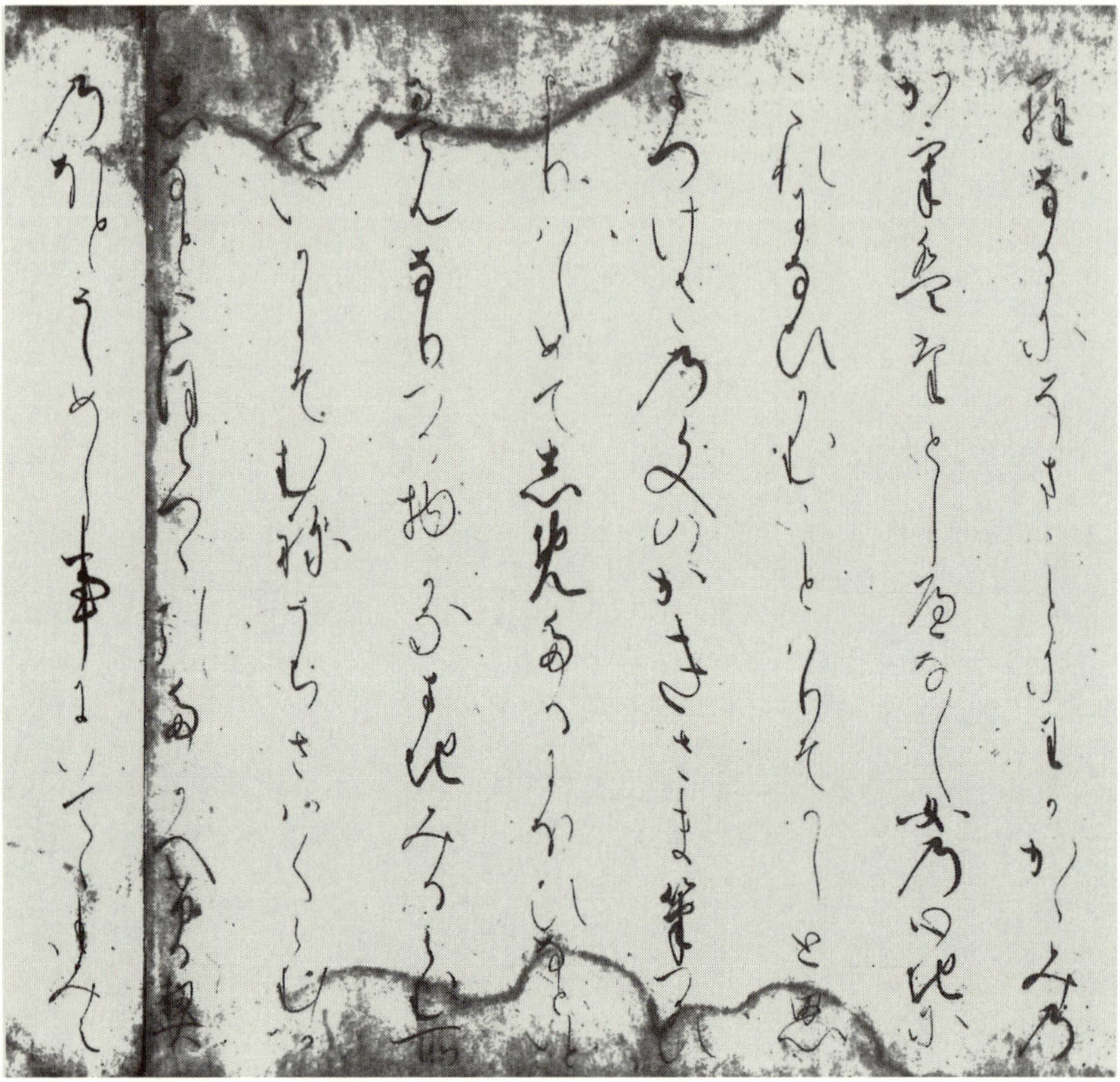

らなるにぞ、「まことに、[28]わがかゞみ《鏡》の
かげ《影》は、たとしへなし。[29]女の心地に、
これになびかむ、ことは《わ》りぞかし」と思《おもふ》。
「まづ、[30]けさ《今朝》の文のかき《書》ざま、筆づか《遣》ひ
よりはじめて、[31]しめ《染》たるにほひ《匂》など、いと
えん《艶》なりつる物かな。[32]まち《待》みる《見》らむ所
は、いかにぞ、むね《胸》うちさは《わ》ぐらむか
し」など、おぼえつゝ、[33]引《ひき》たがへ《違》ける契《ちぎり》
のほど、うらめし。[7]「事にいでゝも、みえ《見》

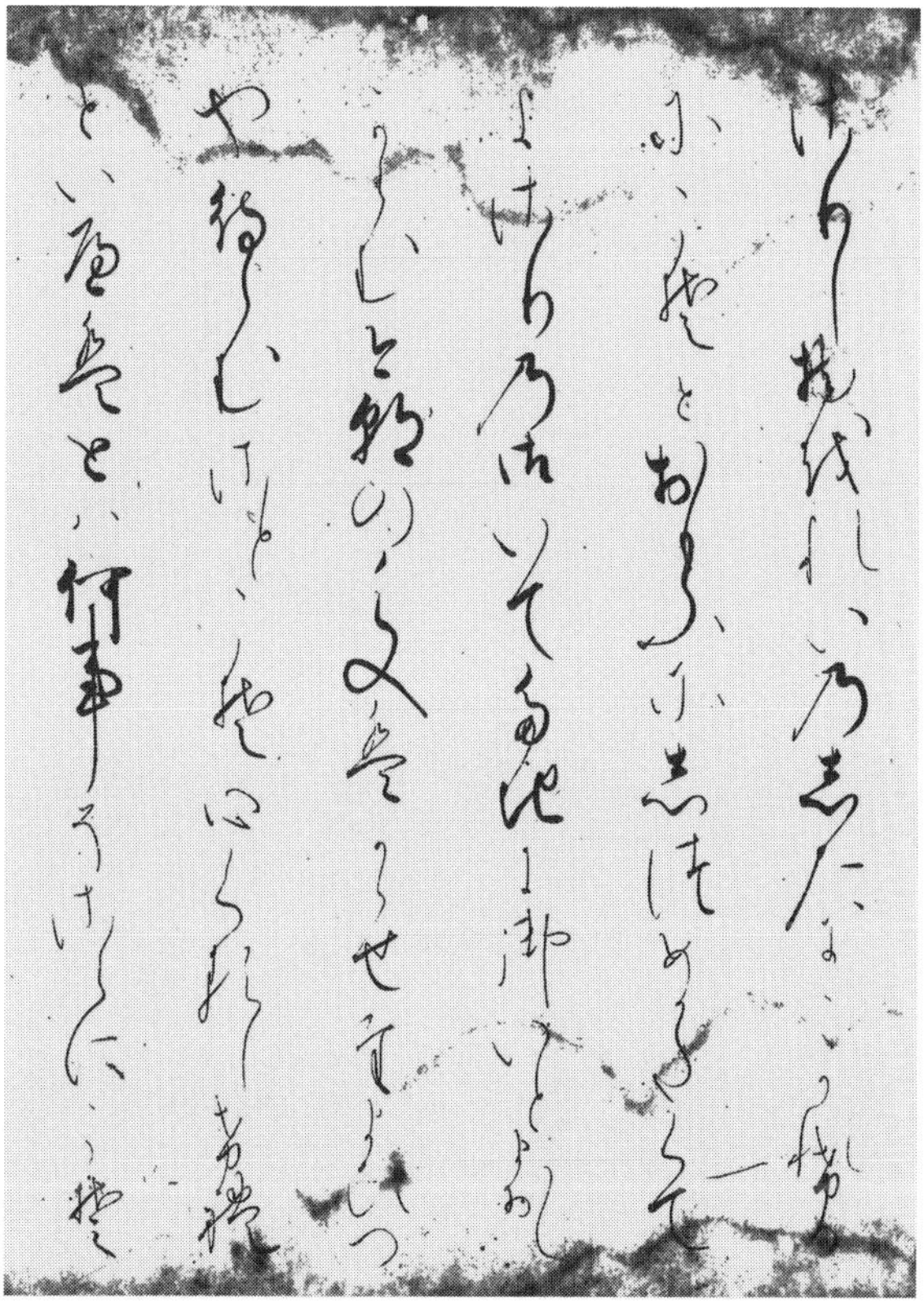

ざりし物を。れい《例》の、34した《下》にこがれ《焦》ける
にこそ」とおもふ《思》に、しづめがたくて、
「よ《夜》さりの御い《出》でた《立》ちに、御いとま《暇》、お《を》し
からむ。今朝の御文は、か《書》ゝ《か》せたまひつ
や。35待《まつ》らむさと《里》こそ、心ぐるし《苦》けれ」
とい《言》へば、「とは何事ぞ。さらにこそ

28 鏡に映った自分の顔。隆房は自分の顔と比較して、維盛の美貌は比べようもなく優れていると自覚した。
29 →補注③
30 維盛が女性に送る後朝《きぬぎぬ》の手紙。
31 手紙に染みこませた香。
32 維盛からの手紙を待って読むだろう女性。

33 期待とは違ってしまった契り。隆房は維盛と固い契りで結ばれていると思っていたのに、恋人がいることを知って、悲しく思った。

[7] 隆房、はぐらかす維盛を詰問する。

34 表面には出さずに、密かに恋い焦がれているに違いない。→補注④
35 維盛からの手紙を待っているだろう女性。→補注⑤

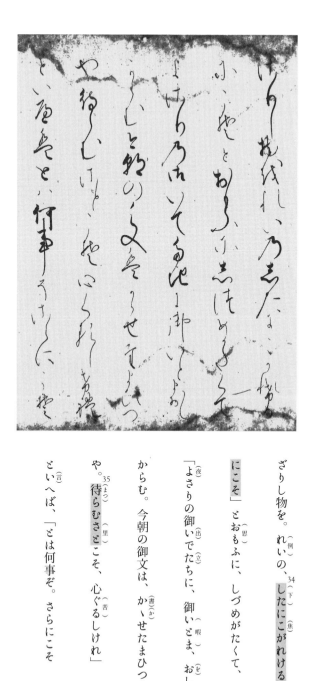

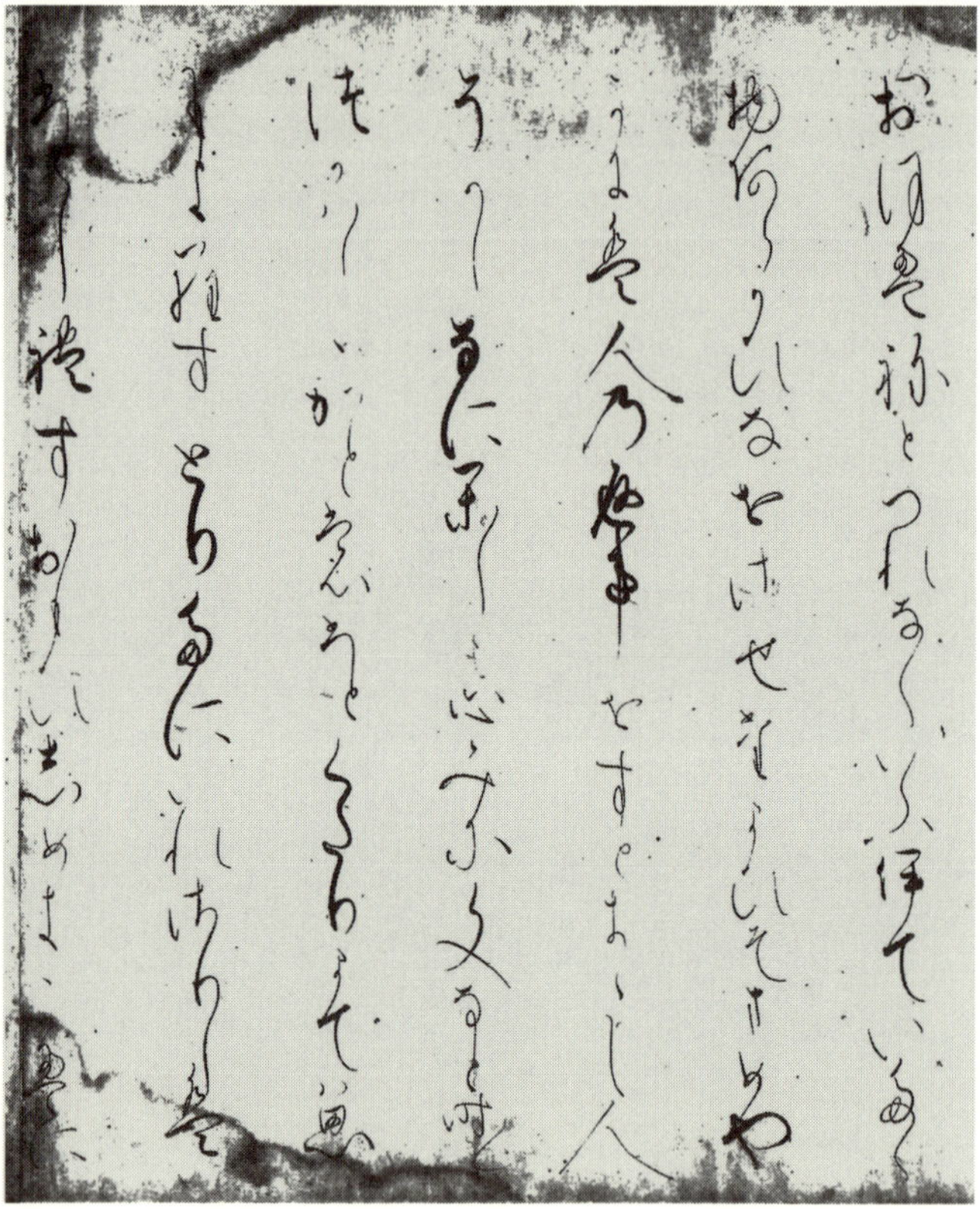

おぼえ《（覚）》ね」と、つれなくい《（言）》ふ。「いで、いたく
物あらが《（争）》ひ、なせさせたまひそ。まめや
かには、人の返事せずと、きゝ《（聞）（き）》し人
ぞかし。[36]なにがしも、[37]心みに、文など、時〴〵
つか《（遣）》はしゝかども、ひとくだりまでは、思《（おもひ）》
もよらず、と《（取）》りだにい《（入）》れざりしは、
ひとしれ《（人知）》ず、[38]おも《（思）》ひしめきこえに

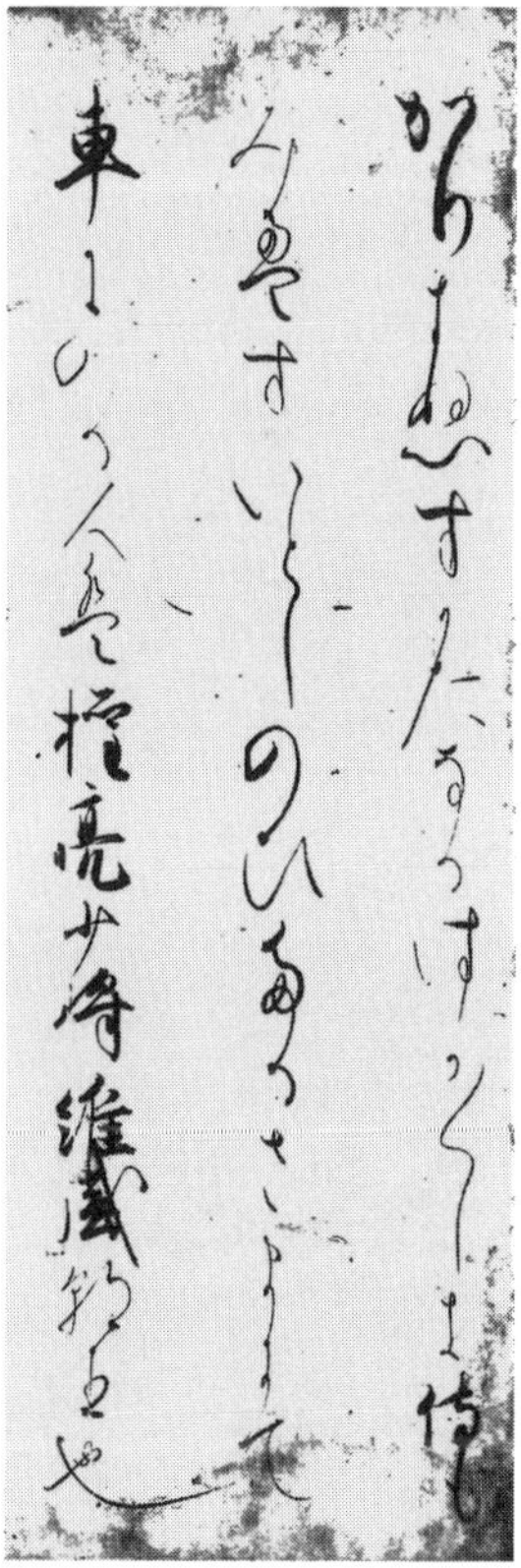

【2】神出鬼没の隆房

1かりぎぬ《（狩衣）》すがた《（姿）》なる、はかゞしき侍《（さぶらひ）》も
みえ《（見）》ず。いとしのびたるさまにて、
車にのる《（乗）》人は、権亮《（ごんのすけの）》少将維盛朝臣也。

36 男性の自称。わたし。
37 本話の前半では、隆房は維盛が逢った女性のことをまったく知らないように描かれている。以下の内容からは、隆房はこれ以前に同じ女性に試しに何度か手紙を送っていたことになるが、これは隆房のでまかせで、維盛に意地悪をしたのだろう。
38 以下欠。四行分脱落。

【2】神出鬼没の隆房

※隆房は朝帰りの維盛を見つけ、車に乗り込む。
1 前欠。話題は前話と連続する。

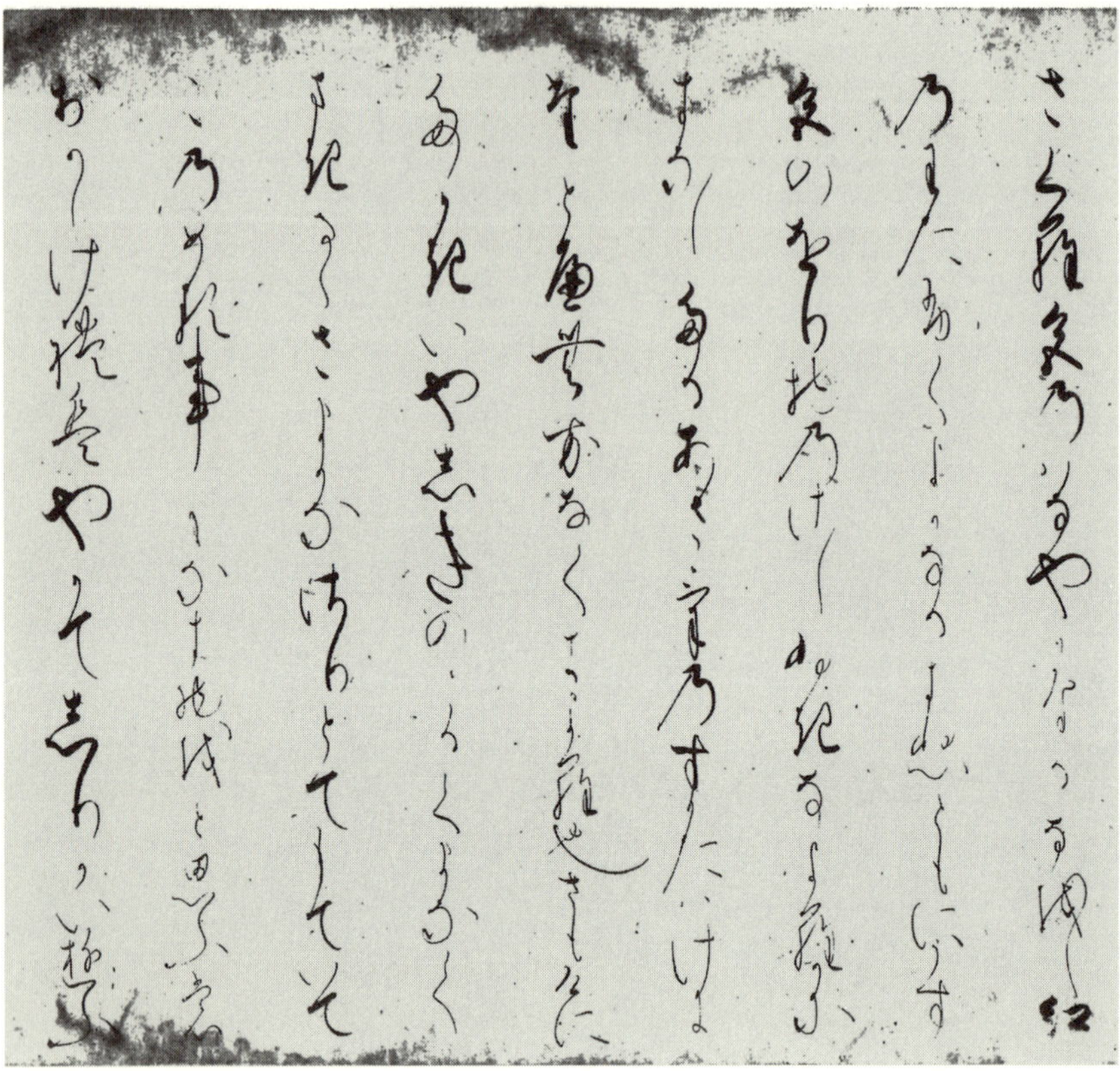

2さくら《桜》色の、はなやかなるなを《ほ》し、紅のわた《綿》、ふくよかなるきぬ《衣》どもに、うす《薄》色のを《お》り物のさしぬき《指貫》、なよらかにき《着》なしたる、3あさけ《朝明》のすがた《姿》は、げにたと《譬》へむ方《かた》なく、きよら也。「さも、げに、4たか《高》きいやし《賤》き、のこ《残》るくまなく、まぎ《紛》るゝさま《様》かな。さりとて、もていで、この《好》める事もなき物を」と思ふも、お《を》かしければ、やがて、6しりがい《鞦》ゆ《結》ふ

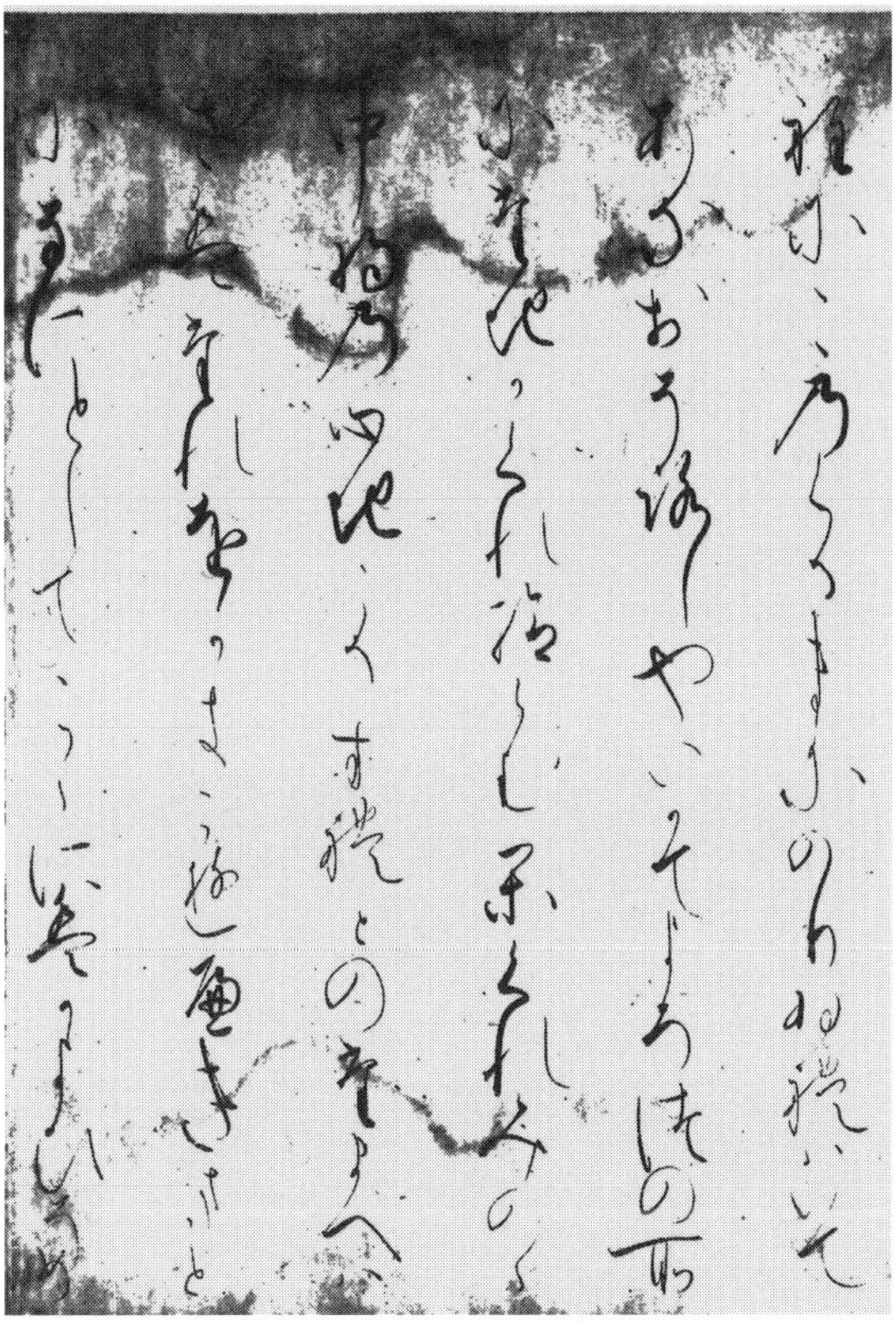

程に、このくるま《（車）》に、のり《（乗）》ぬれば、「いで、
あなおそろしや。いかで、よろづの所
に、たち《（立）》かくれ《（隠）》給《（たまふ）》らむ。7かくれ《（隠）》みの《（蓑）》ゝ《（の）》
中将の心地こそすれ」とのたまへば、
「さは、8たれ《（誰）》をかきこゆ《（聞）》べき。まこと
に、なに《（何）》として、こゝには、9かよひ《（通）》そめ《（初）》

2 維盛が着用した桜色の直衣は「一、華麗なる一門」［3］参照。
3 ここは、朝になって女のもとから帰って行く男の姿。
4 身分の上下にかかわらず隈なく女性のもとにこっそりと忍んで通っている。
5 表面的には、好き人とも思われていないのに。

↓補注⑥
6 牛の胸から尻にかけて取り付け、車の轅《ながえ》を固定させる緒。
7 散逸物語の男主人公。
8 誰のことを申しあげているつもりですか。
9 以下欠。四行分脱落。

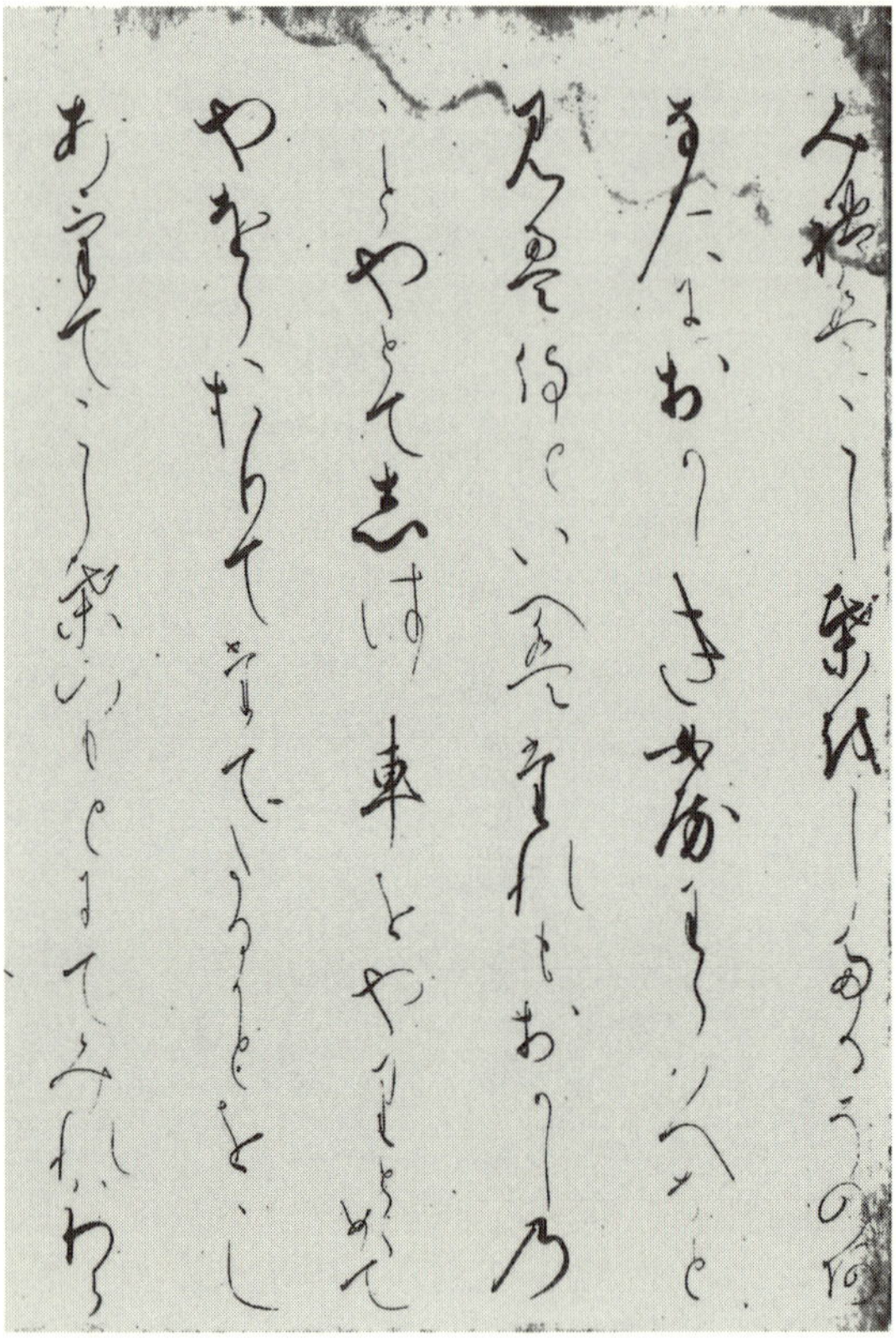

【3】雪の日のかいま見

1 [1]みれば《見》、[2]こしば《小柴》をしたる。「そのあなたに、お《を》かしき女房、わらはべ《童部》など、見え侍《はべり》」と[3]いへ《言》ば、たれ《誰》も「お《を》かしのことや」とて、しばし車をやり《遣》とゞ《留》めて、やをらおり《下》て、たて《閉》たるかど《門》を、い《を》しあけ《開》て、[4]こしば《小柴》のもとにてみれ《見》ば、わら《童》

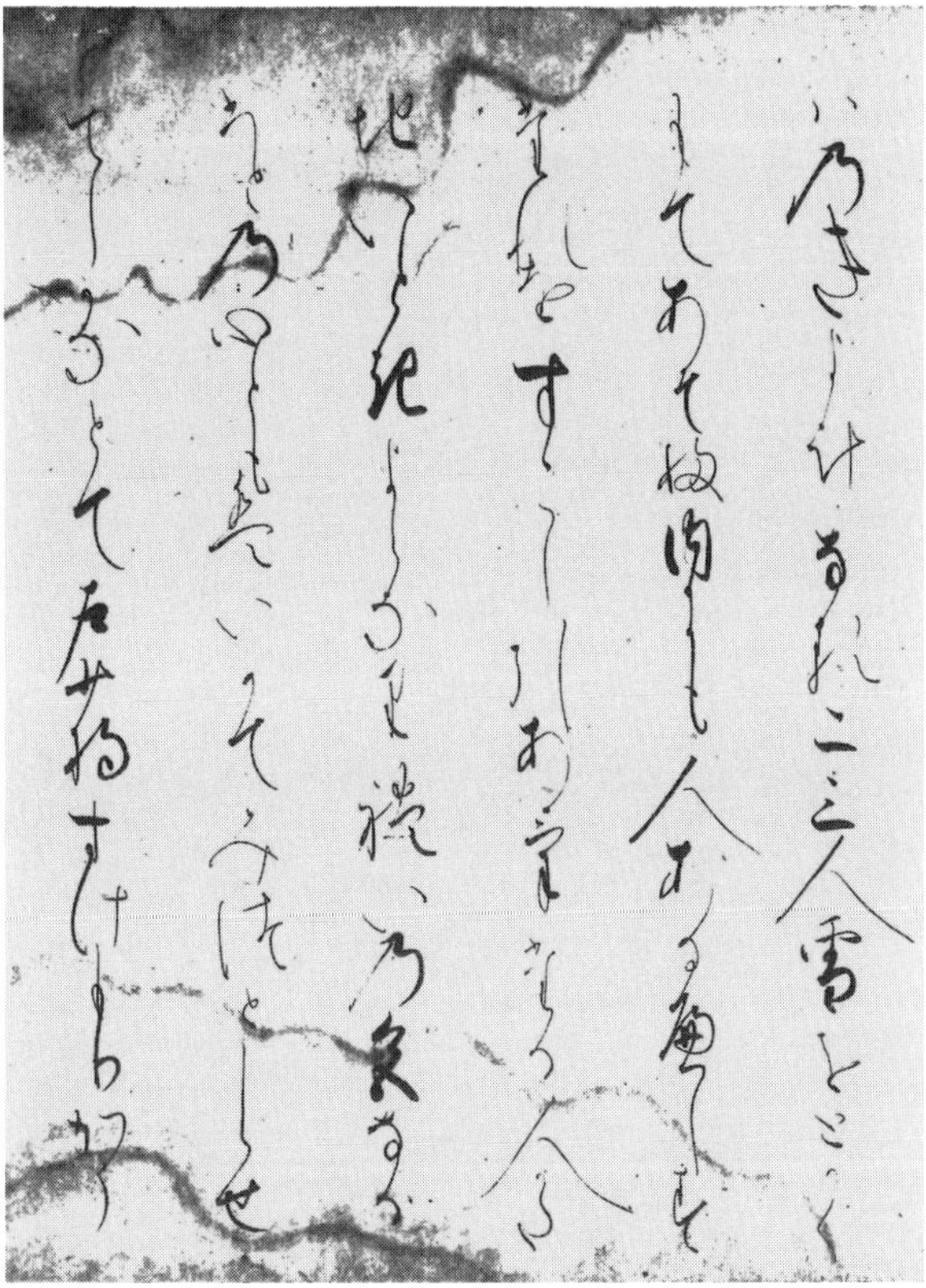

は)のきよげなる、二、三人、[5]雪をとかくもてあそぶ。内にも人あるべし。すだれ《簾》をすこし引《ひき》あげたる人、かたち、いときよらなり。[2] [6]れい《例》の、色なるひと《人》の心どもは、「いかで、『みつ《見》』としらせ《知》てしがな」とて、[7]左少将すけもり《資盛》、[8]かう《笄

【3】雪の日のかいま見

※資盛は偶然見出した女性と和歌の贈答をする。

[1] 風情ある屋敷で垣間見《かいまみ》をする男たち。

1 前欠。［1］［2］との連続性を考えると、維盛たちが見ているのであろう。

2 小柴垣。雑木の小枝で作った丈の低い垣根。

3 男たちの従者の言葉。

4 男たちが垣間見をしている。↓補注⑦

5 雪景色の描写から、設定は［1］［2］に続いて、治承元年の冬か。

[2] 資盛、女性に歌を贈る。

6 いつもの色好みの男たちの気持ち。

7 平資盛。維盛の弟。↓人名一覧22

8 「かうがい（笄）」は、髪をかき上げる細長い道具。↓補注⑧

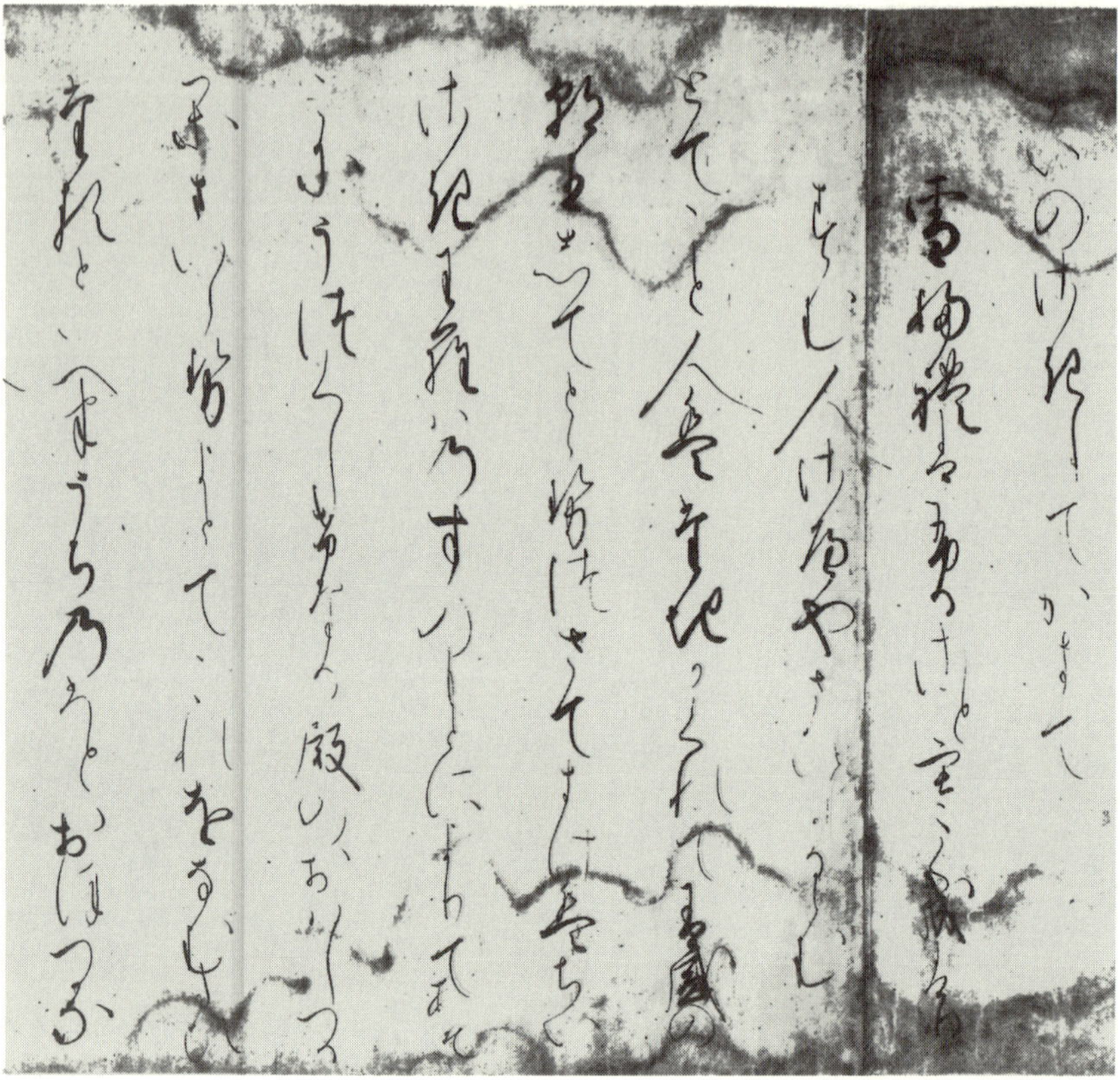

がいのさき《先》して、かき《書》て、

9雪ふれ《降》ばふるさと《古里》寒く成《なり》にけり

すむ《住》人さへやさび《寂》しかるらむ

とて、10こと《異》人は、たち《立》かくれ《隠》て、11有盛《ありもり》の

朝臣して、とら《取》せつ。さてきけ《聞》ば、12ちい

さきわらは《童》の、す《簾》のもとにより《寄》て、「あそ

こに、うつくしげなる殿のおはしつる

が、『まい《ゐ》らせよ』とて、これをなむたび《賜》

たる」といへば、うち《内》のひと《人》、「おぼつか《覚束》な

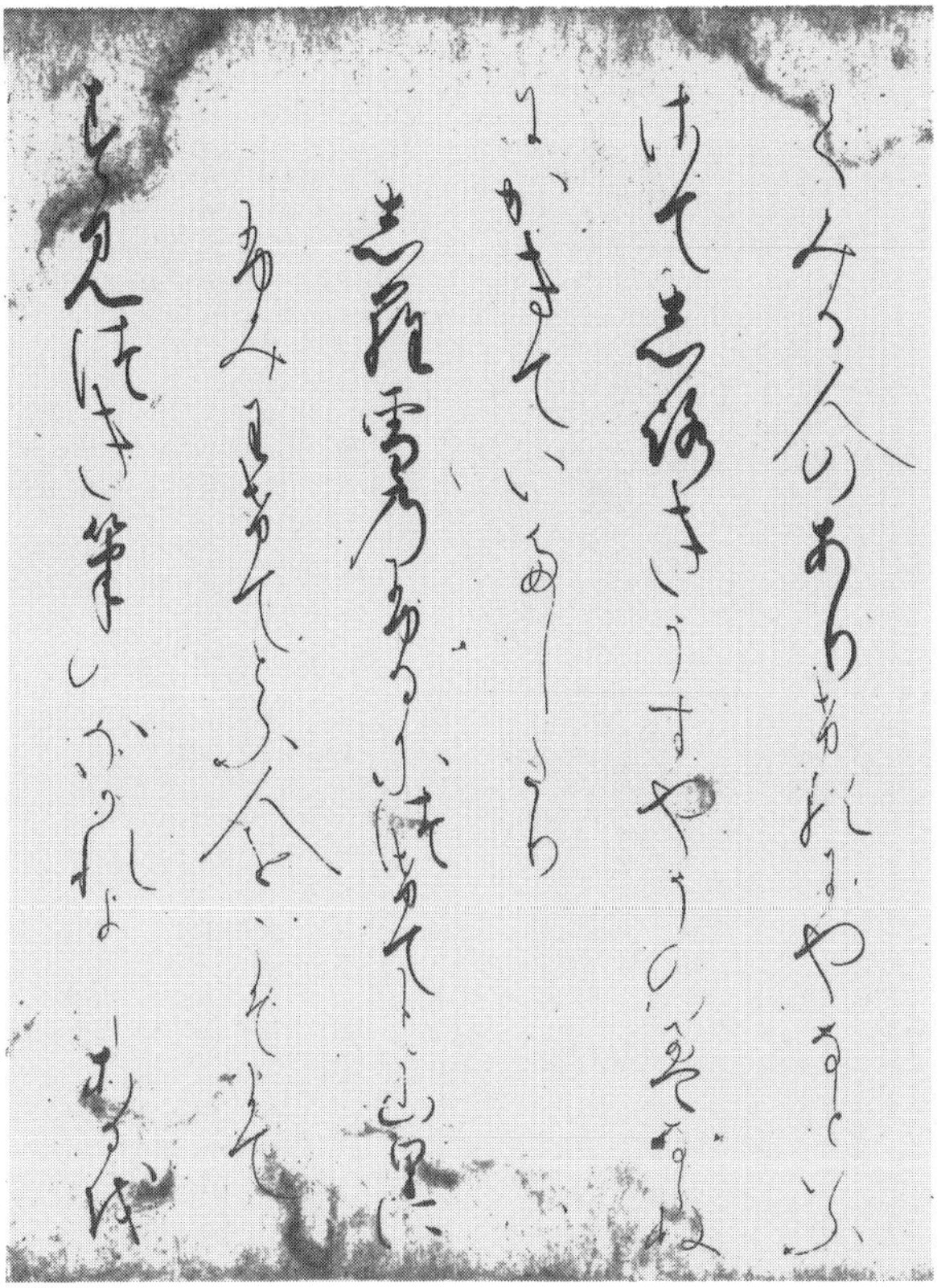

く、み《（見）》る人のありけるにや」などい《（言）》ふ。

3 さて、13しろ《（白）》きうすやう《（薄様）》の、えならぬ
に、か《（書）》きて、いだ《（出）》したり。

14しら《（白）》雪のふる《（降）》につけても山里に
ふみ《（踏）》わけ《（分）》てとふ《（訪）》人をこそまて《（待）》

すみつき《（墨付）》、筆のながれ、よしあるを、

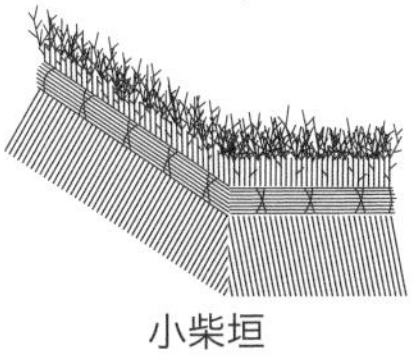
小柴垣

9 ↓補注⑨
10 有盛以外の人たち。
11 維盛・資盛の弟。↓人名一覧43
12 女《め》の童《わらわ》。
3 女性からの返歌。
13 白く染めた薄手の上質な紙。
14 ↓補注⑨

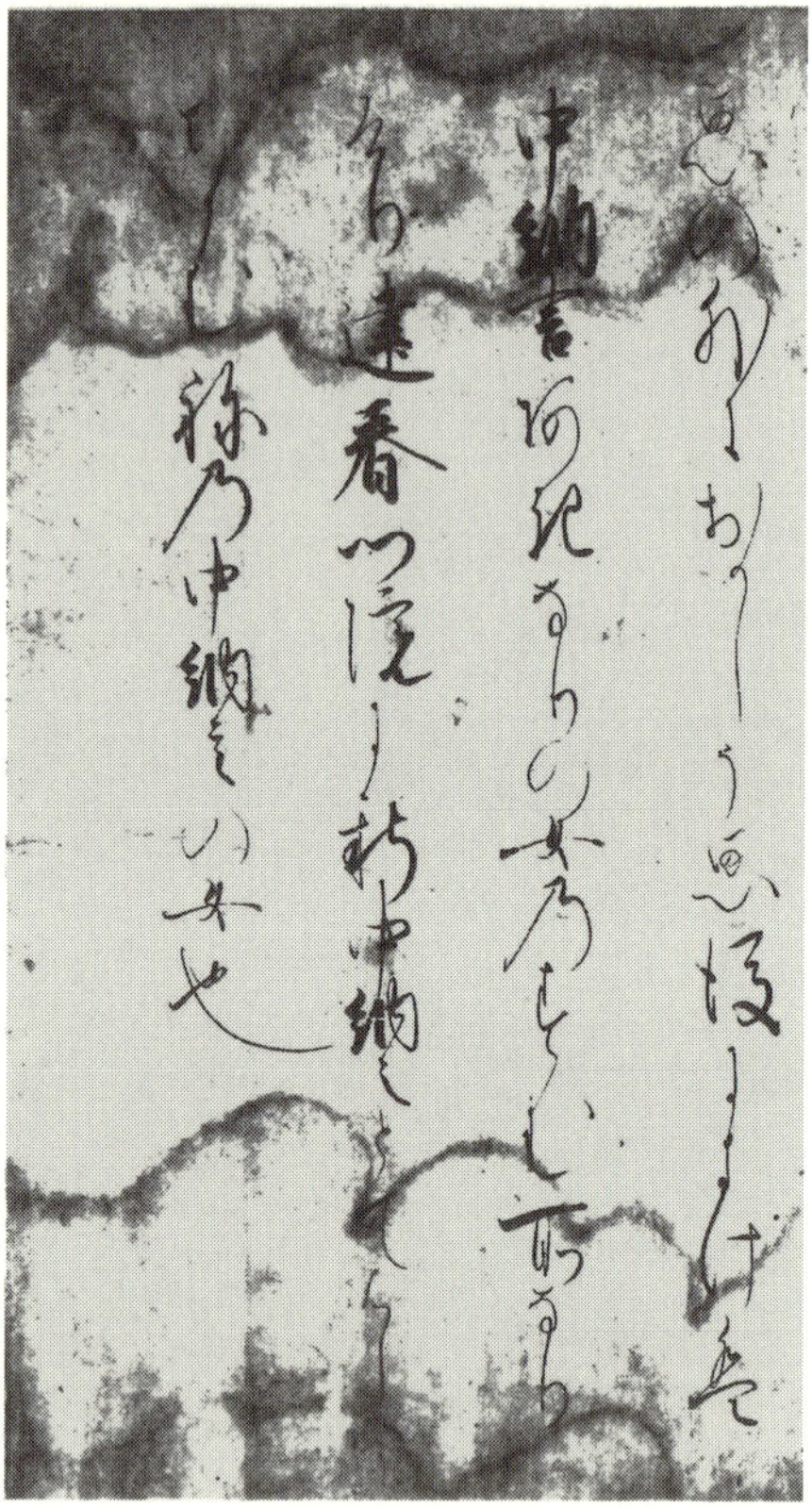

思《おもひ》の外に、お《を》かしう思《おもふ》。④後にき《聞》けば、
[15]中納言あきなりの女《むすめ》のすむ《住》所なり
けり。[16]建春門院に、新中納言とて候《さうらひ》しは、
[17]ちかむね《親宗》の中納言の女《むすめ》也。

④ 女性の素性。
15 あきなが（藤原顕長）の誤りか。→補注⑩、人名一覧15
16 平滋子。→人名一覧52
17 平親宗。→人名一覧29

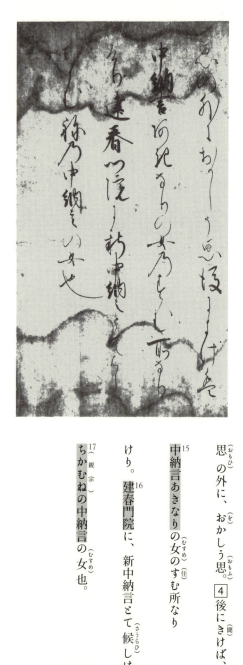

1 『平家公達草紙』の『源氏物語』受容

「三、恋のかたち」を読んで、多くの読者が感じることは、現存している三話すべてに、『源氏物語』世界の雰囲気が漂っているということではないでしょうか。『源氏物語』の作中人物たちのイメージや有名な場面などを、読者に思い出させるような描き方がされているのです。「恋のかたち」の世界は、「二、華麗なる一門」と同様に隆房の視点で語られているのですが、よりいっそう擬古物語的な雰囲気が濃厚だといえるでしょう。

「[1] 恋のさやあて—維盛と隆房」、「[2] 神出鬼没の隆房」では、隆房が美貌の維盛に強い関心をいだいていて、好意というよりも恋心（と言ってもよいでしょう）を寄せている様子が描かれています。二人のやりとりからは、『源氏物語』第一部での光源氏に対する頭中将の、あるいは、第三部での薫に対する匂宮の、親愛と挑《いど》み心が絡んだ複雑な心情が思い出されます。もちろん、『源氏物語』を知らなくても、維盛への隆房の思いは読み取れます。それに、実際の隆房と維盛とでは年齢差が一〇歳ほどあって、『源氏物語』の貴公子たちとはだいぶ異なっています。けれども、虚構の物語世界で、その背景に光源氏や頭中将らを重ねてみることで、言葉に書かれている以上に複雑な二人の関係性が浮かび上がってくるでしょう。

また、「[3] 雪の日のかいま見」では、読者が若紫巻や夕顔巻のあるシーンを思い浮かべることで、若き光源氏の恋物語と同じようなロマンティックな展開への想像力が広がり、物語世界に奥行きが生まれるようです。

それぞれ補注で説明してありますので、鑑賞する際の参考にしてください。それにしても、この作品の作者、そしてこの作品を享受した文化圏の人々は、『源氏物語』をじつによく読みこなしていたように推察されます。

補注

【1】恋のさやあて――維盛と隆房

①「久我の内大臣まさみちといひし人のむすめ」

源雅通の娘には藤原実守妻、中宮御匣《みくしげ》がいることが『尊卑分脈《そんぴぶんみゃく》』より知られる。その他に、「二、平家の光と影」[1]には、近衛殿という女房が雅通の娘として登場する（人物一覧49参照）。実守妻の詳細は不明だが、実守は治承元年（一一七七）には三一歳である。中宮御匣は『たまきはる』の建春門院女房の名寄せの冒頭に記される三条殿かと思われる。本話に登場する女性は、「いまさらにとて」とあるところから、治承元年当時、既に年長《た》けていたと考えられる。仮に二条天皇在位の最後、永万元年（一一六五）に一五歳であったとしても（雅通は一一一八～一一七五）、治承元年には二七歳である。実際にはもっと年長であろう。隆房とは同年代であろうか。維盛よりは一回り上の女性となる。

②「二条院の御時、御けしきありて」

二条天皇の后、姝子内親王は永暦元年（一一六〇）に病気のために出家し、同年には藤原多子（公能の娘）、藤原育子（忠通の娘）が入内している。多子の入内は『平家物語』巻一「二代后」にも描かれる。後に藤原成親の妻となった源忠房の娘（督《こう》の君）も二条天皇に侍して寵愛を受けていた。そのことを、『今鏡』（村上の源氏）では、

かの御時、女御后かたがたうち続き多く聞え給ひしに、御心のはなにて、一時のみ、盛りすくなく聞えしに、これ（督の君）ぞときはに聞え給ひて、

と記す。すると、雅通の娘は年齢のこともあるが、二条天皇の後宮の複雑さに尻込みした故の辞退とも推測される。

③「女の心地に」

隆房は、維盛の「朝明《あさけ》の姿」の美しさに、思わず鏡の中で見知っている自分の顔を思い浮かべた。そして、「比《た》べようがないほどに違っている」と、維盛の美貌にかなうはずもない自分の容貌を再確認したのだった。隆房は、「女の心地に」、つまり維盛の相手の女の立場で、こんなに美しい維盛に靡《なび》くのは当たり前だとしている。

人並みならず優れた男君の様子を目の当たりにして、

相手である女の心情に思いを馳せるという男のありようは、いかにも『源氏物語』の場面を思わせる。例えば、浮舟巻では、薫と対面した匂宮が、「（薫は）恥づかしげなる人なりかし。（浮舟は）わがありさまを、いかに思ひ比べけむ」と、浮舟の心情を想像して、薫に劣等感を抱く場面がある。匂宮にとって薫は最も親しい友であり、それゆえ競争心を抱く相手でもあり、常に意識し続けている存在である。この場面は、そういう匂宮の薫に対する複雑な心理が窺える箇所の一つと言えよう。隆房の維盛に対する心情にも通じるところがあるかもしれない。

なお、光源氏が、他者と鏡に映る自分の顔を比較する場面は、「殿、御鏡など見給ひて、忍びて、「中将（夕霧）の朝明の姿は清げなりな。（略）とて、わが御顔は、古《ふ》りがたくよしと見給ふべかめり」（野分巻）、「（幼い薫の顔は）宮（女三の宮）にも似奉らず、今より気高くものものしうさま異《こと》に見え給へる気色などは、わが御鏡の影にも似げなからず見なされ給ふ」（横笛巻）など、物語中に繰り返し描かれている。光源氏の「鏡の影」は、自分の美しさを確認することになるが、隆房の場合は、維盛の美しさを確認している点が、『源氏物語』とは異なっている。

④「したにこがれけるにこそ」

恋の歌において、誰にも知られないまま密かに抱く恋心を詠むことは、大きなテーマであり、勅撰集では、『古今集』以来、多くの歌が収められ、歌群を構成している。そのような中で、「下に焦がる」は人知れぬ恋心を表す常套表現として用いられており、『後撰集』に見える「津の国の名《難波》にはたたまくを《惜》しみこそすくもたく火の下に焦がるれ」（夏・七六九・紀内親王）が著名である。夏の「蚊遣《かや》火《り》」や冬の「炉火《ろか》」といった景物に、秘めた恋心をなぞらえて詠むことが多く、『堀河百首』には、この二題のもと、「人しれずおもふ心はかやり火の下に焦がるる心ちこそすれ」（四九二・永縁）、「うづみ火は恋する人の心かな上はつれなく下は焦がるる」（一〇九八・顕仲）などの歌が見えている。

⑤「待らむさと」

今様「今は罷りなん　夜も更け小夜も　隔たりぬ　いざ往なむ　我待つ君は　待ち恋ひ　過ぎぬとて　寝もぞする」（『古今目録抄』紙背）の「我待つ君は」を、藤原成親が「我待つ里も」と謡い替えた記事が、『たまきはる』に載る。

承安四年、今様とかや、歌の合はせられし夜な夜な、例の息をだに荒くせぬ人々の中にゐて、聞きしかど、何事かは思分《おもひわ》かん。事果てて、左大将（源師長）朗詠などこそ、聞き知らぬ耳にも驚かれしか。「秋の夜明けなむとす、なにがしの西に」とかや、めでたしと思える人々の気色見えき。別当成親の声はまことにおもしろうて、「夜も更け、小夜も」とかや、「我待つ里も」と謡はれしを、京極殿、二所《ふたところ》（後白河院と建春門院）の御前にて、「幸《さち》なの里や」と申されしも、人からをかしう聞こえき。

「待らむさと」にも、こうした今様の響きが残っているか。

【2】神出鬼没の隆房

⑥「もていで、このめる事もなき物を」

表面的には好色なふるまいをしない維盛の忍び歩きを知って、隆房がおもしろく思うというところは、『源氏物語』の光源氏と頭中将や、薫と匂宮の関係を想起させる。例えば、紅葉賀巻では、「この君（光源氏）の、いたうまめだち過ぐして、常にもどき給ふがねたき」と思っていた頭中将が、光源氏と源典侍《げんないしのすけ》の戯れの恋を聞きつけて興味を抱き、自分も源典侍に言い寄って、恋のライバルを演じるという笑劇を展開させる。光源氏が好色なふるまいをしない男君だと思われていたことは、同じ紅葉賀巻の父桐壺帝の次のような発言、「さるは、好き好きしううち乱れて、この見ゆる女房にまれ、また、こなたかなたの人々など、なべてならずなども見え聞こえざめるを」にも窺える。宇治十帖の薫は、血のつながりはなくても光源氏のそうした側面を引き継いだ男君像として描かれている。浮舟巻では、薫の秘密の恋人である浮舟の存在に気付いた匂宮が、「人よりはまめなるとさかしがる人（薫）しも、ことに人の思ひ至るまじき隈ある構へよ」と発言し、「いとをかしと思《おぼ》いたり」とある。

この箇所に限らず、維盛に対する隆房の心理や行動は、若き光源氏に対する頭中将に通うところがある。末摘花巻では、亡き常陸宮の姫君である末摘花の邸を訪ねる光源氏の後をつけた頭中将が、姫君のもとから出てくる光源氏を待ち伏せし、不意に声をかけて驚かせるなどして戯れている。本話も、忍んで女性のもとから帰る維盛を見つけた隆房が車に乗り込んで驚かせるなど、頭中将さながらの戯れぶりを見せている。因《ちな》みに、末摘花巻では、この後、光源氏にライバル心を燃やす頭中将が末摘花に恋文を送って、光源氏と競い合うという展開になっている。頭中将は光源氏に、「試みにかすめたりしこそ、はしたなくてやみにしか」と、末摘花から返事をもらえなかったので諦めたと愚痴をこぼしつつ、光源氏の本音を引き出そうとするところがあるが、［1］の最後の箇所で、隆房が維盛を詰問する場面の発想に影響を与えているかもしれない。

［3］雪の日のかいま見

⑦「こしばのもとにてみれば」

王朝時代の物語では、しばしば偶然の「垣間見」が恋の始まりとなっている。小柴垣から複数の男たちが垣間見するという場面では、以下に引用する『源氏物語』若紫巻で、病気治療に訪れた光源氏と従者たちの一行が北山の僧坊を覗《のぞ》くシーンがよく知られている。

ただこのつづら折りの下に、同じ小柴なれど、うるはしくしわたして、清げなる屋、廊など続けて、木立いとよしあるは、「何人の住むにか」と問ひ給へば、（略）「かしこに、女こそありけれ」「僧都は、よも、さやうには据ゑ給はじを」「いかなる人ならむ」と、口々言ふ。下りて覗くもあり。「をかしげなる女子ども、若き人、童部《わらはべ》なむ見ゆる」と言ふ。

また、本話では、「小さき童」が仲介をして和歌の贈答が成立しているが、やはり『源氏物語』夕顔巻の冒頭近くで、光源氏と夕顔との間で和歌が交わされる次のような場面が思い起こされる。

・さすがにされたる遣戸口《やりどぐち》に、黄なる生絹《すずし》の単袴《ひとへばかま》長く着なしたる童のをかしげなる出で来て、うち招く。白き扇のいたう焦がしたるを、「これに置きて参らせよ、枝も情けなげなめる花を」とて取らせたれば、

・そこはかとなく書き紛らはしたるも、あてはかにゆゑづきたれば、いと思ひのほかにをかしうおぼえ給ふ。

夕顔巻では、白い夕顔の花が歌のやりとりの切っ掛けとなっているが、本話では、雪の風景が切っ掛けとなっている。また、夕顔巻では、女方から贈られた白い扇に歌が書かれているが、ここでは、女方の返歌が白き薄様に描かれている。このように異なる点はあるが、どちらも白が基調色となっている。当時の物語愛好家ならすぐに思い浮かべるだろう、『源氏物語』の有名な場面を切り取って、オマージュのように恋物語のシーンを構成しているようである。

⑧「かうがいのさきして」

『うつほ物語』（祭の使）に、「白き蓮の花に笄《かうがい》の先して、かく書きつけて奉る」として、歌を送った例が見える。ただし、笄は先端が細くとがっているため、『源氏物語』

真木柱巻には、「檜皮色《ひわだ》の紙の重ね、ただいささかに書きて、柱の干割《ひわ》れたるはさまに、笄の先して押し入れ給《たま》ふ」のように、紙を隙間に押し込むのに使ったという例がある。『うつほ物語』の例は「白き蓮の花」という繊細なものに文字を書くために笄を筆代わりに用いたのだと思われる。

⑨「雪ふればふるさと寒く成にけりすむ人さへやさびしかるらむ」

「しら雪のふるにつけても山里にふみわけてとふ人をこそまて」

資盛の贈歌は、『古今集』冬歌の「みよしのの山の白雪つもるらしふるさと寒くなりまさるなり」（三二一・読人不知）や「白雪のふりてつもれる山里はすむ人さへや思ひきゆらむ」（三二八・忠岑）などを踏まえる。それに応える女の歌は、やはり『古今集』冬歌の「わが宿は雪ふりしきて道もなしふみわけてとふ人しなければ」（三二二・読人不知）や『拾遺集』冬歌の「山里は雪ふりつみて道もなしけふこむ人をあはれとは見む」（二五一・兼盛）などを踏まえていると考えられる。

⑩「中納言あきなり」

「中納言あきなり」に該当する人物は見当たらず、「中納言顕長」の誤りではないかと推測されている。藤原顕長（一一一八～六七）は顕隆の男で長方の父である。顕長の娘としては、『尊卑分脈』に実定の妻（公綱・公守母）、雅長の妻（兼教母）、建春門院女房堀河が記されている。顕長や長方（一一三九年生）の年齢からみると、本話に登場する女性も「久我の内大臣まさみちといひし人のむすめ」と同じ年代となる。ただし、「あきなりの女」と、「ちかむねの中納言の女」との関わりは不詳である。

現代語訳

【1】恋のさやあて──維盛と隆房

1 治承元年二月一〇日ころのことだったか、私、隆房が人目をしのんで通っていた思い人のもとからの帰り道のこと。ある所に、人が住んでいるような気配がなく、構えは立派な家があり、そこに車が止まっている。昼間ならば、特に気にかけることもないだろうが、まだ、夜が明け始める頃のことなので、一晩中そこに停まったままで明け方を迎えたという風情が、はっきりとわかるものだから、「何か事情がある車なのだろう」と思って、しばらく物陰に隠れて見ることにした。

2「ここは、どのような人のお屋敷なのだろう」と思って、供の者に尋ねさせたところ、「久我の内大臣雅通様とおっしゃる方の娘が、ここに住んでいらっしゃいます」と、聞いて来たのですよ。「その姫君ならば、顔立ちがたいそうお美しいとの評判が高かったお方だ。二条院が天皇でいらっしゃった時にお召しがあり、しきりに参内するようにとのお言葉があったのに、『いまさら参内など』と、まったく気にかけることもおありではなかったのに。これは、どのような色恋なのだろう」と、思いながら見ていると、車を止めていた人が、御門のところに姿を現した。その様子を、しばらく隠れて見ていると、直衣姿の人が車の中に入った。

3「誰だろう」と思って見ると、なんと小松殿の権亮少将維盛殿でいらっしゃった。「この姫君と関係があるようだ」と思うと、胸がどきどきすることといったら、とても言葉では表現できない。

4 自邸に戻ったものの、「少将殿はいつから通っていたのだろうか。それだから、私に冷たかったのだろう」と思うと、夜が明けるまでまんじりともしないで、思い悩んで朝を迎えた。早朝、早速小松殿へ参り、少将が住む東の対に行って、部屋を覗《のぞ》くと、誰もいない。「どちらに」と家の者に尋ねると、「重盛大臣のところにいらっしゃいます。急ぎのご用だということで、大臣がお呼びもうし上げなさいまして」と言う。部屋に入って、少将がいつも居ると思われる所に行ってあたりを見ると、たった今使ったばかりと見える硯の下に、白い薄様があり、何か書いてある。途中まで書いたと思われる手紙で、その書き始めの言葉を読むと、もう、昨夜初めての契りを結んだのだとわかる。悔しいことといったら、言葉に言い表せない。たちまち涙もこぼれた。

5 そうこうしているうちに、少将がおいでになる気配がしたので、そっと部屋を出て、今来たようにふるまって、咳払いをして来訪を知らせると、少将は、先ほどの部屋に私を通した。手紙は、もう書き終えて使いの者に渡したのだろうか、見当たらない。

6 維盛は、ごく薄い香染《こうぞ》めの狩衣に、撫子襲《なでしこがさね》の衣を着て、薄色の指貫を穿《は》いていて、特に装いをこらしてはいない早朝の姿が、たいそう美しい。それで、「本当に、鏡に映る私の顔とは、くらべようもない。女の気持ちになってみれば、この人に靡《なび》くのは当然だ」と思う。「何よりも、今朝の手紙の書きぶりは、筆遣いから始めて、燻《た》き染《し》めた香《こう》の匂いなどに至るまで、じつに優雅なものだったな。あの手紙を待ち受けて読む女性は、どんなにか心をときめかせていることだろう」などと思うにつけて、少将とは固い契りで結ばれていると思っていたのに、恨めしい。

7「少将殿は、何事もないように装っていたのだな。世間で言うところの、心の中で密かに恋い焦がれているということなのだろう」と思うにつけても、気持ちを抑えきれなくて、維盛に、「夜のお出かけのために、今この時間ももったいないとお思いでしょう。今朝のお手紙は、もうお書きになりましたか。お待ちになっている方がお気の毒です」と言うと、維盛は「それってどういう意味ですか。まったく身に覚えがありませんね」と、知らん顔をして言う。「いやいや、そんなに否定なさいますな。相手の姫君は、言い寄った人に、本気では返事をしない方と、聞きましたよ。私自身も、試しに手紙等を時々送ったことがありますが、ほんの一言の返事さえも期待できませんでした。姫君が私の手紙を受け取ることすらしなかったのは、密かに心に深くお思いもうし上げた方が……

【2】神出鬼没の隆房

……（例の姫君の邸の門のあたりで隠れて待っていると、男が出て来た。）狩衣姿で、それなりの従者の姿も見えない。たいそう人目をしのんだ様子で、車に乗る人は、権亮少将維盛朝臣である。桜色の美しい直衣に、綿が入ってふっくらした紅の衣などを着て、薄色の織物の指貫を穿いている。それらの装束をやわらかく着こなしている夜明け方の姿は、たとえようがなく、じつに美しい。「こんなふうに、本当にまあ、高貴な方にせよ、賤しい女にせよ、ありとあらゆる身分の女性のもとに出入りするのだな。そうは言っても、表だって、色恋を好むようにも見えないのに」と思うにつけても、おもしろく感じる。そのまま、従者が鞦《しりがい》を結んで出発の準備をしている間に、私も、この車に乗り込んだ。すると、維盛は「いやもう、なんと恐ろしい。どうやって、あらゆる所に立ち隠れていらっしゃるのでしょうか。まるで、隠れ蓑の中将のようですね」とおっしゃるので、「それは、誰のことを申し上げているおつもりですか。本当に、なぜ、ここには通い始め……

【3】雪の日のかいま見

[1]……見ると、小柴を垣根に仕立てている。「小柴垣の向こうに、きれいな女房や、女《め》の童《わらわ》などの姿が見えます」と言うので、誰も皆、「それはいいぞ」と言って、しばらく車を止めて、そっと下りて、閉めてあった門の戸を押して開け、小柴垣《こしばがき》のもとで覗くと、美しい女の童が二、三人、あれこれと雪で遊んでいる。家の中にも人がいるに違いない。簾を少し引き上げた人は、顔立ちがとても美しい。

[2]いつもの、色好みの人たちは、「どうにかして、『見た』と知らせたいものだなあ」と思って、左少将資盛が、笄《こうがい》の先で歌を書く。

　雪が降って古里は寒くなってしまいました。住んでいらっしゃる人までも寂しくお思いなのではないでしょうか。

と書いて、有盛朝臣を使者として、家の者に受け取らせた。他の者たちは隠れていた。そうして、聞き耳を立てていると、幼い女の童が簾のもとに近寄って、中の人に、「あそこにいらっしゃるきれいな殿方が、『お渡しせよ』と言って、これをくださいました」と言う。するど、簾の中の人は、「どなたでしょう。私たちを見た人がいたのかしら」などと言う。

[3]それから、何とも言えないほど美しい白い薄様に、歌を書いて返してきた。

　白雪が降るにつけてもこの山里に、降り積もった雪を踏み分けて、訪ねてくださる人がいらっしゃらないかと期待して待っているのです。

墨の色も、流れるような筆遣いも、風情があるので、思いがけなく素晴らしいと思う。

[4]後で聞いたところでは、中納言あきなりの娘が住む所だということだった。建春門院に、新中納言という名でお仕えしたのは、親宗中納言の娘で、この女性とは別人である。

Ⅱ　資料編

系図

系図① 隆房を中心として

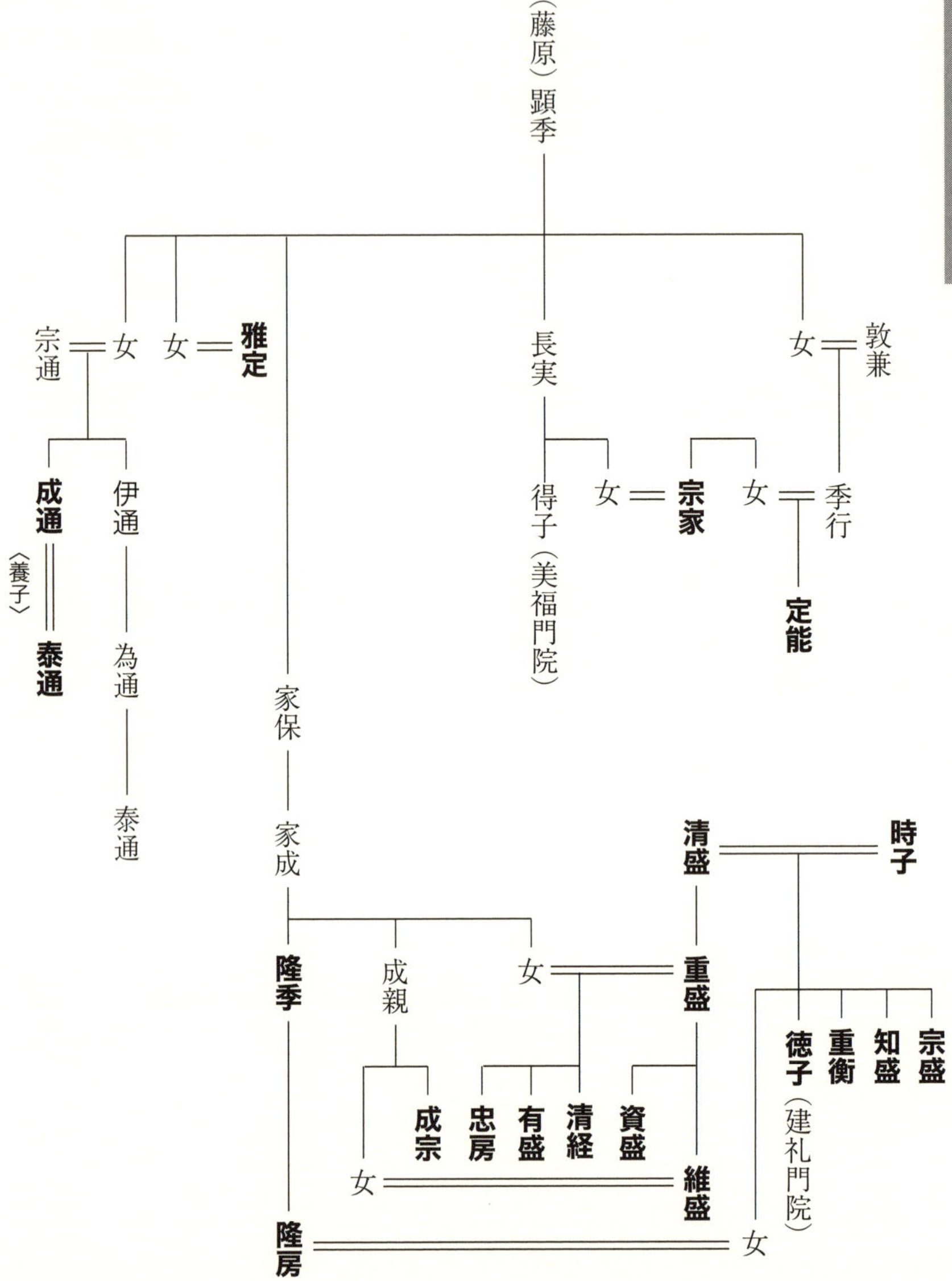

系図② 平家を中心として

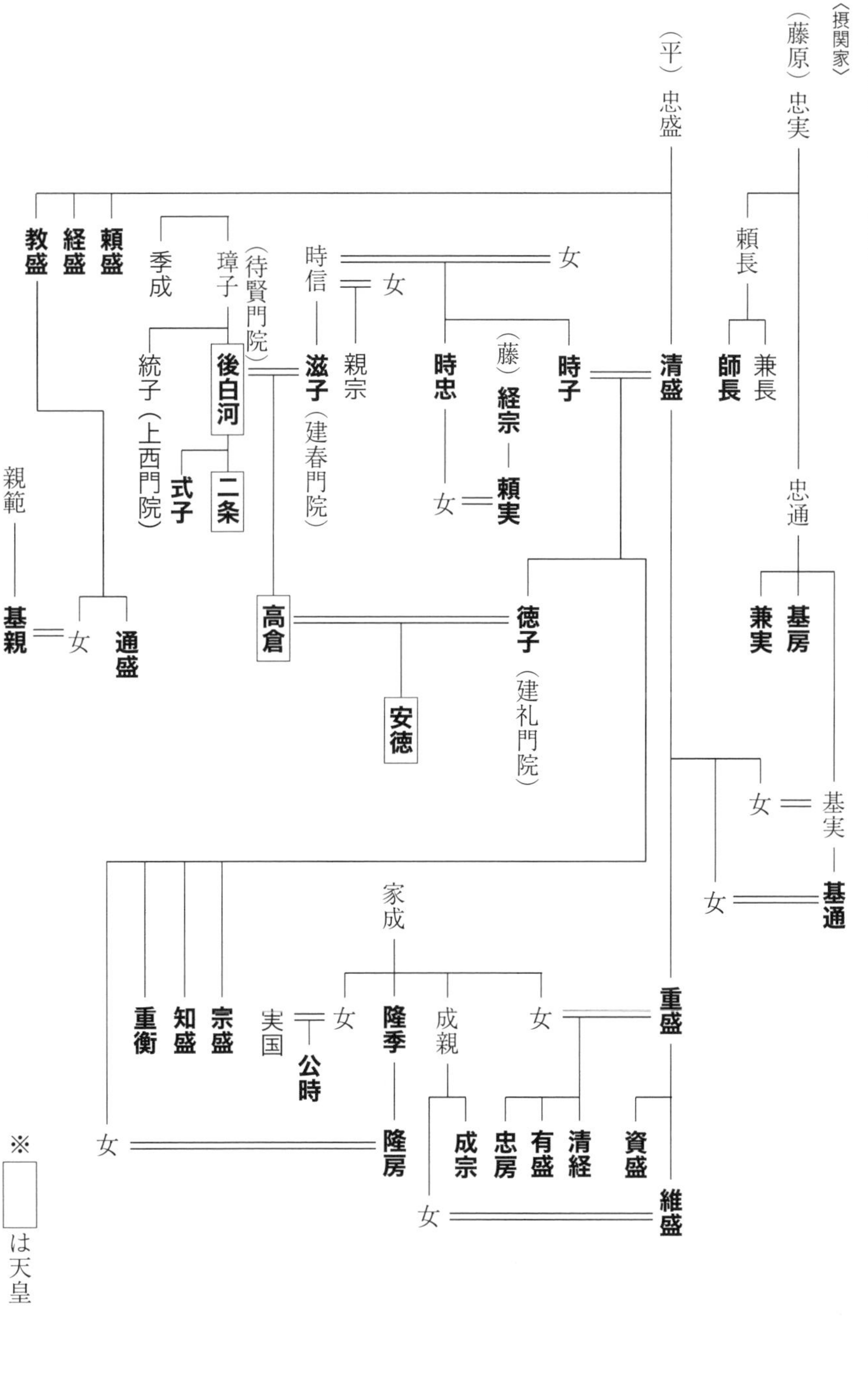

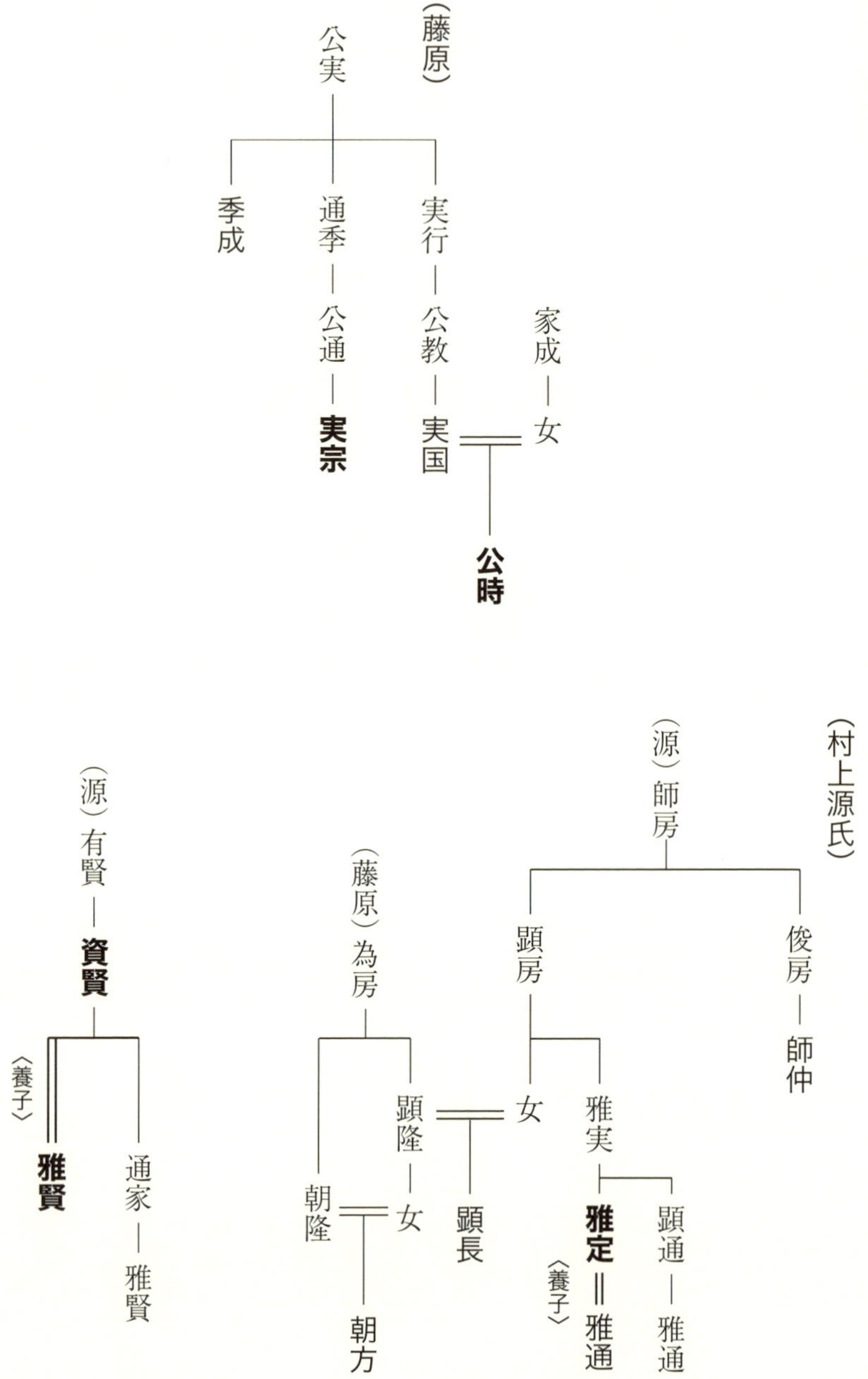
（藤原）
公実
実行
通季
季成
公教
公通
実国
実宗
家成
女
公時
（村上源氏）
（源）師房
俊房
師仲
顕房
女
雅実
顕通
雅通
雅定
〈養子〉
雅通
（藤原）為房
顕隆
女
顕長
朝隆
朝方
（源）有賢
資賢
〈養子〉
雅賢
通家
雅賢

人名一覧

・男性と女性に分け、名前を五十音順（音読み）に並べ、番号を付した。（一文字目が同音の場合は画数の少ない字から）。
・人名説明の末尾の（　）には、登場する第一、二、三種の別と小話番号（［1］～［6］）を記した。

男性

あ

01 安徳天皇（あんとくてんのう）

治承二年（一一七八）～元暦二年（一一八五）

第八一代天皇。高倉天皇第一皇子。母は平徳子（建礼門院）。諱《いみな》は言仁《ときひと》。治承四年二月践祚《せんそ》、四月即位。寿永二年（一一八三）七月には平家一門の都落ちとともに西走。翌月には弟宮（後鳥羽天皇）が三種の神器がないまま践祚。元暦二年三月、壇ノ浦で平家一門とともに入水。（二―［3］）

い

02 伊通（これみち）

寛治七年（一〇九三）～長寛三年（一一六五）

藤原。宗通《むねみち》の男。母は藤原顕季《あきすえ》の娘。「大宮大相国《だいしょうこく》」、「九条大相国」と称される。保安三年（一一二二）正四位下で参議。大治五年（一一三〇）人事を不服として籠居。翌年解任される。長承二年（一一三三）権中納言。以後、順調に昇進をかさね、保元元年（一一五六）内大臣、同二年左大臣、永暦元年（一一六〇）には太政大臣に就任し、正二位に達した。長寛三年病により官を辞して出家。同年没。『大槐秘抄《たいかいひしょう》』の筆者として知られる。他に『除目抄《じもくしょう》』等を著す。（一―［3］）

03 維盛（これもり）

平治元年（一一五九）～寿永三年（一一八四）

平。重盛の男。母は官女（『尊卑分脈《そんぴぶんみゃく》』）とされるが未詳。嘉応二年（一一七〇）右近衛権少将、承安二年（一一七二）中宮権亮（中宮は徳子）、治承二年（一一七八）言仁親王（安徳天皇の立太子に伴い東宮権亮。同五年権中将・蔵人頭、また従三位に叙せられる。『玉葉』には振る舞いの優美さが賛嘆され（承安二年二月一二日条）、「容顔、第一」とも記され（同五年五月二七日条）、また、後白河院の五十御賀で舞う青海波の練習を見て、特に「維盛の容貌美麗、尤《もっと》も歎美に足る」と記されている（安元二年（一一七六）一月二三日条）。頼朝蜂起以降の動乱にあたっては、戦場に度々派遣された。平家一門の都落ちには同道するが、屋島をひそかに脱出（『玉葉』寿永三年二月一九日条）。『右京大夫集』では、熊野で入水したことを伝える。（一―［2］・［3］、二―［2］・［6］、三―［1］・［2］）

か

04 雅賢（まさかた）

久安四年（一一四八）～建久三年（一一九二）源。通家《みちいえ》の男。母は皇嘉門院雑仕《ぞうし》の真木屋。父の早世で祖父源資賢の養子となる。後白河院に近侍する。蔵人頭を経て従三位参議。応保二年（一一六二）、治承三年（一一七九）、寿永二年（一一八三）と三度解官《げかん》され、その都度還任《げんにん》している。和琴・笙・郢曲《えいきょく》に優れ、『梁塵秘抄口伝集《りょうじんひしょうくでんしゅう》』に後白河院の高い評価が載る。射芸にも長《た》けていた（『玉葉』承安三年（一一七三）一二月一〇日条）。（二―［2］・［6］）

05 雅通（まさみち）

元永元年（一一一八）～安元元年（一一七五）源。顕通《あきみち》の男。母は権大納言源能俊《よしとし》の娘。五歳で父に死別して、叔父雅定の養嗣子となった。仁安三年（一一六八）正二位内大臣に至り、「久我内大臣」と呼ばれる。土御門内大臣通親《みちちか》の父。美福門院得子や八条院暲子に近仕し、得子の従兄藤原家成の妹を妻とした。（二―［1］、三―［1］）

06 雅定（まささだ）

嘉保元年（一〇九四）～応保二年（一一六二）源。雅実《まさざね》の男。母は郁芳門院女房の藤原経生の娘、あるいは田上二郎の娘とも（『尊卑分脈』）。妻は藤原顕季の娘。実子がなく、顕通《あきみち》男の雅通《まさみち》、雅兼《まさかね》男の定房らを養子とした。久安六年（一一五〇）正二位右大臣に至り、「中院右大臣」と称される。久寿元年（一一五四）出家。白河院、鳥羽院の愛顧をうけ、故実に通じた人として周囲に信頼された。幼時より雅楽に長じ、康和四年（一一〇二）、白河法皇の五十御賀に九歳で胡飲酒《こんじゅ》を舞って衆人を感嘆させたといわれる。笙の名手。（一―［2］）

き

07 季仲（すえなか）

未詳。藤原経季《つねすえ》の男の藤原季仲は一〇四六～一一一九。『平家物語』巻一に「黒帥《こくそつ》」とはやされたエピソードが載るが、時代が合わない。なお、「すゑなり」ならば、同時代に藤原季成がいる。季成は、康和四年（一一〇二）～長寛三年（一一六五）。公実《きんざね》の男。母は藤原通家《みちいえ》の娘。待賢門院の異母弟で、男に公光、公長がいる。娘成子は後白河天皇との間に、守覚法親王・以仁王《もちひとおう》・亮子内親王（殷富門院）・式子内親王らをもうけて

おり、やはり不審。（一―［3］）

08 基親（もとちか）

仁平元年（一一五一）～？平。親範《ちかのり》の男。母は高階泰重《やすしげ》の娘。『官職秘抄』、『往生要集勘文《かんもん》』、『往生要集外典鈔《げてんしょう》』の著者。承安二年（一一七二）中宮大進（中宮は徳子）、安元元年（一一七五）蔵人、治承三年に右少弁（同年解官）。寿永二年（一一八三）還任《げんにん》。大弁などを経て建久元年（一一九〇）非参議従三位兵部卿。建永元年（一二〇六）出家。法然に帰依し、『選択本願念仏集《せんじゃくほんがんねんぶつしゅう》』の序を書く。早世した妻は、平教盛の娘（『山槐記《さんかいき》』治承二年六月二八日条）。（一―［2］）

09 基通（もとみち）

永暦元年（一一六〇）～天福元年（一二三三）

藤原。基実《もとざね》の男。母は藤原忠隆《ただたか》の娘。「普賢寺殿《ふげんじどの》」と称される。永万二年（一一六六）、父基実が急逝し、摂政と氏長者は叔父藤原基房が継ぐが、遺領の大部分は基実の妻で清盛の娘盛子が基通後見を名目に伝領した。治承三年（一一七九）の清盛のクーデターによる基房の失脚後、関白内大臣となり遺領を受け継いだ。清盛の娘完子を妻として安徳天皇の摂政に据えられたが、父基実を早く失い、摂関家の儀式作法を受け継ぐことができず、公卿としての経験もなかったため、政務に混乱をきたした。平氏と深い関係を持つ一方、後白河院にも寵愛され、寿永二年（一一八三）平家都落ちの際は途中で引き返し、比叡山に脱出した院のもとに駆けつけた（『吉記』七月二五日条）。践祚《せんそ》した後鳥羽天皇の摂政に任じられたが、源義仲による法住寺合戦により、基房の男師家《もろいえ》に代わられ、義仲没落により復帰する。文治二年（一一八六）、源頼朝の権力を背景として叔父兼実が摂政に就き、基実遺領も氏長者《うじのちょうじゃ》である兼実に譲るように求められるが、後白河院の支持により拒絶し、遺領は近衛家領として定着した。建久七年（一一九六）の政変で、兼実を失脚させた源通親に推され再び関白に復帰する。同九年に土御門天皇の摂政となるが、建仁二年（一二〇二）通親の死によって失脚、摂政を辞す。（一―［3］）

10 基房（もとふさ）

天養元年（一一四四）～寛喜二年（一二三〇）

藤原。忠通《ただみち》の男。母は源国信の娘信子。「松殿」、「菩提院」などと称される。保元元年（一一五六）叙爵、左近少将、保元二年従三位権中納言。平治二年（一一六〇）権大納言を経て内大臣左大将、翌年右大臣、長寛二年（一一六四）

左大臣、永万二年（一一六六）兄である摂政基実の死により摂政と氏長者《うじのちょうじゃ》を継いだ。しかし、摂関家領の大半は基《もと》実《ざね》男の基通後見を名目に、清盛の娘で基実の妻盛子に伝領され、基房は一部しか相続できなかった。そのためか後白河院に接近し、院の近臣の一人として活躍した。治承三年（一一七九）に重盛が亡くなると、後白河院の意を受けて八歳の男師家《もろいえ》を、基通を超越して権中納言に昇進させた。しかし一一月には清盛によるクーデターにより、解官《げかん》され、関白は基通に与えられた。大宰府へ配流となったが、出家したため、備前にとどめられた。翌年帰京。寿永二年（一一八三）、平家を都から追った源義仲と結び、一一月の法住寺合戦の後、師家を摂政に就け実権を掌握するが、翌年の義仲滅亡により失脚。以後、政治の表舞台に出ることはなかった。基房の儀礼に対する見解は、松殿説として鎌倉期の摂関家に受け継がれていった。（一一［2］）

11 教盛（のりもり）

大治三年（一一二八）～元暦二年（一一八五）

平。忠盛の男。母は藤原家隆の娘。清盛の異母弟。「門脇中納言」と称される。子息に、通盛・教経・業盛・忠快、娘に藤原成経の妻、源通親の妻（源通具の母）、宗盛の妻、藤原範季の妻平教子（順徳天皇の母修明門院重子の母）、基親の妻がいた。長寛二年（一一六四）内蔵頭、仁安三年（一一六八）二月蔵人頭、八月には参議、養和元年（一一八一）中納言。元暦二年に壇ノ浦合戦で入水（『平家物語』巻一一「能登殿最期」）。（一一［2］）

け

12 経盛（つねもり）

天治元年（一一二四）～元暦二年（一一八五）

平。忠盛の男。母は陸奥守皇后亮源信雅の娘。清盛の異母弟。嘉応二年（一一七〇）非参議従三位、安元三年（一一七七）正三位、治承二年（一一七八）太皇太后宮権大夫、翌年修理大夫を兼任、養和元年（一一八一）参議。歌人として高く評価されている。元暦二年に壇ノ浦合戦で入水（『平家物語』巻一一「能登殿最期」）。ただし、『醍醐雑事記《ぞうじき》』では行方不明者の一人とされ、『吾妻鏡』同年三月二四日条では、一旦戦場を離れて陸上で出家した後、引き返して入水したとされている。（一一［2］）

13 兼実（かねざね）

久安五年（一一四九）〜承元元年（一二〇七）

藤原。忠通《ただみち》の男。母は藤原仲光の娘、家女房加賀局。「九条殿」と称された。仁安元年（一一六六）右大臣。後白河院や平清盛ら権力の中枢とは比較的疎遠であったが、先例や故実に通じた論理的な思考には定評があり、公卿議《ぎ》定《じょう》や法皇からの諮問でも尊重された。文治元年（一一八五）頼朝の奏請により内覧となり、翌年摂政・氏長者《うじのちょうじゃ》に就任。建久二年（一一九一）関白となるが、建久七年の政変により罷免《ひめん》。建仁二年（一二〇二）に法然を戒師として出家。日記『玉葉』を残す。（一—［2］）

14 兼長（かねなが）

保延四年（一一三八）〜保元三年（一一五八）

藤原。頼長の男。母は源師俊の娘。久安四年（一一四八）叙爵。翌年従三位。仁平三年（一一五三）正二位参議、権中納言に至る。久寿元年（一一五四）兼右大将。保元の乱（一一五六）に際し父頼長に連座して除名され出雲国に配流。保元三年、配所で死去（二一才）（一—［3］）

15 顕長（あきなが）

元永元年（一一一八）〜仁安二年（一一六七）

藤原。顕隆《あきたか》の男。母は源顕房の娘。もと頼教、次いで顕教。「八条中納言」と称される。妻に藤原俊忠の娘がいる。子女には長方・建春門院堀河・実定妻・雅長妻。保元三年（一一五八）参議となり、長寛二年（一一六四）から永万二年（一一六六）まで権中納言。（三—［3］）

こ

16 公時（きんとき）

保元二年（一一五七）〜承久二年（一二二〇）

藤原。実国《さねくに》の男。母は藤原家成の娘。侍従、左中将、蔵人頭などを経て、文治五年（一一八九）参議。建久六年（一一九五）に辞し、承元三年（一二〇九）出家。（一—［2］）

17 後白河院（ごしらかわいん）

大治二年（一一二七）〜建久三年（一一九二）

第七七代天皇。鳥羽天皇第四皇子、母は待賢門院璋子（藤原公実《きんざね》の娘）。諱《いみな》は雅仁。久寿二年（一一五五）に二九歳で即位。保元元年（一一五六）におきた保元の乱では、平清盛や源義朝の武力によって勝利する。保元三年には皇子の二条天皇に譲位、翌年の平治の乱以後、特に清盛を重用。二条・六条・高倉・安徳・後鳥羽の五代の天皇にわたって院政を敷く。清盛の妻の異母妹、建春門院を寵愛し、清盛との間に親密な関係を築いたが、安元二年（一一七六）七月の建春門院の没後は次第に関係が悪化する。治承三年（一一七九）一一月の清盛のクーデターにより、鳥羽に幽閉され、院政は一時停止するが、治承五年閏二月の清盛死後は再開。平氏一門の都落ち以後は、新興武家勢力の源義仲、源義経、源頼朝等と折衝し、激動の時代を生き抜いた。今様を愛し、『梁塵秘抄《りょうじんひしょう》』を編集する。（一―［2］、二―［4］）

18 高倉天皇（たかくらてんのう）

応保元年（一一六一）〜治承五年（一一八一）

第八〇代天皇。後白河院の皇子。母は平滋子（建春門院）。諱《いみな》は憲仁《のりひと》。永万元年（一一六五）親王宣下《せんげ》、翌年立太子。仁安三年（一一六八）即位。徳子を中宮に迎える。治承三年（一一七九）清盛のクーデターにより、翌年三歳の皇太子（後の安徳天皇）に譲位。病弱に加えて、実父と岳父との確執に苦しみ、六波羅の頼盛の池殿で病没。清閑寺に葬られた。『明月記《めいげつき》』治承五年正月一四日条に「文王すでに没す、ああ、悲しきかな」と慨嘆される。源通親は治承四年三月の厳島御幸に随行し、『高倉院厳島御幸記』を残し、その死を悼んで、『高倉院升遐記《しょうかき》』、『擬香山模草堂記《ぎこうさんもそうどうき》』を著す。詩歌管絃に優れた。特に笛に堪能で、藤原実国《さねくに》を師とした。皇子には安徳天皇のほか、守貞親王・惟明親王・後鳥羽天皇が、内親王に範子・功子・潔子が確認される。（一―［2］・［3］、二―［1］・［2］・［4］・［6］）

し

19 師仲（もろなか）

永久三年（一一一五）〜承安二年（一一七二）

源。師時《もろとき》の男。母は源師忠《もろただ》の娘とも、橘俊綱の娘とも。保元四年（一一五九）年、正三位権中納言に至るが、同年末の平治の乱で藤原信頼《のぶより》にくみして、下野国に配流された。後に赦免されて帰京し、従二位に至る。「伏見源中納言」と称された。（二―［5］）

20 師長（もろなが）

保延四年（一一三八）〜建久三年（一一九二）

藤原。頼長の男。母は陸奥守源信雅の娘。「妙音院《みょうおんいん》」と称する。保元元年（一一五六）従二位権中納言兼左中将。保元の乱で父頼長に連座し、土佐国幡多庄に配流。長寛二年（一一六四）帰京、本位に復し、二条天皇の琵琶の師となった。永万二年（一一六六）権大納言、安元元年（一一七五）

内大臣。同三年太政大臣。治承三年（一一七九）清盛のクーデターで解官され、尾張国に配流される。養和元年（一一八一）召還、その後は隠棲したと見られる。音楽に秀で、声楽（神楽《かぐら》・催馬楽《さいばら》・今様・朗詠・声明《しょうみょう》）を相承し、管絃でも箏・琵琶を極めた。特に琵琶は、総じて天下は妙音院流であると喧伝された。（一―［2］）

21 資賢（すけかた）

永久元年（一一一三）～文治四年（一一八八）

源。有賢《ありかた》の男。母は高階為家の娘。丹波守、三河守、越中守など諸国の受領を歴任し、白河院、鳥羽院に仕えた。保元三年（一一五八）、後白河院院司となる。応保二年（一一六二）、二条天皇を呪詛《じゅそ》した罪で信濃に配流されたが、二年後に召し返された。後白河院の今様の師であったこともあり（『梁塵秘抄口伝集』）、院の信任を受け、正二位権大納言に至ったが、治承三年（一一七九）、平清盛のクーデターで解官される。養和元年（一一八一）、権大納言に復帰したが、翌年（一一八二）出家した。今様の他、催馬楽もよくし、笛・和琴・鞠などにも長けていた。男の通家《みちいえ》・資時《すけとき》も今様の名手として後白河院に寵愛された。（一―［2］）

22 資盛（すけもり）

応保元年（一一六一）?～元暦二年（一一八五）

平。重盛の男。母は下野守藤原親方《ちかかた》の娘少輔掌侍《しょうのないし》（『公卿補任』、『尊卑分脈』）、あるいは二条天皇内侍であった下総守藤原親盛《ちかもり》の娘（『尊卑分脈』）とも。維盛の弟。清経・有盛・師盛・忠房らの兄。仁安元年（一一六六）従五位下越前守、承安四年（一一七四）侍従、治承二年（一一七八）右権少将、養和元年（一一八一）右権中将、寿永二年正月蔵人頭。同年七月従三位となり、「新三位中将」と呼ばれた。同月の一門の都落ちに同道、元暦二年に壇ノ浦合戦で入水。持《じ》明院《みょういん》藤原基家《もといえ》の娘を妻とし、「持明院ノ三位中将」とも呼ばれた（『愚管抄』）。建礼門院右京大夫とは恋人関係にあり、都落ちの後も文を交わしている。歌をよく詠み、音楽にも堪能で、藤原師長を師とした（『秦箏相承血脈』）。（一―［2］、二―［6］、三―［3］）

23 時忠（ときただ）

大治五年（一一三〇）～文治五年（一一八九）

平。時信《ときのぶ》の男。母は二条大宮（白河院皇女、太皇太后令子内親王）の半物《はしたもの》。同母姉に時子、異母妹に滋子（建春門院）、異母弟に親宗らがいる。永万三年（一一六七）二月、参議・右兵衛督。一二月には従三位に叙されるが一旦辞退、翌年二月に再び叙される。七月に検非違使別当と右衛門督を兼ね、八月に正三位権中納言。解官《げかん》・流罪されるが許され、承安元年（一一七一）に権中納言還任《げんにん》、翌年中宮権大夫（中宮は徳子）、承安四年従二位、翌安元元年（一一七五）に右衛門督・検非違使別当、安元三年左衛門督、翌治承二年（一一七八）中宮大夫。翌年正二位、三度目の検非違使別当に補された。寿永元年（一一八二）中納言、翌年権大納言。壇ノ浦合戦で生け捕りとなり、能登国に配流され、配流先で没。（一—［2］、二—［4］）

24 実家（さねいえ）

久安元年（一一四五）～建久四年（一一九三）

藤原。公能《きんよし》の男。母は藤原俊忠の娘豪子。同母の兄弟や姉に実定・実守・公衡《きんひら》・忻子（後白河院皇后）・多子（近衛天皇・二条天皇の后）がいる。久安七年（一一五一）叙爵、承安四年（一一七四）参議となり、正二位大納言に至る。養和元年（一一八一）検非違使別当、寿永二年（一一八三）左衛門督となり、文治元年（一一八五）には源頼朝の奏請により議奏公卿一〇人の中に入った。当代歌人との交流や上西門院など貴顕御所における雅事への参加が知られ、和琴・郢曲《えいきょく》など音楽的な才能も豊かだった。（二—［6］）

25 実国（さねくに）

保延六年（一一四〇）～寿永二年（一一八三）

藤原。公教《きんのり》の男。母は家女房。「三条大納言」と称される。永暦元年（一一六〇）参議、嘉応二年（一一七〇）権大納言、治承二年（一一七八）には高倉院の院別当、翌年建礼門院別当。笛・神楽の名手としても知られ、高倉院の笛の師でもある。（二—［1］）

26 実宗（さねむね）

久安五年（一一四九）～建暦二年（一二一二）

藤原。公通《きんみち》の男。母は藤原通基《みちもと》の娘。西園寺公経の父。安元二年（一一七六）参議、治承元年（一一七七）従三位となる。以後、権中納言、権大納言、大納言を経て元久二年（一二〇五）内大臣。翌年辞して出家。天養元年（一一四四）生とも。（一—［2］・［3］、二—［6］）

27 重衡（しげひら）

保元二年（一一五七）～元暦二年（一一八五）

平。清盛の男。母は平時子。仁安元年（一一六六）左馬頭、承安二年（一一七二）中宮亮を兼務（中宮は徳子）。治承二年（一一七八）、言仁《ときひと》親王の立太子に伴い東宮亮。翌年に左近衛権中将、治承四年蔵人頭。一二月、清盛の命により、南都攻撃の総大将として出陣、東大寺・興福寺を焼失させる。翌年従三位。寿永二年（一一八三）平家一門と共に都落ち。翌年二月七日の一ノ谷合戦で生け捕られ、都に連行される。自ら三種神器返還の交渉役を買って出て、和議を図ろうとした（『玉葉』同年二月一〇日、二九日条）が失敗。鎌倉へ連行され、戦乱終結後の元暦二年六月、鎌倉を発ち、木津（京都府木津川市）で処刑され、首は奈良坂に晒された（『玉葉』同月二二日、二三日条、『吉記』二三日条）。『右京大夫集』では、女房たちをからかうなどしながらも、気配りの利く人物だったと惜しまれた。（一―［2］・［3］、二―［1］・［5］）

28 重盛（しげもり）

保延四年（一一三八）～治承三年（一一七九）

平。清盛の男。母は右近将監高階基章《もとあき》の娘。鹿谷事件を起こした藤原成親の妹を妻とした。男に維盛・資盛・清経・有盛・師盛・忠房・宗実らがいる。小松谷に邸があったので「小松」を号した。保元の乱（一一五六）・平治の乱（一一五九）に功があり、長寛元年（一一六三）従三位となる。承安四年（一一七四）右大将、安元元年（一一七五）大納言、同三年左大将内大臣に昇進したが、治承三年七月二八日、病により出家。八月一日、四二歳で没。重盛の生涯については、その死を惜しんで『百練抄』に「武勇時輩に軼《すぐ》ると雖《いへど》も、心操甚《はなは》だ穏やか也」（治承三年八月一日条）と総括されている。（一―［1］・［2］・［4］、三―［1］）

29 親宗（ちかむね）

天養元年（一一四四）～正治元年（一一九九）

平。時信《ときのぶ》の男（『弁官補任』）。母は藤原基隆《もとたか》（その父藤原家範とも）の娘。異腹の兄姉に時子・時忠・滋子（建春門院）がいる。『尊卑分脈』には維盛の妻となった娘が記されている。弁官、蔵人頭などの実務官僚を歴任し、左大弁権中納言に至る。日記『親宗卿記』が残る。後白河院に近侍、滋子にも仕えた。和歌、漢詩文に親しんだ。（三―［3］）

せ

30 成宗（なりむね）

?～安元二年（一一七六）

藤原。成親の男。母は藤原親隆《ちかたか》の娘。同母兄に成経がいる。藤原師長の養子。承安四年（一一七四）には侍従。安元元年左少将、翌年正月丹後介。三月の後白河院御賀で共に舞った平維盛が一八歳なので、同齢とすれば平治元年（一一五九）生まれ（当時、成経は二一歳）。安元二年七月に没。（一―［2］）

31 成通（なりみち）

承徳元年（一〇九七）〜？

藤原。宗通《むねみち》の男。母は藤原顕季《あきすえ》の娘。本名宗房。「侍従大納言」と称される。天承元年（一一三一）正四位下参議となり、保元元年（一一五六）正二位大納言。平治元年（一一五九）出家。永暦元年（一一六〇）には生存。笛・今様等に長じ、蹴鞠の名手としても知られる。（一―［2］）

32 清経（きよつね）

長寛元年（一一六三）?〜寿永二年（一一八三）
平。重盛の男。母は藤原家成《いえなり》の娘。従四位下左中将。『右京大夫集』に、清経に捨てられた恋人の逸話や、入水した兄維盛と同様に自ら命を絶ったことを伝える。『平家物語』では、九州に落ちた平家が大宰府をも落ち、将来を悲観した清経は、更に落ち延びた豊前国柳浦で入水を遂げたと語る（巻八「太宰府落」）。（一―［2］）

33 清盛（きよもり）

永久六年（一一一八）〜治承五年（一一八一）
平。忠盛の男。母は白河院の女房。生母は「仙院の辺」の女性か（『中右記』保安元年（一一二〇）七月一二日条）。保元の乱（一一五六）・平治の乱（一一五九）の活躍で永暦元年（一一六〇）公卿となる。仁安二年（一一六七）に太政大臣（五月に辞職）。翌年、病により五一歳で出家。承安元年（一一七一）、娘の徳子を高倉天皇に入内させる。後白河院との関係は、安元二年（一一七六）七月の建春門院の死後きしみ始める。治承二年（一一七八）一一月、徳子に皇子（安徳天皇）が生まれ、一二月に皇太子となる。同三年一一月には院を鳥羽殿に幽閉し、独裁政治を始める。同四年二月に安徳天皇が即位、六月には福原遷都（一一月還都）、一二月二八日には興福寺・東大寺を攻撃、焼失させた。同五年閏二月四日、熱病に冒されて死去。（一―［1］・［2］）

そ

34 宗家（むねいえ）

保延五年（一一三九）〜文治五年（一一八九）
藤原。宗能《むねよし》の男。母は藤原長実《ながざね》の娘。左中将、中宮権亮、蔵人頭、参議、中納言、権大納言を経て正二位。音楽に長じる。文治元年（一一八五）、源頼朝推挙の議奏公卿一〇名に名を連ねた。（一―［2］）

35 宗盛（むねもり）

久安三年（一一四七）〜元暦二年（一一八五）

平。清盛の男。母は時子。同腹の弟妹に知盛・重衡・徳子（建礼門院）、隆房の妻がいる。清盛没後の平家総帥。仁安二年（一一六七）参議従三位。安元二年（一一七六）権中納言を辞したが同三年還任《げんにん》、兼右大将。治承二年（一一七八）権大納言。同三年春宮大夫、権大納言大将を辞すが、同五年に諸国の反乱鎮圧のために五畿内・伊賀・伊勢・近江・丹波等総官となる（『百練抄』同年一月八日条、『玉葉』同月一九日条）。寿永元年（一一八二）九月に権大納言に復し、一〇月内大臣。翌年従一位、二月上表。平家都落ちにより八月六日解官《げかん》。元暦二年三月壇ノ浦合戦で生け捕られ、六月二一日に近江国で斬首。（一―［2］、二―［3］・［4］・［5］）

た

36 泰通（やすみち）

久安三年（一一四七）～承元四年（一二一〇）

藤原。為通《ためみち》の男。母は大納言源師頼《もろより》の娘。藤原成通《なりみち》の猶子。保元元年（一一五六）叙爵、左中将等を経て、養和元年（一一八一）蔵人頭。寿永二年（一一八三）従三位参議、文治二年（一一八六）権中納言、建仁二年（一二〇二）辞退、按察使となる。承元二年（一二〇八）六月二〇日出家。（一―［2］、二―［6］）

ち

37 知盛（とももり）

仁平二年（一一五二）～元暦二年（一一八五）

平。清盛の男。母は時子。同母兄に宗盛、同母弟妹に重衡・徳子（建礼門院）、隆房の妻がいる。応保二年（一一六二）には左兵衛佐を兼ね、以後、仁安元年には憲仁《のりひと》親王（高倉天皇）の春宮大進、転じて中務権大輔、左近衛中将などを歴任し、安元三年（一一七七）従三位。治承三年（一一七九）には春宮権大夫と右兵衛督とを兼ね、同年、左兵衛督に転じる。治承五年参議、寿永元年（一一八二）には正二位権中納言に進み、「新中納言」と称される。壇ノ浦合戦で入水。（一―［2］・［3］）

38 忠房（ただふさ）

?～文治元年（一一八五）

平。重盛の男。『尊卑分脈』は母を藤原家成《いえなり》の娘とし、丹波守・侍従・従五位下と伝える。「丹後侍従」と称された。安元二年（一一七六）能登守（『玉葉』同年一月三〇日条）。一門都落ちに同道するが、寿永三年（一一八四）二月の一ノ谷合戦後に一門と別れ、関東へ下向、頼朝と面談（『吉記』

同年四月二八日条）。平家滅亡後、帰洛を許された忠房は、湯浅宗重《むねしげ》のもとに身柄を預けられていた可能性が高く、最後はそこから呼び出されて首をはねられたか。（一―［2］）

39 朝方（ともかた）

保延元年（一一三五）～建仁元年（一二〇一）

藤原。朝隆《ともたか》の男。母は朝隆の異母兄権中納言藤原顕隆《あきたか》の娘。東大寺長官、右大弁、蔵人頭などを経て、正二位権大納言に至る。「三条」、「堤大納言」と称した。後白河院近臣。能書家としても知られる。（一―［3］）

つ

40 通盛（みちもり）

？～寿永三年（一一八四）

平。教盛《のりもり》の男。母は皇后宮大進藤原資憲《すけのり》の娘。平治二年（一一六〇）六位蔵人を皮切りに、中務大輔・常陸介・左兵衛佐、能登守・越前守を歴任し、治承三年（一一七九）中宮亮（中宮は徳子）、寿永二年（一一八三）従三位、建礼門院別当。再々越前守に任ぜられたため「越前三位」の称がある。弟に教経・業盛・忠快がいる。一ノ谷合戦で討ち死に。（一―［2］）

て

41 定能（さだよし）

久安四年（一一四八）～承久三年（一二〇九）

藤原。季行《すえゆき》の男。母は藤原宗能《むねよし》の娘。仁平二年（一一五二）叙爵。後白河院のもとで伝奏《てんそう》を勤めた。姉妹が藤原兼実妻で兼実と親しく、院と兼実との連絡役となる。治承三年（一一七九）参議。一一月の平清盛によるクーデターで解官《げかん》されたが、翌年正月には出仕を許され、院側近として活躍。権中納言を経て建久五年（一一九四）権大納言。建仁元年（一二〇一）出家。公事に通じ、『羽林要秘抄』等を残す。音楽にも堪能。日記『定能卿記』（心記）は部類記とされて残る。『安元御賀記〈定能卿記〉』もその一部。（一―［2］）

に

42 二条院（にじょういん）

康治二年（一一四三）～永万元年（一一六五）

第七八代天皇。後白河院の第一皇子。母は藤原経実《つねざね》の娘で源有仁《ありひと》の猶子の藤原懿子。諱は守仁《もりひと》。美福門院に育てられ、仁平元年（一一五一）仁和寺に入ったが、久寿二年（一一五五）立太子。保元三年（一一五八）即位、後白河院政に抗して親政を行なおうとする。永万元年春に病に就き、六月二五日に二歳の皇子（後の六条天皇）に親王宣下がなされ、そのまま譲位、七月二七日に崩御。『今鏡』（すべらぎの下）などには二条天皇の聡明さが記され、和歌や音楽を好んだ。（三―［1］）

ゆ

43 有盛（ありもり）

?～元暦二年（一一八五）

平。重盛の男。母は藤原家成《いえなり》の娘（『尊卑分脈』）。従四位下侍従、右少将。『平家物語』では、兄資盛らと共に行動をし、壇ノ浦合戦で入水したと記される（巻一一「能登殿最期」）。ただし、『源平盛衰記』巻四三では討ち死に、『醍醐雑事《ぞうじ》記《き》』も戦死とする。（一―［2］、三―［3］）

ら

44 頼実（よりさね）

久寿二年（一一五五）～嘉禄元年（一二二五）

藤原。経宗《つねむね》の男。母は藤原清隆の娘。長寛元年（一一六三）叙爵。平氏に接近し、平時忠の娘と結婚。治承三年（一一七九）の平清盛のクーデターにより従三位となる。平氏滅亡後は後白河院院司となり、信任を得る。建久九年（一一九八）右大臣、翌年太政大臣となる。卿二位《きょうのにい》兼子をも妻とする。前妻（定隆の娘）との娘麗子は土御門天皇の皇后陰明門院となる。建保四年（一二一六）出家。有職故実に通じ、舞や蹴鞠に長じていた。（一―［2］）

45 頼盛（よりもり）

長承元年（一一三二）?～文治二年（一一八六）

平。忠盛の男。清盛の異母弟。母は藤原宗兼《むねかね》の娘宗子。「池大納言」と称された。仁安三年（一一六八）従三位、安元二年（一一七六）権中納言、治承三年（一一七九）兵衛督・右衛門督を兼官、同四年正二位、寿永元年（一一八二）中納言、翌二年権大納言に至る。当初は兄清盛と良好な関係を保っていたが、清盛没後、一門との亀裂が深まり、都落ちには同道せず、関東に逐電した。元暦元年（一一八四）六月、頼朝の奏上によって権大納言に還任《げんにん》したが一二月には辞職、一門が亡びた元暦二年（一一八五）五月に出家。（一―［2］）

り

46 隆季（たかすえ）

大治二年（一一二七）～元暦元年（一一八五）
藤原。家成《いえなり》の男。母は加賀守高階宗章《むねあき》の娘。藤原成親《なりちか》の異母兄。隆房の父。応保元年（一一六一）正三位参議。左兵衛督、検非違使別当ほかを経て、仁安二年（一一六七）従二位。中納言を経て、翌年権大納言。嘉応三年（一一七一）正二位、承安二年（一一七二）中宮大夫（治承二年〔一一七八〕辞す）。治承三年大宰帥。翌年、高倉院執事別当（後白河院執事別当と兼任）。養和二年（一一八二）三月に官を辞し、五月出家。笙や笛に秀で、歌もよくした。平忠盛の後妻池禅尼は家成のいとこにあたり、両家の姻戚関係は密であった。隆季の妹は重盛の北の方、隆房の北の方は平清盛の娘、異母弟の成親の子女も、平家と姻戚関係を結んでいた。一方、一三年以上も後白河院執事を務め、安元二年（一一七六）に行なわれた後白河院五十御賀では行事の上卿《しょうけい》として活躍する。（一―［2］）

47 隆房（たかふさ）

久安四年（一一四八）～承元三年（一二〇九）
藤原。隆季の男。母は藤原忠隆の娘。妻は平清盛の娘。「冷泉大納言」、「四条大納言」と称された。治承三年（一一七九）右中将。寿永二年（一一八三）左中将・蔵人頭。七月の平氏都落ち後も、引き続き蔵人頭。一二月には参議・右兵衛督。元暦元年（一一八四）従三位。文治二年（一一八六）には後白河院別当であった（『鎌倉遺文』八五）。正治元年（一一九九）正二位、元久元年（一二〇四）権大納言。翌年辞し、建永元年（一二〇六）出家。『千載集』以下の勅撰集に三四首入集。家集に『隆房集』、『恋づくし（艶詞）』、『朗詠百首』。安元二年（一一七六）の後白河院五十御賀を記録した『安元御賀記』の作者で、管絃にも秀でていた。（一―［1］・［2］・［3］・［4］、二―［2］・［6］、三―［1］・［2］）

女性

か

48　雅通女（まさみちのむすめ）

三―［1］では維盛が通う女性として登場。『尊卑分脈』には久我内大臣雅通《まさみち》の娘として、藤原実守《さねもり》妻・中宮御匣《みくしげ》の二人が記される。このうち中宮御匣は、『たまきはる』の建春門院女房の名寄の冒頭に、「久我内大臣の女」「母は竹殿」と注記される「三条殿」と同一人物か。三―［1］の女性が、どの女性を指すのか不明。また、二―［1］に登場する久我内大臣の娘とされる「近衛殿」と同一人物かどうか不明。（二―［1］、三―［1］）

き

49　近衛殿（このえどの）

中宮徳子の女房として登場。「久我の内の大臣の女」と記される。久我内大臣は源雅通。高倉天皇時代に中宮徳子と言仁《ときひと》親王（安徳天皇）に近侍した「近衛殿」という女房が実在する（『山槐記』治承三年正月六日条）。実在した近衛殿が久我内大臣雅通の娘かどうかは不明。『尊卑分脈』に久我内大臣雅通の娘として記されるのは、藤原実守妻・中宮御匣の二人のみで、「近衛殿」という女房は見えない。二―［1］の「近衛殿」が、三―［1］に登場する久我内大臣の娘と同一人物かどうか不明。（二―［1］）

こ

50　御匣殿（みくしげどの）

中宮徳子の女房として登場。「太政大臣伊通《これみち》の女」と記される。『尊卑分脈』には、伊通の娘としては近衛天皇の后となった九条院呈子しか記されていない。『玉葉』の安元二年（一一七六）正月一一日の女叙位の記事の中に「御匣殿蔵人」の藤原業子が、「御匣殿」の推挙により従五位下に叙せられた記事がある。（一―［3］）

し

51　時子（ときこ）

大治元年（一一二六）～元暦二年（一一八五）平。清盛の妻。「八条二位」、「八条殿」などと称される。平時信の娘。母は令子内親王家の半物《はしたもの》（『吉記』治承五年〔一一八一〕五月二八日条）。同母弟に時忠、異母弟に親宗、異母妹に滋子（建春門院）らがいる。宗盛・知盛・徳子・重衡、及び藤原隆房の妻らの母。盛子も時子所生か。永暦元年（一一六〇）従三位（『山槐記』二四日条）。仁安元年（一一六六）に滋子所生の後白河院皇子憲仁《のりひと》（後の高倉天皇）が立太子し、清盛は東宮大夫、時子も従二位に叙された（『兵範記』一〇月一〇日、二一日条）。仁安三年には、重病の清盛とともに出家（同二月一一日条）。治承二年一一月、言仁《ときひと》親王（安徳天皇）が誕生し、外祖母となる。元暦二年三月、壇ノ浦で入水。『愚管抄』巻五は安徳天皇を抱き、神器の神璽《しんし》と宝剣も持って入水したとし、「ユヽシカリケル女房」と評するが、『吾妻鏡』同日条は、天皇とともに入水したのは按察局《あぜちのつぼね》で、時子は宝剣のみを持っての入水と記す。（二―［3］）

52 滋子（しげこ）

康治元年（一一四二）～安元二年（一一七六）。

建春門院。父は兵部権大輔平時信、母は権中納言藤原顕《あき》頼《より》の娘祐子。清盛の妻時子や時忠らの異母妹。初め上西門院に仕える女房であったが、後に後白河院の寵愛を受け、応保元年（一一六一）憲仁《のりひと》親王（後の高倉天皇）を生む。仁安元年（一一六六）従三位、翌二年女御、同三年高倉天皇の即位に伴い皇太后となる。嘉応元年（一一六九）院号宣下。平家一門の栄華の象徴的存在であった。安元二年六月、腫《は》れ物ができて重態に陥り、同二七日受戒、七月八日法住寺殿にて崩御（『玉葉』、『吉記』）。建春門院の日常については、身近に仕えた建春門院中納言（健御前）の日記『たまきはる』に詳しい。（二―［4］、三―［3］）

53 式子内親王（しきしないしんのう／しょくしないしんのう）

久安五年（一一四九）～建仁元年（一二〇一）

後白河院第三皇女。母は権大納言藤原季成《すえなり》の娘の成子（高倉三位）。同母姉に殷富門院《いんぷもんいん》亮子、同母弟に守覚法親王・以仁王《もちひとおう》らがいる。平治元年（一一五九）、第三一代賀茂斎院に卜定《ぼくじょう》され、嘉応元年（一一六九）に退下。「萱斎院」、「大炊御門斎院」等と呼ばれる。文治元年（一一八五）に准三后となる。建久年間、八条院を呪詛したとの風聞が立ち、それを契機として建久三年（一一九二）の後白河院崩御以前に出家した（『明月記』など）。法名は承如法。同五年、道法法親王から十八道戒を受けたが、その後法然に帰依したか。また同七、八年頃、橘兼仲《かねなか》の妻に故後白河院の霊が憑依《ひょうい》して妖言を吐き、それに同意した疑いを持たれたが、危うく洛外追放を免れた。正治二年（一二〇〇）には、春宮守成親王（順徳天皇）を猶子としたが、同年閏二月ころから乳を煩い、病篤くなって翌年亡くなった。皇女としては異例ながら百首歌の詠作に取り組み、後鳥羽院から高く評価されて、院主催の『正治初度百首』を詠進した。『千載集』以下の勅撰集に一五七首入集。『新古今集』には四九首が入る。家集に『式子内親王集』がある。（二―［5］）

54 **小侍従（こじじゅう）**

大治元年（一一二六）頃の生まれか。建仁元年（一二〇一）に生存。石清水八幡宮別当紀《きの》光清の娘。母は小大進（菅原在良の娘で花園左大臣源有仁家の女房）。二条天皇、藤原多子に仕え、さらに高倉天皇には承安四年（一一七四）頃以降、治承三年（一一七九）まで仕えた。当代を代表する女性歌人として殷富門院大輔と並び称せられ（『無名抄』）、機知に優れていた（『古今著聞集』）。平安末期の多くの和歌行事に加わった。『千載集』以下の勅撰集に五五首入集。家集に『小侍従集』がある。（二―［2］）

55 **小少将の君（こしょうしょうのきみ）**

中宮徳子の女房として登場。「するゐなかゞ女」と記される。（一―［3］）

56 **新大納言君（しんだいなごんのきみ）**

中宮徳子の女房として登場。「藤大納言実国の女」と記される。実国の娘としては、大納言忠良《ただよし》の妻となり、基良《もとよし》母となった女子が知られる（『尊卑分脈』）。（二―［1］）

57 **新中納言（しんちゅうなごん）**

建春門院女房として登場。「親宗中納言の女」と記される。『尊卑分脈』には、平親宗に「建春門院新中納言　三位中将惟盛妾、元暦元年十二死、聞惟盛卿死去之事如此云々」と注される女子が見える。しかし、『たまきはる』の女房名寄には、「新中納言殿」と呼ばれた建春門院女房について、「琴弾き安芸が女。父は信頼の右衛門督」と記されている。大納言成親《なりちか》を父、後白河院京極を母とする「新大納言殿」という建春門院女房は、維盛の妻となっている。（三―［3］）

た

58 **大納言殿（だいなごんどの）**

中宮徳子の女房として登場。「左大将兼長女」と記される。『尊卑分脈』に兼長の娘は見えない。（一―［3］）

ち

59 中将の君（ちゅうじょうのきみ）

斎院（式子内親王）女房として登場。『右京大夫集』（七三）詞書に、右京大夫と贈答を交わした斎院女房として「中将の君」が見える。「二、平家の光と影」補注⑬参照。（三—[5]）

60 中納言あきなりの女（ちゅうなごんあきなりのむすめ）

資盛が垣間見《かいまみ》して歌を贈った相手として登場。「あきなり」は「あきなか」の誤か。『尊卑分脈』には、藤原顕長の娘として、藤原実定《さねさだ》の妻、藤原雅長の妻、建春門院女房の堀河の三人が見える。このうち堀河は、『たまきはる』の女房名寄にも「堀河殿　顕長中納言の女。長方おなじ腹」と記される。（三—[3]）

61 中納言の君（ちゅうなごんのきみ）

斎院（式子内親王）女房として登場。「伏見中納言師仲の女」と記される。（二—[5]）

と

62 徳子（とくこ）

久寿二年（一一五五）？〜？

建礼門院。平清盛の娘。母は時子。同母兄に宗盛・知盛・重衡、同母妹に隆房の妻がいる。承安元年（一一七一）高倉天皇に入内、翌年中宮。治承二年（一一七八）皇子言仁《ときひと》親王（後の安徳天皇）誕生。同四年安徳天皇即位。養和元年（一一八一）院号宣下。寿永二年（一一八三）平家一門の都落ちに同道。元暦二年（一一八五）三月、壇ノ浦合戦で救出され帰洛。同年五月出家。文治元年（一一八五）九月に大原寂光院に入る。没年とその地については諸説ある。『閑居友』巻下には、後白河院が大原を訪ねた際に目にした庵の様子や、女院自身が語った壇ノ浦での一門の最後の有様が記されている。また、『右京大夫集』（二四〇）の詞書は、右京大夫が見た大原での寂しい生活ぶりを伝える。（一—[2]・[3]、二—[1]・[2]）

ゆ

63 右京大夫君（うきょうのだいぶのきみ）

中宮徳子の女房として登場。「朝方が女」と記される。『尊卑分脈』には該当する女子は見えない。『右京大夫集』作

者の右京大夫は、藤原伊行《これゆき》の娘なので別人。〔二―［3］〕

※参考文献

『平家物語大事典』『国史大辞典』『和歌文学大辞典』『〈朝日〉日本歴史人物辞典』『日本古典文学大辞典』『平安時代史事典』他

書誌

『平家公達草紙』三種の伝本

一、「華麗なる一門」（第一種）
福岡市美術館本（松永コレクション）。南北朝期頃写。絵あり。

二、「平家の光と影」（第二種）
a東京国立博物館本。天保三年（一八三二）狩野養信写。絵あり。

b金刀比羅宮本。冷泉為恭写。絵あり。

c國學院大学図書館本。明治三一年（一八九八）翠谷茂の転写。絵あり。

d早稲田大学中央図書館本（旧九曜文庫本。小川寿一旧蔵）。天保一四年（一八四三）西田直養写の転写。絵なし。袋綴。

三、「恋のかたち」（第三種）
宮内庁書陵部本。鎌倉末期頃写。絵なし。

第一種　福岡市美術館本（松永コレクション）

（平成二四年一〇月一九日調査）

名称　平家公達草紙
装幀　巻子（全十五紙）
表紙　紫地裂。
外題　（題簽）平家公達草紙
見返し　金銀切箔
内題　ナシ
寸法

縦			十六糎	
見返し	金銀切箔		十五・六糎	
第一紙	（序・平重盛）	詞（32行）	四十九・五糎	
第二紙	《平重盛》	絵　第一図1	四十五・五糎	
第三紙	《同》	絵　第一図2	四十四・五糎	（前田青邨による模写）
第四紙	（平維盛）	詞1（22行）	三十一・五糎	
第五紙	（同）	詞2（34行）	四十七・五糎	
第六紙	（同）	詞3（35行）	四十九糎	
第七紙	（同）	詞4（13行）	十八糎	
第八紙	《同》	絵　第二図1	四十六・五糎	
第九紙	《同》	絵　第二図2	四十八・八糎	
第十紙	（平重衡）	詞1（33行）	四十六・二糎	
第十一紙	（同）	詞2（16行）	三十九・二糎	
第十二紙	《同》	絵　第三図	四十九・五糎	
第十三紙	《同》	絵　第四図	四十・五糎	（前田青邨による模写）

第十四紙（同）　詞3（24行）　四十三糎
第十五紙（美しき小松家の人々）　詞（13行）　三十一・五糎
※第三・十三紙の絵二葉は前田青邨画伯に譲渡し、前田氏が模写したものを継ぐ。
※第十三・十四紙は逆転すべきであるが、前田青邨によって継がれる以前よりこの形態と思われる。
※絵には唇に朱。線を重ねている部分あり。重ねた際の墨の汚れが所々にあり。

その他

箱　外箱中央金文字「平家公達草子」
「白描／平家公達草子／絵巻／松永記念館」（ラヴェル）
メモ紙に、「平家公達草紙一巻／旧来のもの　四枚／（錯簡を説明）新／前田青邨筆／二枚／（絵二枚／前田画伯に遺す）」

第二種a　東京国立博物館本

（平成二三年一〇月二九日調査）

架蔵番号　八九−五四三二
名称　平家公達草紙（模本）
装幀　巻子（全三十二紙）
表紙・見返し　ナシ
外題・内題　ナシ

寸法

縦　二十六・五糎
第一紙《不明》　絵　第一図1　十四・五糎
第二紙《不明》　絵　第一図2　四十二・五糎
第三紙《不明》　絵　第二図1　四十三糎
第四紙《不明》　絵　第二図2　十二糎
第五紙《不明「重衡と恋人たち」の続きか》　絵　第三図1　四十二・五糎
第六紙《不明「重衡と恋人たち」の続きか》　絵　第三図2　十二糎
第七紙（おしゃれ合戦）　詞1（16行）　三十二・五糎
第八紙（同）　詞2（7行）　十五・五糎
第九紙（紅葉に遊ぶ2）　詞2（6行）　十七・五糎
第十紙《同》　絵　第四図1　四十三糎
第十一紙《同》　絵　第四図2　四十三糎
第十二紙《おしゃれ合戦》　絵　第五図1　四十二糎
第十三紙《同》　絵　第五図2　四十二・四糎
第十四紙（紅葉に遊ぶ1）　詞1（12行）　二十七・六糎
※錯簡。第八紙と第九紙の間に入るべき。
第十五紙（不吉なわざうた）　詞（11行）　二十九糎
第十六紙《同》　絵　第六図1　四十二・四糎
第十七紙《同》　絵　第六図2　二十九糎

第十八紙（追憶の建春門院） 詞1（17行） 三十八糎
第十九紙（同） 詞2（10行） 二十四・五糎
第二十紙《同》 絵 第七図1 四十二・四糎
第二十一紙《同》 絵 第七図2 十二・二糎
第二十二紙（重衡と恋人たち） 詞1（16行） 三十八糎
第二十三紙（同） 詞2（20行） 三十八・六糎
第二十四紙（同） 詞3（13行） 二十九糎
第二十五紙《同》 絵 第八図1 四十二糎
第二十六紙《同》 絵 第八図2 四十三糎
第二十七紙《同》 絵 第八図3 十二・六糎
第二十八紙（東北院の思い出） 詞1（17行） 三十七・八糎
第二十九紙（同） 詞2（14行） 三十一・四糎
第三十紙《同》 絵 第九図1 四十二・四糎
第三十一紙《同》 絵 第九図2 四十二糎
第三十二紙《同・含奥書》 絵 第九図3 三十八・二糎
奥書　巻之名不伝なし　画者土佐光信女筆と申伝之由／
右一巻うつしあしけれと光正之風なるへしと／内記広尚
鑑定之由今住吉家の本をえて／天保三年（一八三二）卯月
十三日法眼養信うつす

第二種b　金刀比羅宮本

（平成二二年八月一一日調査）

名称　平家公達巻模本
装幀　巻子（全二十七紙）
見返し
（外題）
平家公達巻模本
　原本土佐刑部少輔光信女画之
（端裏書）
此平家公達巻絵土佐刑部少輔光信／娘也〈後嫁狩野永徳〉
外題・内題　ナシ
寸法
縦 二十七・二糎
見返し 二十七・八糎（表紙題あり）
　二十五糎（後補　端書あり）
第一紙（おしゃれ合戦） 詞（23行） 四十・二糎
第二紙《不明》 絵 第一図1 十二糎
第三紙《不明》 絵 第一図2 二十六糎
第四紙①《不明》 絵 第一図3 四十糎（①②）
第四紙②《不明》 絵 第二図1
第五紙①《不明》 絵 第二図2 四十・二糎（①②）
第五紙②《不明「重衡と恋人たち」の続きか》

第六紙①《不明「重衡と恋人たち」の続きか》　絵　第三図1
　　　　　　　　　　　　　　　　　　　　　絵　第三図2　四十・一糎（①②）
第六紙②（紅葉に遊ぶ）　詞1（5行）
第七紙①（同）　詞2（13行）　四十・二糎（①②）
第七紙②《同》　絵　第四図1
第八紙《同》　絵　第四図2　四十・一糎
第九紙《同》　絵　第四図3　二十九・八糎
第十紙《おしゃれ合戦》　絵　第五図1　九・八糎
第十一紙《同》　絵　第五図2　四十・一糎
第十二紙①《同》　絵　第五図3　四十・一糎（①②）
第十二紙②（不吉なわざうた）　詞1（6行）
第十三紙①（同）　詞2（5行）　四十・二糎（①②）
第十三紙②《同》　絵　第六図1
第十四紙①《同》　絵　第六図2　四十・二糎（①②）
第十四紙②（追憶の建春門院）　詞1（1行）
第十五紙（同）　詞2（20行）　四十・二糎
第十六紙①（同）　詞3（6行）　四十・一糎（①②）
第十六紙②《同》　絵　第七図1
第十七紙《同》　絵　第七図2　二十二・一糎
第十八紙（重衡と恋人たち）　詞1（8行）　十六糎
第十九紙（同）　詞2（20行）　四十・二糎
第二十紙（同）　詞3（21行）　四十・二糎
第二十一紙《同》　絵　第八図1　四十・二糎
第二十二紙《同》　絵　第八図2　四十・三糎
第二十三紙①《同》　絵　第八図3　四十糎（①②）
第二十三紙②《東北院の思い出》　絵　第九図1
第二十四紙《同》　絵　第九図2　三十九・二糎
第二十五紙《同》　絵　第九図3　四十・二糎
第二十六紙（同）　詞1（19行）　四十・二糎
第二十七紙（同）　詞2（12行）　二十五糎
見返し　十二糎

第二種C　國學院大学図書館本

（平成二八年七月二九日調査）

架蔵番号　貴四二二二
名称　平家公達草紙絵巻
装幀　巻子（全三十紙）　本文は半紙。裏打ちなし。
表紙　茶渋

見返し　本文共紙
外題　平家公達草紙（直書）
内題　ナシ
寸法
縦　二十七・二糎
遊び　二十八・五糎
第一紙（おしゃれ合戦）　詞（22行）　三十八・六糎
第二紙（同）　詞（1行）　五・四糎
第三紙《不明》　絵　第二図1　三十八・二糎
第四紙《不明》　絵　第二図2・第一図1　三十八・四糎
第五紙《不明》　絵　第一図2　三十八・四糎
第六紙《不明　「重衡と恋人たち」の続きか》
　絵　第三図1　三十八・四糎
第七紙《不明》　絵　第三図2　二・八糎
第八紙（紅葉に遊ぶ）　詞（18行）　三十八・四糎
第九紙《同》　絵　第四図1　三十八・二糎
第十紙《同》　絵　第四図2　三十八・四糎
第十一紙①《同》　絵　第四図3　三十八・四糎
②《おしゃれ合戦》　絵　第五図1
第十二紙《同》　絵　第五図2　三十八・四糎
第十三紙（不吉なわざうた）　詞（11行）　三十八・四糎
第十四紙《同》　絵　第六図1　三十八・四糎
第十五紙《同》　絵　第六図2　三十八・四糎
第十六紙（追憶の建春門院）　詞1（13行）　三十・二糎
第十七紙（同）　詞2（14行）　三十八・四糎
《同》　絵　第七図1　三十八・四糎
第十八紙《同》　絵　第七図2　三十八・四糎
第十九紙（重衡と恋人たち）　詞1（18行）　三十八・四糎
第二十紙（同）　詞2（21行）　三十八・四糎
第二十一紙（同）　詞3（10行）　二十二・二糎
第二十二紙《同》　絵　第八図1　三十八・四糎
第二十三紙《同》　絵　第八図2　二十四・二糎
第二十四紙《同》　絵　第八図3　三十八・四糎
第二十五紙（東北院の思い出）　詞1（18行）　三十八・二糎
第二十六紙（同）　詞2（12行）　二十三・六糎
第二十七紙《同》　絵　第九図1　三十八・六糎
第二十八紙《同》　絵　第九図2　三十八・六糎
第二十九紙《同・含本奥書》　絵　第九図3　三十八・四糎
第三十紙（奥書）　十二・四糎
奥書　竹内茂世先生秘蔵／明治戊戌卅一年十二月下旬写
終／翠谷茂
本奥書　この画は只一巻のみ伝はれるものにてまたきも

のにあらさりしとも極めて秘めもた／るなりされと志厚からん人の為には必すしも秘〳〵蔵すへからす／このうつしは故父大夫卒去の已然病床のもとにてより〳〵うつしたるなり／此故よしを鈍筆拙文をはちおそれすかきつけたるは弘化二年乙巳春正月也／藤（花押・為恭）

その他　外題下に「己亥一月元旦写／翠谷蔵」とあり。
第二十四紙の絵の下に細字で「こゝのえなどは／あしけれとも／先これはかり／うつし改む（花押）」の書き付けあり。

※画像は、「國學院大学図書館デジタルライブラリー」http://k-aiser.kokugakuin.ac.jp/digital/diglib.html に公開されている。

第二種d　早稲田大学中央図書館本

（平成二八年七月六日調査）

架蔵番号　E129
名称　平家公達巻詞
装幀　袋綴一冊
表紙　宍色　横刷毛目
外題　平家公達巻詞（表紙左に直書）
見返し　本文共紙
内題　ナシ
寸法　縦二十六・六糎　横十八・四糎
料紙　楮紙
行数　六行
墨付丁数　十四丁
印記　「九曜文庫」「小川寿／一蔵書」　どちらも陽刻
奥書　こは冷泉為恭ぬしよりかり侍て写したる也元／本は画巻物にて表題には平家公達巻とはかりあ／り処々には過《画カ》あり光信の女の作也といふ詞書誰／人の作なりや詳ならす残欠なからまこと補ふ／へきものなれはうえ《つカ》させをきつる也けり／　天保十四年卯（［癸］脱カ）十月　直養

※絵はなく、本文のみの写本。

※奥書によれば、天保一四年（一八四三）に西田直養が冷泉為恭所持本（金刀比羅宮本か）を写したもの。奥書自体に誤りがあり、本文にも誤りが多い。本文の誤りは多く朱で訂正している。奥書の書体も直養のものではない。直養による写本の転写本か。

※画像は、「早稲田大学図書館古典籍総合データベース」http://www.wul.waseda.ac.jp/kotenseki/ に公開されている。

第三種　宮内庁書陵部本

（平成二四年八月六日調査）

名称　佚名草紙

装幀　巻子（全七紙）

表紙　浮線綾　緞子

見返し　金銀切箔

外題・内題　ナシ

寸法

縦　二十四・二糎

表見返し　二十五・八糎
金紙　雲形切り箔

第一紙（恋のさやあて）　四十九・二糎（17行）

第二紙（同）　五十一糎（18行）

第三紙（同）　五十一・二糎（18行）

第四紙（同）　三十九・七糎（14行）
後欠。後ろの部分切断

第五紙（神出鬼没の隆房）　五十一・二糎（18行）
前欠か。後欠

第六紙（雪の日のかいま見）　三十九・九糎（14行）
前欠。前の部分切断

第七紙（同）　五十・六糎（17行）

裏見返し　十九・二糎

印記　「月明荘」。

※鎌倉末期の書写。裏打ちは近世のもの。

※三カ所にほぼ十糎、四行分の切断（文庫本の二行分程に相当）。

※結尾は一行分空白。よって、結尾は後欠ではない。

その他

箱　桐　「伏見院御宸翰」とあり。

校正時に、左記の三点の存在を知った。

一　「為恭画平家物語」（学習院大学文学部哲学科蔵）。
装幀は巻子本（全六紙）。絵のみで詞はなし。全紙裏打なしの半紙。外題に「平家物語　冷泉為恭画」と直書してあるが、実際は「平家公達草紙」第二種に相当する。表見返しに和田貫水の蔵書印（陽刻・朱）の印記がある（学習院大学史料館の柳澤恵理子氏により詳細を知った）。

二　「平家公達草紙」（『古典籍展観大入札会目録』平成二八年一一月　東京古典会）
弘化二年（一八四五）本奥書、明治三八年写。第二種cの写し。

三　「平家公達巻」（関西大学図書館岩崎美隆文庫蔵、岩崎美隆編『藤門雑記』第二第三十冊所収）
「平家しなさため」として、「平家人物論」と併載。第二種dと同様に、西田直養写本を書写したもの。ただし、それよりも誤りが少ない。書写奥書には天保一五年（一八四四）岩崎美隆が書写したとある。西田直養写本を直接に写したものか（藤田加世子氏により、この資料の存在を知った）。

『安元御賀記』翻刻

『安元御賀記』とは

安元二年（一一七六）三月四日から三日間にわたって挙行された後白河院の五十御賀を、参列した藤原隆房が平仮名で記録した作品。藤原定家書写本（定家本系）によって知られる。それから半世紀以上経って、改作本が登場した（群書類従本系）。改作本は『右京大夫集』に描かれた重衡や維盛たちを意識し、平家一門を称賛し、華やかさを際立たせている。ただし、内容の錯誤や人物の官職名の混乱などが目立ち、増補には杜撰さがうかがえる。しかし、この類従本系をもとにして『平家公達草紙』が作られている。ここでは両系を翻刻し、『公達草紙』への道のりを示した。

凡例

・徳川黎明會編『徳川黎明會叢書　古筆手鑑篇五　古筆聚成』（思文閣出版　平成六年）に拠って翻刻した。
・改行は私意。但し＊部分の改行は底本のまま。
・通行の漢字に直した。平仮名は底本のまま。
・句読点・濁点は私意。
・「　」は会話。
・〈　〉は傍書。《　》は傍書中の傍書。
・［　］は補書。
・左傍線は見せ消ち。訂正した文字がある場合は、右傍に記す。
・■は墨滅。右に「×」を付して判読した文字を記す。
・重ね書きされている場合、判読した下の文字を「×」を付して右に記す。
・二重傍線は群書類従本と異なる部分。

定家本（安元御賀日記）

安元二年、としのついでひのえさる、やよひのはじめの四日。世おさまり、時はるなれば、鳥のうたふこゑ、花のゑめるいろ、おりにつけ、事にふれて、まことにいひしらず。ことし、＊
太上法皇いそぢにみち給によりて、＊
我君の御賀をたてまつらせ給なりけり。
　その日のあかつき、法住寺のみなみどのにみゆきあり。もゝのつかさども、まいりしたがへること、つねのごとし。院御所一町にをよぶほどに、さきのこゑをとゞむ。みこ

凡例

・『群書類従』に拠って翻刻した。
・改行は私意。
・句点・濁点は群書類従に従ったが、明らかな誤りは訂した。
・「　」は会話。
・〈　〉は傍書。
・太字部分は定家本と異なる部分、または増補部分。

群書類従本（安元御賀記）

安元二年としのついでひのえさる弥生のはじめの四日。世治り時春なれば。鳥の**木伝**ふこゑ。花のゑめるいろ。折につけことにふれ《てイ》・誠にいひしらず。今年太上法皇《後白河》いそぢに満たまふによりて。我きみ《高倉》の御賀を奉らせ給ふなりけり。

　其日の暁。法住寺の南どのに行幸あり。百のつかさども参り随へる事常のごとし。院の御所一町に及ぶ程にさきの声を停む。みこしを西のよつあしにかきたつ。神づ

しを西のよつあしにかきたつ。かむづかさ、御ぬさをたてまつる。うたづかさたち、がくをそうす。院別当権大納言たかすゑ、事のよしを申す。

そのゝち、中門に御こしをよせて入御。大刀契、鈴印を中門の北のらうにをく。人〳〵まかりいづ。

むまの時に、関白、左大臣・右大臣・内大臣、大納言六人〈定房・重盛《右大将》・公保・隆季・実房・実国〉、中納言七人〈邦綱・資賢《按察》・宗盛《左衛門督》・兼雅・時忠《別当》・雅頼・実綱〉、二位中将〈兼房〉、宰相八人〈成範《左兵衛督》・頼盛《右兵衛督》・教盛・朝方・家通・実家《左中将》・実守《右中将》・頼定〉、三位七人〈信隆・基通《右中将》・基家・信範・隆輔・俊経《右大弁》・脩範〉、殿上人、蔵人頭さねむね・ながゝたをはじめて、のこるはすくなし。

これよりさきに、献物百捧、中門よりとのみなみのわきにたつ。屯食百荷、おなじきらうのひむがしのにはにたつ。

しむでんのたつみのすみ二間、ひむがしの小しむでん四間に、女院の御かたのうちいであり。くれなゐのうすやうのきぬ、しろきいつへのひとへからぎぬ、ものこしあかぢのにしき、をの〳〵かねのもんをつく。

かさ御ぬさを奉る。うたづかさだち楽を奏す。院別当権大納言たかすゑ事のよしを申す。

其後中門に御輿をよせて入御。太刀契鈴印を中門の北のらうに**よせて**をく。人々まかり出。

午の時に関白〈**基房**〉。左大臣〈**経宗**〉。右大臣〈**兼実**〉。内大臣〈**師長左大将**〉。大納言六人〈定房。重盛右大将。公保。隆季。実房。実国〉。中納言七人〈邦綱。資賢按察使。宗盛左衛門督。兼雅。時忠別当。雅頼。実綱〉。二位中将〈兼房〉。宰相八人〈成範左兵衛督。頼盛右兵衛督。教盛。朝方。家通。実家左中将。実守右中将。頼定〉。三位七人〈信隆。基通右中将。基家。信範。隆輔。俊経右大弁。脩範〉。殿上人。蔵人頭さねむね。ながかた《中宮亮しげひらイ》を始として。残るはすくなし。

是よりさきに献物百捧。中門よりとの南のわきにたつ。屯食百荷。おなじきらうの東の庭にたつ。

しん殿の辰巳のすみ二間。東のこしんでん四間に女院《建春》の御方のうちいであり。紅の薄やうのきぬ。白きいつへのひとへからぎぬ。裳のこし赤地の錦。をの〳〵**白がね**
こがねの紋をつく。

にしのたいのみなみ二間、ひむがし四間に、中宮御かたのうちいであり。からぎぬ、あおにびのうちたるものこし、すはうのにほひのうちたるうちぎぬ、やまぶきのにほひぎぬ、むらさきのにほひゝとへ、くれなゐのにほひ、さくらをむすびてつけたり。

つり殿のきたのらうに、上西門院のうちいであり。しろうすやう。

つり殿のうへしもに、かた〴〵のざうし、はした物、いろ〳〵さま〴〵のそでをつらねたり。

南のしまには、武者所、そのかずならびゐる。がくやのにしのかたには、ゐんのみずいじんども、かりさうぞくにてふるまひあへり。みぎはのまつには、ふぢのはなをむすびかけて、つるのすくひたるかたをすへたり。のきのまつ《へ》のうへきどもには、いろ〳〵のはなをつくりつけたれば、かぜにもちらず。ゝべて、やまのいきほひ、水のいろ、よろづよをよばひ、とたびすまむけしき、かねてしりぬべし。

その時、法皇出御。大床子のいぬゐのかたにたちたまへれば、仁和寺法親王、三衣のはこをとりて、御前にをく。つぎに、くわんばく、はかうをしきてのち、天皇出御。すでに御拝はてゝ、ふたところ入御。そのゝち、三所

西の対の南二間東四間に中宮《建礼》の御方の打いであり。唐ぎぬ。青にびの打たる裳のこくすほうの匂ひの打たるうち衣。山吹の匂ひぎぬ。紫の匂ひひとへ。紅の匂ひ。桜を結びて付たり。

釣殿の北のらうに。上西門院《統子》の打出あり。しろ薄やう。

釣殿のうへしもに女院。上西門院。中宮の御方々のざうしはしたもの。色々さま〴〵の袖をつらねたり。

南の島には武者所其数並びゐる。楽屋の西の方に院の御随身ども狩装束にてふるまひあへり。汀の松には藤の花をむすびかけて鶴の巣くひたるかたをすへたり。軒の前の植木どもには色々の花を作りつけたれば風にもちらず。すべて山のいきほひ水の色。万代をよはひ。十たびすまんけしき。かねてしりぬべし。

その時法皇出御大床子のいぬゐの方に立せ給へれば。仁和寺法親王《守覚》三衣の箱を取て御前にをく。つぎに関白はか《帛袷》うをしき給て後。天皇出御。すでに御拝果て。二所入御。其後三所の殿上をかけた

の殿上をかけたる五位まいりて、御はいのざをあらたむ。

又、法皇出御。法親王、三衣のはこを大床子のたつみのすみにをき給。つぎに、天皇、大床子につかせたまひをはりぬ。

そのゝち、大臣以下、饗の座をたちて、中門のほかにいづ。蔵人をへたる五位、籠物をとりて、公卿にたてまつる。蔵人をへざる五位、殿上人にさづく。侍従よりしもつかた、みづからよりてとる。をの〳〵これをさゝげて、御前の庭にたつ。公卿ひとならび。殿上人、侍従、内豎、諸衛、判官、已上ひとならび。たちさだまりてのち、ものゝ名をとなふ。

左大臣、院の別当をめす。右大弁長方朝臣、中門のとより、別当、判官代をひきぐして、公卿のまへによりて、こ物をたまはる。

そのゝち、をの〳〵中門のとへいでぬ。行事のすてんだい、こんもちを、みづしどころへはこびわたす。

このたびの上卿にて、中宮大夫、事をこなはる。

こんもち物のおりに、ひむがしのつり殿のうへに、院の殿上人、そのかずたちいでたりしを、御随身近武をめして、をいゝれられぬ。

次に、院の御かたの御前の物をまいらす。陪膳権大納

る五位参りて御拝の座を改む。

又法皇出御。法親王三衣の箱を大床子のたつみのすみに置給。つぎに天皇大床子につかせ給をはりぬ。

其後大臣已下饗の座をたちて中門のとにいづ。蔵人をへたる五位。籠物を取て公卿に奉る。蔵人をへたる五位。殿上人にさづく。侍従よりしもつ方みづからよりてとる。をの〳〵是を捧げて御前の庭にたつ。公卿一並び。殿上人。侍従。内豎。諸衛。判官。以上一並び。たち定りて後。物の名をとなふ。

左大臣。院の別当をめす。頭右大弁長方朝臣。中門のとより別当判官代をひきぐして公卿の前によりて籠物を給る。

其後をの〳〵中門のとへ出ぬ。行事のすてんだい。こ《献物》んもちを御づし所へはこび渡す。

此度の上卿にて中宮大夫《隆季》事を行はる。

こんもち物のおりに東の釣殿のうへに院の殿上人其数立出たりしを御随身近武を召て追入られぬ。

次に院の御方の御前の物を参らする。陪膳権大納言隆

言たかすゑ、役宰相、内の御かたの御前物。左衛門督むねもり、役四位。そのゝち、＊

〈役送、両頭已下、四位五位、重衡朝臣《左馬頭》、経房《右中弁》、時実《少将》、親宗《権弁》、資盛《侍従》〉。＊

入御。五位の殿上人、御装束をあらたむ。もやのみすをたれて、みなみのひさしの西第七のまに、うげん二枚をしく。そのうへに、ゝしきのへりのりうびんをのべて、からにしきのしとねをしきて、院の御ざとす。

ひむがし・にし・きた、五尺屏風三でうをたてめぐらす。おなじきまのみなみ・にしのみすをたれて、おなじきひさしの第五間、うげむ二枚をしく。そのうへに東京のにしきのしとねをしきて、天皇の御座とす。

はしの東のすのこに、菅円座をしきて、法親王の座とす。おなじきはしの西のすのこに、円座をしきて、公卿の座とす。

左右近衛、胡床をたつ。かもんれう、はしのもとに座をしく。

次に、近衛づかさ、胡床につく。

次に、ふた所出御。関白御前の座につく。

頭中将さねむね、公卿をめす。大臣以下、御前の座につく。


季。役送宰相。内の御方の御前の物。陪膳左衛門督宗盛。役送四位。其後
役送。両頭以下。四位五位。重衡〈右馬頭〉。経房〈右中弁〉。時実〈少将〉。親宗〈権弁〉。資盛〈侍従〉。

入御。五位殿上人御装束をあらたむ。母屋のみすをたれて。南の廂の西第七の間にうげん《繧繝》二枚を敷。其上に錦のへりのりうびん《竜鬢》をのべて。唐錦の茵を敷て院の御座とす。

東西北五尺屏風三でうをたてめぐらす。同じき間の南西のみすをたれて。同じき廂の第五の間。うげん二枚をしく。其上に東京のにしきの褥を敷て天皇の御座とす。

はしの東のすのこに菅の円座を敷て法親王の座とす。同じきはしの西のすのこに円座を敷て公卿の座とす。

左右近衛胡床をたつ。かもんれうはしのもとに座をしく。

次に近衛づかさ胡床につく。

次に二所出御。関白御前の座につく。

頭中将さねむね公卿をめす。大臣以下御前の座につく。

関白、右兵衛督よりもりをめして、法親王めすべきよしをおほす。

次に、三所の殿上人、はしのもとの座につく。

中宮大夫、座をたちて、音声をもよおさる。行事よりはじめて、舞人・楽人、中門にならびたつ。乱声三度。まづ左、つぎに右、つぎに左右おなじくこれをふく。

舞人の装束、左、あおいろのうへのきぬ、えびぞめうちのはんぴ、さくらのしたがさね、すはうのうへのはかま、むらさきたんのひらを、こへうのしりざや、しがい、そのほか、たち、やなぐひ、おひかけ、つねのごとし。右、おなじきうへのきぬ、あをうちのはんぴ、やなぎのしたがさね、やまぶきのはかま、あをたんのひらを、ちくへう［の］しりざや、そのほか、つねのごとし。

このほど、くら人どころ［の］衆、かざしの花をくばる。左はおのへのさくら。右は井でのやまぶき。

すでに、賀王恩をふきて、御前のにはをわたる。まづ、一のつゞみのわらは、源のまさゆき。

つぎに、行事の宰相二人、左さねいゑ、右さねもり。

つぎに、わらはまひ、藤原宗国。

つぎに、左右のまひ人、ふたへにたちならぶ。左まひ人、中将よりざね・少将これもり・きよつね・きむとき・な

関白右兵衛督よりもりを召て法親王めすべきよしをおほす。

次に三所の殿上人はしのもとの座につく。

中宮大夫座をたちて音声を催さる。行事よりはじめて。舞人楽人中門に並びたつ。乱声三度。まづ左。次に右。つぎに左右おなじく是をふく。

舞人の装束。左青色のうへのきぬ。えびぞめうちのはんぴ。桜の下がさねすほうのうへの袴。紫たんのひら緒。こへう《虎豹》のしりざや。しがい《糸鞋》。そのほかたちやなぐゐおいかけつねのごとし。右同じきうへのきぬ。青うちのはんぴ。柳の下がさね。山吹の**上の**はかま。青たんのひらを。ち《竹豹》くへうのしりざや。其外常のごとし。

此程蔵人所の衆かざしの花をくばる。左は尾上の桜。右は井手の山吹。

既賀王恩を吹て御前の庭を渡る。まづ一の鼓の童。源のまさゆき。

次に行事の宰相二人。左さねいへ。右さねもり。

次に童舞。藤原宗国。

次に左右の舞人ふたへに立並ぶ。左舞人中将よりざね。**権亮**少将これもり。**兵衛佐**きよつね。きん時。なりむね。

りむね。右まひ人、少将たかふさ・まさかた・ときいゐ・きむもり。

次に、楽人。まづ羯鼓、治部卿あきざね。

つぎに、三鼓、少納言もろいゐ。

次に、笙四人、中務権大輔つねいゐ・少将ありふさ・刑部少輔たかまさ・丹後守もろもり。

つぎに、ひちりき三人、中将さだよし・中務少輔するゐのぶ・右兵衛権佐盛定。

笛五人、中将やすみち・右兵衛佐もとのり・少将きむ時・左兵衛佐すけとき・侍従たかやす。

次に、大鼓、遠江守するゐよし。

鉦鼓、侍従いゐとし・少納言のぶするゐ。

このほかに、まひの師をの《おほの》ゝたゞとき、拍子をとりて、一のつゞみのわらはにあひしたがへり。

をの〳〵、いけのみぎはをひむがしにゆきて、がくやへいたる。左は左のほこのきたより、右は右のほこのみなみより、みなみきたの一のまよりいる。一のつゞみのわらは、にはにとゞまりて、そでをひるがへす。

このほど、楽人・舞人、竜頭鷁首の舟にのりて、賀王恩をそうす。なかじまをこぎめぐりて、がくやのきしにつく。そのゝち、をの〳〵座につきをはりぬ。がくやの

右舞人少将たかふさ。まさかた。時家。きん盛。

次に舞人。まづ羯鼓。治部卿あきざね。

次に三の鼓。少納言もろいへ。

つぎに笙四人。中務権大輔つね家。少将ありふさ。刑部少輔たかまさ。丹後守もろもり。

次にひちりき三人。中将定よし。中務少輔するゐのぶ。右兵衛権佐盛定。

笛五人。中将やすみち。右兵衛佐もとのり。少将きん時。左兵衛佐すけとき。侍従たかやす。

次に太鼓遠江守するゐよし。

鉦鼓侍従家とし。少納言のぶするゐ。

此外に舞の師おほのたゞとき拍子を取て一の鼓の童にあひ随へり。

をの〳〵池の汀を東にゆきて楽屋へ至る。左は左のほこの北より。右は右のほこの南より。南北の一のまよりいる。一の鼓わらはは庭にとどまりて袖をひるがへす。

此程楽人。舞人。竜頭鷁首の船に乗て賀王恩を奏す。中島を漕めぐりて楽屋の岸につく。其後各座につきをはりぬ。楽屋の有さま誠にいかめしかりき。

ありさま、まことにいかめしかりき。

うらおもて、からにしきのまんに、かねのもんをつく。らでんのはしらに、からあかねのつな、むねにはしろかねのつるをすへたり。

とばかりありて、左右たがひにまひをそうす。左、まんざいらく《サ拍子》・大平楽《破一遍》・陵王《破二遍》。右、地久。小松のにしのほどにて、一のつらばかり、こまかなで、あり。新鳥蘇・あはせかひなをまふ。少将隆房、いりあやをまふ。まさかた、そりこをとる。落尊いりあやをまふ。見るものみなめをおどろかす。

まひをはりてかへりいる時、院の殿上人、ろくをとりてかへりいる。まひ人にたまふ。しろきほそなが一領。わらはまひは、さくらのほそなが。

次に、殿上の楽人に、ろくをたまふ。しろきひとへがさね。行事の宰相は、しろきおほうちぎ。まひ人・がく人、

裏表唐錦のまんにかねのもんをつく。らでんの柱にからあかねのつな。むねには白がねの鶴をすへたり。

とばかり有て左右たがひに舞を奏す。左まんざいらく。大平楽〈破一反〉。陵王〈破二反〉。右地久。小松のにしのもとにて一のつら《つゞみイ》ばかりこまかなである。新鳥蘇あはせかひなをまふ。少将隆房。左の舞人にはやうとすゝむれば。しばし有て権のすけ少将これもり出て落尊入綾をまふ。青色のうへのきぬ。すほうのうへの袴にはへたる顔の色。おもゝち。けしき。あたり匂ひみち。みる人たゞならず。心にくゝなつかしきさまは。かざしの桜にぞことならぬ。舞終りて帰り入時。院の御まへより殿上人を御使にてめしてけふの舞のおもてはさらに〳〵是にたぐふ有まじくみえつるをとて。女院の織物のかず。御ぞに紅の御袴ぐして。関白御使えたまはするに。父の大将《重盛》座を立て参りて。御衣を取て右のかたにかけて。院を拝し奉り給程のめいぼく。其時に取てはたぐひなくぞ見えし。かたへの人々もいかにうらやましう覚えけん。

つぎに殿上人。楽人にろくを給ふ。しろきひとへがさね。行事の宰相は白き大うちぎ。舞人楽人。六丈のきぬを給

六丈のきぬを給はす。これよりさき、まんざいらくのほどに、しんわう・くぎやうに、ついがさねを給。

まゐをはりぬれば、ちやうけいしをふきて、まかりいづ。わらはまゐのほか、行事よりはじめて、ろくを左のかたにかけて、にしの中門へいづ。そのゝち、胡床とる。御むま十疋、平文のうつし（左中将知盛・右中将光能）をゝきて、院にたてまつらせ給（朧左中将雅長・右馬頭親信 将曹已下、番長以上、右中将通親・右少将清通）。殿上の衛府をくちとりとして、近衛舎人（左馬頭重衡・左少将通資）、しなはをとる。たちども（左馬権頭信基・左少将時実）しらず、いばへたるけしきは、花山のふもとにも、かくやはあらむとおぼえたり。

御前を［み］めぐりひくほどに、左大臣、おほせられていはく、「のれ」。しなはとり、をの〳〵のりて、うちまはす。おるべきよしおほせらるれば、をの〳〵おりて、御前にひきたつ。

又、おほせられていはく、「院のみまやにたまへ」。

そのゝち、ひむがしのつり殿のめだうよりひきいでゝ、みまやとねりにたまはす。

つぎに、管絃の具をめす。笙きさきゐ、笛〈こたか〉、ひちりきはなゝし、びは玄上、箏ふしみ、和琴すゞか、

はす。是よりさき万歳楽の程に親王公卿についがさねを給ふ。

まひをはりぬれば。ちやうけいしを吹てまかりいづ。童舞の外。行事よりはじめて。ろくを左の肩にかけて西の中門にいづ。其後胡床をとる。御馬十疋。平文のうつしを置て院に奉らせ給ふ。殿上の衛府を口とりとして。近衛の舎人しなはをとる〈左中将知盛。番長以上。右中将通親。朧左中将雅長。中宮亮重衡。左少将資盛。右少将清通。新少将親信。右少将時実。左馬頭信基〉。殊にほこりがにおもふ。事なげなる人々のけしき也。たちども知らずいばえたるけしきは花山の麓にもかくやはあらんとおぼえたり。

御まへをみめぐり引程に左大臣仰られていはく。「のれ」しなはとりをの〳〵乗てうちまはす。おるべきよしを仰らるれば。をの〳〵おりて御前へ引たつ。

又仰られていはく。「院のみまやにたまへ」。

其後ひんがしの釣殿のめだう《馬道》より引出て。みま屋とねりに給はす。

次に管絃の具をめす。笙〈きさきゐ〉。笛〈こたか丸〉。ひちりき〈名無〉。びわ〈玄上〉。箏〈ふしみ〉。和琴〈すゞ

これらを殿上人もてまいる。

すでにして、御あ［そ］びはじまる。関白、御ふえ御ふえをはこのふたにいれて、天皇にたてまつる。中宮大夫たかするゐ〈笙〉、大納言さねくに〈笛〉、按察使すけかた〈拍子〉、左宰相中将さねいゐ〈和琴〉、さだよしひちりき、まさかた〈つけうた〉。

まづ、そうでう、あなたふと・とりのは・むしろた・とりのきう。つぎに、平てう、いせのうみ・万ざいらく・ころ［も］がへ・三だいのきう。

さても、御ふえのねこそ、いまもたぐひなく、いにしへもかくやありけむときこえしか。ゆめか、ゆめにあらざるか。神也、又神也。

このあひだ、法親王にろくをたまふ。みへのしろきおりものゝうちぎひとかさね、くれなゐうちのほそなが一領、白きおほうちぎ二領。左兵衛督しげのり、これをとり、かさねたり。

これよりさきに、左大臣、公卿のざにつきて、見参をみる。大臣立中門、奏見参、付頭中将、々々置弓、札杖奏之中門にたちて、少将ときざねをめして、御覧了返給。大臣召時実、院司見参給院司見参を給ふ。ときざね、以中務少輔隆成給行幸見参、中門にして、院司の名をとなふ。その時、いちく〵に座をたつ。中門のひむがしのみぎりに、ろくをたまはりて、かへりのぼる。つぎに、御共の公卿以下に、

か〉。これらを殿上人もて参る。

すでにして御あそびはじまる。関白御笛を箱の蓋に入て天皇に奉る。**右大臣**〈**兼実**〉。**琵琶**。**内大臣**〈**師長**〉。**箏**。中宮大夫〈隆季〉。笙。大納言〈さねくに〉。笛。按察使〈すけかた〉。拍子。左宰相〈さね家〉。和琴。さだよしひちりき。**左中将知盛**。まさかた。つけうた。

まづそうでう。あなたうと。とりのは。むしろ田。**賀殿**のきう。次に平調。伊勢の海。万ざいらく。衣がへ。三だいのきう。

さても御笛の音こそ今もたくひなく。いにしへもかくや有けむと聞えしか。夢か夢にあらざるか。神なり又神也。

此間法親王にろくを給ふ。三重の白き織物のうちぎ一かさね。紅のうちのほそなが一領。白き大掛二領。左兵衛督**教盛**是をとりかさね**らる**。

是よりさきに左大臣公卿の座につきて見参をみる。中門に立て少将時ざねをめして院司の見参を給ふ。ときざね中門にして院司の名をとなふ。其時いちく〵に座をたつ。中門のひんがしのみぎりにろくを給はりてかへりのぼる。つぎに御供の公卿以下にろくを給ふ。

ろくをたまふ。

そのゝち、ふたところ入御。上下皆かへりいでぬ。＊

かくて、あくれば五日になりぬ。あすは後宴にて、けふは、さしたることな［け］れども、「たゞにやはくらさむ」とて、関白以下、とのひさうぞくにて、まいりあつまれり。右大臣、くれなゐのうちぎぬをいださる。ゑふなる人〳〵は、おいかけをかけて、つぼやなぐひをへり。

院御随身、おもひ〳〵のなりどもにて、にしのつりどのゝへんにさぶらふ。

その中に、将監しげちか、［年］は、やそぢにもやをよびぬらむ、からのきぢんかみしもに、しろかねのでいにてつるをかく。あかぢのにしきのきぬに、しろ地のにしきのひとへ、かはのおびをさして、そやかきたりしこそ、まことにおきなさび、「人なとがめそ」と、おもへるけしきなりしか。

さうげむかねより、やなぎかみしも、おもてきらゝ、はりうち、あをかうけち、からくれなゐのきぬに、きなるひとへ、くれなゐうちのおび、これ又、おもしろかりき。

つぎ〳〵は、われも〳〵と、おとらぬさまなりき。

関白随身四人、しきの心をさうぞきたり。春は、あをうちに、さくらのはなをつけ、なつは、しろうちに、ま

其後二所入御。上下みなかへりいでぬ。

かくてあくれば五日に成ぬ。あすは後宴にて。けふはさしたる事なけれども「たゞにやは暮さむ」とて関白以下宿直装束にて参集れり。

右大臣紅の打ぎぬを出さる。衛府なる人々はおいかけを懸てつぼやなぐゐをおへり。

院の御随身思ひ〳〵のなりどもにて西の釣殿の辺に侍らふ。

其中に将監しげちか。年はやそぢにもやをよびぬらん。からのきぢんの上下に白がねのでいにて鶴を書。赤地の錦のきぬに白地の錦のひとへ。かはの帯をさして。そやかきたりしこそまことに翁さび。「人なとがめそ」とおもへるけしき成しか。

さうげん《将監》かねより柳の上下におもてきらゝ。はりうち。あをかうけち。唐紅のきぬにきなるひとへ。紅うちのおび。是又おもしろかりき。

つぎ〳〵は我も〳〵とをとらぬさまなりき。

関白随身四人。四季の心をさうぞきたり。春は青うちに桜の花をつけ。夏は白うちに松に藤をつけ。秋はすすほ

つにふぢをつけ、秋は、すはうゝちに、きくをつけ、ふゆは、えびぞめうちに、あしにみづとりをつけたり。

かくて、ひるがたにもなりぬ。いまは、ふねにのり、あそぶべしとて、中宮・女院女ばうのふねを、ひむがしのつり殿によす。

女院の女ばうのふねは、その院のくら人をふねさしと（此舟右大将・平宰相教盛所造進也。）す。中宮の女（各一艘）ばうのふねは、内のくら人（具行・能成）をふねさしとす。

いろ〳〵さま〴〵のそでぐちを、御ふねのうらうへにいだせり。たまをつらぬき、にしきをかさね、こがねをのべ、ぬひ物をほどこせり。ことばにも、いふはかりなし。ふでにも、かきのぶべからず。

そのゝち、右大臣、内大臣、権大納言たかすゑ・さねくに、中納言かねまさ・すけかた、頭中将さねむね・さだよし・やすみち、少将たかふさ・まさかた・これもり、この人々（近衛司各老懸、帯胡籙、頭中将不帯、）をえらびめして、ふねにのせられ侍。寝殿のすのこより、中のつりどのにゆきて、舟にのる。蔵人、（兼綱・清定）さおをさす。

これよりさきに、管絃の具を、院の御方よりはこびのす。関白めされて、御前のすのこにさぶらひたまふ。

内の御方よりはじめて、両院、みすのうちより御覧じ

うのうちに菊をつけ。冬はえびぞめのうちに蘆に水鳥を付たり。

かくて昼方にも成ぬ。今は船に乗あそぶべしとて。中宮女院女房の船を東の釣殿によす。

女房の船は其院の蔵人を船さしとす。中宮の**御方の**女房の船は内の蔵人とも行。よし成を船さしとす。

いろいろさま〴〵の袖くちを御船のうらうへに出せり。玉をつらぬき。錦をかさね。こがねをのべ。縫物をほどこせり。詞にもいふばかりなし。筆にも書のぶべからず。

其後右大臣〈**兼実**〉。内大臣〈**師長**〉。**右大将重盛**。権大納言隆季。さねくに。中納言かねまさ。**あぜち**資方。**左中将知盛**。頭中将さねむね。**中宮亮重衡**。**左中将頼実**。**権亮少将**これ盛。左少将たかふさ。**侍従資盛**。まさかた。さだよし。やすみち。此人々をえらびめして。**かたみの心づかひをろかならず**。**女房達の**船にのせられ侍り。寝殿のすのこより中の釣殿に行て船に乗。蔵人棹をさす。

是よりさきに管絃の具を院の御方よりはこびのす。関白めされて御前のすのこに侍らひ給ふ。

内の御方よりはじめて**中宮**両院みすのうちより御覧じ

いだす。池水のそこ、きよくすめるさまも、るりをしけるかとおぼゆ。花のゆふばえの、心ことなるも、にしきをさらすけしき也。

すでにして、めづらしくかざりたてたるみふねどもを、みなれざほいそがぬさまにて、おまへのおきへさしまはすほどに、中宮大夫たかすゑ、そうでうをふきいだす。少将たかふさ、ひきおくれて、又ふく。中将さだよし、ひちりきのねを、をとづれてのち、大納言さねくに、ふえのねをとる。やすみち・これもり、おなじくふえをつぐ。

このあひだ、右大臣・内大臣、びは・ことをひきよせてしらべらる。中納言かねまさ・頭中将さねむね、又おなじくしらぶ。てうしのはてつかたに、あんぜちすけかた、ひやうしをとりて、さくら人をうたふ。おりにつけて、そのふね、しまづたふことは、げにたよりありき。

そのゝち、とりのは・なはのうみ・かでんのきふ。さて、りちにふきかへしつ。いせの〔う〕み・まんざいらく・おほうち。つりどのゝまへにて、三だいのきうをふきて、人〳〵、ふねよりおりぬ。女ばうのふね二そうは、なを、ごぜんのみぎはに、こぎとゞめたり。

このゝち、まりあそびあるべしとて《右内両府候御前、》、くら人《鞠事　具行》、にはか《中》

出す。池水のそこ。うろくず《きよくイ》すめるさまも。るりをしけるかとおぼゆ。花の夕ばへ。心ことなるも錦をしけるけしき也。

既にしてめづらしくかざり立たる御船どもをみなれざほいそがぬさまにて御前のおきへ御前ざまにさしまはす程に。中宮大夫たかすゑそうでうを吹出す。少将たかふさ。ひきをくれて又ふく。中将定よし。ひちりきの音ををとづれて後。大納言さねくに笛の音をとる。やすみち。権亮少将惟盛はよこぶえ。雲井とをりておもしろし。天皇ををき奉りて。是なん笛すぐれたりける。

此あひだ右大臣。内大臣。びわ。琴を引よせてしらべらる。権中納言かねまさ。中宮亮重衡。頭中将さねむね。又おなじくしらぶ。調子のはてつ方に。あぜちすけかた拍子をとりて桜人をうたふ。折につけて。その船島つたふ事はげにたより有き。

其後とりの破。なはの海。かでんのきう。さてりちに吹返しつ。青柳。まんざいらく。おほみち。釣殿の前にて三だいのきうをふきて。人々船よりおりぬ。女房の船二艘はなほ御前の汀に漕とゞめたり。

此後まりあそび有べしとて。蔵人庭中に鞠をゝく。人々にまりをゝく。人〳〵、中門よりまいる。さだよし《不老懸》・ちかのぶ《束帯》・やすみち《不老懸》・ありふさ《同上》・これもり《老懸》・まさかた・いゑみつ《老懸》。

このほか、刑部卿よりすけとて《束帯》、いそのかみふるめき《着襪、他人不着、束帯人襪如例、》たる人います。このみちにかみなきものとて、けふのあげまりのれうに、ことさら殿上へめされたり。まりをとりて、まへうしろへよりのき、たゝずむ。四、五どばかりして、四はうをみまはす。人〳〵たちまはれといふ心とかや。さて、ふたゝびあしにあてゝのち、わがもとへまりくれば、ぬけあしをふみて、にげられき。それしもわりなしや。この人のはなのありさま、いとけしからぬを、あなかしこ、日きにかくべからざるよし、かねておほせくだされたれば、人〳〵、見ぬかほをすれど、しりめはたゞならず。

まりあそびはてゝのちに、なほもふねのうち、なみのうへにきこえつるものゝねどもは、なごりをしとて、やがてありつる人〳〵を、小寝殿のみなみのひさしにめして、御あそびあり《此座、頭中将帯弓箭、》。

中門より**いる。頭中将実宗。中宮亮重衡。権中将定**よし。**右大弁**ちかのぶ。**新中将**やすみち。**権亮少将惟盛。新少将清経。右少将**有房。**権少将**まさかた。**右中弁**家みつ。**右中弁親宗。権弁経房。越前守通もり。兵衛佐長方。此人々十五人。**

此外刑部卿よりすけとて。いそのかみふるめきたる人います。此道にかみなきものとて。けふのあげまりのれうに殊更殿上**人**めされたり。**鞠**を**取て前**うしろへよりのきたゝずむ。**四五度**ばかりして**四方**を**見**まはす。人々立まはれといふ心とかや。さてふたゝび**足**にあてゝ**後**。**我**もとへ**鞠**くれば。ぬけあしをふみてにげられき。それしもわりなしや。**此**人のはなの**有**さま。いとけしからぬを。あなかしこ。**目**にかくべからざるよし。かねて**院の御かた**。**殿上人どもに仰下**されたれば。人々見ぬかほすれど。しりめはたゞならず**みながらゑみたり。中にも此頭中将実宗。中宮亮重衡。ことに花やかにほこりかなる若き人にて。えたへず笑ひぬるに。人々いとゞ催しがほなり。**

鞠遊び果て後に猶も船の中波の上に聞えつる物の音どもは。名残おしとて。やがて有つる人々をごしんでんの南の廂に召て御遊あり。

こよひはことうるはしきならねば、うちみだれてあそばむとて、内大臣、ことにさうがなどうちあげてせられし。又、がくもうたも、つねの御あそびにもすぎて、めづらしきさまなり。

そうでう、いもとわれと・春庭楽・もとしげき・こいむずの破・青馬・とりのきふ、平調、にはにおふる・慶雲楽・おほせり・五ざうらくのきう・あさむつ・ばいろ。＊

この時、「月なきほどのにはのおもは、ひかりなきものぞ」とて、ゐんのみずいじんども、たちあかしす。かつらのうかいども、かゞりをかく‖。御あそびはてぬれば、人〳〵まかりいでぬ。＊

六日。けふは後宴なり。そのつとめて、蔵人、寝殿の御さうぞくをあらたむ。

女院の御かたうちいで、からぎぬは‖、うはぎ、あをむらご、いろ〳〵のいとにて、さうびんのまろをぬひたり。すはうむらごのものこし、くれなゐむらごのうちぎぬ、あをむらごのきぬ、くれなゐむらごのひとへ、をの〳〵さうびんのはなをむすびてつけたり。

中宮の御かたのうちいで、えびぞめの‖からぎぬ、やまぶきの花をむすびてつけたり。しろこしのも、ゝえぎのうはぎ、くれなゐの‖うちぎぬ、うらやまぶきのきぬ、あ

蔵人頭どもなど。こよひは殊**に**うるはしき**き****は**ならねば。打乱れてあそばんとて。内大臣ことにさうかなど打あげてせられし。又がくもうたも。常の御あそびにも過て。めづらしきさま也。

そうでう。いもと我と。春庭楽。もとしげき。こいむずの破。青馬。とりの急。平調。庭におふる。慶雲楽。わうせり。五ざうらくのきう。あさむつ。ばいろ。

此時「月なき程の庭の面は光なき物ぞ」とて。院の御随身共たちあかしす。桂の鵜飼どもかがりを**たく**。御あそびはてぬれば。人々まかりいでぬ。

六日。けふは後宴なり**とて**。其つとめて。蔵人しんでんの御さうぞくをあらたむ。

女院の御方**の**打出。唐ぎぬ。うはぎ**もえぎ**。青むらご。色色の糸にて。さうびん《薔薇》のまろをぬひたり。すほう村ごの裳のこし紅。むら濃の打ぎぬ。青むらごのきぬ。紅のむらごのひとへ。をの〳〵さうびんの花を結びて付たり。

中宮の御方の打いで。えびぞめ**にほひ**唐ぎぬ。山吹の花を結びて付たり。**花だにほひの**しろこしのも。もえぎのうはぎ。紅**匂ひ**打ぎぬ。裏山吹**にほひ**のきぬ。青き**匂**

をきひとへ、みなふぢをむすびてつけたり。

上西門院の御かたのうちいで、ふたついろ。

かくて、むまの時ばかり、人〳〵まいりつどふ。まひ人・がく人、最勝光院のつりどのにあつまる。行事の宰相、ならびに、たいこ・さうこのほかの‖うちものゝ人〳〵、かねてがくやへまいる。地下のまひ人・がく人、めしうどおほくめしてはべる。

竜頭鷁首のふね六そう、つりどのにまうけたり。殿上のふね二そうは、近衛のぜうをふなさしとす。地下のめしうどのふね二そうは、近衛府のものをふなさしとす。かりのめしうどのふね二そうは、か‖りとりをふなさしとす。

未時に、近衛司、胡床につく。

法皇、寝殿のみなみのひさしのひらじきの御座につき給。法親王、三衣箱をとりて、御ざのひつじさるにをく。つぎに、天皇出御。その次第、つねのごとし。関白、座につきてのち、頭弁ながゝた、‖公卿をめす。■《×つぎ》に、関白、宰相中将さねもりをめして、法親王めすべきよしをおほせらる。をの〳〵座につくこと、をとゝひのごとし。

このあひだ、がく人、をの〳〵舟にのる。やう〳〵こぎいだすほどに、殿上・地下、同音に万渉調のてうしを

ひのひとへ。みなふぢをむすびて付たり。

上西門院の御方の打出。ふたつ色。

かくて午の時ばかり人々参りつどふ。舞人楽人。最勝光院の釣殿に集る。行事の宰相**教盛**。ならびにたいこさうこの外。打物の人々かねて楽屋へ参る。地下の舞人楽人。めしうどおほく召て侍る。

竜頭鷁首の船六さう釣殿にまうけたり。殿上の船二艘は近衛のぜうをふなさしとす。地下のめしうどのふね二艘は近衛府のものを舟さしとす。かりのめしうどのふね二艘は**かぢ**とりを船さしとす。

未の時に近衛司胡床につく。

法皇寝殿の南のひさしのひらじきの御座につき給。法親王三衣箱を取て御座のひつじさるにをく。次に天皇出御。其次第常のごとし。関白座につき**給ふ**て後。**頭中将実宗**公卿をめす。次に関白。宰相中将さねもりを**院の御前に**召て法親王**を**めすべきよしを仰らる。各座に着事おとゝひのごとし。

此あひだ。楽人をのをの船に乗。やう〳〵漕出す程に。殿上地下同音に盤渉調のてうしを吹。

ふく。
その中より、鳥向楽をふきいでつ。殿上のふねのうちに‖、右大こは、そのまひ人の中に、此道にたへたるものうつべしとて、少将たかふさ、大このおもてにひざまづけり。

いけのみなみより、なかじまのひつじさるをめぐりて、おまへのみぎはに、こぎよせたり。この時に、管絃の具をめす。

関白、御ふえをたてまつる。右大臣・中納言かねまさ、びは・ことをしらぶ。なみのうへのがくにあはせて、御ふえをふきいださせたまふ。そのこゑ、ものにまぎれず、いともたへなり。「仁平の御賀にも此事なし。康和のむかしこそ、かくはありけれ」とぞ、ふるき人〲いひあへりし‖。

かくて、まひ人・がく人、ふねよりおりて、がくやへいる。殿上のふねをば、御前のきしにつく。かりのめしうどのふねをば、いけのうへより、こぎもどりぬ‖。

まひ人・がく人、がくやへいりぬ。次第、さきのごとし。いちのつゞみのわらはは二人、にはにとゞまりて、そでをひるがへす。左右のまゐのし二人、おほ《×をの》のたゞ時・こまのみつちか、大拍子をとりて、あそびあへり。このあひ

其中より鳥向楽をふき出づ。殿上の船の中。左右太鼓は。其舞人の中に此道にたへたる者打べしとて。左の太鼓のおもてに権亮少将惟盛。右の太鼓のおもてに左少将隆房をの〲大太鼓のばちを取てひざまづけり。

池の南より中島のひつじさるをめぐりて。御前の汀に漕よせたり。此ときに管絃の具をめす。

関白御笛を天皇《イナシ》に奉る。右大臣〈兼実〉。右大将重盛。琵琶。笙をしらぶ。中納言かねまさ。箏をしらぶ。波の上の楽にあはせて天皇御笛を吹出させ給ふ。其声物にまぎれず。いとも妙なり。「仁平の御賀にも此事なし。康和の昔こそかくは有けれ」とぞ古き人々いひあへり。

かくて舞人楽人。舟よりおりて楽屋へいる。殿上の船をば御前の岸につく。かりのめしうどの船をば。池の上より漕もどしぬ。

舞人楽人。がく屋へ入ぬ。次第さきのごとし。一の鼓の童は二人。庭にとゞまりて袖をひるがへす。左右の舞のし二人。おほのたゞとき。こまのみつちか。大拍子を取てあそびあへり。此間舞人は太鼓の前にとゞまるべけ

だ、がく人は、大このまへにとゞまるべけれど、一のつゞみのわらはゝ、いりにしかば、それにぐしていりにき。

かくて、をの〳〵座につきをはりて、まひのはてむとするほどに、検非違使とをなりと、よりざねの中将のずいじんと、うちしろひ、のゝしることいできたり。いとかまびすきさま也。とほなり、ずいじんをとりて、つりどのへのぼりて、それよりひむがしのかたへゆきぬ。ねずみの物をひくにぞにたりし。又、とをめは、にぐるにぞにたりし。

そのゝち、左右たがひにまひをそうす。左、春鶯囀〈序一返、颯踏二返、入破三返、鳥声一返、急声一返〉。遊声をふくあひだ、関白、くら人右少弁みつまさをめして、内大臣・中宮大夫・藤大納言・あんぜち、がくやへゆくべきよし、おほせらる。ものゝこゑ、いろをまさむがためなり。このあひだ、又、親王、并公卿についがさねを給。右、古鳥蘇いづ。たかふさ・まさかた、こまつのもとにして、あはせがひなをまふ。こずゑ■のうぐひすのこゑに、春鶯囀たよりあり。みぎはのつるのまひに、ことりそも、よしありてぞ御覧じける。

これよりさきに、御前の物をまいらす。陪膳大納言さだふさ、役宰相。


れど。一の鼓の童は入にしかば。それにぐして入にき。

かくて各座につきをはりて。舞のはてんとする程に。検非違使遠成《頼イ》とよりざね。中将の随身と打しろひのゝしる事出来たり。いとかまびすしきさまなり。遠成《頼イ》随身をとりて。釣殿へのぼりて。それより東の方へゆきぬ。鼠の物をひくにぞ似たりし。

その後左右たがひに舞を奏す。左春鶯囀〈序一反颯踏二反。入破三反。鳥声一反。遊声一反〉。遊声を吹あひだ。関白。蔵人。右少弁みつまさをめして。内大臣。中宮大夫隆季。藤大納言実国。あぜち資方。楽屋へ行べきよしを仰らる。物の声色をまさんが為なり。此あひだ。又親王并に公卿についがさねを給ふ。右古鳥蘇いづ。隆房。まさかた小松のもとにして。あはせがひなをまふ。梢の鶯の声に春鶯囀たよりあり。汀の鶴の舞にことりそもよしありてぞ御覧じける。

是よりさきに御前の物を参らす。陪膳大納言さだふさ。役供宰相。

こののち、内大臣・中宮大夫・藤大納言・按察、がくやへゆく。このほかに、源大納言・源中納言、がくやへゆくべき事あれば、この人〳〵にゆきぐせらる。内大臣・源大納言は、胡床のきたよりゆく。こと人〳〵は、みぎはよりゆく。

又、右大将、青海波の装束のために、したしき人々をひきぐして。がくやへむかはる。又、蔵人、管絃の具をがくやへもてゆく。

内大臣、琵琶をしらべらる。古鳥蘇はてゝ、左右の胡床をとる。

蔵人頭已下、殿上人四十余人、西の中門より御前をわたりて、がくやのひつじさるの庭に、むらがれたつ。かいしろのれうなり。出納ひさちか、へんびをくばる。この時、笙のてうしをふく。

つぎに、ふえ、りむだいをふく。かいしろ、やう〳〵いづ。そのみち、大このうしろ、左のさうこのきたよりいづ。まづ、りむだいの上らう二人、よりざね・きよつね。

此後内大臣。中宮大夫隆季。藤大納言実国。按察資賢楽屋へ行。此外に源大納言。源中納言。楽屋へ行べき事あれば。この人人に具してゆく。又内大臣。藤《源イ》大納言は胡床の北より行。こと人々は汀よりゆく。

〈以下、『公達草紙』の資料となる〉

又しばし有て。右大将は青海波の装束の為に。一家の人人左衛門督宗盛。左中将知盛。中宮亮重衡。権亮少将惟盛。左少将資盛。新少将清経。兵衛佐忠房。越前守通盛。是らを引具して。楽屋へむかはるゝ。其いきほひ人にことなり。又蔵人管絃の具を楽屋へもてゆく。

内大臣びわをしらべらる。古鳥蘇果て。左右の胡床を取。

蔵人頭実宗。重衡以下。殿上人四十余人。西の中門より御前をわたりて。楽屋のひつじさるの庭にむらがれたつ。かいしろのれう也。出納ひさちか。へんひをくばる。此時笙のてうしを吹。

次に笛りむだいをふく。かいしろやう〳〵いづ。其道。太鼓のうしろ。左のさうこの北よりいづ。まづりんだいの上らう二人。よりざね。新少将きよつね。次に右の舞

つぎに、右のまい人四人。つぎに、りむだいの下らう一人、きむとき。もとはふえふきにてありしが、まひ人のかけたるによりて、にはかにいりたれば、まんざいらくのほかは、いまだならはねど、かいしろばかりにたちくはゝるなり。

つぎに、殿上人、をの〳〵あゆみつらなりて、おほわをめぐる。左右まひ人は、すりつゞみをうつ。をの〳〵めぐりたちてのち、ひむがしに、こわをつくる。その中により、よりざね・きよつね、いでゝまふ。この時に、大納言たかすゑ・さねくに、中納言すけかた、中将さだよし、がくやよりいでゝ、かいしろにくはゝる。ねとり・さうこ《か》のありさま、こまかにしるすにいとまなし。

りむだいはてゝ、せいがいは、いでかはりてまふ。これもり・なりむねともに、右のそでをかたぬぐ。かいぶのはんぴ、らでんのほそだち、こむぢの水のもんのひらを、やなぐひをときて、おいかけをかく。

人四人。次にりんだいの下らう一人。きむとき。もとは笛吹にて有しが。舞人のかけたるによりて。俄に入たれば。万歳楽の外はいまだ習はねど。かいしろばかりに立くはゝるなり。

次に殿上人各歩みつらなりて。おほわをめぐる。左右舞人はすり鼓を打。をの〳〵めぐり立て後。東に是をつくる。其うちより頼実朝臣。新少将清経出てまふ。此時に大納言隆季。実国。中納言すけかた。権中将知盛。さだよし。楽屋より出て。かいしろにくはゝる。音とりさうかの有さま。こまかにしるすにいとまなし。

りんだいはてゝ。せいがいは出かはりてまふ。これもり。なりむねなどなり。権亮少将。右の袖をかたぬぐ。かいふのはんぴ。らでんのほそだち。こん地の水のもんのひら緒。桜もえぎのきぬ。山吹の下がさねやなぐゐをときて。おいかけをかく。山端近き入日の影に御前の庭のすなごども白く。心地よげなるうへに。花の白雪空にしぐれて散まがふほど。物の音もいとゞもてはやされたるに。青海波の花やかに舞出たるさま。惟盛の朝臣の足ぶみ。袖ふる程。世のけいき。入日の影にもてはやされたる。似

まいをはりて、はじめのごとくにつらなりて、がくやへいる。たゞし、りむだいのまひ人は、たちくはゝらず。

かくているほどに、右まひ人少将たかふさ、大このまへより、がくやへすゝみよりて、中将やすみちにいはく、「大こはあげらるまじきにや。如何」。この時に、ゝはかに大こをあげらる。

せいがいは、いる時の大こ、世のつねはあぐることなし。あぐるは、きはまりなき秘説也。さきの仁平の御賀に、なかの院の右大臣・なりみちの大納言、ともにいひあはせて、あげさせたり。このたびもしかるべきに、ふえふきの、おもひわすれにけるなるべし。「かくおどろかさずは、さてあげで、やみなまし」とて、人〳〵みな、はぢたるけしき也。

る物なく清ら也。おなじ舞なれど。目馴ぬさまなるを。内院を始奉りいみじくめでさせ給ふ。父大将事忌もし給はす。おしのごひ給。ことはりと覚ゆ。片手は源氏の頭の中将ばかりだになければ。中々に人かたはらいたくなんおぼえけるとぞ。

舞終りてはじめのごとくにつらなりて楽屋へ入。ただしりんだいの舞人は立くはゝらず。

かくて入程に。右舞人少将隆房。太鼓の前より楽屋へすゝみよりて。中将やすみちにいはく。「太鼓はあげらるまじきにやいかゞ」。此時に俄に太鼓をあげらる。

青海波はつる時の太鞁。よのつねはあぐる事なし。あぐるはきはまりなき秘説なり。ゆゝしく舞たるときあぐる事也。さきの仁平の御賀に中院の右大臣《雅定》。なりみちの大納言どもにいひ合てあげさせたり。此度もゆゝしく舞たらばあげよと院の御方より仰事有ける。しかるべきに笛ふきの思ひ忘れにける成べし。「かくおどろかさずは。さてあげでやみなまし」とて。人々みなはぢたるけしき也。

また右に越前守通盛。四位侍従有盛。りんがをまふ。時に院の御前より右大臣して禄を給ふ。すほうの織物のうちぎ。をの〳〵右のかたにかけて入綾をまふ。見るもつぎに、右、しきてをまふ。つぎに、右、胡飲酒〈序二反、破五反〉。左の大こ・正このあはひより、ほこのみなみをへていづ。そのまひ、いとたへなり。みるものみな、なみだをおとす。

まひはてゝいる時、院庁のろくをたまふ。すはうのあやのうちぎ。中将みつよし、これをとりてたまふ。右のかたにかけて、いりあやをまふ。

次に、陵王〈破二反〉。そのまひ、又いうなり。右衛門権佐みつなが、ろくをとりて給、さきのごとし。

つぎに、らくそん。胡飲酒のわらは、おなじくこれをまふ。いりあやこそ、なを、めもあやなりしか。

このあひだ、ゆふひのかげもくれぬれば、ところ〴〵に、はなのともしびをかゝぐ。にはには、たちあかしをしろくたてまつり、みぎはには、ゝるかにかゞりをかく。

つぎに、左、かでん〈破一反、急三反〉、右、りむが。左、三だい、わうにん。まひはてぬれば、そがうのきうをふきて、をの〳〵まかりいづ。まひ人九人は、御むまをひかむために、つりどのにとゞまる。

つぎに、御あそびあり。御ふえ、ならびに、びは、し

のこと〴〵く涙をながす。青海波こそなをめもあやなりしか。

次に右しきてをまふ。右胡飲酒〈序二反。破二反〉。左の太鼓正このあはひよりほこの南をへていづ。其舞いとたへなり。みるもの涙を落す。

舞果て入時。院庁の禄を給ふ。すほうのあやのうちぎ。中将みつよし是をとりて給ふ。右のかたにかけて入綾をまふ。

つぎに陵王〈破二反〉。其舞又いうなり。右衛門権佐みつ長。禄を取て給ふさきのごとし。

つぎに落蹲。胡飲酒のわらはゝ。おなじく是をまふ。入綾こそ目もあやなりしか。

此間入日の影も暮ぬれば。所々に花のとも し火をかゝぐ。庭には立あかしを白く奉り。汀にははるかに篝を焼。

つぎに左かでん〈破一反。急一反〉。右りんが。左三たい。右わうにん。舞果ぬれば。そがうのきうを吹て各まかり出。舞人九人は御馬をひかん為に釣殿にとゞまる。

次に御遊び有。御笛右大臣。琵琶内大臣。箏の琴はじ

やうのこと、はじめのごとし。ひやうし、中納言むねいゑ。わごむ、あんぜちすけかた。笙、宰相いゑみち。ひちりき、中将さだよし。つけうた、まさかた・これもり。

まづ、そうでう、あなたうと・とりのは・みまさか・とりのきう。つぎに、ひやうでう、いせのうみ・まんざいらく・ころもがへ・かんしう・ばいろ。

御あそびのはてつかたに、左大臣、座をたちて、こしむでんのひむがしにして、をくり物をとる。御手本。権大納言たかすゑ、御ふえをとる。さねふさ、笙をとる。ひむがしのすのこより、御前にひざまづきてのち、にしのすきらうにして、さねむね・ながゝた・みつまさ、うけとりつ。

ゝぎに、御むま十疋をひく。ゝらをかず、かうけちのきぬ、にしきのたづな。まひ人九人、ならびに、中将みちゝか、これをひく。院のみずいじんども、かりさうぞくにて、しなはをとる。みめぐりひきまはしてのち、にしの中門のとにて、左右のむまづかさにわかち給。

これよりさきに、中宮の御かたのをくり物に、みちかぜがゝきたるかんなをたてまつる。左衛門督むねもり、これをとりて、だいしんもとちかに、たまひをはりぬ。

めのごとし。拍子中納言むね家。和琴按察使すけかた。笙宰相家みち。ひちりき中将定よし。つけうたまさかた。惟盛。

まづそうでう。あなたうと。鳥のは。みまさか。賀殿急。負刀自。世にめづらしきこはづかひどもにてみだれたり。次にひやうでう。伊勢の海。万歳楽。衣がへ。かんしう。ばいろ。

御あそびのはてつ方に。左大臣座を立て。小寝殿の東にしてをくり物をとる。御手本権大納言隆季御笛をとる。さねふさ笙をとる。東のすのこより御前にひざまづきて後。西のすきらうにして。さねむね。ながかた。光まさうけとりつ。

次に御馬十疋を引。鞍をかず。かうけちのきぬ。錦の手綱。舞人九人并に中将みちゝか是をひく。院の御随身ども。かりさうぞくにて。しなはをとる。みめぐり引まはしての後。西の中門のとにて。左右の馬づかさにわかち給。

是よりさきに中宮の御方の送り物に道風が書たる古今《かんなイ》を奉らせ給ふ。右大将重盛是を取次ぐ。蔵人大進《光遠イ》に給ひ終りぬ。

御遊のあひだ、大臣以下にろくをたまふ。そのゝち、ふたところ入御。院の御かたより、あんぜちの中納言を御つかひにて、このたびの御賀、つゆのをこたりなく、とげをこなはれぬるは、なんぢがことをおこなふゆへ也。ことによろこびおぼしめすよし、たかすゑの卿におほせらる。

つぎに、人〳〵、勧賞をこなはる。

そのゝち、御こしを寝殿のみなみのはしによせて、還御。まひ人は、そのさうぞくにて、みつなにつかうまつる。かざしのはな、しがい、しざやをとる。五ゐはしりざやをとらず。

かんゐんに行かうなりぬれば、いぬるとしのよりけふにいたるまでのよのいとなみ、あめかぜのわづらひなくすぎぬることを、よろこびおもはぬ人なし。

又院別当中宮大夫隆季を御使にて。八条入道おほきお《清盛》とどのがり。院宣をくりつかはさる。此度の御賀に。一家の上達部。殿上人。行事につけても。殊にすぐれたる事おほし。朝家の御かざりと見ゆるぞ。殊に悦びおぼしめすよしおほす。此よしを悦び申て。御使に白がねの箱に金百両を入て送らる。院きこしめして。物よかりけるぬしかなと仰事あり。

御遊の間。大臣以下に禄を給ふ。其後二所入御。又院の御方よりあぜちの中納言を御使にて。此度の御賀のおこたりなく。とげをこなはれぬるは。なんぢが事を行ふ故なり。殊に悦び思召よし隆季の卿に仰らる。

次に人々勧賞を行はる。

其後御輿を寝殿の南のはしによせて還御。舞人楽人は。其装束にて。みつなにつかうまつる。かざしのはな。しがい。しざやをとる。五位はしりざやをとらず。

閑院に行幸成ぬれば。いぬる年よりけふに至るまで世のいとなみ事ゆへなく。雨風のわづらひなくて過ぬる事を高きいやしき悦びおもはぬ人なしとなむ聞侍りし。

入道大納言隆房卿少将之時、仮名日記也。依見及令
書留之。以他記小々勘付也。

右安元御賀記以屋代弘賢校本書写以扶桑拾葉集校合

参考文献

・『平家公達草紙』及び、その周辺の作品（『安元御賀記』など）の研究に関する参考文献（平成27年度まで）
・＊＝翻刻を含む

・小川寿一「平家公達巻に就いて」（「歴史と国文学」11巻2号　昭和9年8月）＊
・田中一松「平家公達草紙について」（「国華」665・666号　昭和22年8・9月　『田中一松絵画史論集 上巻』（中央公論美術出版　昭和60年）再収）＊
・中村義雄「平家公達草紙と藤原隆房――青海波の段の出典を中心として――」（「美術研究」215号　昭和36年3月　『絵巻物詞書の研究』（角川書店　昭和57年）再収）＊
・本位田重美「平家公達草紙の詞章について」（「人文研究」13巻2号　昭和37年8月　『古代和歌論考』（笠間書院　昭和52年）再収）
・中野幸一「書陵部蔵佚名物語一巻について――「平家公達草紙」の残欠か――」（「国語と国文学」40巻3号　昭和38年3月　『物語文学論攷』（教育センター　昭和46年）再収）＊
・西谷元夫「『平家公達草紙絵巻』について」（「立正大学国語国文」6号　昭和42年1月）＊
・中野幸一「『平家公達草紙』をめぐって」（『軍記物とその周辺』早稲田大学出版部　昭和44年3月　『物語文学論攷』（前掲）再収）
・桑原博史『中世物語の基礎的研究　資料と史的考察』（風間書房　昭和46年）第一章「平安末期の一貴族藤原隆房の生涯とその作品」
・桑原博史「冷泉為恭筆『平家公達巻』模本について」（「ことひら」26号　昭和46年1月）＊
・渡辺真理子「「建礼門院右京大夫集」と「平家公達草紙」」（「国語国文学会誌（福岡教育大学）」16号　昭和48年12月）
・久保田淳『建礼門院右京大夫集　付平家公達草紙』（岩波文庫　昭和53年3月）＊
・糸賀きみ江「平家文化」（『講座日本文学　平家物語　下』至文堂　昭和53年3月）
・角田文衛『平家後抄　落日後の平家』（朝日新聞社　昭和53年9月）第六章
・松尾葦江「平家公達草紙小考――『平家物語』にならなかった平家物語――」（「中世文学論叢」4号　昭和56年7月　『平家物語論究』（明治書院　昭和60年）第四章三再収）
・久保田淳「平家文化の中の『源氏物語』――『安元御賀記』と『高倉院昇霞記』――」（「文学」50巻7号　昭和57年7月　『藤原定家とその時代』（岩波書店　平成6年）一―5再収）
・藤田一尊「『平家公達草紙』の成立に関する一考察――『建礼門院右京大夫集』を資料として――」（「日本文学研究（大

東文化大学』」27号　昭和63年3月）
・壬生由美「「平家物語」における平維盛像の形成――「源氏物語」との関係をめぐって――」（「国文」73号　平成2年7月）
・岩佐美代子「『竹むきが記』の引歌」（『女流日記文学講座6』勉誠社　平成2年10月　『宮廷女房文学読解考中世篇』（笠間書院　平成11年）「『竹むきが記』読解考」再収）
・兵藤裕己「平家公達草紙」（『体系物語文学史5』有精堂　平成3年）
・伊井春樹「『安元御賀記』の成立――定家本から類従本・『平家公達草紙』へ――」（「国語国文」61巻1号　平成4年1月）
・春日井京子「『安元御賀記』と『平家公達草紙』――記録から〈平家の物語〉へ――」（「伝承文学研究」45号　平成8年5月）
・榊原千鶴「伝承される姿――『平家公達草紙』の右大将重盛像――」（「日本文学」49巻3号　平成12年3月）
・小林加代子「「隆房」というイメージ」（「同志社国文学」56号　平成14年3月）
・馬場淳子「『平家公達草紙』の維盛像」（『平家物語の転生と再生』笠間書院　平成15年3月）
・櫻井陽子「『平家公達草紙』再考」（「明月記研究」8号　平成15年12月　『『平家物語』本文考』（汲古書院　平成25年）再収）
・重政誠「『平家公達草紙』「青海波」成立に関する小考」（「学習院大学大学院日本語日本文学」1号　平成17年3月）
・鈴木啓子「後嵯峨朝における〈平家文化〉への憧憬――藤原隆房像をめぐって――」（「学習院大学国語国文学会誌」49号　平成18年3月）
・藤原重雄・三島暁子「高松宮家旧蔵『定能卿記』（安元御賀記）」（『禁裏・公家文庫研究　二』　平成18年3月）＊
・三島暁子「安元御賀試楽の場――妙音院師長「御説指図」による舞楽「青海波」を中心に――」（「梁塵」25号　平成20年3月）
・三田村雅子『記憶の中の源氏物語』（新潮社　平成20年）
・高橋昌明『平家の群像――物語から史実へ――』（岩波新書　平成21年）
・三島暁子「御賀の故実継承と「青海波小輪」について――附早稲田大学図書館蔵「青海波垣代之図」翻刻――」（田島公編『禁裏・公家文庫研究　三』思文閣出版　平成21年）
・櫻井陽子「『平家物語』と周辺諸作品との交響」（「軍記と語り物」46号　平成22年3月　『『平家物語』本文考』（汲古書院　平成25年）再収）

・大谷貞徳「書誌解題『平家公達草紙絵巻』」（松尾葦江編『「文化現象としての源平盛衰記」研究（二）』平成23年3月）
・猪瀬千尋「歴史叙述における仮名の身体性と祝祭性―定家本系『安元御賀記』を初発として―」（『国語と国文学』90巻1号　平成25年1月）
・大谷貞徳「『平家公達草紙』第二種本間の関係」（松尾葦江編『「文化現象としての源平盛衰記」研究（四）』平成26年3月）

主な引用本文（私に表記を改めた）

・『建礼門院右京大夫集』新編日本古典文学全集（小学館）
・その他の歌集　新編国歌大観（角川書店）
・『源氏物語』『平家物語』『たまきはる』新日本古典文学大系（岩波書店）

人名索引

・人名一覧と同様に、男性と女性に分け、名前を五十音順（音読み）に並べた。
・各人の登場場面に「○」を付した。

		一　華麗なる一門				二　平家の光と影						三　恋のかたち		
		[1]	[2]	[3]	[4]	[1]	[2]	[3]	[4]	[5]	[6]	[1]	[2]	[3]
〔男性〕														
01	安徳天皇							○						
02	伊通（藤原）			○										
03	維盛（平）		○	○			○				○	○	○	
04	雅賢（源）						○				○			
05	雅通（源）					○						○		
06	雅定（源）		○											
07	季仲（藤原）			○										
08	基親（平）		○											
09	基通（藤原）			○										
10	基房（藤原）		○											
11	教盛（平）		○											
12	経盛（平）		○											
13	兼実（藤原）		○											
14	兼長（藤原）			○										
15	顕長（藤原）													○
16	公時（藤原）		○											
17	後白河法皇		○						○					
18	高倉天皇		○	○		○	○		○		○			
19	師仲（源）									○				
20	師長（藤原）		○											
21	資賢（源）		○											
22	資盛（平）		○								○			○
23	時忠（平）		○						○					
24	実家（藤原）										○			
25	実国（藤原）					○								
26	実宗（藤原）		○	○							○			
27	重衡（平）		○	○		○				○				
28	重盛（平）	○	○		○							○		
29	親宗（平）													○

		一　華麗なる一門				二　平家の光と影						三　恋のかたち		
		[1]	[2]	[3]	[4]	[1]	[2]	[3]	[4]	[5]	[6]	[1]	[2]	[3]
30	成宗（藤原）		○											
31	成通（藤原）		○											
32	清経（平）		○											
33	清盛（平）	○	○											
34	宗家（藤原）		○											
35	宗盛（平）		○					○	○	○				
36	泰通（藤原）		○								○			
37	知盛（平）		○	○										
38	忠房（平）		○											
39	朝方（藤原）			○										
40	通盛（平）		○											
41	定能（藤原）		○											
42	二条院											○		
43	有盛（平）		○											○
44	頼実（藤原）		○											
45	頼盛（平）		○											
46	隆季（藤原）		○											
47	隆房（藤原）	○	○	○	○		○				○	○	○	
〔女性〕														
48	雅通女（源）					○						○		
49	近衛殿					○								
50	御匣殿			○										
51	時子（平）							○						
52	滋子（平）								○					○
53	式子内親王									○				
54	小侍従						○							
55	小少将君			○										
56	新大納言君					○								
57	新中納言													○
58	大納言殿			○										
59	中将の君									○				
60	中納言あきなりの女													○
61	中納言の君									○				
62	徳子（平）		○	○		○	○							
63	右京大夫君			○										

あとがき

本書は、現在『平家公達草紙』と呼ばれている三種類の小品について、影印と翻刻、現代語訳に注釈、さらに読み物としてコラムなどを付したものである。物語作品としてのおもしろさはもちろん、流れるような筆跡の美しさや、白描絵巻のありようなど、総合的に文学作品、ひいては日本文化の魅力を味わうことができるように配慮した。

そもそも、私たちがこの作品に特に注目するようになったのは、二〇一〇年度〜二〇一二年度科学研究費補助金による共同研究（研究題目「平安・鎌倉物語文学の享受と展開に関する総合的研究―絵と本文の不連続性について―」、代表鈴木裕子、課題番号22520195）がきっかけであった。専門分野を異とする三人で、平安・鎌倉物語文学研究会を持ち、さまざまな絵画資料を熟覧・調査していくうちにこの作品そのものに魅了され、科研の研究期間終了後もチームを継続して、本書の出版に至ったというわけである。

コンセプトとして、現在見ることのできる諸本はすべて調査したと言うつもりだったのだが、校正中に複数の新たな本の存在を知ることとなった。

まず、学習院大学文学部哲学科蔵の「平家公達草紙」（正式名称は「為恭画平家物語」）であるが、平成二八年度秋季特別展「君恋ふるこころ――恋におちる日本美術――」（主催　学習院大学史料館、共催　一般社団法人霞会館、協力　学習院大学文学部哲学科・日本語日本文学科）にて、展示されているものに出会った。その場で資料館の助教柳澤恵里子氏に面会を申し入れ、いろいろご教示をたまわった。突然の訪問にもかかわらず、快く対応していただいたことに感謝している。残念ながら、哲学科所蔵に至るまでの経緯はわからなかったが、第二種（絵のみ）に相当するものと確認できた。なお、資料館発行のミュージアム・レター（二〇一六年一〇月一日発行、№32）に柳澤恵里子氏による資料紹介が掲載されている。

また、同じ頃、「平家公達巻」（関西大学図書館岩崎美隆文庫蔵、岩崎美隆編『藤門雑記』第二第三十冊所収）の存在を、藤田加世子氏のご教示により知ることとなった。氏から送られた御論文により存在を知り、詳細な情報を早速にお教えいただいた。

このように相次いで新しい資料の存在を知ったわけだが、さらに、今度は『古典籍展観大入札会目録』（平成二八年一一月、東京古典会）に、「平家公達草紙」が掲載されているのを見いだした。

これらについては、資料篇の書誌の最後に可能な限り情報を書き入れてある。ご参照願いたい。偶然だが、まるで、私たちが呼び寄せたかのように次々と新しい「平家公達草紙」の出現にあい、驚いている。今回、私たちの『平家公達草紙』がきっかけとなって、さらなる新しい「平家公達草紙」が世に出るかもしれないと、期待している。

このささやかな一冊に出会った読者が、一人でも多く、物語と歴史の交錯するおもしろさ、あるいは、物語と絵とが交響して醸し出す世界の深みと多様性に興味をいだいてくだされば、幸いに思う。

最後に、出版不況が言われて久しく、また大学教育の現場でも人文社会科学系（特に文学、わけても古典文学）の分野に逆風が吹く中、本書の出版企画を引き受けてくださった笠間書院と、とても面倒な作業にも関わらず二人三脚（四人五脚？）で一緒に走って下さった編集の西内友美氏、図版の使用を快く認めて下さった福岡市美術館、宮内庁書陵部、金刀比羅宮、翻刻許可をいただいた徳川美術館、資料閲覧にご配慮をいただいた國學院大學の針本正行氏、その他関係諸氏、また、校正を手伝って下さった鶴巻由美氏に、心より感謝を申し上げます。無事にゴールすることができたことを喜びとするとともに、これからも文学の魅力・有用性をアピールし続けてゆきたいと思います。

（二〇一六年一一月一一日　鈴木記）

［著者］

櫻井陽子（さくらい・ようこ）
駒澤大学教授。『『平家物語』本文考』（汲古書院、2013 年）、『平家物語大事典』（共編、東京書籍、2010 年）、『平家物語の形成と受容』（汲古書院、2001 年）等。

鈴木裕子（すずき・ひろこ）
駒澤大学教授。『新時代への源氏学　関係性の政治学Ⅱ』（共著、竹林舎、2015 年）、『源氏物語　煌めくことばの世界』（共著、翰林書房、2014 年）、『『源氏物語』を〈母と子〉から読み解く』（角川書店、2005 年）等。

渡邉裕美子（わたなべ・ゆみこ）
立正大学教授。『正治二年院初度百首』（共著、明治書院、2016 年）、『歌が権力の象徴になるとき―屏風歌・障子歌の世界―』（角川学芸出版、2011 年）、『新古今時代の表現方法』（笠間書院、2010 年）等。

平家公達草紙《へいけきんだちぞうし》

『平家物語《へいけものがたり》』読者《どくしゃ》が創《つく》った美《うつく》しき貴公子《きこうし》たちの物語《ものがたり》

平成 29 年（2017）2 月 14 日　初版第 1 刷発行
令和 6 年（2024）11 月 5 日　第 2 版第 1 刷発行

［著者］
櫻 井 陽 子
鈴 木 裕 子
渡 邉 裕 美 子

［発行者］
池 田 圭 子

［装幀］
笠間書院装幀室

［発行所］
笠 間 書 院
〒 101-0064　東京都千代田区神田猿楽町 2-2-3
電話 03-3295-1331　FAX03-3294-0996
https://kasamashoin.jp/　mail：info@kasamashoin.co.jp

ISBN978-4-305-70825-0　C0093　

印刷／製本　モリモト印刷